【臺灣現當代作家
研究資料彙編】05

楊 熾 昌

國立台灣文學館
出版

主委序

　　臺灣文學發展至今，已蓄積可觀且沛然的能量，尤於現當代文學領域，作家們的精彩創作與文學表現，成績更是有目共睹。對應日益豐饒的文學樣貌，全面梳理研究資源、提昇資料查考與使用的便利性，也就格外重要。

　　本會所屬國立台灣文學館自成立以來，即著力於臺灣文學史料之研究、整理及數位化，迄今已積累相當成果，民眾幾乎可在彈指之間，獲取相關訊息及寶貴知識；為豐富臺灣文學研究基礎，繼 99 年出版收錄 310 位現當代作家評論資料的《臺灣現當代作家評論資料目錄》後，今（100）年進一步延伸建置「臺灣現當代作家研究資料庫」，將現當代文學作家及系列作品建構起多向查考、運用的整合機制，不僅得以逐步完善 310 位現當代作家評論資料的確切性及新穎度，研究者亦能更加便捷地掌握研究概況、動態，進而開闢不同的研究路徑及視野。

　　為深化既有成果，也同步推動「臺灣現當代作家研究資料彙編計畫」，預計分年完成自臺灣新文學之父賴和以降，50 位現當代重要作家研究資料彙編，系統性纂輯、呈現作家手稿、影像、文學年表、研究綜述、評論文章及目錄、歷史定位與影響等。目前已完成第一階段賴和等 15 位重要作家研究資料彙編工作，此為國內現行唯一全方位的臺灣現當代文學工具書，也是研究臺灣作家、文學發展的重要讀本依據，乃極具代表性意義的起點，搭配前述資料庫，相信能為臺灣文學研究奠定益加厚實的根基；亦祈各方不吝指正，以匯聚更多參與及持續前行的能量。

行政院文化建設委員會主任委員

館長序

　　近幾年，臺灣現當代文學的研究，朝著跨領域整合的方向在發展，但不管趨勢如何，對於作家及其作品的理解與詮釋，恆是最基本且是最重要的工作。因此，作家到底是一個什麼樣的人？他的出身、學經歷究竟如何？他在哪些主客觀條件下從事寫作？又怎麼會寫出那樣的一些作品？這些都有助於增加理解；進一步說，前人究竟如何解讀作家的為人和他之所作？如何評述其文學風格及成就？這些相關文獻提供了我們重新展開深入探索的基礎，了解前修有所未密，後出才能轉精。

　　當臺灣文學在 1980 年代獲得正名，在 1990 年代正式進入學院體制，「學科化」就彷彿是一場學術運動，迄今所累積的研究成果已極可觀，如果把前此多年在文學相關傳媒所發表的評論資料納入，則可稱之為臺灣文學的「研究資料」，以作家之評論而言，根據國立台灣文學館委託台灣文學發展基金會所蒐羅的作家評論資料（310位作家，收錄時間下限是 2009 年 8 月），總計近九萬筆。這龐大的資料，已於去年編印成八巨冊的《臺灣現當代作家評論目錄》；在這樣的基礎上，以個別作家為考量的「研究資料彙編」計畫，其第一階段的成果即將出版（15 冊），如果順利，二、三年內將會累積到50 冊。

　　「臺灣」是我們生存的空間，「現當代」約指新文學發生以降迄今，「作家」特指執筆為文且成家者。臺灣現當代作家之所以值得研

　　究，乃是因為他們以其智慧和經驗創造了許多珍貴的文學作品，反映並批判社會，饒富現當代意義，如果能夠把他們的研究資料集中，對於正在學習或有文學興趣的讀者，應該會有莫大的助益。

　　賴和被尊稱為臺灣新文學之父，他出生於甲午戰爭那一年（1894），爾後出生的作家，含在臺灣土生土長，以及從中國大陸來臺者，人數非常多，如何挑選重要作家，且研究資料相對比較豐富者，是一件不容易的事，這就需要專家的參與；基本上，選人要客觀，選文要妥適，編選者要能宏觀，且能微視，才能提出有說服力的見解。

　　毫無疑問，這是一個重大的人文基礎建設，由政府公部門（國立台灣文學館）出資，委託深具執行力的社會非營利組織（台灣文學發展基金會），動員諸多學術菁英（顧問群、編選者）來共同完成，有效的運作模式開創一種完美的三合一典範，對於臺灣文學，必能發揮其學科深化的作用，且將有助於臺灣文學的永續發展。

國立台灣文學館館長　李瑞騰

編序

◎封德屏

緣起

1995 年 10 月 25 日，在臺灣師範大學教育大樓的 201 室，一場以「面對臺灣文學」爲題的座談會，在座諸位學者分別就臺灣文學的定義、發展、研究，以及文學史的寫法等，提出宏文高論，而時任國家圖書館編纂張錦郎的「臺灣文學需要什麼樣的工具書」，輕鬆幽默的言詞，鞭辟入裡的思維，更贏得在座者的共鳴。

張先生以一個圖書館工作人員自謙，認真專業地爲臺灣這幾十年來究竟出版了多少有關臺灣文學的工具書，做地毯式的調查和多方面的訪問。同時條理分明地針對研究者、學生，列出了十項工具書的類型，哪些是現在亟需的，哪些是現在就可以做的，哪些是未來一步一步累積可以達成的，分別做了專業的建議及討論。

當時的文建會二處科長游淑靜，參與了整個座談會，會後她劍及履及的開始了文學工具書的委託工作，從 1996 年的《臺灣文學年鑑》起始，一年一本的編下去，一直到現在，保存延續了臺灣文學發展的基本樣貌。接著是《中華民國作家作品目錄》的新編，《臺灣文壇大事紀要》的續編，補助國家圖書館「當代文學史料影像全文系統」的建置，這些工具書、資料庫的接續完成，至少在當時對臺灣文學的研究，做到一些輔助的功能。

2003 年 10 月，籌備多年的「台灣文學館」正式開幕運轉。同年五月《文訊》改隸「財團法人台灣文學發展基金會」，爲了發揮更大的動能，開始更積極、更有效率地將過去累積至今持續在做的文學史料整理出來，讓

豐厚的文藝資源與更多人共享。

　　於是再次的請教張錦郎先生，張先生認為文學書目、作家作品目錄、文學年鑑、文學辭典皆已完成或正在進行，現在重點應該放在有關「臺灣現當代作家評論資料目錄」的編輯工作上。

　　很幸運的，這個計畫的發想得到當時臺灣文學館林瑞明館長的支持，於是緊鑼密鼓的展開一切準備工作：籌組編輯團隊、召開顧問會議、擬定工作手冊、撰寫計畫書等等。

　　張錦郎老師花了許多時間編訂工作手冊，每一位作家的評論資料目錄分為：

　　（一）生平資料：可分作者自述，旁人論述及訪談，文學獎的紀錄。

　　（二）作品評論資料：可分作品綜論，單行本作品評論，其他作品（包括單篇作品）評論，與其他作家比較等。

　　此外，對重要評論加以摘要解說，譬如專書、專輯、學術會議論文集或學位論文等，凡臺灣以外地區之報刊及出版社，於書名或報刊後加註，如中國大陸、香港、新加坡等。此外，資料蒐集範圍除臺灣外，也兼及中國大陸、香港、新加坡、日本、韓國及歐美等地資料，除利用國內蒐集管道外，同時委託當地學者或研究者，擔任資料蒐集工作。

　　清楚記得，時任顧問的學者專家們，都十分高興這個專案的啟動，但確定收錄哪些作家名單時，也有不同的思考及看法。經過充分的討論後，終於取得基本的共識：除以一般的「文學成就」為觀察及考量作家的標準外，並以研究的迫切性與資料獲得之難易度為綜合考量。譬如說，在第一階段時，作家的選擇除文學成就外，先考量迫切性及研究性，迫切性是指已故又是日治時期臺籍作家為優先，研究性是指作品已出土或已譯成中文為優先。若是作品不少而評論少，或作品評論皆少，可暫時不考慮。此外，還要稍微顧及文類的均衡等等。基本的共識達成後，顧問群共同挑選出 310 位作家，從鄭坤五、賴和、陳虛谷以降，一直到吳錦發、陳黎、蘇偉貞，共分三個階段進行。

　　張錦郎教授修訂的編輯體例，從事學術研究的顧問們，一方面讚嘆「此目錄必然能成為類似文獻工作的範例」，但又深恐「費力耗時，恐拖延了結案時間」，要如何克服「有限時間，高度理想」的編輯方式，對工作團隊確實是一大挑戰。於是顧問們群策群力，除了每人依研究領域、研究專長認領部分作家外（可交叉認領），每個顧問亦推薦或召集研究生襄助，以期能在教學研究工作外，為此目錄盡一份心力。

　　「臺灣現當代作家評論資料目錄」專案計畫，自 2004 年 4 月開始，至 2009 年 10 月結束，分三個階段歷時五年六個月，共發現、搜尋、記錄了十餘萬筆作家評論資料。共經歷了三位專職研究助理，近三十位兼任研究助理。這些研究助理從開始熟悉體例，到學習如何尋找資料，是一條漫長卻實用的學習過程。

接續

　　本來以為五年的專案工作可以暫時告一段落，但面對豐盛的研究成果，無論是參與這個計畫的顧問或是擔任審查工作的專家學者，都希望臺灣文學館能在這樣的基礎下挖深織廣，嘉惠更多的文學研究者。

　　「臺灣現當代作家評論資料目錄」的專案完成，當代重要作家的研究，更可以在這個基礎上，開出亮麗的花朵。於是就有了「臺灣現當代作家研究資料彙編暨資料庫建置計畫」的誕生。為了便於查詢與應用，資料庫的完成勢在必行，而除了資料庫的建置外，這個計畫再從 310 位作家中精選 50 位，每人彙編一本研究資料，內容有作家圖片集，包括生平重要影像、文學活動照片、手稿及文物，小傳、作品目錄及提要、文學年表。另外每本書分別聘請一位最適當的學者或研究者負責編選，除了負責撰寫五千至一萬字的作家研究綜述外，再從龐雜的評論資料中挑選具有代表性的評論文章，全文刊載，平均 12～14 萬字，最後再附該作家的評論資料目錄，以期完整呈現該作家的生平、創作、研究概況，其歷史地位與影響。

　　由於經費及時間因素，除了資料庫的建置，資料彙編方面，50 位作家

分三個階段完成。第一階段挑選了 15 位作家，體例訂出來，負責編選的學者專家名單也出爐了，於是展開繁瑣綿密的編輯過程。一旦工作流程上手，才知比原本預估的難度要高上許多。

首先，必須掌握 15 位編選者的進度這件事，就是極大的挑戰。於是編輯小組在等待編選者閱讀選文的同時，開始蒐集整理作家生平照片、手稿，重編作家年表，重寫作家小傳，尋找作家出版品的正確版本、版次，重新撰寫提要。這是一個極其複雜的工程。要將編輯準則及要素傳達給毫無編輯經驗的助理，對我來說，就是一個極大的考驗。於是，邊做邊教，還好有認真負責的專任助理宇需，以及編輯老手秀卿下海幫忙，將我的要求視為使命必達，讓整個專案在「高壓政策」下，維持了不錯的品質及進度。

當然，內部的「高壓政策」，可以用身教、言教的方法執行，但要八位初出茅廬的助理，分別盯牢 15 位編選的學者專家，無疑是一件「非常人」可以勝任的工作。學者專家個個都忙，如何在他們專職的教學及行政工作之外，把這件有意義的編選工作如期完工，另外還得加上一篇完整的評論綜述，這可是要大智慧、大勇氣的編輯經驗了。

有些編輯經驗可以意會，不可言傳，這是多年血淚交織的經驗與心得，短時間要他們全然領會實在有些困難。但迫在眉睫的工作總得完成，於是土法煉鋼也好，揠苗助長也罷，一股腦全使上了。在智慧權威、老練成熟的學者專家面前，這些初生之犢的年輕助理展現了大無畏的精神，施展了編輯教戰手冊中的第一招——緊迫盯人。看他們如此生吞活剝地貫徹我所傳授的編輯要法，心裡確實七上八下，但礙於工作繁雜，實在無法事必躬親，也只好讓他們各顯身手了。

縱使這些新手使出了全部力氣，無奈工作的難度指數偏高，進度遇到瓶頸，大夥有些喪氣，這時就得靠意志力及精神鼓舞了。我曉以大義的說，他們正在光榮地參與一個重要的文學工程，絕對不可輕言放棄。

成果

　　雖然過程是如此艱辛，可是終究看到豐美的成果。每位編選者雖然忙碌，但面對自己負責的作家資料彙編，卻是一貫地認真堅持。他們每人必須面對上千或數百筆作家評論資料，挑選重要或關鍵性的評論文章，全面閱讀，然後依照編選原則，挑選評論文章。助理們此時不僅提供老師們所需要的支援，統計字數，最重要的是得找到各篇選文作者，取得同意轉載的授權。在進度流程初估時，我們錯估了此項工作的難度，因爲許多評論文章，發表至今已有數十年的光景，部分作者行蹤難查，還得輾轉透過出版社、學校、服務單位，尋得蛛絲馬跡，再鍥而不捨地追蹤。

　　除了挑選評論文章煞費苦心外，每個作家生平重要照片，我們也是採高標準的方式去蒐集，過世作家家屬、友人、研究者或是當初出版著作的出版社，都是我們徵詢的對象。認真誠懇而禮貌的態度，讓我們獲得許多從未出土的資料及照片，也贏得了許多珍貴的友誼。例如楊逵的兒子楊建、孫女楊翠，龍瑛宗的兒子劉知甫，張文環的女兒張玉園，楊熾昌的兒子楊皓文，鍾理和的兒子鍾鐵民、孫女鍾怡彥及鍾舜文，梁實秋的女兒梁文薔，呂赫若的兒子呂芳卿、呂芳雄等，我們和他們一起回憶他們的父祖輩可敬可愛的文學人生。

　　閱讀諸篇評論文章，對先民所處的時代有更多的同情與瞭解。從日本研究臺灣文學的學者尾崎秀樹〈臺灣文學備忘錄——臺灣作家的三部作品〉一文中，可以清楚瞭解臺灣人作家對日本殖民統治的意識，乃由抵抗而放棄以至屈服的傾斜過程。向陽認爲，其中也能發現少數因主流思潮的覆蓋而晦暗不明的作家，例如不爲時潮所動，堅持以超現實主義書寫的楊熾昌。然而經過時間的考驗，曾經孤獨的創作者，終究確立了他在臺灣文學史上的地位。

　　在閱讀中，許多熟悉的名字不斷出現。1962 年，張良澤以一個成大中文系學生的身分，拜訪了鍾理和遺孀，且立下了今後整理臺灣文學史料的

志業。1977 年 9 月，張良澤主編的《吳濁流作品集》，堂堂六冊由遠行出版。1979 年 7 月，鍾肇政、葉石濤、張恆豪、林梵、羊子喬等人編纂《光復前臺灣文學全集》，由遠景出版，這些作家、學者、出版家，都為早期臺灣文學的研究貢獻了心力。

1987 年 7 月臺灣解嚴，臺灣文學研究的風潮日漸蓬勃。1990 年 4 月 23 日，《民眾日報》策劃「呂赫若專輯」，標題為〈呂赫若復出〉；1991 年前衛出版社林文欽出版「臺灣作家全集・短篇小說卷・日據時代」；1997 年自真理大學開始，臺灣文學系所紛紛成立，臺灣文學體制化的脈動，鼓舞了學院師生積極從事日治時期臺灣文學史料的蒐集。這股風潮正如陳萬益所言，不只是文獻的出土，也是一種心態的解嚴，許多日治時期作家及其家屬，終於從長期禁錮的氛圍中解放。許俊雅認為，再加上當初以日文創作的作家作品，也在 1990 年代後被逐漸翻譯出來，讀者、研究者在一個開放的空間，又免除語文的障礙，而使臺灣文學研究開始呈現多元的風貌。

1990 年開始，各地縣市文化中心（文化局），對在地作家作品集的整理出版，以及臺灣文學館成立後對日治時期作家以迄當代重要作家全集的編纂，對臺灣文學之作家研究，也有了很好的促進作用。《鍾理和全集》、《鍾肇政全集》、《楊逵全集》、《張文環全集》、《呂赫若日記》、《葉石濤全集》、《龍瑛宗全集》，如雨後春筍般持續展開。「臺灣意識」的興起，使本土文學傳統快速的納入出版與研究行列。

每位編選者除了概述作家的研究面向外，均有獨到的觀察與建議。陳建忠細論賴和及其文學接受史的演變歷程後，建議未來研究者回歸到賴和文學本體與專業研究方向；張恆豪除抽絲剝繭細述「吳濁流學」的接受及演變歷程外，並建議幾個有關吳濁流及《亞細亞的孤兒》尚待關注及努力的議題；須文蔚建議未來的研究者，可從紀弦 1950～1960 年跨區域文學傳播角度出發，彙整紀弦對上海、香港、臺灣及東南亞華文地區詩歌的影響；或從紀弦主編過的《火山》詩刊、《新詩》月刊等著手，從文學社會學

或文學傳播的角度出發。柳書琴、張文薰爲顧及張文環多元面向，除一般期刊論文外，亦選譯尙未譯介的論文，希望展示海內外不同世代之路徑與成果；應鳳凰以深入 50 年代文本的研究基礎，將鍾理和的研究收納得更爲寬廣。彭瑞金則分別對葉石濤及鍾肇政進行深入細膩的研究，以及熟稔精密的剖析，他認爲葉石濤文學是長期累積的成果，他所選錄的 20 篇葉石濤相關評論文章，代表各種背景的評論者、評介者閱讀葉石濤文學的方法；而鍾肇政上千筆的研究資料，呈現的多是鍾肇政文學的外圍研究，較少從文學的角度去探求解析。清理分析成果後，才可以作爲續航前進的動力。

　　然而在近二十年本土文學興盛的臺灣文學研究中，是不是也有遺漏與偏失？陳信元的〈兩岸梁實秋研究述評比較〉，也足以讓我們思考。陳義芝除肯定覃子豪詩藝的深度與厚度，以及對後繼青年的影響外，如果從文獻蒐集、詮釋的角度來看，他認爲覃子豪研究仍有尙未開發的議題。

　　學者兼作家的周芬伶，對琦君的剖析與論述細微而生動，她細膩的文字觀察，清楚道出琦君研究的未到之處；張瑞芬則以明快的文字，將林海音一生的創作、出版與編輯完整帶出，也比較了評論者對林海音小說、散文表現的不同看法，相同的則是林海音編輯生涯中對作家的提攜與貢獻。

期待

　　感謝臺灣文學館持續支持推動這兩個專案的進行。「臺灣現當代作家評論資料目錄」的完成，呈現的是臺灣文學研究的總體成果；「臺灣現當代作家研究資料彙編」套書的出版，則是呈現成果中最精華最優質的一面，同時對未來的研究面向與路徑，做最好的建議。我們可以很清楚的體會，這是一條綿長優美的臺灣文學接力賽，我們十分榮幸能參與其中，我們更珍惜在傳承接力的過程，與我們相遇的每一個人，每一件讓我們真心感動的事。我們更期待這個接力賽，能有更多人加入。誠如張恆豪所說「從高音獨唱到多元交響」，這是每一個人所期待的。

編輯體例

一、本書編選之目的，為呈現楊熾昌生平、著作及研究成果，以作為臺灣
　　文學相關研究、教學之參考資料。

二、全書共五輯，各輯內容及體例說明如下：

　　輯一：圖片集。選刊作家各個時期的生活或參與文學活動的照片、著
　　　　　作書影、手稿（包括創作、日記、書信）、文物。

　　輯二：生平及作品，包括三部分：

　　　　　1.小傳：主要內容包括作家本名、重要筆名，生卒年月日，籍
　　　　　　貫，及創作風格、文學成就等。

　　　　　2.作品目錄及提要：依照作品文類（論述、詩、散文、小說、
　　　　　　劇本、報導文學、傳記、日記、書信、兒童文學、合集）及
　　　　　　出版順序，並撰寫提要。不收錄作家翻譯或編選之作品。

　　　　　3.文學年表：考訂作家生平所進行的文學創作、文學活動相關
　　　　　　之記要，依年月順序繫之。

　　輯三：研究綜述。綜論作家作品研究的概況，並展現研究成果與價值
　　　　　的論文。

　　輯四：重要文章選刊。選收國內外具代表性的相關研究論文及報導。

　　輯五：研究評論資料目錄。收錄至 2010 年 10 月底止，有關研究、論
　　　　　述臺灣現當代作家生平和作品評論文獻。語文以中文為主，兼
　　　　　及日文和英文資料。所收文獻資料，以臺灣出版為主，酌收中
　　　　　國大陸、香港、日本和歐美國家的出版品。內容包含三部分：

　　　　　1.「作家生平、作品評論專書與學位論文」下分為專書與學位
　　　　　　論文。

　　　　　2.「作家生平資料篇目」下分為「自述」、「他述」、「訪談」、
　　　　　　「年表」、「其他」。

　　　　　3.「作品評論篇目」下分為「綜論」、「分論」、「作品評論目
　　　　　　錄、索引」、「其他」。

目次

輯一◎圖片集

影像◎手稿◎文物

1930年10月28日，22歲的楊
熾昌（左）與就讀臺南一中
時期的林修二合影。（林慶
文提供）

楊熾昌（後排右一）與風車詩社同人合影。前排左一為李張瑞，後排左起
張良典、楊熾昌。（翻攝自《水蔭萍作品集》，臺南市立文化中心）

1934年3月，《風車詩誌》第
三輯出刊，是出刊四輯的《風
車詩誌》中目前唯一留有存本
的一輯。（國立臺灣文學館提
供）

楊熾昌半身照，攝影年代、地點不詳。
（楊熾昌家屬提供）

1958年2月20日，楊熾昌（第二排右一）攝於臺南市議會第三屆議員任滿會場。（楊熾昌家屬提供）

1958年3月18日，楊熾昌（右持釣竿者）於查訪文物行程中與臺南文獻委員會攝於澎湖。（楊熾昌家屬提供）

1959年10月，楊熾昌（前右）與扶輪社社友合影。（楊熾昌家屬提供）

1968年8月25日，楊熾昌攝於假南鯤鯓海邊舉行的臺南扶輪社「扶輪家庭日」趣味競賽。（楊熾昌家屬提供）

楊熾昌攝於第五屆徠卡影展會場（永福國小），約1961年。（楊熾昌家屬提供）

1970年5月，楊熾昌時年62歲。
（文訊資料室）

楊熾昌（右）攝於扶輪社會議，
約1960年。（楊熾昌家屬提供）

楊熾昌攝於仙台，約1971年。
（楊熾昌家屬提供）

1976年4月，楊熾昌（左）攝於三峽祖師廟。（楊熾昌家屬提供）

1984年2月11日，攝於《文訊》舉辦的新春茶會。前排左起：龍瑛宗、周應龍、楊雲萍、郭水潭。後排左起：王昶雄、李宗慈、楊熾昌、林芳年、劉捷。（文訊資料室）

1984年2月，攝於臺北長風萬里樓。前排左起：龍瑛宗、楊雲萍、蘇雪林、楊熾昌，後排左起：劉捷、林海音、林佩芬、瘂弦。（文訊資料室）

1987年12月，攝於臺南鄭仔寮自宅。
（楊熾昌家屬提供）

1986年1月26日，全家福，攝於臺南市西門路四段自宅前。（翻攝自《水蔭萍作品集》，臺南市立文化中心）

1988年11月13日，楊熾昌（中）與妻子黃秋治（左）、妹妹合影於榮星餐廳。（楊熾昌家屬提供）

1989年12月11日，楊熾昌（左）與長子楊螢照（右）合影於高雄。（楊熾昌家屬提供）

楊熾昌（中）與裝幀插圖《熱帶魚》的畫家福井敬
一（左）合影，約1980年代。（翻攝自《水蔭萍作
品集》，臺南市立文化中心）

楊熾昌攝於「南園」——聯合報系員工休假中
心，湯元石攝，約1980年代。（楊熾昌家屬提
供）

1989年，楊熾昌攝於東榮街書房。（楊熾昌家屬提供）

1989年，楊熾昌與自己的銅像合影於家中。
（楊熾昌家屬提供）

楊熾昌（前右）與詩人杜潘芳格（前左）與其夫杜慶壽
（後立者）合影，約1980年代，攝影地點不詳。（楊熾昌
家屬提供）

1990年3月9日，楊熾昌（站立者）攝於臺東卑南文化遺址。（楊熾昌家屬提供）

1992年，楊熾昌（中）與呂興昌（右）、陳明台合影於東榮街楊宅。（楊熾昌家屬提供）

1993年1月3日，楊熾昌（左）於臺南市安南區長女楊芬瑛家中出席外孫婚禮。（楊熾昌家屬提供）

1994年3月8日，楊熾昌（左二）與妻黃秋治（左）、楊千鶴（右二）、呂興昌（右）合影。（翻攝自《水蔭萍作品集》，臺南市立文化中心）

1945年，楊熾昌被徵調為臺灣軍報導班員之臂章。（翻攝自《水蔭萍作品集》，臺南市立文化中心）

楊熾昌於1986年1月28日致向陽（林淇瀁）書信， 回應向陽寄奉詩集《四季》，並予鼓勵。（林淇瀁提供）

1984年，楊熾昌〈莎樂美的月——奧斯卡·維爾德死的美學〉手稿。（文訊資料室）

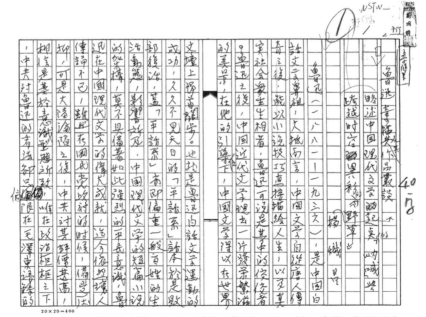

1994年，楊熾昌〈魯迅素描典及其作品叢談〉手稿。（國立臺灣文學館提供）

1994年，楊熾昌〈文學家的美意識〉手稿。（國立臺灣文學館提供）

楊熾昌小說手稿〈彩雨──一位邊境醫師的小記〉（楊熾昌家屬提供）

1956年12月，楊熾昌組織「徠卡攝影俱樂部」，圖為楊熾昌〈臺南徠卡攝影俱樂部簡介〉手稿，寫作年代不詳。（楊熾昌家屬提供）

輯二◎生平及作品

小傳◎作品◎年表

小傳

楊熾昌（1908～1994）

　　楊熾昌，男，筆名水蔭萍、島亞夫、柳原喬、南潤、森村千二郎等，籍貫臺灣臺南，1908 年（明治 40 年）11 月 29 日生，1994 年 9 月 27 日辭世，享年 86 歲。

　　日治時期臺南州立二中（現臺南一中）畢業，1930 年赴日本東京文化學院留學，期間常有詩作發表在《椎木》、《神戶詩人》、《詩學》等日本刊物。返臺後於 1933 年 3 月與林永修、李張瑞、張良典等人共同組織「風車詩社」，發行《風車》（ *Le Moulin*，1933 年 10 月～1934 年 9 月）詩誌。1933 年受聘任《臺南新報》學藝欄主編，後任《臺灣日日新報》記者，1939 年加入臺灣詩人協會，1945 年轉往《臺灣新報》總社，曾於戰時被徵召為軍報導班隊員。戰後除任職《新生報》（原《臺灣日日新報》）記者外，並任職於二二八事件處理委員會報導組，1947 年 3 月因「利用電信局對外聯絡，替匪徒蒐集情報，通風報信，擅自發行號外，作匪徒喉舌」罪名蒙冤被捕。原判刑兩年，半年後出獄，隨後擔任《公論報》臺南分社主任。1952 年因好友李張瑞遭受白色恐怖迫害而一度宣布封筆，浸淫於研究古代史、考古學與國際現勢。1953 年 6 月創立臺南扶輪社，先後任社刊《赤嵌》主編、祕書及社長，1959 年任日本《內外時報》臺南支局長，1968 年出任臺南市文獻委員會委員。曾分別以小說〈貿易風〉、〈薔薇的肌膚〉獲 1932 年《臺南新報》徵文獎與 1937 年《臺南新報》小說首獎；

1986 年由鹽分地帶文藝營頒贈臺灣新文學特殊成就獎。

　　楊熾昌創作文類包含論述、詩、小說，認為文學創作時應該保持冷靜知性的態度、多方實驗文學的創作技巧，企圖帶動文學新精神（esprit nouveau），因此其小說和詩作經常運用象徵、擬人化等現代派常用的技巧，並著重自由聯想式的意象經營，追求「新奇的意象之美」，作品經常通篇由意象所編織而成，呈現浪漫唯美的抒情。詩人林芳年曾評論道：「詩是一種高深莫測的學問，需要氣宇雄大的敘事，同時要配與薰薰馥馥的細膩詞藻。像有波瀾有起伏的鋼琴聲調，而楊熾昌的詩篇即具有這種條件。」

　　藉著《風車》詩誌，楊熾昌將日本自法國舶來的超現實主義思潮引進臺灣，提倡形而上的純粹詩與主知的美學，以拋棄傳統、脫離政治、追求純藝術、表現人的內心世界為其文學主張，防止文學淪為政治的工具。黃武忠認為：「日據下的臺灣文學，充滿著反日的民族情緒與濃厚的政治色彩，在這特殊的環境裡，文學藝術往往受到政治利用與污染，很難維持其純正的面貌，而『風車詩社』卻絲毫不受政治感染或干擾，楊熾昌便是『風車』的靈魂人物。他引起了『超現實主義』，建立了新的文學理想——努力顯現蘊藏在人的內心深處的東西。」

作品目錄及提要

【論述】

洋燈的思維

臺南：金魚書房
1937 年，32 開，306 頁

文學評論集，全書收有〈檳榔子の音樂──メタ豆を食ふポエテツカ〉（檳榔子的音樂──吃鉈豆的詩）、〈炎える頭髮──詩の祭典のために〉（燃燒的頭髮──為了詩的祭典）、〈南方の部屋〉（南方的部屋：西川滿氏）、〈土人的嘴唇〉、〈洋燈的思維〉、〈蕃鴨的騷哭〉、〈熱帶魚的噴泡〉、〈妖美的神〉、〈西脇順三郎的世界：關於詩集 *AMBARVALIA*〉、〈關於詩的造型與技巧手記〉、〈ジョイスアナ〉共 11 篇文章，今無傳本。

【詩】

熱帶魚

日本：ボン書局（夢書房出版社）
1931 年，25 開，75 頁

本書為詩人第一本日文詩集，今無傳本。

樹蘭

出版地不詳：自印
1932 年，7×9 公分，53 頁

本書為詩人自印裝幀小冊，今無傳本。

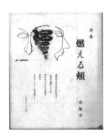

燃える頬（燃燒的臉頰）
臺南：河童書房
1979 年 11 月，20x20 公分，11 頁

本書收錄 1933～1939 年間，詩人發表於日本《詩學》、《椎之木》、《神戶詩人》與臺灣《媽祖》、《華麗島》、《文藝臺灣》、《臺灣日日新報》、《臺南新報》等報刊雜誌的作品。全書計有〈土人の口唇〉（土人之唇）、〈自畫像〉、〈風邪の唇〉（傷風的嘴唇──有氣息的海邊）、〈彩色雨〉、〈Moon Light Sonata〉、〈秋之歌〉、〈煙〉、〈花海〉、〈風の音樂〉（風的音樂）、〈不歸夢〉、〈蒼白ぬた歌〉（蒼白的歌）、〈雄雞和魚〉、〈履行記〉、〈越境する蝶──蔡 鶴兒孃くの獻詩〉（越境的蝴蝶──獻給蔡鶴兒小姐的詩）、〈茅夷花〉、〈尼姑〉、〈靜脈と蝴蝶〉（靜脈與蝴蝶）、〈燃える頬〉、〈莎羅樹花〉、〈秋嘆〉、〈壞れた街──Tainan Qui Dort〉（毀壞的城市──Tainan Qui Dort）、〈茉莉花〉、〈夏天房裡〉等 31 首詩。正文後有〈後記〉。

【小說】

貿易風
臺南：金魚書房
1932 年，32 開，246 頁

短篇小說集，全書收有〈屍婚〉、〈白夜〉、〈貿易風〉、〈月琴と貓〉、〈潮騷的花〉五篇小說，今無傳本。

薔薇の皮膚
臺南：金魚書房
1938 年，32 開，264 頁

短篇小說集，全書收有〈花粉と唇〉（花粉與嘴唇）、〈亞片妓女〉、〈薔薇の皮膚〉、〈彩燈的胡同〉、〈腐魚之愛〉、〈叫做「美里」的女人〉、〈彩雨〉七篇小說，今無傳本。

【合集】

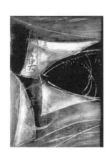

紙魚

臺南：河童書房
1985 年 11 月，32 開，637 頁

本書收錄詩人早年文學評論、《赤嵌》「北窗瑣語」專欄文章與
散文隨筆。全書分「壁評論」與「蝸牛の視角」兩部分，收有
評論〈土人的嘴唇〉、〈新精神與詩精神〉、〈孤獨詩人ジャン・
コケト〉、隨筆〈鏡頭的內在表現〉、〈春之鳥：詩妓薛濤的
詩〉、〈舞蹈思想與創造性：德國舞蹈遺下的痕跡〉、〈風土與歷
史的國家形成〉、〈動盪的越南：走入死巷的美國表情〉、〈亞非
兩洲的風貌〉、〈中蘇爭論的動向：社會主義國家的迷思〉、〈形
成人的環境：美國校園自由派的政府批判〉、〈棘手的核子武
器〉、〈民主政治與臺灣〉、〈戴高樂的困惑：第三世界中立化可
能嗎〉、〈ソフテノン的悲劇：「反應停」鎮靜劑裁判遺下的問
題〉、〈僵化的美國軍事戰略：遠東會有限定範圍的核子戰爭
嗎〉、〈國際通貨的動向：美國金保有優位的神話〉、〈傾向死
亡：凝視生死的內在之眼，談孟克的性向〉、〈虛像・實像：旅
日散記〉、〈記者生活閑談〉、〈三十年戰爭：佩帶喪章的國
家〉、〈深陷孤立感的以色列〉、〈北窗鎖談：SPY 帝國 CIA〉、
〈單一蘇聯民族並不存在〉、〈北窗瑣語：「梅屋敷」の秘密〉、
〈北窗瑣語：集中文明的圖式〉、〈民族主義勢力的形成：搗碎
視民如草芥之眼〉、〈北窗鎖談：日本的新聞〉、〈談卡特政策的
危險性〉、〈OPEC 的政策與世界石油危機〉、〈獨殘的火焰：回
憶燒掉的作品和女性的羅曼史〉等 51 篇文章。正文前有福井
敬一〈序〉，正文後有楊熾昌〈あとがき〉。

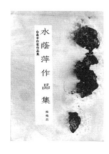

水蔭萍作品集／呂興昌編選，葉笛譯

臺南：臺南市立文化中心
1995 年 4 月，25 開，430 頁
南臺灣文學（一）——臺南市作家作品集

本書收錄詩人詩作、詩論、戰後回憶性文章及後人研究論文，
完整呈現詩人生平事蹟、文學活動與創作軌跡。全書分
「詩」、「評論」、「小說」、「回憶、序跋」、「水蔭萍研究資料」
五卷，計有詩〈傷風的唇〉、〈彩色雨〉、〈靜脈和蝴蝶〉、〈秋之
海〉、〈沙羅之花〉、〈比卡兒的族群〉、〈悲調的月夜〉等 70
首、評論〈臺灣的文學呦・要拋棄政治的立場〉、〈洋燈的思

惟〉、〈新精神和詩精神〉等 13 篇、小說〈花粉與唇〉一篇、回憶與序跋〈記者生活閒談〉、〈《燃燒的臉頰》後記〉、〈回溯〉、〈殘燭的火焰〉、〈靜謐的愛〉、〈《紙魚》後記〉共六篇與水蔭萍研究資料：林芳年〈燃紅的臉頰──楊熾昌的詩與人〉、林佩芬〈永不停息的風車──訪楊熾昌先生〉、陳千武〈臺灣現代詩的先驅〉、中村義一〈臺灣的超現實主義〉、楊蒼嵐〈春鶯囀啼的早晨──懷念父親楊熾昌先生〉、楊皓文〈獨行〉、呂興昌〈楊熾昌生平著作年表初稿〉等 12 篇文章。正文前有臺南市長施治明〈「南臺灣文學（一）臺南市作家作品集」市長序〉、臺南市立文化中心主任陳永源〈「南臺灣文學（一）臺南市作家作品集」主任序〉、楊熾昌次子楊蒼嵐〈寫在《水蔭萍作品集》出版之前〉、葉笛〈義不容辭‧情何以堪──《水蔭萍作品集》譯序〉、呂興昌〈詩史定位的基礎──《水蔭萍作品集》編序〉。

文學年表

1908 年 （明治 41 年）	11 月	29 日，生於臺南州小北仔大統街尾（今西門路民德國中對面立人街尾），筆名有水蔭萍、水蔭萍人、南潤、島亞夫、島田忠夫、柳原喬、ミカゲ生、伊藤逸太郎、森村千二郎、梶哲夫、山羊、山羊生、Goat 等。父楊宜綠，為臺南著名詩人，曾與連雅堂、陳瘦雲、李少青等人組「浪吟詩社」。母黃氏銀。
1913 年 （大正 2 年）	本年	父親楊宜綠親授《詩經》一年，後師從陳筱竹學習漢學約半年。
1915 年 （大正 4 年）	本年	因戲水抓魚，曾作六、七行小詩〈小魚〉。 跟隨深造的父親前往日本，寄住東京，確切返臺時間不詳。
1916 年 （大正 5 年）	本年	就讀臺南第二公學校（後改名「寶」公學校，今立人國小前身）。
1918 年 （大正 7 年）	11 月	29 日，發表漢詩〈秋燈〉、〈秋衾〉於《臺灣日日新報》「汲古書屋後人選」專欄 6 版。
1920 年 （大正 9 年）	6 月	因父親任職《臺南新報》漢文欄，與當時以《臺南新報》客員身分來臺的佐藤春夫結識。
	本年	奉父命，參加轉讀「小學校」考試，為六名錄取者之一，遂轉入「臺南第一尋常高等小學校」（1921 年改名「竹園尋常小學校」，該校舍即今臺南一中）。
1922 年 （大正 11 年）	本年	畢業於「竹園尋常小學校」，投考臺南州第一中學，未錄

取。

1923 年 （大正 12 年）	本年	就讀「花園（原竹園）尋常小學校高等科」。
1924 年 （大正 13 年）	4 月	14 日，考入臺南州第二中學校（今臺南一中），在學期間參加雜誌社，任委員（核心幹部），同屆有後來「風車詩社」同仁李張瑞。
1926 年 （昭和元年）	本年	結識電話局話務員今井民子，為其初戀。
1927 年 （昭和 2 年）	本年	今井民子因家庭反對與楊熾昌交往和胸疾加劇而自殺身亡，此項經歷造成楊熾昌日後趨向虛無主義，曾言：「我和民子的愛是純潔的，所以我心靈的空虛越發沉重，成為虛無主義者一直到最後都脫不開這個虛無」，並影響其後來創作自傳體詩小說〈薔薇的皮膚〉。 開始嗜讀文學作品，受國文（日文）老師五島陽空指導，並獲啟發。亦開始接觸歐美文學，尤以法國文學為甚。
1928 年 （昭和 3 年）	本年	發表詩作〈古城嘯〉於校刊《竹園》創刊號，而後常發表作品於校刊與《臺南新報》。
1929 年 （昭和 4 年）	3 月	2 日，畢業於臺南州第二中學校。
	本年	至北門郡佳里協助私立臺陽中學籌備設立。
1930 年 （昭和 5 年）	10 月	25 日，投稿《臺灣新民報》十年紀念徵詩展的詩作〈日月潭櫂歌〉發表於《臺灣新民報》。
	本年	赴日本九州報考佐賀高等學校文科丙組（法文科），未錄取，後轉往東京，於銀座「Colombin」茶房認識新感覺派作家岩藤雪夫、龍膽寺雄，並藉由介紹與大東文化學院的西村伊作院長面談，撰寫關於芥川龍之介論文後，獲賞識而准予註冊插班大學，攻讀日本文學。
1931 年 （昭和 6 年）	本年	第一本日文詩集《熱帶魚》由日本ボン書店出版。 因父親生病，輟學返臺，西村伊作特准其以函授方式完成

學業，並獲畢業證書。

1932 年
（昭和 7 年）

1 月　12 日，與林招治（蒼瑛）結婚。

18 日，以筆名「水蔭萍人」發表組詩「短詩」：〈白色的黎明〉、〈戀人〉、〈黎明〉、〈秋的韻味〉、〈冬〉、〈皎潔的夜空〉、〈睡著的女子〉、〈夢〉於《臺南新報》。

2 月　20 日，發表詩作「美貌的夜其他的詩篇」：〈美貌的夜〉、〈夜的散步〉、〈忘卻〉、〈春又來了〉、〈單純的話語〉、〈徬徨的魂魄〉、〈山羊的住家〉、〈瘠蟲〉。

3 月　22 日，以筆名「水蔭萍人」發表〈不幸〉、〈手術室〉。

本年　自費出版日文詩集《樹蘭》。

陸續於日本《神戶詩人》、《詩學》、《椎の木》等詩誌發表詩作。

短篇小說〈貿易風〉入選《臺南新報》徵文獎。

短篇小說集《貿易風》由臺南金魚書房出版。

1933 年
（昭和 8 年）

1 月　16 日，以筆名「水蔭萍人」發表日文詩〈青白色的鐘樓〉於《臺南新報》。

17 日，以筆名「水蔭萍人」發表詩作〈月光〉於《臺南新報》。

2 月　7 日，以筆名「水蔭萍人」發表日文詩作〈幻影〉於《臺南新報》。

8 日，以筆名「水蔭萍人」發表日文組詩「福爾摩沙島影」：〈停車場〉、〈街樹〉、〈咖啡美館美學〉、〈橋樑上〉、〈島上的少女們〉於《臺南新報》。

以筆名「島田忠夫」發表日文詩作〈沙羅之花〉於《レシエンゾ》。

因代行《臺南新報》「學藝欄」編務，埋下日後組織風車詩社之因。

3月　　1日，發表詩作〈夜曲〉、〈夢〉於《臺南新報》。

12日，以筆名「水蔭萍人」發表日文詩作〈日曜日式的散步者——把這些夢送給朋友S君〉於《臺南新報》。

22日，發表詩作〈不幸〉、〈手術室〉。

以楊熾昌爲中心，與李張瑞、林永慶、張良典、戶田房子、岸麗子共同創立「風車詩社」，之後曾與該社筆戰的尚梶鐵平（島元鐵平）也同時加入，發行《風車》詩誌，共同推動超現實主義詩風，有別於當時盛行的寫實主義風格。

10月　《風車》詩誌第1輯發刊，每期發行75本（此輯今無傳本），刊名爲法文「Le Moulin」，由楊熾昌編，並發表〈詩的型態與詩格的手記〉於《風車》詩誌第1輯。

1934年　1月　13日，以筆名「水蔭萍」著作日文組詩「月光和貝殼」：
（昭和9年）　　　〈海風〉、〈海之歌〉、〈月光〉、〈貝殼〉、〈夜〉、〈印象〉，並發表於《臺南新報》。

《風車》詩誌第2輯發刊，楊熾昌編，今無傳本。

2月　　17日、3月6日，發表〈檳榔子的音樂——吃鉈豆的詩（上、下）〉，於《臺南新報》。

3月　　28日，著作日文組詩「海島詩集」：〈海軟風〉、〈女人〉、〈海岬〉、〈果實〉、〈頭〉，並發表於《臺南新報》。

《風車》詩誌第3輯發刊，今有傳本，並發表〈燃燒的頭髮——爲了詩的祭典〉、〈西脇順三郎的世界：關於詩集*AMBARVALIA*〉、日文詩〈Demi rêver〉、〈似夢非夢的夜晚〉、〈果實〉和以筆名「柳原喬」發表的日文小說〈花粉與口唇〉於《風車》詩誌第3輯。

4月　　8、19日，刊載〈燃燒的頭髮——爲了詩的祭典（上、下）〉於《臺南新報》。

5 月　16 日，發表日文組詩「貝殼的睡床——自東方的詩集」：
〈航海〉、〈Burazirero〉、〈塘鵝〉、〈柳祭〉、〈白門扉〉、〈少
女和貝雷帽〉、〈貝殼的睡床〉、〈斷片〉於《臺南新報》。

21 日，發表回應佐藤生〈感想段片〉的文章〈義大利花飾
彩陶的花瓶：給佐藤君的信〉於《臺南新報》，反駁佐藤
對其詩作的批評看法。

6 月　13 日，發表組詩「雲和通話筒」：〈雲〉、〈圓窗〉、〈通風
筒〉、〈思鄉病〉、〈Nostalgle〉於《臺南新報》。

7 月　20、28 日，以筆名柳原喬發表小說〈貿易風（上、下）〉
於《臺南新報》。

8 月　4 日，長子楊螢照出生。

19 日，父楊宜綠因肝病過世，臨終囑託「當作家的夢消失
後，要活的路就是要當新聞記者」，對其影響極大。

9 月　《風車》詩誌第 4 輯發刊，李張瑞編，後廢刊。

11 月　12 日，以筆名水蔭萍發表日文詩作〈古弦祭〉於《臺南新
報》「風車同人集 A」。

14 日，以筆名水蔭萍發表日文詩〈月光奏鳴曲〉於《臺南
新報》「風車同人集 A」。

19、25 日、12 月 22 日，以筆名水蔭萍發表〈詩論的黎
明〉於《臺南新報》。

12 月　27 日，發表日文詩作〈尼姑〉、〈茉莉花〉、〈無花果——童
話式的鄉村詩〉，發表於《臺南新報》。

本年　任《臺南新報》「學藝欄」臨時編輯，曾設「風車同仁作
品集」專欄。

1935 年　2 月　發表日文組詩「園丁手冊——詩與散文」：〈海風〉、〈海港
（昭和 10 年）　　的筆記〉、〈祭典〉於《臺南新報》。

6 月　1 日，參加「臺灣文藝聯盟佳里支部」成立大會。

3 日，以筆名南潤發表〈三行通信：小「論爭」觀戰〉於《臺灣新聞》。

7 月　3 日，以本名楊熾昌發表〈三行通信：詩人の感覺〉於《臺灣新聞》。

10 日，發表詩作〈靜脈與蝴蝶〉於《媽祖》。

以筆名「水蔭萍」發表〈南方的部屋：西川滿氏〉於《レ・ス・パ》。

8 月　23 日，以筆名「水蔭萍」發表〈詩的周圍──阪本越郎詩論集讀後〉於《臺灣日日新報》第 12715 號第 6 版。

以筆名「水蔭萍」發表〈朱衣の聖母祭〉於《レ・ス・パ》

9 月　發表日文詩〈傷風的唇──有氣息的海邊〉於《媽祖》第 8 冊。

10 月　3 日，以筆名「水蔭萍」發表〈秋窓雜筆読んだものから〉於《臺灣日日新報》第 12755 號第 6 版。

12 月　投考《臺灣日日新報》記者，在辭去《臺南新報》工作後於 1936 年 1 月後成為《臺灣日日新報》準社員。

以筆名「水蔭萍」發表日文詩作〈藍色的鄉愁〉與〈各人各說〉於《文藝汎論》。

1936 年
（昭和 11 年）

2 月　17 日，以筆名「水蔭萍」發表詩作〈季節之園〉於《臺灣日日新報》第 12901 號第 4 版。

3 月　10 日，完成〈土人的嘴唇〉，並發表於《臺南新報》。

以筆名「森村千二郎」發表〈臺灣文學喲，要拋棄政治的立場：河崎寬康君的批判〉於《臺南新報》。

4 月　7 日，分別以筆名「島亞夫」、「水蔭萍」發表日文詩作〈蒼白的歌〉與〈Joyceana：《喬伊斯為中心的文學運動》讀後〉於《臺南新報》。

15 日，以筆名「森村千二郎」發表〈勝手に喋舌る：河崎寬康君寬恕せよ〉於《臺南新報》。

26 日、5 月 1 日，以筆名「南潤」發表〈洋燈的思維〉於《臺南新報》。

發表日文詩作〈風的音樂〉，於《媽祖》第 11 冊。

5 月　17 日，以筆名「水蔭萍」發表詩作〈蓮塘：蒹葭露白蓮塘淺——杜牧〉於《臺灣日日新報》。

發表日文組詩「毀壞的城市——Tainan Qui Dort」：〈黎明〉、〈生活的表態〉、〈祭歌〉、〈毀壞的城市〉於《臺南新報》。

6 月　1 日，以筆名「伊藤逸太郎」發表日文詩作〈煙〉於《文藝汎論》。

7 月　發表日文詩作〈公雞和魚〉、〈旅遊記〉於《臺南新報》。

9 月　11 日，以筆名「水蔭萍」發表日文詩〈越境的蝴蝶——給蔡鶴兒小姐的獻詩〉於《臺灣日日新報》第 13097 號第 4 版。

10 月　因公至澎湖採訪軍旅生活一週，見「漁翁島」落日，於 32 年後完成〈漁翁島的落日〉。

12 月　29 日，與臺南地區文友於臺南鐵路飯店會見來臺訪問中國作家郁達夫，討論文學問題，與會者包括郭水潭、吳新榮、徐清吉、趙啓明、莊松林、林占鰲等。

1937 年　3 月　10 日，發表日文詩〈窗帷〉於《媽祖》第 13 冊。
（昭和 12 年）

8 月　18 日，以「梶哲夫」爲筆名創作的小說〈薔薇的皮膚〉入選《臺灣日日新報》小說獎審查名單，後得首獎。

9 月　19 日，發表〈詩的化妝法：百田宗治氏《自由詩以後》讀後〉，於《臺灣日日新報》第 13467 號第 6 版。

	10 月	28 日，自傳體詩小說〈薔薇的皮膚〉發表於《臺灣日日新報》第 13506 號第 7 版。
		《洋燈的思維》由臺南金魚書房出版。
1938 年 （昭和 13 年）	4 月	26 日，發表日文詩作〈比卡兒的族群〉於《臺灣日日新報》第 13684 號第 6 版。
	6 月	1 日，以本名楊熾昌發表〈四十年前の土匪の狀況〉於《臺灣日日新報》第 13720 號第 7 版。
	12 月	10 日，發表日文詩作〈悲調的月夜——給霓虹之女 T.T〉於《臺灣日日新報》第 13912 號第 6 版。
		日文小說集《薔薇的皮膚》由臺南金魚書房出版。
	本年	加入由西川滿主導的「日本詩會臺灣支會」。
1939 年 （昭和 14 年）	7 月	8 日，發表日文組詩「橫臥的草——病床的靈敏度（上）」:〈熱花〉、〈臥床的雄雞〉、〈忘卻〉於《臺灣日日新報》第 14120 號第 6 版。
		12 日，發表日文組詩「橫臥的草——病床的靈敏度（下）」:〈飢餓〉、〈雨愁〉、〈孤情〉於《臺灣日日新報》第 14124 號第 3 版。
	8 月	13 日，發表日文詩作〈蝴蝶的思考——給某女人的碑銘:女碑銘第一章〉於《臺灣日日新報》第 14156 號第 6 版。
	9 月	9 日，加入「臺灣詩人協會」。
	12 月	1 日，發表日文詩作〈月的死相:女碑銘第二章〉，於「臺灣詩人協會」機關誌《華麗島》創刊號。
1940 年 （昭和 15 年）	1 月	發表日文詩〈花海〉於「臺灣文藝家協會」機關誌《文藝臺灣》創刊號。
1941 年 （昭和 16 年）	2 月	17 日，長女楊瑛子（楊芬瑛）出生。
	8 月	5 日，發表〈媠媒媚と花〉於《臺灣日日新報》第 14873 號夕刊 4 版。

| | 本年 | 加入由臺灣詩人協會改組而成立的臺灣文藝家協會。 |

本年　加入由臺灣詩人協會改組而成立的臺灣文藝家協會。

因日本皇民化政策，曾改名爲「柳澤昌男」。

1943 年
（昭和 18 年）

5 月　12 日，「臺灣新聞會」成立，審查全臺新聞記者資格，獲新聞記者證。

本年　被派往達邦、啦啦禹野、沙美奇等六社，採訪山區生活情形，連載於《臺灣日日新報》，篇名與發表年月不詳。

1944 年
（昭和 19 年）

2 月　5 日，次女楊節子出生。

4 月　全臺日刊六報社統合爲《臺灣新報》，楊熾昌被派往《臺灣新報》總社社會部，負責交通局、專賣局新聞。

6 月　5 日，風車詩社同仁林修二（林永修）病逝，遂於 6 日以柳澤昌男爲名，完成〈致林修二夫人書〉。

1945 年
（昭和 20 年）

年初　調任《臺灣新報》總社軍事部，被臺灣第十方面軍徵召爲軍報導班班員第七號，派往海軍特工隊基地工作，後飛往西里伯島、菲島、宮古島採訪。

5 月　31 日，美軍最後一次空襲臺南，總爺街老家連同藏書 5000 冊付之一炬。

7 月　返臺。

10 月　25 日，臺灣行政長官公署派李萬居接收《臺灣新報》，改爲《臺灣新生報》，楊熾昌繼續擔任該報記者。

1946 年

5 月　臺南市記者公會成立，出任監事。

6 月　1 日，妻子林招治（蒼瑛）過世。

9 月　11 日，與母舅第五女黃秋治結婚。

12 月　出任臺南市記者公會理事。

1947 年

3 月　月初，任職於臺南市二二八事件處理委員會分會報導組。

接受臺灣行政長官公署宣傳委員會主任兼《新生報》總編輯夏濤聲交代陳漢平的口頭傳達：「利用《新生報》臺南分社代印《新生報》號外，共印 3 天」。

因「利用電信局對外聯絡，替匪徒蒐集情報，通風報信，擅自發行號外，作匪徒喉舌」被捕。判刑二年，但半年後即被釋出獄。

	9 月	出獄。
	10 月	轉任《公論報》臺南分社主任。
1948 年	7 月	17 日，次子楊蒼嵐出生。
1949 年	本年	任記者公會常務理事、外勤記者聯誼會常務幹事。
1950 年	3 月	於臺南市記者公會理事長蘇輔德出國期間代理理事長職務。
		連震東任《中華日報》董事長，力邀楊熾昌至該報服務，婉拒。
1951 年	8 月	三子楊皓文出生。
1952 年	8 月	因好友李張瑞遭受白色恐怖冤刑，辭去《公論報》主任職務，宣布封筆，重心轉向攝影與攝影指導。
1953 年	6 月	22 日，參與成立臺南扶輪社，創社刊《赤嵌》，並任編輯。
1956 年	7 月	自扶輪社社刊《赤嵌》10～12 號合刊起擔任主編。
	10 月	受聘爲《臺北攝影新聞》特派員，負責南部地區攝影報導工作。
	12 月	組織「徠卡攝影俱樂部」，每年春天在臺南永福國小舉行「徠卡影展」。
1958 年	1 月	中旬，胃出血，誓戒酒 3 年。
	3 月	18 日，隨臺南文獻委員石暘睢等人赴澎湖查訪歷史文物。
	12 月	10 日，發表〈新聞自由觀念的確立：談美國《生活雜誌》的發展〉於《赤嵌》第 5 卷第 5 期。
1959 年	11 月	15 日，爲追憶好友扶輪社社長顏春芳，發表悼文於《赤嵌》第 6 卷第 4 期。

	12 月	15 日，完成訪問屏東三地門排灣族後之〈蛇‧人頭‧蘆慕：記三地門筏灣族原始藝術〉，並以筆名山羊生發表於《赤嵌》第 6 卷第 5 期。
	本年	受聘擔任日本《內外時報》臺南支局長，並於日本《國際評論》發表作品。
1961 年	5 月	15 日，發表〈猿人與北京人：135 萬年前原始人的思慕〉於《赤嵌》第 7 卷第 10 期。
1963 年	1 月	1 日，參加成立新營臨時扶輪社。
	10 月	22 日，母親黃氏銀過世。
	本年	任臺灣國際扶輪社祕書。
1964 年	1 月	15 日，《臺南扶輪社十年誌》發刊，擔任編輯，著有〈編後記〉。
	5 月	15 日，發表〈港九之行〉於《赤嵌》第 10 卷第 10～12 期。
1965 年	本年	卸下為期兩年的扶輪社秘書工作。
1966 年	7 月	15 日，以扶輪社社名「Goat」為筆名發表〈吸毒與香港〉於《赤嵌》第 12 卷第 12 期，並發表〈扶輪的基本認識〉於《赤嵌》同期。
1967 年	7 月	出任臺南扶輪社第一副社長，仍兼任社刊主編。
	12 月	15 日，發表演講詞〈扶輪四大考驗〉於《赤嵌》第 14 卷第 5 期。
1968 年	6 月	輔導組織成立澎湖臨時扶輪社。
	7 月	15 日，發表〈漁翁島之落日〉於《赤嵌》第 14 卷第 12 期。
		30 日，發表〈就任話〉於《赤嵌》第 15 卷第 1 期。
		出任臺南扶輪社第 16 屆社長，繼續兼任社刊主編。
	本年	出任臺南市文獻委員會委員。

前往臺東鯉魚山考察古代文化層巨石遺址。

1969 年	1 月	10 日，發表〈十五年的輪跡〉於《赤嵌》第 15 卷第 6 期。
		30 日，發表〈前瞻與期望〉於《赤嵌》第 15 卷第 7 期。
	6 月	30 日，發表〈卸任語〉於《赤嵌》第 15 卷第 12 期，卸下扶輪社社長職務。
	7 月	30 日，發表〈澎湖古今談〉於《赤嵌》第 16 卷第 1～6 期。
	8 月	30 日，發表〈日本京都在日本歷史與文學上的地位〉於《赤嵌》。
		任教南榮工專，教授攝影設計。
1970 年	2 月	發表〈春節談故事〉於《赤嵌》第 16 卷第 8 期。
	7 月	辭去南榮工專教職。
	12 月	30 日，發表〈三島由紀夫與美學：從三島文學談到美與死〉於《赤嵌》第 17 卷第 6 期。
1971 年	5 月	14 日，赴日參加姊妹社佐世保市扶輪社社慶。
	7 月	發表〈虛像實像：旅日散記〉，於《赤嵌》第 18 卷第 1～12 期（1971 年 7 月～1972 年 6 月）。
1972 年	6 月	發表〈諾貝爾獎作家川端康成自殺之謎（上、下）〉，於《赤嵌》第 18 卷第 11～12 期。
	8 月	發表〈《源氏物語》的倫理觀〉於《赤嵌》第 19 卷第 2 期。
	9 月	發表〈長沙馬王堆：西漢貴人女屍之謎〉於《赤嵌》第 19 卷第 3 期。
	10 月	發表〈以色列——阿拉伯競爭的剖析〉於《赤嵌》第 19 卷第 4～8 期（1972 年 10 月～1973 年 2 月）。
1973 年	本年	發表〈春節話財神〉、〈奇花水仙〉、〈水門事件的政治

學〉、〈佩帶喪章的國家〉、〈金衣公子：春鶯〉、〈神話、現實、民族〉等文章於《赤嵌》專欄「北窗瑣語」（第 19 卷第 8 期～第 20 卷 6 期）。

1974 年　　5 月　發表〈挖掘水門事件──震撼白宮的兩位記者〉於《赤嵌》第 20 卷第 11 期。

　　　　　　6 月　10 日，發表〈思想與行動的顯在化：改造人間的革命家保羅哈里斯〉（日文）、〈念年歲月裡沉思一個夢〉於《赤崁二十年誌》。

　　　　　　本年　發表〈自殺考〉、〈水滸傳中的毒婦〉、〈淫靡國色飛燕與昭儀〉等文章於《赤嵌》專欄「北窗瑣語」（第 20 卷第 7 期～第 21 卷第 6 期）。

　　　　　　　　　為原田正路、山岡莊八編《台湾心の美》撰寫序文〈心之美〉，該書由東京おりじ書房出版。

1975 年　　本年　發表〈妻子與女僕的後裔以色列與阿拉伯的性格〉、〈越南：倚賴他力的悲劇〉、〈SPY 帝國 CIA〉等文章於《赤嵌》專欄「北窗瑣語」（第 21 卷第 7 期～第 22 卷第 5 期）。

1976 年　　5 月　18 日，赴日參與平戶市主辦鄭成功祭典。

1977 年　　9 月　28 日，發表〈樓蘭：被流沙淹沒的王都〉於《赤嵌》第 24 卷第 2、6～12 期。

　　　　　　10 月　發表〈談卡特政策的危險性〉於《赤嵌》第 24 卷第 4～5 期。

　　　　　　本年　發表〈博多の顔〉、〈「梅屋敷」の秘密〉、〈日本の「性」動向〉等文章於《赤嵌》專欄「北窗瑣語」（第 22 卷第 10 期～第 23 卷第 12 期）。

1978 年　　9 月　發表〈影印人誕生之謎──從羅羅克一本書談無性生殖〉於《赤嵌》第 25 卷第 3 期。

1979 年	1 月	11 日，發表〈文革下求生的知識分子〉於《赤嵌》第 25 卷第 6 期。
	3 月	31 日，陳千武翻譯楊熾昌〈越境的蝴蝶——獻給蔡鶴兒小姐的詩〉、〈毀了的街〉、〈蒼白的鐘樓〉3 詩，刊登於《自立晚報》「臺灣光復前文學作品精選」。
	4 月	25 日，發表〈自封筆以後〉於《民眾日報》，透露封筆後大抵以研究古代史、日本古代文學、考古學、國際現勢為主。
	6 月	發表〈混血兒與 JAGATARA 文——平戶拾遺〉於《赤嵌》第 25 卷第 12 期。
	8 月	發表〈《金瓶梅》與《查泰萊夫人的情人》：淺談中英比較文學（上、中、下）〉於《赤嵌》第 26 卷第 2～4 期。
	11 月	日文詩集《燃える頰》（燃燒的臉頰）由臺南河童書房出版。
1980 年	1 月	21 日，發表〈倭寇、甲螺、顏思齊〉於《臺南文化》第 8 期。
	6 月	為亡友林修二編修之詩文集《蒼い星——林修二遺稿選集》出版，並撰序文〈靜謐的愛——懷念望著蒼星逝世的朋友〉。
	10 月	25 日，發表〈獨白〉於《民眾日報》。
	11 月	7 日，發表〈回溯——一個時代的終焉〉於《聯合報》第 8 版。
1981 年	2 月	27 日，《自立晚報》之「日據時代臺灣詩人詩作簡介」登出由月中泉中譯的早期作品四首：〈窗帷〉、〈古弦祭〉、〈月光奏鳴曲〉、〈花海〉。
	6 月	卸下《赤嵌》主編工作，並發表〈扶輪一傻人：代卸任離語〉於《赤嵌》第 27 卷第 12 期。

	10 月	〈回溯〉收錄於《聯合報》策劃的《寶刀集》，由臺北聯合報社出版。
1982 年	5 月	詩作〈尼姑〉、〈茉莉花〉、〈燃燒的臉頰〉、〈窗帷〉、〈古弦祭〉、〈毀壞的城市〉、〈月光奏鳴曲〉、〈花海〉、〈越境的蝴蝶——獻給蔡鶴兒小姐的詩〉收錄於羊子喬、陳千武主編的《廣闊的海》，由臺北遠景出版公司出版。
	本年	發表〈發揮每一分光熱：走進世界大同的迴響〉於《赤崁雙月刊》。
1983 年	4 月	9～10 日，發表〈荷馬的史詩與愛琴文明：從《伊利亞德》詩章到特洛愛遺址的發現〉於《臺灣時報》。
1984 年	2 月	12～14 日，發表〈《源氏物語》的精妍——Unesco 認定作者為世界偉人之一〉於《聯合報》第 8 版。
	3 月	31 日，發表〈水門事件的省思〉於《自立晚報》。
	5 月	發表〈莎樂美的月：奧斯卡維爾德死的美學〉於《文訊》第 11 期。
	6 月	10 日，發表〈服務探奇的人群：淺談扶輪哲理內含〉、〈自閉與自己顯示〉、〈扶輪社綱領是否永久不變〉於《赤崁三十年誌》。
	10 月	14 日，發表〈建立文學復興的基石〉於《聯合報》，慶賀《聯合文學》創刊。
	12 月	1 日，重刊〈漁翁島的落日：魯汀的錯誤與天人菊〉於《自立晚報》。
1985 年	1 月	發表〈臺灣的藝妲〉於《聯合文學》第 3 期。
	2 月	15 日，發表〈追尋《雪國》：川端康成與駒子〉於《中國時報》第 8 版。
	6 月	30 日，發表〈《女誡扇綺談》與禿頭港：赤嵌時代取材臺南的故事〉於《臺南文化》新 19 期。

	7 月	發表〈哀慟的淚痕〉於《幼獅月刊》第 391 期。
	10 月	1 日，發表由鄭清文翻譯的〈夢的追想：孤獨與哀傷的羅曼史〉〔〈殘燭的火焰〉節錄〕於《聯合文學》第 12 期。
	11 月	《紙魚──エツセイ集》由日本河童書坊出版。
	12 月	發表〈奧蘭治城與都烈希特堡：略談熱蘭遮城址的由來〉於《臺南文化》新 20 期。
1986 年	3 月	26 日，發表〈日本古典文學的母胎：《蜻蛉日記》〉於《臺灣時報》。
	6 月	發表〈幽鬼的城市：從《尤利西斯》談喬伊斯文學〉於《文訊》第 24 期。
	7 月	30 日，發表〈繚亂的漢風文化〉於《臺灣時報》。
	8 月	9 日，獲「自立晚報」主辦之第 8 屆「鹽分地帶文藝營」頒發「臺灣新文學特殊成就獎」。
		11 日，友人林永修（林修二）寡妻林妙子逝世，爲其完成〈故人略歷〉。
	11 月	11 日，發表〈消失的蘭嶼〉於《臺灣文藝》第 102 期。
	12 月	11～13、15 日，重刊〈樓蘭：被流沙埋沒的王都〉於《臺灣時報》。
1987 年	2 月	4 日，發表〈女誡扇澌聞〉於《臺灣時報》。
	3 月	16 日，重刊〈蛇‧人頭‧蘆慕：記三地門排灣族原始藝術〉於《自立晚報》。
		20 日，發表〈春鶯、梅花、文學──素梅素黶開，嬌鶯嬌聲弄〉於《聯合報》第 8 版。
		29 日，重刊〈虛僞的人生〉於《自立晚報》。
	5 月	30 日，發表〈汨羅汨羅江愁：追思屈原，回憶府城端午節〉於《臺灣時報》。

	11 月	16 日，重刊〈奇僧蘇曼殊：流浪，奇行與文學風格〉於《臺灣時報》。
	12 月	發表論文〈荷蘭臺灣商館的貿易與朱印船渡海漂泊的始末〉於《臺南文化》新 24 期。
1988 年	2 月	16 日，胃出血，入新樓醫院，四日後出院。
	3 月	2 日，發表〈元宵，看燈兼看看燈人〉於《臺灣時報》。
		17 日，發表〈密室的苦思〉於《臺灣時報》。
		29 日，發表〈蒲公英：川端康成未完成長篇剖析〉於《臺灣時報》。
	6 月	30 日，發表論文〈鄭成功世次族系：摘錄日本長崎、平戶文獻〉於《臺南文化》新 25 期。
	9 月	20 日，重刊〈聖人與王八〉於《臺灣時報》。
		25 日，發表〈秋思〉於《臺灣時報》。
1989 年	2 月	陳千武發表翻譯《燃燒的臉頰》於《笠詩刊》第 149 期。
	5 月	29 日，發表〈「愛情大河」的泅泳者〉於《臺灣時報》。
	6 月	8 日，重刊〈女道士魚玄機〉於《臺灣時報》。
		30 日，發表論文〈媽祖史考：朱衣的媽祖海人的尊崇護神〉於《臺南文化》新 27 期。
	8 月	11 日，急診住院。
		12 日，嚴重吐血，急救，醫囑建議開刀，因身體狀況極差，暫時觀察後於 9 月 1 日出院。
	11 月	23 日，發表〈雨月物語：中國小說的翻案怪異小說集〉於《臺灣時報》。
1990 年	1 月	9 日，發表〈旅日訪古〉於《臺灣時報》。
	3 月	8～10 日，隨臺南文獻會前往臺東卑南考古觀摩。
	6 月	30 日，發表論文〈卑南文化遺址：史前人類的呼喚〉於《臺南文化》新 29 期。

	11 月	23 日，增補〈源氏物語與貴族文化〉並發表於《臺灣時報》。
1991 年	9 月	1 日，接受中研院許雪姬訪問，口述臺南二二八事件及被捕。訪談全文〈楊熾昌先生訪問紀錄〉載於中研院近史所《口述歷史》第 3 期（1992 年 2 月 1 日）。
	10 月	3 日，胃出血，入新樓醫院。
		16 日，切除三分之二胃，確認罹患胃癌。
	11 月	口述二二八事件文章載於臺灣文獻會之《二二八事件文獻輯錄》，由臺中臺灣省文獻委員會出版。
1993 年	6 月	5 日，發表〈臺灣人報道班員手記之一〉於西田勝主編之《地球の一點から》第 54 號。
	7 月	30 日，發表〈臺灣人報道班員手記之二〉於《地球の一點から》第 55、56 合刊號。
	9 月	23 日，發表〈臺灣人報道班員手記之三〉於《地球の一點から》第 58 號。
	10 月	發表〈蘆慕、胡笳之情〉於《臺灣文學》第 8 期。
1994 年	1 月	發表〈文學家的美意識〉於《文學臺灣》第 9 期。
	4 月	發表〈魯迅素描及其作品叢談〉於《文學臺灣》第 10 期。
	5 月	於早晨速走運動中跌倒，額下裂傷，埋下胃疾復發之因。
	6 月	臺南市文化中心策劃出版「臺南市作家作品集」，其中《水蔭萍作品集》由呂興昌編輯，葉笛翻譯。
	9 月	27 日，下午 1 點，胃癌復發，病逝於新樓醫院，享年 86 歲。
	10 月	遺作〈卡夫卡文學的特異性〉刊登於《文學臺灣》第 12 期，爲生前最後寄出作品。
1995 年	4 月	由呂興昌編訂；葉笛翻譯之合集《水蔭萍作品集》由臺南

市立文化中心出版。

2002 年	本年	成功大學歷史學研究所黃建銘撰寫；林瑞明教授指導的碩士論文《日治時期楊熾昌及其文學研究》，爲臺灣首度以楊熾昌作爲主題的學位論文。該文後於 2005 年出版，爲第 11 輯「南臺灣文學——臺南市作家作品集叢書」之一，由臺南市立圖書館出版。
2004 年	8 月	詩作〈茉莉花〉、〈尼姑〉、〈靜脈與蝴蝶〉、〈秋之海〉、〈蒼白的歌〉、〈毀壞的城市〉收錄於方群、須文蔚、孟樊主編《現代新詩讀本》，由臺北揚智文化出版。
2010 年	1 月	詩作〈燃燒的頭髮——爲了詩的祭典〉由 Balcom Yingtsih 譯爲〈 Burning Hair——For a Rite of Poetry 〉，發表於 *Taiwan Literature English Translation Series*。

參考資料：

・呂興昌編，〈楊熾昌生平著作年表初稿〉，《水蔭萍作品集》，臺南：臺南市立文化中心，1995 年 4 月，頁 375~429。

・封德屏主編，〈楊熾昌〉，《2007 臺灣作家作品目錄》，臺南：國立臺灣文學館，2008 年 7 月，頁 1113～1114。

・莊曉明，《日治時期鹽分地帶詩人群和風車詩社詩風之比較研究》，國立臺北教育大學臺灣文化研究所碩士論文，林淇瀁教授指導，2008 年 12 月

・黃建銘，《日治時期楊熾昌及其文學研究》，臺南：臺南市立圖書館，2005 年 12 月。

輯三◎
研究綜述

楊熾昌研究綜述

◎林淇瀁

一、楊熾昌文學概述

　　做爲臺灣最早出發的超現實主義詩人，楊熾昌的新詩創作發軔於 1930 年赴日階段，他赴日讀書時認識了新感覺派作家岩藤雪夫、龍膽寺雄，並因此因緣進入大東文化學院攻讀日本文學，投稿日本的文學刊物發表詩作，次年就出版他的第一本詩集《熱帶魚》，奠定了他在當時日本詩壇的新秀詩人位置。1932 年他開始採用筆名「水蔭萍人」在《臺南新報》發表大量詩作，並出版第二本詩集《樹蘭》、第一本小說集《貿易風》，展現了一個新銳臺灣人作家的創作才華。

　　1933 年他進入《臺南新報》代行「學藝欄」編務，並與林永修、李張瑞、張良典、戶田房子、岸麗子、尙梶鐵平等人組織「風車」詩社，發行《風車》，展開了臺灣超現實主義文學的書寫與鼓吹。不過，《風車》存活期甚短，只出版了四期，從 1933 年 10 月創刊，到 1934 年 9 月（一說 12 月）出刊第 4 輯就未再續刊，成爲臺灣新詩史上第一本亮眼而早夭的詩刊，即使到今天能夠見到的也只有第 3 輯。

　　儘管如此，楊熾昌及其超現實主義書寫、詩觀，仍在爲時不長的臺灣新詩史中發出了閃亮的光芒。這時的楊熾昌吸收了日本評論家西脇順三郎、崛辰雄、超現實主義詩人北園克衛的美學主張，先後發表〈詩的型態與詩格的手記〉、〈檳榔子的音樂——吃鉈豆的詩〉、〈燃燒的頭髮——爲了詩的祭典〉、〈詩論的黎明〉等詩論，宣揚超現實主義，強調意象之美、理智的思考，並且特意融入臺灣獨有的風土（「福爾摩沙南方的色彩和風」）

以表現「比現實還要現實」的「新鮮的文學祭典」。做為一位受到超現實主義美學啓發，並且透過詩作加以實踐的詩人、詩論家，楊熾昌通過日文以及日本學界所吸收的超現實主義，成爲臺灣現代主義美學的濫觴；值得注意的是，無論詩或詩論，他所主張的超現實主義還融入了臺灣獨特的風土元素（意象、景物），這使他所帶領的超現實主義有別於當時日本詩壇的超現實風格。

　　這樣的超現實美學和實驗精神，在左翼運動下的臺灣寫實主義風潮中顯然是個異數。《風車》出刊後，立即引發臺灣文壇的注目與討論。1934年 4 月，鹽分地帶詩人郭水潭就撰文批評《風車》刊登的詩作和詩人是「美麗的薔薇詩人」，「只能予人一種詞藻的堆砌，幻想美學的裝潢而已」；雖然如此，1935 年 6 月，楊熾昌還是參加了「臺灣文藝聯盟佳里支部」的成立大會，並與鹽分地帶作家郭水潭、吳新榮來往密切。爲藝術而藝術？爲人生而藝術？兩者之間的爭辯無時不然，在日本殖民年代的楊熾昌選擇與世界前衛運動接軌的超現實美學，並且以臺灣風土來彰顯其主張的在地性，這應該才是他跟《風車》在臺灣新詩史上存在的重要藝意吧。

　　1935 年 12 月，楊熾昌考進《臺灣日日新報》，成爲記者，開始了他的新聞記者生涯，其後調回臺南，任職於該報臺南支局社會部擔任社會記者，這使他接觸了臺灣社會最底層的黑暗面，與社會現實有了鮮明的碰觸。根據他的自述，他曾揭發警察和報社主管勾結、寺廟住持的酒色本性、和尚醜行等社會事件。作爲記者的楊熾昌和作爲詩人的水蔭萍似乎判若二人。

　　1944 年 4 月，由於日本發動太平洋戰爭，全臺六報被併爲《臺灣新報》，楊熾昌被派爲總社社會部記者，負責採訪交通、專賣新聞；1945年，戰爭日熾，他被調到軍事部，成爲戰地記者，遠赴南太平洋戰地採訪，出生入死，讓他目見臺籍日本兵和日本少年兵赴死的狀況而悲戚，直到戰爭結束。

　　新聞記者的經歷，顯然影響了楊熾昌的書寫，從超現實主義的美學創

作中，薔薇的夢被戰爭帶來的鮮紅的血和悲戚的淚取代了。記者階段的楊熾昌，創作日稀，報導和時事評論成爲他的主業，創作與閱讀則是下班之後入夜的事情。在這個階段，他加入了 1939 年由西川滿等人成立的「臺灣詩人協會」，在機關誌《華麗島》上發表詩作；其後協會擴大改組爲「臺灣文藝家協會」，他也列名其中，並加入西川滿主導的《文藝臺灣》爲同仁，相對於由張文環主導的《臺灣文學》寫實路線，西川滿偏愛的耽美、頹廢氛圍，似乎仍吸引著這時已擔任記者的楊熾昌，唯在來臺日人評論家眼中，他並未獲得應有的重視與評價。

　　二次世界大戰後，臺灣行政長官公署派李萬居接收《臺灣新報》，易名爲《臺灣新生報》，楊熾昌留任記者。1947 年二二八事件爆發，他任職「臺南市二二八事件處理委員會報導組」，由報社印行二二八號外，他受到牽連，以「利用電信局對外聯絡，替匪徒蒐集情報，通風報信，擅自發行號外，作匪徒喉舌」罪名被捕，判刑兩年，半年後出獄。

　　同年 10 月，他轉任《公論報》臺南分社主任，繼續記者生涯與寫作。1952 年 8 月，因爲好友李張瑞遭受白色恐怖迫害，他辭去《公論報》工作，宣布封筆，從此浸淫於攝影、力史文物以及原住民藝術的研究。1959 年，他受聘擔任日本《內外時報》臺南支局長，自此也開始在日本《國記評論》雜誌上發表時評。顯然，二二八事件和隨後的白色恐怖統治使他的文學創作遭到相當程度的壓抑，他撰寫日文隨筆、時評，參與扶輪社事務，但已不再參與文學社團，詩也停筆了。跨越兩個年代，他在中壯創作力成熟時期人生被迫轉向，也沒有人知道他曾是一個前衛的詩人。

　　直到 1979 年 3 月，詩人陳千武翻譯他寫於日治時期的詩作並刊登在《自立晚報》副刊「臺灣光復前文學作品精選」，他的詩魂才回到臺灣的土地上。同年 11 月，他自費出版《燃える頰》（燃燒的臉頰），詩才回到他的身旁；也從這時，他開始在《民眾日報》副刊、《聯合報》副刊、《自立晚報》副刊發表作品，他的文學生命這才甦醒了過來。

　　1982 年，他的重要詩作〈尼姑〉、〈茉莉花〉、〈燃燒的臉頰〉、〈窗

帷〉、〈古弦祭〉、〈毀壞的城市〉、〈月光奏鳴曲〉、〈花海〉、〈越境的蝴蝶——獻給蔡鶴兒小姐的詩〉收入羊子喬、陳千武主編的《廣闊的海》，由遠景出版公司出版，他和日治年代的詩人終於在戰後漫長的等待中重見天日。

　　1985 年他在日本河童書坊出版了隨筆集《紙魚——エツセイ集》，這本收錄他戰後階段所寫日文隨筆、時評的集子，展現了他迄今仍不為臺灣文學界、學界所知的記者之筆、主筆之心，是他文學生涯轉向的重要標誌。

　　1986 年 8 月 9 日，他獲得「自立晚報」主辦第 8 屆「鹽分地帶文藝營」頒予「臺灣新文學特殊成就獎」，這塊土地中於肯定了他在臺灣文學上的貢獻與成就。

　　1994 年 9 月，他因胃癌復發，病逝於臺南新樓醫院，享年 86 歲。次年 4 月，由呂興昌編訂、葉笛翻譯之《水蔭萍作品集》由臺南市立文化中心出版。為他的文學人生畫下圓滿的句點。

二、楊熾昌文學研究概述

　　關於楊熾昌文學的研究資料，大約可以分為三大類：

　　第一類是研究楊熾昌文學的專書專著，本類截至目前為止僅見碩論一部、專著一部，均為成功大學歷史學研究所碩士黃建銘所撰（林瑞明指導），碩論題目為《日治時期楊熾昌及其文學研究》，通過於 2002 年 7 月，係臺灣首部研究楊熾昌的論文，針對楊熾昌生平及其超現實主義書寫有豐富的探討；專書書名沿用碩論，章節架構不變，於 2005 年列入「南臺灣文學——臺南市作家作品集叢書」之一，由臺南市立圖書館出版。

　　另外半部，是國立臺北教育大學臺灣文化研究所研究生莊曉明碩論《日治時期鹽分地帶詩人群和風車詩社詩風之比較研究》（林淇瀁指導），這篇論文如其題目，係比較風車詩風與鹽分地帶詩人群的差異，2008 年 12 月通過口考。

　　楊熾昌文學研究專書專著的不足，說明了他的日文文學書寫仍對研究者造成相當考驗，而他的超現實主義主張和詩作，對當前的臺灣文學研究

社群來說，具有基本難度，也還不易跨越。

　　第二類是有關楊熾昌的生平資料篇目。其下可分為「自述」、「他述」、「訪談」、「年表」四類。自述部分只見三篇，均為楊熾昌所撰，加上訪談部分，他接受採訪、口述的類目（如王玲、林佩芬、羊子喬的訪問稿、許雪姬的口述歷史訪問記錄）四篇，總計只有七篇。這樣的生平資料，顯得相當微薄，也印證了楊熾昌在戰後臺灣文壇的孤獨處境和邊緣位置。他署的部分，約有近五十篇，從楊熾昌的介紹、印象記，與楊氏的交誼到其作品風格，文學史定位、以及追思、悼念之文，相較於其他跨越年代的詩人、作家，數量上也顯得單薄。年表除了黃建銘碩論之外，重要的則是呂興昌教授所編訂的〈楊熾昌生平著作年表初稿〉[1]。

　　第三類是楊熾昌作品的評論篇目，約八十餘筆。這些評論可分為「綜論」、「分論」兩類。其性質則可細分為介紹、評析和論述三種，從一般性楊熾昌生平介紹、作品評析到學術期刊、研究論文，基本上大多集中於楊氏的詩藝、超現實主義及「風車詩社」。有關楊氏的另一身分記者、主筆身分，及其時評、隨筆、報導則尚無相關評論，這不能不說是楊熾昌研究的一個憾事。

三、關於楊熾昌研究資料彙編

　　楊熾昌研究資料的稀少，固然印證了一個日治年代作家以日文書寫的邊緣性，但由於楊熾昌書寫與主張的前衛性，使他在臺灣新文學史上占有無以撼動的位置，無論他發起的「風車詩社」、超現實主義運動，或或者他的詩作、隨筆所展現的意象語言、頹廢意識、耽美風格以及主知的思想深度，都提供給學界和文壇相當的評論空間；同時，也由於研究有限，觸及楊熾昌的研究仍局限於詩，他的評論、隨筆乃至他人生遭遇中的政治處境均仍未見探討，因此也提供給未來的學者評家更加寬廣的論述空間。

---

[1] 呂興昌，〈楊熾昌生平著作年表初稿〉，收錄於呂興昌編《水蔭萍作品集》（臺南：臺南市立文化中心，1995 年），頁 9～15。

　　本彙編根據現有已蒐羅的 152 筆研究資料，從中選取楊熾昌文學生涯與作品評論兩類共 14 篇。選取的原則，在文學生涯部分，有作家自述，以及口述訪談，除了楊氏自述文章之外，另選四篇，均係與楊熾昌親炙訪談之文，合共五篇，屆以勾畫這位幾被時代遺忘的重要詩人的臉顏；在作品評論部分，除葉笛所撰係以詩人之眼論述楊熾昌的詩藝世界之外，餘皆爲學院研究論文，各篇論者切入向度、視角各有不同，相互論點之間具有相當程度的對話性，一方面能凸顯楊熾昌文學書寫的文學史定位與意義，一方面也足供未來研究參考之資。選文分述如下：

1.楊熾昌〈回溯〉（作家自述，1981 年）。

2.羊子喬〈超現實主義的倡導者——楊熾昌〉（他述，1998 年）。

3.黃建銘〈作家形成之第一階段——創立「風車詩社」（1933 年～1935年）〉（他述，2005 年）。

4.林佩芬〈永不停息的風車——訪楊熾昌先生〉（訪談記錄，1984 年）。

5.許雪姬〈楊熾昌先生訪問紀錄〉（口述歷史，1992 年）。

6.呂興昌〈走進歷史還諸天地——記熾昌先二三事〉（他述，2000 年）。

7.奚密〈燃燒與飛躍——1930 年代臺灣的超現實詩——水蔭萍的詩與詩觀〉（綜論，2007 年）。

8.陳義芝〈水蔭萍與超現實主義〉（綜論，2006 年）。

9.陳明台〈楊熾昌・風車詩社・日本詩潮——戰前臺灣新詩現代主義的考察〉（綜論，2005 年）。

10.林巾力〈從「主知」探看楊熾昌的現代主義風貌〉（綜論，2002 年）。

11.徐秀慧〈水蔭萍作品中的頹廢意識與臺灣意象〉（綜論，2005 年）。

12.葉笛〈水蔭萍的 esprit enouveau 和軍靴〉（綜論，2003 年）。

13.劉紀蕙〈變異之惡的必要——楊熾昌的「異常爲」書寫〉（綜論，2000年）。

14.呂興昌〈詩史定位的基礎——《水蔭萍作品集》編序〉（綜論，1995

年）。

　　楊熾昌的〈回溯〉由作家撰寫於 1980 年，後收入聯合報社出版的《寶刀集——光復前臺灣作家作品集》，在這篇自述文章中，楊熾昌自述他在日治年代的文學書寫生涯，解釋他提倡超現實主義的心路歷程，相當程度顯露了他為自己辯誣的心境：其一，解釋為何不主張寫實主義，正面批判日人施政；其二，解釋為何採用日文，不採取中文書寫；其三，說明戰後封筆的理由，乃因「時代與寫作環境的轉變」——這篇寫於威權統治年代的文章，下筆謹慎，仍殘留白色恐怖陰影，對於日本統治以「軍閥」稱之，對「皇民化」表示憤怒……，都有著自我保護的不得不然，實際上，楊氏一生以日文為主要書寫工具，本文意在強調他當年提倡超現實美學的正當性，以及回應日治以來以寫實主義為主流的臺灣文壇對他的批評。通過此文，我們可以理解日治年代作家的苦悶，以及跨越兩個威權統治年代的稀微心情。

　　羊子喬所撰〈超現實主義的倡導者——楊熾昌〉發表於《自立晚報》副刊。做為一位戒嚴時期就開始整理日治年代臺灣新文學作品的青年詩人，羊子喬可說是當時最能了解楊熾昌文學創作價值與心境的評論者，此文勾勒了楊熾昌的超現實主義領導者的美學主張，及於他在臺灣文學史上的定位，雖屬生平介紹文章，但要言不繁，精準地評價了楊熾昌文學的重要意義。

　　相較於羊子喬，寫出第一部楊熾昌研究碩論的歷史碩士黃建銘，則在他的碩論中，詳細勾繪了楊熾昌的生涯、超現實主義與「風車詩社」的發展，並且突出了楊熾昌文學在臺灣文學史上的特殊座標。這部論文透過文獻史料收集與口述專訪等史學方法，填補了楊熾昌研究最困難的空隙（日文研讀與資料匱乏），使得一向著重寫實主義研究的臺灣文學研究學界重看現代主義文學傳統的開展，具有極大參考價值。本彙編收其成書後的第三章〈作家形成之第一階段——創立「風車詩社」（1933 年～1935 年）〉，透

過此文，我們得以深入地了解楊熾昌在日治年代創辦「風車詩社」，編輯
《風車》，提倡超現實主義的主張、文學觀。其中最具見地的是，指出楊熾
昌在提倡世界性的超現實主義的同時，試圖縮合臺灣風土的「新精神」，並
非脫離殖民地臺灣現實的運動。

　　小說家林佩芬撰寫於 1984 年的〈永不停息的風車——訪楊熾昌先
生〉，刊於《文訊》第 9 期。這是最早訪問楊熾昌本人的一篇報導，屏除特
屬於威權年代的用語不論，這篇訪問詳細地報導了楊熾昌的文學生涯，文
末附有「楊熾昌先生年譜」，係楊氏提供，展示出了日治時期臺灣作家「出
土」之際的心情，也提供給後來的研究者最基礎的研究資料。

　　歷史學者許雪姬的〈楊熾昌先生訪問紀錄〉，發表於 1992 年，是相當
珍貴的歷史研究材料。相較於楊熾昌有關文學的訪談，這篇口述歷史資料
集中於楊氏不為人知的記者生涯、臺南二二八經歷、被捕遭遇以及楊氏當
年以迄於訪談時的感慨——這段口述足以說明楊熾昌戰後停筆的真正原
因，可以補充文學史家在處理楊熾昌以及與他同年代的臺灣作家臺灣作家
戰後停筆後，沉默的政治與社會脈絡。

　　呂興昌是楊熾昌文學出土的大功臣，1992 年他初識楊熾昌，開始與楊
氏往來、對談，並進行錄音記錄，並從舊報章中蒐尋楊氏詩文，如是持續
三年，「挖」出楊氏未結集作品，以及《風車》第 3 輯，其後並託詩人葉笛
漢譯，輯成《水蔭萍作品集》付梓，於楊熾昌臨終前二日親送病榻之前。
此一苦心苦勞，對於楊熾昌文學研究居功厥偉，收錄〈走進歷史還諸天
地——記熾昌先二三事〉，足見呂興昌戮力臺灣文學研究與文獻出土的忠
誠。

　　奚密所撰〈燃燒與飛躍——1930 年代臺灣的超現實詩——水蔭萍的詩
與詩觀〉，以微觀的分析，指出楊熾昌詩觀涵括了超現實主義的現代主義美
學傳統，在他對夢和潛意識世界的關注和探索，對新意象及語言的創造，
對知性和感性結合的強調上，體現了現代主義的精神。允為深刻之論，不
過，楊熾昌的主張和書寫，根植於殖民地文學經驗，恐怕也不宜忽略。楊

熾昌接受完整的日本教育，日本語文於他、日本文壇於他，就是世界觀與文學觀主要的來源，他的超現實詩觀來自日本，書寫及發表，均以日文完成，這是殖民地經驗最直接的再現；其次，他選擇以「隱喻」的超現實主義，在殖民地臺灣的寫實主義風潮中，相對地也有躲避殖民主施加政治風險的用意，這較諸於鹽分地帶詩人群和楊逵等左派作家，都屬面對殖民霸權的態度差異而已，一屬積極抵抗，一屬消極抵抗，楊熾昌在臺灣超現實主義的推動與書寫中，特別強調以臺灣風土入詩，即可看出他表現具有臺灣特色的超現實主義的意圖。

陳義芝在〈水蔭萍與超現實主義〉一文中，較細密地歸納了楊熾昌提倡超現實主義的背景原因，陳文指出三個因素，一是留學日本的文學風潮與環境，二是受到日本殖民政府抑壓，藉以逃避檢肅，三是楊氏對於前衛文學的嚮往與實踐。此外，此文對楊熾昌詩作的文本分析也有可觀。

陳明台〈楊熾昌‧風車詩社‧日本詩潮——戰前臺灣新詩現代主義的考察〉應屬全面考察日治年代臺灣新詩接受來自日本的現代主義脈絡的力作。此文從楊熾昌的詩及詩論、風車詩社的集團傾向、以及日本現代主義詩潮切入，凸顯了日治時期臺灣新詩現代主義運動及詩潮的歷史定位。

林巾力〈從「主知」探看楊熾昌的現代主義風貌〉一文，則是宏觀地從日本詩潮對於超現實主義的「主知主義」系譜著手，探索楊熾昌的主知論的內涵，及其對此後「跨越語言的一代」的影響。該文準確地看到楊熾昌作品中的耽美與頹廢風格，目的在建立新的美學並開拓臺灣文學的新領域，而隱藏在這種嶄新美學底下的，則是一種「惡魔」主義式的反抗精神：既是向舊有的社會道德（包括殖民統治者所認為的良民道德在內）提出質疑，同時也是與文學傳統的「良風美俗」與「美感形式」展開挑戰。其次，此文也指出，楊熾昌達成頹廢、耽美風格的方法，則是透過有意識的自覺性方法來構成詩的完美。這樣的「主知」系譜，其實與西方超現實主義淵源不深，而較接近於象徵主義。這樣的論點，對於楊熾昌的研究而言，具有相當重要的參考價值。

　　徐秀慧的〈水蔭萍作品中的頹廢意識與臺灣意象〉一文，認爲楊熾昌提倡的超現實主義不像叛逆資本文明的西方現代主義，而是與日本帝國資本主義的殖民體制有密不可分的關係；其次，楊熾昌的作品雖羅列了臺灣風土意象，卻以「異鄉人」的視角出之，「有淪爲殖民主義的一部分之虞」。此文的可貴，在於作者能洞見楊熾昌作品的兩大主要風格，即「頹廢美學」與「臺灣意象」，不過，楊熾昌主張的超現實主義何以「不像」西方的超現實主義，原因可參考林巾力〈從「主知」探看楊熾昌的現代主義風貌〉；以臺灣風土作爲文本意象，在 1930 年代之後的臺灣，已成爲書寫風潮，從臺灣話文的倡導到民間文學的整理，都在強調臺灣意象，藉以呼喚臺灣人自被殖民情境中覺醒，未必是殖民主義餘緒。楊熾昌創「風車」，提倡超現實主義，多數代表作的書寫，均在 1930 年代寫實主義風潮之中，他的臺灣風土入詩之主張，應被視爲與同代反對超現實主義者的對話，而非回應 1940 年代才出現的「外地文學」或「皇民文學」論。

　　葉笛的〈水蔭萍的 esprit enouveau 和軍靴〉，是詩人論詩人之作。此文以優美的散文之筆，通過中譯楊熾昌作品之後對於其內在世界的深刻掌握，指出了楊熾昌倡導超現實主義的核心在於 esprit enouveau（新精神），希望爲臺灣文壇注入「新精神」；其次，則是出自認識現實的臺灣歷史情緒，藉以避免日本殖民當局監視的耳目。此一論點的可貴，不僅指出了楊熾昌在「軍靴」之下唱議 esprit enouveau 的心境，更在詩人葉笛通過原詩翻譯，進行文本分析，指出楊熾昌的詩「從超現實的詩的形象裡建構現實的形象」的重要特色，這是過去的評者所難發見之處──此文結語謂楊熾昌的詩是「現實裡的『超現實』之歌」，應爲定論。

　　劉紀蕙是研究楊熾昌並撰寫相關論述最勤的學者，她先後發表〈前衛的推離與進化──論林亨泰與楊熾昌的前衛詩論及其被遮蓋的際遇〉、〈變異之惡的必要──楊熾昌的「異常爲」書寫〉及〈臺灣 1930 年代頹廢意識的可見與不可見：重探進步意識與陰翳觀看〉等三篇論文，本彙編選入〈變異之惡的必要──楊熾昌的「異常爲」書寫〉一文，此文之創見有

二：1.指出楊熾昌的超現實主義書寫與「新精神」的倡議：「充滿臺灣的風土色彩與自覺」。2.以「變異之惡」的美學定位楊熾昌的書寫價值，並指出此一負面書寫是「身處殖民地的臺灣人面對強固而不可迴避的戰爭局勢時，唯一可以採取的變異文字策略」。這兩個論點，以楊熾昌研究而言，是深刻而具參考價值的。

呂興昌〈詩史定位的基礎──《水蔭萍作品集》編序〉雖非學術論述，但作為楊氏散佚詩文的挖掘者與守護者，本文詳述與楊氏熟識因緣及《水蔭萍作品集》蒐集、編譯過程，以之為楊熾昌詩史定位之資，在楊熾昌文學研究上允為不可沒視之作。

四、結語

做為臺灣超現實主義最早的倡議者和書寫者，楊熾昌及其作品，出現於 1930 年代左翼風潮席捲的臺灣文壇，可以說是一個異數，但也可以說是一種必要。作為異數，楊熾昌的主張與書寫都違逆當時臺灣文壇的寫實主義主流，特別是相對於鹽分地帶詩人群的社會寫實傾向，他被批評是「耽美」、「頹廢美」的詩人，作品是「惡魔的作品」。做為必要，是他堅持以超現實主義的書寫、「新精神」的前瞻，不為時潮所動，在詩刊讀者有限、持續困難的狀態中，持續創作，最後經由時間的考驗，終究確立了他的主張以及他的作品在臺灣新詩史上不可撼動的地位。

即使到了 21 世紀的今天，楊熾昌仍不為臺灣社會所熟知；有關他的研究資料也相當貧乏，僅有 152 筆，扣除其中不同筆而實為同一文章之筆數，以及非評論文章，則研究質量更形稀薄。這或許彰顯了臺灣文學史書寫的困境之一：在文學史上具有重要意義的詩人或作家、詩潮與運動，往往因為主流思潮的覆蓋而晦暗不明，文獻稀少，而益增評價之難度。本彙編從 152 筆中選出生平資料六篇，評論八篇，旨在呈現楊熾昌研究的現況；評論七篇，除葉笛以詩人之眼、譯者身分，提出他對於同為詩人的楊熾昌內在世界的深沉體會與慧見之外，其餘六篇俱為學者論述，不同各論

述學者有不同學術脈絡、語文背景，所見亦略有不同，偶有相異見解，足以相互參證，互為對話，提供未來研究者之參考。

輯四◎
重要評論文章選刊

回溯

◎楊熾昌

　　即使回溯就像是一條曲折多變的小溪，筆者仍願不厭其煩地唱下去。

　　或許是尋「根」時代潮流的激盪，近來，日據時期的臺灣文學史逐漸引起注視，這些陰暗文化層面的揭露，實有助於年輕一代對這些苦悶作品的認識。本人忝爲過來人，感受尤爲深重，畢竟一般人對當時以日文從事寫作者幾乎忘懷，而他們作品的下場更是可想而知。猶記當年臺北帝大（即臺灣大學）教授矢野峰人、島田謹二、工藤好美、西田正一等人對文學活動的提倡不遺餘力，引進西歐文學的趨向，並介紹傑出作品的內容，對新文學的鼓舞頗具功勞，可是他們卻隨時隨地流露出殖民意識的優越感，對臺籍作家的貶斥也格外的強烈，所以當時的臺灣作家心中都有著共同的認識——日本是「看上不看下的」，只要大家提升作品的可讀性，管教日人不服也得服，在互切互磋的勉勵之下，下筆自然慎重，成就也是極其可觀。

　　當時也可說是詩歌文學的鼎盛時期，各種派別的和歌、俳句之類的雜誌、同仁誌猶如雨後春筍，形成文壇的主流。其實和歌和俳句在日本也是眾說紛紜，有人詆之爲「交際文學」，或有「第二藝術」之稱。記憶最深刻的是，1945 年東北大學助教授桑原武夫在《世界》雜誌發表〈第二藝術——有關現代俳句〉一文，他指出俳句只是一種藝術的表現方式，經過 300 年來，仍然墨守成規不變的封建精神，與現實的人生不能深入情緒的表現，尤其是採用詩的 Paraphrasis（同一文意之另一種文）之最非藝術樣式的手段來表現，可以說一種「餘技」，消遣的文字工具，冠以「藝術」完全是言詞的濫用，只好稱之爲「第二藝術」，以與其他區別。他對俳句的論調

很激烈，擴大到文學、精神構造、教育的措施，否定短詩的論旨。

　　如同晴天霹靂，此文果然引起了俳壇與歌壇的激烈反論，尤其是俳壇的健將山口誓子的反擊更具震撼力，其時以小田切秀雄的〈歌的條件〉、臼井吉見的〈告別短歌〉表現反省的批判等多釆的論爭，可說已經有所突破，至若本省籍作家中，以澎湖籍的陳奇雲最爲出色，他的《熱流》短歌集，在被日人獨占的和歌壇大放異彩。

　　詩壇是新詩的天下，此時的新詩已由秧苗而走向茁壯的階段，可是日警不肯放過任何帶有反帝思想的作品，每當發現有所不妥，均被查禁。當時的筆者氣憤塡膺，爲了民族文學的一線生樣，於是在《南報》(《臺南新報》)學藝欄發表過一篇文章，旨在喚醒臺籍作家對政治意識的警覺，不要輕易墜入日人的圈套，表面上，日人對臺灣文學的提倡非常熱心，骨子裡卻在觀察臺籍作家的民族意識，相信每個人都是熱愛鄉土的，難免在不知不覺之中，把情感訴諸作品中，遂予日警以口實，連根拔除，民族命脈豈可經得起一拔再拔？在臺灣文學百花盛開的當時，筆者不客氣地向每一位文學工作人士提出質疑；發揚殖民地文學與政治意識的可行性，「新文學」的定義、目標、特色、表現技巧等等。當時的筆者認爲，唯有爲文學而文學，才能逃過日警的魔掌。最使筆者感慨的是，臺省同胞每每缺乏團結意識，雖然對於暴政具有同仇敵愾之心，可是流於相互排斥，臺灣俗諺說得好「臺灣人放尿混沙不溶合」，筆者以爲地域觀念也是因素之一。自延平郡王開臺以來，經過清廷短期間「自生自滅」的統治，馬關條約後，忽然淪爲日本帝國主義的殖民地，臺省同胞可說沒有受過政治訓練，兼之心胸狹窄，眼睛裡容不得一粒沙子，每每相互猜忌，嫉忌排擠，只見短期間利害的結合，從無長遠的合作，遂予日警有機可乘。

　　「臺灣文學」的分裂，其主因也是出於此，文人相輕，自古而然，要想取得意見一致，似乎是奢想，是故一個道地的文學工作者，必須有容納他人批評的雅量，純粹爲文學而文學，團結力量，把箭頭指向日人才是。豈料窩裡反之後，一些意氣用事之徒便憤然離開「臺灣文學」另起爐灶，

真是親者痛仇者快的憾事，殊不知真理愈辯愈旺，唯有不斷的切磋討論，才能破除成見，一致對外，其實當時的臺灣文學已經微露曙光，理應善加培養，不使民族文學的幼苗遭到傷害才是，然而——。

在舉目皆非的環境下，要想有所作為實非易事，處境之艱難實非局外人所能了解，其中尤以寫實文學為甚，以文字來正面表達抗日情緒，雖是民族意識的發揚，可是在日帝「治安維持法」，新聞紙法，言論、出版、集會、結社等臨時取締法，不穩文書臨時取締法等等十餘法令之拘束下，又有誰能逃過日帝的掌力。筆者以為文學技巧的表現方法很多，與日人硬碰硬的正面對抗，只有更引發日人殘酷的犧牲而已，唯有以隱蔽意識的側面烘托，推敲文學的表現技巧，以其他角度的描繪方法，來透視現實社會，剖析其病態，分析人生，進而使讀者認識生活問題，應該可以稍避日人凶燄，將殖民地文學以一種「隱喻」的方式寫出，相信必能開花結果，在中國文學史上據一席之地。由於當時環境的限制，非日文不足以為功（當然舊文學不在討論之列），也許有人大不以為然，其實文字只是一種表達思想的工具而已。

我們大可不必計較其使用的語言，著名的幽默大師林語堂博士英文著作等身，連正牌的英文作家也自歎弗如；而旅日臺籍作家陳舜臣，韓籍作家李恢成、張赫宙等均以日文寫作享譽東瀛。最近在黃武忠兄所著《日據時代臺灣新文學作家小傳》一書中，知道龍瑛宗兄已完成 22 萬言的鉅作《紅塵》，即將在日發表，甚感興奮，這位 70 高齡的日文作家，自有其一貫的寫作風格，假使讓他改寫中文，無異煮鶴焚琴，扼殺生靈。

有鑑於寫實主義備受日帝的摧殘，筆者只有轉移陣地，引進超現實主義。Surréalisme 為 1920 年出現於法國的藝術流派，主旨恰與寫實主義背道而馳，將佛洛伊德發現的人類潛意識提升到藝術上，以人類豐富的想像力，在潛意識的世界裡，以夢幻的感應與自由聯想，掙脫現實的桎梏，當時是一種新興藝術，尤其在繪畫界更有突出的發展。

超現實主義亦有前衛派之稱，其中畫家如 Giorgio de Chirico, Salvador

Dali, Pablo de Ruiz，無一不是古往今來的天柱，再如詩人 Louis Aragon, Gillaume Apollianire 等，亦是佼佼者，他們作品最大的特色是，全篇充滿神祕的抒情氣氛，將人們的潛在意識，異常的幻覺與色彩，藉著飛躍的情緒，表現出人類的思想態度與人生的看法。

筆者於 1933 年在《臺南新報》學藝欄發表〈檳榔樹的音樂〉，同時亦在《風車》詩刊上發表〈詩的形態與詩格的手記〉、〈燃燒的頭髮〉等一連串詩論，以一述諸篇做為現代詩的祭禮，旨在敘述世界詩壇的最新動向以及現代詩的革新之道，這是突破傳統的驚人之舉，猶如定時炸彈地給予臺灣文壇甚大的震撼力，當然也逃不過在臺日本作家的惡意攻訐，一時之間，似乎成為眾矢之的，可是箭在弦上，豈能不發，時代潮流的趨向又豈是泛泛之輩所能阻遏的，於是筆者再接再厲又在《臺灣新聞》的專欄「三行通信」發表〈詩人的感覺〉，對一些抱殘守缺之輩展開反擊，猶記當時對方砲火的焦點就是刊載於《風車》詩刊第 3 期（1934 年 3 月）的詩小說〈花粉與口唇〉（Conte），該篇完全是對「酒與女人」心理潛在意識的一種試探，著重於心理的變化與唯美印象的結合，筆者深知此行艱難良多，然而就此罷手，豈能甘心，不幸的是，由於多方的限制，《風車》詩刊並不能打轉出任何新氣象，出刊三期便告夭折，實可痛心。

筆者時常牢記一句文學界的名言「情懷」，所謂情懷，應該就是以知、情、意去觸摸世界的一種感覺，筆者認為無論是賦詩或寫小說都要對「情懷」的協調下苦功，然後融入作品之中，寫來必是落落自高，不同凡響，假使一個文學工作者不能突破「情懷」的瓶頸，他的作品必是浮泛雜陳，不耐久看。同時對一篇作品的認識也自有不同的層次，「感覺的了解」，「形式上的了解」，再深入就是理解，由了解進入理解，就是「知」，設若只是停留於「了解」階段的話，萬物之靈的人類與猿猴又有何異呢？

記得當時對寫實主義頗多桎梏，尤其新聞紙法每成濫用的利器，充分暴露了殖民地文學的無助與悲哀，這種嚴酷的界限，硬生生地把思想和理論的觸鬚全然斬絕，殊為可恨，猶記二次大戰期間，日本內閣情報部派遣

了為數可觀的作家到各戰地鼓吹戰爭，結果使這些作家對戰爭感到深惡痛絕，他們採取消極抵抗的方式，返國後只在各地演講或提出現地報告，敷衍了事一番而已，並沒有戰爭文學出現，大概只有火野葦平的《麥與士兵》、《士與士兵》、《花與士兵》這三數冊而已，戰後火野葦平由於對戰爭的憎恨，因而自殺以謝天下。

令人感歎的是：由於文學與社會的變質，任何一位作家想要表現對現實的反抗與不滿幾乎是不可能的，但是假使要在不牴觸法令下從事寫實主義的作品，便成為一種不著邊際的產品，與現實的生活意識相去甚遠，這種扼殺心靈的樣板作品，使得理論與實際全然脫節，這種苦悶，這種掙扎，實非今天生活在自由天地的人們所能想像得到的。

日本軍閥在戰爭中為了加緊控制臺灣同胞的思想，加速設定而推出「皇民文學」，起初，大家還以為只是說說而已，豈料後來連雜誌、報紙等也逃不過皇民文學的魔掌，適與戰爭文學相互表裡，一意把文學作品當作戰爭的幫凶，記得日本作家石川達三（第一位芥川賞）曾經發表了一篇〈生存的士兵〉，雖然盡量局促在法令允許範圍內的寫實主義作品，卻以違反新聞紙法被查禁，甚至起訴，判刑四個月，緩刑三年，以如此名作家在戰爭文學號召下出現的作品，竟然被冠上罪名，可見雖是描寫戰爭的作品，仍然不可逾越應有的限度，這種礙手礙腳的作法，實非文學界之福，試想日人已是如此，臺籍作家更不用講了。

根據《日本文藝年鑑二六〇三年版》記載，太平洋戰爭期間，派遣在戰地活動的日本作家達到 53 名，可是，治安維持法、言論出版法等等法令掣肘，使得這些戰地作家，噤若寒蟬，甚至昧著良心，盡出一些逢迎當局的官樣文章，由日本政府這些專門對付批評時政文章的嚴苛法令，我們不難想像「亂世文章不值錢」的道理，這是軍國政體下的可悲現象，身為殖民地的臺籍作家的慘狀該是可想而知。

臺灣光復迄今，中國文學的成就一日千里，其中，現代文學的成績已經駕凌過去，誠屬難得，尤其一些後起之秀的傑出表現，更足以讓人察覺

到現代文學的光明遠景。想想今天的筆者已成文學界的一個逃兵，除了默
默祝福外，幾乎幫不上任何忙，說來慚愧，對於現代文學的動向可說一無
所知。至於筆者的中文乃是半路出家，完全缺乏一貫化的學習歷程，是光
復後才惡性補習的，光復後當時的《臺灣新報》由《新生報》接收後，才
正式學習中文，並不能抽空寫作。再者戰爭末期臺灣文壇在皇民奉公會的
授意下，竟然搞什麼振興「皇民文學」，筆者一忍再忍，終於憤而封筆，當
時大部分的臺籍作家亦持同樣的態度，《文藝臺灣》終於無疾而終，日本戰
敗投降後，由於時代與寫作環境的轉變，本省籍作家大都放棄寫作，成為
一頁沉默的文學史，殊屬遺憾。

詩人都是多愁善感的，江山代有能人出，一個時代自有其特色，儘管
西風東漸，中華文化的藩籬顯得搖搖欲墜，然而燦爛悠久的中華文化自黃
河流域「鄂爾多斯」黃土層間開花的青銅器文化，代代相傳，卓然可觀。
回顧日據時期作家的苦悶掙扎與光復後的開放，不勝唏噓，四十餘年筆者
在文化界奔波的心路歷程，如影歷歷，逼取便逝。

中國是個詩的民族，熱愛文學的偉大民族，筆者以為中國就像是一條
源遠流長的大河，無數的支流匯成這條浩瀚無際的大河，想必其中自有日
據時期本省籍作家的苦悶掙扎文學在焉，甚願全體文學工作者，在這個自
由開放的寫作環境裡，擺脫一切心靈上的桎梏，珍視傳統，吸收歐美文學
的精華、盛開燦爛的現代文學花朵。

1980 年 11 月 7 日

——選自聯合報社編《寶刀集》
臺北：聯合報社，1981 年 10 月

超現實主義的倡導者
楊熾昌

◎羊子喬*

「創作來自思想的飛躍，詩必須超越時間、空間。」於 1933 年由楊熾昌所倡導的超現實主義就如此主張，在如此認知之下，楊熾昌的作品充滿了象徵性的描寫，雖然作品有點乖離現實，但其內容自有他思想體系與人生觀。

詩人楊熾昌，以筆名水蔭萍寫詩，以南潤、島亞夫寫評論，臺南市人，1908 年生，1929 年畢業於臺南州立二中，就讀臺南州立二中時，即從事新詩創作。1930 年，他前往日本九州報考插班佐賀高校丙種（法文組），結果名落孫山，只好轉到東京，在銀座「哥倫布」喫茶店與日本新興藝術派作家岩藤雪夫、龍膽寺雄等多人認識，暢談文學藝術，並且經由他們介紹進入東京文化學院攻讀日本文學。

當時日本文壇深受平戶廉吉的未來派運動的影響，春山行夫等人創辦《詩與詩論》，引進了法國超現實主義，楊熾昌一方面熱愛春山行夫、安西冬衛、西脇順三郎、村野四郎、三好達治等人的作品；另方面他曾自修法文，對法國前衛詩人考克多（Cocteau）及超現實主義者阿拉貢（Louis Aragon）的作品非常醉心。因此超現實主義（Surréalisme）於 1920 年即否定寫實主義的表現方法，將潛在意識的世界，以夢幻、超現實的方法來表達。所以當楊熾昌熱中於超現實主義的主張之後，在他的作品之中，往往以新鮮的意象投入敘情，表達詩的新風格。

*發表文章時為《自立晚報》文化組員兼小說版主編，現為靜宜大學通識中心兼任講師、國立臺灣文學館公共服務組組員。

　　1933 年，楊熾昌因他的父親楊宜綠（傳統詩社「南社」的重要詩人，《臺南市誌》有他的小傳）病重，他乃自文化學院輟學返臺照料。返臺之後，賦閒在家，偶爾在《臺南新報》、《臺灣新聞》文藝欄發表作品，頗受《臺南新報》文藝欄日人紺谷淑藻郎所激賞，後來紺谷淑藻郎涉及桃色事件，乃推介楊熾昌爲文藝欄編輯，1934 年，他開始參與文藝欄撰稿工作。

　　當楊熾昌主持文藝欄編務時，即大力提倡新詩寫作，倡導超現實主義，當時常在《臺南新報》文藝欄發表省籍詩人的作品，其中林永修、李張瑞、張良典以及日人戶田房子、岸麗子皆成爲風車詩社的同仁。

　　風車詩社主張：「主知的『現代詩』的敘情，詩必須超越時間、空間，思想是大地的飛躍。」並以法國超現實主義的宣言奉爲創作圭臬。《風車》詩刊每期只發行 75 份，是一本不定刊物，前後共發行四期，利用冥紙材料來印刷，注重版面處理，編排精美，是當時別樹一格的刊物。

　　風車詩社的取名，據楊熾昌表示，他曾經到過「鹽分地帶」七股、北門一帶，看到鹽田上一架架的風車，心靈爲之悸動，而且內心又神往荷蘭的風光，因之取名爲「風車」。

　　1937 年～1938 年之間，楊熾昌考進《臺灣日日新報》擔任記者後，即辭掉《臺南新報》文藝欄編輯工作，爲該報僅有的兩位省籍記者之一。

　　楊熾昌在光復前者有詩集《熱帶魚》、《樹蘭》，小說集《貿易風》、《薔薇トルの皮膚》（《臺灣日日新報》小說徵文第一名）。楊熾昌在光復前的四本著作，除了《熱帶魚》刊印 45 本外，每種皆只印 75 本限定本，除了寄贈日本好友外，一些著作的存書及藏書五千餘冊，皆毀於二次大戰盟軍轟炸下的砲火，如今每次談及此事，即痛心不已，引爲恨事。光復後，楊熾昌出版了詩集《燃燒的臉頰》（皆爲光復前的詩作）、評論集《紙の魚》及介紹臺灣風土民情的著作《臺灣心の美》。

　　就目前所能見到的作品而言，他深受日本詩人西脇順三郎、安西冬衛、村野四郎等人的影響，並且處處呈現超現實主義影響下的痕跡，詩中意象的飛躍，可說開創當時新詩的另一蹊徑。

　　對於楊熾昌的文學成就，林芳年曾於〈韻律講詩文中的重要性〉指出：「日據時代臺灣文壇有幾位傑出的詩人，如楊華、郭水潭、楊熾昌、黃衍輝等均是。……楊熾昌這位詩人很少有人知悉……他被人稱爲耽美派——唯美主義詩人，是採取象徵性的描寫法，其作品爲一些寫實派的詩人們所排斥，但站在純藝術的立場而言，他的作品？有點乖離現實，唯按其內容，他有他的思想體系，有他的人生觀，其藝術價值是不可以否認的。」

　　楊熾昌的文學活動，與鹽分地帶的詩人較有來往，尤其與莊培初、林芳年時常在一起暢談文學創作。光復後，由於戰火的波及，燒毀所有的藏書，以及當時波動的時勢，刺激他人生觀遽變，中止寫作，直到 1978 年，他的文學作品再度被人討論，開始從事文學藝術派別的研究，發表多篇論述文章，實在可喜。

　　對於臺灣文學未來的發展，他認爲作家必須拓張視野，關注時代，如能從世界觀角度來觀察臺灣現實的各種問題，深入描寫，一定會有令人振奮的作品產生，他的看法給予青年作家一個充滿理想的指示，期待會有世界性水準的作品產生。

　　　　　　　　　　附記：楊熾昌已於 1994 年 9 月 27 日逝世。
　　　　　　　　——原載《自立晚報・副刊》，1986 年 8 月 9 日

　　　　　　　　　　　　　　——選自羊子喬《神祕的觸鬚》
　　　　　　　　　　　　　　臺南：臺南縣立文化中心，1998 年 12 月

作家形成之第一階段
創立「風車詩社」（1933 年～1935 年）（節錄）

◎黃建銘*

一、動機、同仁來源與《風車》內容簡介

　　當時《臺南新報》雖是站在官方立場發言，其「文藝欄」並不限制投稿者的族群身分，當時已經有不少臺人投稿，郭水潭、何建田以及尚在臺南第一中學校就讀的林永修、李張瑞等人；日人方面如戶田房子、岸麗子、高比呂美等人。1933 年，楊熾昌接任了《臺南新報》文藝欄編輯工作之後，工作之餘亦不忘創作，發表了〈月光〉（1 月 17 日）、〈幻影〉（2 月 7 日）、〈福爾摩沙島影〉（2 月 8 日）、〈日曜日式的散步者〉（3 月 12 日）等等詩作。亦稱職務之便，結識了這些投稿的朋友，從而埋下了組織文學社團的種子。[1]更在 1933 年秋季主導成立了「風車詩社」，出刊文學同仁雜誌《風車》。[2]

---

*發表文章時為成功大學歷史學系碩士生，現為文化資產總管理處籌備處有形文化資產組科員。

[1]羊子喬，《蓬萊文章臺灣詩》（臺北：遠景出版社，1983 年 9 月），頁 43。然而從筆者目前所羅列現存的 1933 年文藝欄上頭，未見羊子喬所提到的作家。

[2]「風車詩社」成立時間，各家說法不一：羊子喬〈移植的花朵——深受超現實主義影響的風車詩社〉（收於《蓬萊文章臺灣詩》）一文說是 1933 年，月份不詳；林佩芬〈永不停息的風車——訪楊熾昌先生〉（收於《水蔭萍作品集》）一文說法是 1935 年；劉登翰等著《臺灣文學史》（福建：海峽文藝，1991 年 6 月）記 1935 年；古繼堂《臺灣新詩發展史》（臺北：文史哲出版社，1989 年 7 月初版）一書記為 1935 年秋；而呂興昌〈楊熾昌生平著作年表〉記為 1933 年，但月份不詳；林瑞明編，〈臺灣文學史年表〉，收於葉石濤《臺灣文學史綱》（高雄：春暉出版社，1996 年 9 月 5 日再版）中，頁 243、247，記為 1933 年及 1935 年；下村作次郎〈臺灣文學略年表〉，《從文學讀臺灣》（臺北：前衛出版社，1997 年 2 月初版）中，頁 383，記為 1935 年秋。筆者分析如下：a.「風車詩社」成立當時，同仁張良典他等人初到臺北，在醫專念第一年（2000 年 10 月 28 日筆者訪張良典）。又《臺灣總督府臺北醫學專門學校》（1933 年 8 月 15 日發行，頁 86）所載張良典為第一學年生。b.《風車》第 3 輯，頁背所記：1933 年 10 月《風車》第 1 輯。c.《臺南新報》上，島元鐵平〈風車讀後〉一文，刊載日期為 1933 年 12 月 9 日。因此確定「風車詩社」至少 1933 年

　　有關「風車」這個社名的由來如何？呂興昌先生親訪楊熾昌時，楊熾昌告訴他說取名「風車」有三個原因：1.受法國名劇場同名的「風車」之影響，2.曾到鹽分地帶七股、北門一帶走動，看到鹽田上一架架的風車，心靈爲之悸動，頗爲嚮往，3.認爲臺灣詩壇已經走投無路，需要有個社團像風車般吹送一般新的風氣。[3]這樣的說法所透露的意涵是，成立這個文學社團有楊熾昌個人對法國風的喜好，同時也反映了臺南在地的田野風光，更重要的是他對於 1933 年左右當時臺灣詩壇的反撥。

　　至於組成的成員人數及身分背景爲何？楊熾昌在其回憶性文章中提到，同仁共有七位，計有四名臺人：楊熾昌、李張瑞、張良典、林永修；三名日人：尙梶鐵平（筆名島元鐵平）、戶田房子、岸麗子。有關日籍同仁生平資料，目前仍不詳。至於臺籍同仁生平簡介以及文學特色如下：

1. 李張瑞（1911～1952）

　　筆名利野蒼，臺南縣關廟人（新豐郡關廟庄關廟 790 號）[4]，關廟公學校畢業，後全家隨著在糖廠工作的父親居住於車路墘糖廠[5]。與楊熾昌爲臺南第二中學同級生，中學期間（1924 年 4 月 1 日～1929 年 3 月 2 日），曾任第一學年級長。後赴日留學，日本農業大學肄業。返臺後，因工作關係，住居臺南新化[6]。接觸諸多西洋文學作品，如普魯斯特的《追憶似水年華》之〈在斯旺家那邊〉（山內義雄譯）[7]、歌德《少年維特的煩惱》[8]，爾

秋已經誕生，且已經受到文壇關注。
[3] 呂興昌，〈楊熾昌生平著作表初稿〉，《水蔭萍作品集》（臺南：臺南市立文化中心，1995 年），頁 383～384。
[4] 臺南第二中學校《校友會會刊》，1929 年 8 月 15 日，頁 174。
[5] 2002 年 6 月張良典先生告知筆者。
[6] 1935 年李張瑞住址爲新化郡新化街，工作地點在嘉南大圳新化事務所，1941 年職業爲「公共埤圳嘉南大圳組合」新化支部「監視員」，到了 1942 年李張瑞改姓名爲相澤一郎，住址是臺南州新化郡善化街茄拔 635 號，工作地點在嘉南大圳組合東勢寮監視所。參考臺灣農業水利研究會編《臺灣水利事業關係者職員錄》，1941 年 5 月 4 日發行，頁 52；以及臺南第二中學校編《校友會會刊》，1935 年及 1942 年版。
[7] 李張瑞在〈秋窗〉一文中提到，在新化期間，愛不釋手的小說是法國現代主義小說家普魯斯特的《在斯旺家那邊》。
[8] 呂興昌先生拜訪李張瑞之妹時，從中借閱過李張瑞藏書《少年維特的煩惱》。2001 年 8 月，呂興昌先生告訴筆者。

後長年任職於嘉南大圳水利會。戰後因為國民黨白色恐怖，涉及政治事件，家屬未獲判決書之下，遭受槍決。[9]

文學創作過程中，以新詩見長，理論涵養頗佳，批評文字甚多。作品曾發表於《臺南新報》、《臺灣新文學》，及《臺灣新聞》文藝欄之刊頭。[10]作品風格，如楊熾昌一樣，呈現多角度發展，除了曾寫過濃郁的象徵以及抒情味作品之外（例如《風車》第三輯上，〈古老的庭院〉、〈燭光〉），李張瑞的詩語言具有陽剛美，後來有些詩也成功地把臺灣風土融入其中[11]，但較沒有形而上的思考，充滿了生活情調的表現，如〈虎頭埤〉：

射在雜草叢生的防波堤上的陽光
無從發洩的無聊就是虎頭埤的夢啊

非本意要背叛虎頭山傳說的太公望們啊
無空閒　卻空閒出來的散步者
肩上扛著鐵鍬經過那邊的姑娘們的謎呢？

水流之間偶而聽到爭水吵架而雨仍不下
農夫們想不出辦法集體去看水位在下降
從村子裡 13 歲就被賣出去的女孩子
有一天被遊客逼來一起泛舟　便不知不覺地
流淚而脂粉褪落　被男人們竊笑

百合花盛開的時候　用面巾掩著臉
戴斗笠的女孩　要陶醉芳香的閒暇也沒有

[9] 呂興昌，〈楊熾昌生平著作年表初稿〉，《水蔭萍作品集》，頁 399。
[10] 譬如〈輓歌〉、〈這個家〉載於《臺灣新文學》第 1 卷第 2 號，1936 年 3 月 5 日；〈天空的婚禮〉、〈肉體喪失〉、〈女王的夢〉、〈鏡子〉、〈黃昏〉、〈虎頭埤〉、〈傳統〉載於《臺灣新聞》文藝欄，1935 年。以上九首，由陳千武漢譯，收於羊子喬、陳千武主編，《廣闊的海》（臺北：遠景出版社，1997 年 7 月第 3 版），頁 243～262。
[11] 見陳明台，〈楊熾昌‧風車詩社‧日本詩潮〉，《水蔭萍作品集》，頁 329～331。

卻被都市反覆無常的娘子們亂摘而散[12]

2. 林永修（1914.10.2～1943.3.2）

筆名林修二、南山修[13]，臺南縣麻豆鎮人，為麻豆名門林家子弟，就讀過麻豆公學校、麻豆小學校。與張良典為臺南第一中學校同級生，中學期間（1928 年 4 月 1 日～1933 年 3 月 2 日）開始文學創作，後赴日留學，就讀日本慶應義塾大學英文科（1936 年 4 月～1940 年 3 月 31 日），師學西脇順三郎[14]。

文學創作中，主要是新詩，精美的小品文亦多。從中學時期開始創作，作品多投稿《臺南新報》、《臺灣新聞》，赴日期間作品除發表於校刊《三田文學》、同仁雜誌《四季》之外，也常在臺灣新聞媒體《臺南新報》、《臺灣新聞》、《臺灣日日新報》上刊登。他的作品風格傾向於日本「四季」派詩，「寄物陳思」，藉物來寄託內面的情緒（如孤獨感、喪失感），嗜好捕捉追憶情緒，運用象徵主義的感覺（色彩、香味、聽覺），來表現一種精神氣氛，譬如〈海邊〉一詩：

　　藍色海風穿過肉體的拱門

　　甘美的潮香靜叔（筆者案：應為寂）地沾濡了我的乳白的夢

　　白貝殼的透明思念

　　砂丘孕育過少年的幻想

　　抱著秋風的憂鬱。[15]

---

[12] 李張瑞，〈虎頭埤〉，原載於 1935 年《臺灣新聞》，後收於羊子喬、陳千武主編，《廣闊的海》（臺北：遠景出版社，1997 年 7 月三版），頁 253～254。

[13] 「林修二剪貼簿 1」，頁 54，有〈花片〉一文，該文原載於《三田新聞》，作者署名「林永爆」，內文談到水蔭萍云云。「林永爆」是否為林永修另一筆名或是報紙將「修」誤印為「爆」，尚待查證。

[14] 楊熾昌好友林修二前往日本留學，就讀慶應義塾大學英文科，師事西脇順三郎。他所選擇的師資亦是楊熾昌所崇拜的詩人，也許這樣的選擇也曾受到楊熾昌的影響吧！

[15] 參考羊子喬，《蓬萊文章臺灣詩》，頁 49；陳明台，〈楊熾昌‧風車詩社‧日本詩潮〉，《水蔭萍作品集》，頁 329。

3. 張良典（1915～）

筆名丘英二、椿翠葉，臺南縣仁德鄉人，由於父親工作於車路墘糖廠（今仁德糖廠），從小居住於糖廠宿舍。就讀臺南第一中學校期間（1928年4月2日～1933年3月2日），與林永修認識。中學畢業之後，順利考入臺灣總督府臺北醫學專門學校。醫專期間（1933～），「風車詩社」甫成立，受林永修之邀加入，後於 1935 年加盟「臺灣文藝聯盟」[16]。曾與十多名醫專同學合編一期文學雜誌《杏林》（已佚失），也參加「臺北佛教青年會」（見《佛青》，臺北：臺北佛教青年會，1934 年 4 月 13 日）[17]。興趣主要在體育方面，如網球、棒球、長跑等等。戰後曾遭二二八事件波及，入獄數月，之後在臺南市大同路開設「良典醫院」，現已退休。

文學作品曾發表於《風車》、《臺灣新民報》、《臺灣文藝》。作品不多，以詩為主，以散文詩的方式寫成，受感傷派萩原朔太郎作品影響，帶有強烈感傷的鄉愁情緒[18]。如〈秋雨〉一詩：

> 雨雨雨／深夜我想著無盡的愛和幸福的頂點／秋雨秋雨是深深鄉愁的哀歎／敲打硬松葉的雨也敲打我冰冷的意志／而解纜故鄉的白帆沾濡著頹廢的哀歌／我的熱情追著過去的夢幻而失望回來／逝去幻想的華麗花瓣吸收滿滿的雨／啊 秋天／我發現無盡的哀寂／那不是向遠方的光折騰自己嗎。[19]

---

[16]以筆名丘英二加入，載於《臺灣文藝》第 2 卷第 8、9 合併號，1935 年 8 月 1 日發行，頁 131。又張良典告知筆者，當時他加盟「臺灣文藝聯盟」，是看到報紙刊登加盟相關廣告，自己有興趣主動加入，與風車詩社無關，加盟之後風車同仁亦無表示意見。2000 年 10 月 28 日筆者訪談張良典所得。

[17]張良典於 1943 年改姓名為長山良典，見臺北帝國大學附屬醫學專門部構內景福會編，《景福會會員名簿》，1943 年 12 月發行，頁 59。

[18]見陳明台，〈楊熾昌・風車詩社・日本詩潮〉，《水蔭萍作品集》，頁 329。筆者於 2000 年 10 月 28 日訪張良典，他稱自己看過萩原朔太郎的詩書，約略受其影響，倒是西脇順三郎、北園克衛等現代派作家的詩論則未曾接觸過。

[19]〈秋雨〉載於《臺灣文藝》第 2 卷第 2 號，1935 年 2 月 1 日；〈鄉愁之多〉載於《臺灣文藝》第 2 卷第 4 號，1935 年 4 月 1 日；〈沒有星星的夜晚〉、〈孤獨〉載於《臺灣文藝》第 2 卷第 6 號，1935 年 6 月 5 日。

　　另外，透過《水蔭萍作品集》收錄一張五人合照（楊熾昌、李張瑞、張良典、福井敬一、太田利一），張良典告知筆者，福井敬一、太田利一亦與他們友好。彼此之間的關係，我們以底下這張圖來表示：

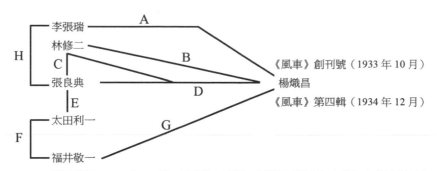

島元鐵平：1933 年 12 月 9 日《臺南新報》上評論《風車》之後加入「風車詩社」

戶田房子：為《臺南新報》投稿者，但該報上之作品筆者未見
岸麗子　：為《臺南新報》投稿者，但該報上之作品筆者未見

線條說明：

　　A：日治臺南二中五年制第三回同級生（1929 年，昭和 4 年 3 月 2 日畢業），1934 年 3 月 25 日兩人以詩人身分相識（不過，在《風車》第三輯當中，李張瑞的〈作為感想〉，提到兩人一起出遊的訊息，該文是寫於 1934 年 2 月 27 日，因此李張瑞與楊熾昌兩人，是在 2 月 27 日之前就已經認識。

　　B：1930 年 10 月 23 日合照相識，林修二自中學階段即受楊熾昌文學上提攜。

　　C：日治臺南一中五年制第 15 回同級生（昭和 8 年 3 月 2 日畢業）1931 年中學四年級，張良典加入網球社進而與林修二相識。

　　D：1932 年中學五年級，林修二帶張良典前往老松町楊家與楊熾昌認識，張良典印象中楊熾昌有兄長的風範。

　　E：同住在車路墘糖廠宿舍。

F：日治時期臺南一中五年制第 11 回同級生（昭和 4 年 3 月 2 日畢業）。

G：楊第一本詩集《熱帶魚》（1932 年之後出版）插畫作者、《風車》第三輯插畫作者。[20]

H：同住在車路墘糖廠宿舍。李張瑞父親爲張良典父親之部下[21]。

由上圖所知，臺籍同仁交流狀況是，從《風車》第一輯（1933 年 10 月）創刊號出刊開始到 1934 年 12 月，林永修與張良典都已離開臺南赴外地就學，一在日本東京，另一則在臺灣臺北[22]。臺籍同仁中，只有李張瑞與楊熾昌兩人容易就近聯絡、交流往來[23]。

社員對於社團的認識情況，張良典提到整體上由楊熾昌主導，並沒有提倡政治性主張、純粹是一群喜好文學的年輕人所組成的團體。其中，林修二的文學是由楊熾昌提攜拉拔。楊熾昌晚年的時候，呂興昌先生與他接觸頗深，他說楊熾昌與李張瑞兩人年齡相仿也較要好。[24]

至於「風車詩社」的實際文學成果——《風車》雜誌的內容如何？

1933 年 10 月《風車》第一輯由楊熾昌主編，雖然目前學界未見，不過我們還是可藉由當時作家的看法，側面推測其內容。當時的作家島元鐵平在閱讀過第一輯之後，在 12 月 9 日《臺南新報》上，發表一篇〈《風車》讀後〉[25]。從島元的評論中可以看出《風車》第一輯不僅僅只刊行詩作，實際上已經包括有：隨筆、詩、小說以及文粹天地[26]。

---

[20] 2002 年 2 月 20 日，筆者訪張良典先生所得。

[21] 2002 年 6 月，筆者訪張良典先生所得。

[22] 張良典回憶說等到《風車》要出刊時，楊熾昌才會主動向他邀稿，平時並無其他聯繫。他與楊熾昌較頻繁的來往是要等到太平洋戰爭之後。當時他從臺北回到臺南醫院服務，這時兩人確有交際應酬，但沒有談到文學方面的事情，2002 年 2 月 20 日，筆者訪張良典先生所得。

[23] 兩人的互動與發酵探討，請見黃建銘，《日治時期楊熾昌及其文學研究》第三章第四節，頁 142～178。

[24] 呂興昌先生於 2000 年 7 月引介筆者拜訪楊熾昌位於臺南市東榮街的住處時，呂先生告訴筆者。

[25] 譯文詳見黃建銘，《日治時期楊熾昌及其文學研究》，第三章第四節，頁 157～177。

[26] 羊子喬〈移植的花朵〉中卻說《風車》詩刊「是一本不定期刊物，前二期只發表詩與詩論，到了第三期，作品除詩、詩論外還兼及散文和小說，是一本巨型的雜誌（12 開本），它是利用冥紙材料來印刷，注重版面處理，編排精美，在當時別樹一格的純文學刊物」，見《蓬萊文章臺灣詩》，頁 44。雖《風車》第一輯未見，然從此篇評論文章中，可窺探《風車》第一輯並非純詩刊的文

　　隔年 1934 年 1 月《風車》第二輯出刊，依舊由楊熾昌主編，目前學界未見。到了 1934 年 3 月，楊熾昌主編《風車》第三輯出刊，本期尚存，仿西脇順三《Ambarvalia——西協順三郎詩集》封面橘紅色，鋼板刻印，封面字樣爲：「LE MOULIN ESSAY／ POESIEA／ LA CARTE／ ROMAN ETC...／ "ANTHLOGY" 3, 1934」[27]，扉頁字樣「風車 3」，全 38 頁，由福井敬一畫插圖[28]，目錄如下：

エツセイ：
炎エる頭髮——詩の祭典ため　　　　水蔭萍　1
ポエジイ：
古びた庭院其他　　　　　　　　　　利野蒼　8
ドミレエウ　　　　　　　　　　　　水蔭萍　13
月光と散步　　　　　　　　　　　　林修二　16
ア　ラ　カルト：
西脇順三郎の世界　　　　　　　　　水蔭萍　19
感想として　　　　　　　　　　　　利野蒼　21
ロマソ：
花粉と唇　　　　　　　　　　　　　柳原喬　27
後記雜錄　　　　　　　　　　ミジカゲ生　36

　　從以上所羅列的目錄來看，《風車》第三緝，仍然是包含著詩、隨筆、小說三種文類的綜合型同仁雜誌，然而卻僅刊載了三位風車同仁（楊熾昌、李張瑞、林修二）的作品。《風車》第四輯，目前亦未見，至於其編輯

學刊物，乃是一綜合性刊物。
[27] LE MOULIN，法文意指「風車」；ESSAY，英文意指「隨筆」；POESIE，法文意指「詩」；ALACARTE，法文意指「文粹天地」；ROMAN，法文意指「小說」："ANTHLOGY"，拼字錯誤，應爲"ANTHOLOGY"，英文意指「文集」。
[28] 2002 年 2 月 20 日，筆者訪張良典先生所得。

工作，在《風車》第三輯中楊熾昌這麼說：

> 新春三月送出《風車》第三輯。在各種意義上，前進的道路是困難的，
> 因為，說一年要刊行四冊，可是怎麼也沒有辦法辦到，這完全是編輯者
> 的責任。要對同仁至上深深歉意的是我將辭去編輯工作，我想由利野氏
> 來代理我。請多觀照。

　　從文中可以想見楊熾昌似乎面臨了一些困境，並打算將第四輯的工作
交給李張瑞。後來李張瑞接任楊熾昌的棒子之後，於 1934 年 11 月 12 日
〈秋窗〉（載於《臺南新報》）一文上說：

> 我覺得《風車》第四輯下個月上旬會出來，相互保持健康吧！

　　所以《風車》第四輯，理應於 1934 年 12 月出刊[29]。然而 1935 年 2 月
20 日，李張瑞在〈詩人的貧血——本島的文學〉（載於《臺灣新聞》）上
說：「水蔭と僕（利野）小說 *MOULIN* たきり三號出たきり」，是否李張瑞
誤記？或是意味著第四輯到了 1935 年 2 月 20 日之後亦未出刊？或者意指
《風車》雜誌中小說文類只刊載到第三輯？不過據風車詩社同仁張良典的
印象，可以確定的是《風車》確實出刊過第四輯。[30]在此筆者採用〈秋窗〉
一文說法，亦即「風車詩社」所發行的雜誌《風車》，僅發行四期，從
1933 年 10 月到 1934 年 12 月，短暫一年多的時間就宣告壽終就寢。

---

[29] 《風車》第三輯頁背上，楊熾昌誤記第四輯為 1934 年 9 月出刊；〈楊熾昌生平著作年表初稿〉沿
用此說法記為 9 月。
[30] 2002 年 2 月 20 日，筆者訪張良典先生所得。

二、「風車詩社」時期文學觀

（一）文學觀的由來

　　寫作素材考以〈檳榔子的音樂——吃鉈豆的詩〉、〈燃燒的頭髮——爲了詩的祭典〉取樣分析：

　　　　○偶爾拜訪你的書齋，見到堆著新刊中的你，實際上令我覺得歎爲觀止。[31]

　　楊熾昌成爲一名文學家，除了與生俱來的才情之外，從李張瑞的文字中可見他亦是靠著大量閱讀而獲取文學養分。底下筆者以〈檳榔子的音樂——吃鉈豆的詩〉、〈燃燒的頭髮——爲了詩的祭典〉兩文爲例，試圖透過實證性的比對工作，考察楊熾昌到底透過哪些寫作參考素材來建立其文學觀念。同時從比對當中，也可以讓我們了解楊熾昌到底吸收了前輩作家哪些文學養分，而又排除了什麼？

1. 楊熾昌寫作〈檳榔子的音樂——吃鉈豆的詩〉一文的參考素材：

　　關於〈檳榔子的音樂——吃鉈豆的詩〉這篇詩論的寫作素材，楊熾昌於文末附記說，爲寫作此文自己曾經參考過兩本書籍：西脇順三郎著《歐洲文學》以及保羅・梵樂希（Paul Valdéry）著《文學》[32]。除了這兩本書之外，筆者又閱讀了西脇及其他楊熾昌心儀作家的作品。經過比對之後，本文的寫作素材還包括有：西脇順三郎《輪のある世界》（1933 年 6 月，第一書房出版）、西脇順三郎所著的《シュルレアリスム文學論》（1933年）（筆者入手此兩書，載於《定本西脇順三郎全集・第五卷》，東京：筑摩書房，1994 年 4 月 20 日初版第一刷）。譬如標題〈檳榔子的音樂——吃鉈豆的詩〉取自《輪のある世界》之〈檳榔子を食ふ者〉（吃檳榔子者）。

---

[31]李張瑞，〈秋窗〉，《臺南新報》，1934 年 11 月 12 日。
[32]西脇順三郎，《歐洲文學》（東京：第一書房，1933 年 10 月 12 日）。保羅・梵樂希（Paul Valéry）著；崛口大學譯《文學》（東京：第一書房，1930 年 12 月 20 日發行）。

至於上〈檳榔子的音樂——吃鉈豆的詩〉[33]下《輪のある世界》[34]文字比對
如下：

（1）……あらゆる文學は風俗から始まるね。この蓮の葉のやうな黑い
帽子の中に文學的インスピレイションが滴つている。

漢譯：……所有的文學都從風俗開始哪。像這蓮葉的黑帽子裡滴著靈
感……。頁121。

（1）我我は每日メロンの沙漠にマッチをなげながら步いた。エデイポ
ス王の頭のやうな西瓜を時時蹴つた。あらゆる文學は風俗から始まる
ね。この蓮の葉のやうな黑い帽子の中に文學的インスピレイシオンが
滴つている。駱駝の上でアーサ王物語かプルタルクの英雄傳を讀むこ
とも文學的インスピレイシオンになることと同樣だね。來るべき新鮮
な文學は我我文學青年から始まるね。嬉しいわと我我は女の言葉を出
した。頁186。

（2）僕は或る意味において亦アヘン飲みの如き一つの慢性的生活病患
者である。そのために新しい思考を得て氣力を養ふために海賊的にも
なる。僕はこの爲めに造り出される自己のエスプリといふものを非常
に愛する。僕は常に自己を造る爲めに新らしい思考を接受する。で僕
にはアロテシズムと戀愛とは常に自分の世界外に棲まして置く。而し
てこの思考を賣る老人をつねに新鮮と思つている。そして老人は常に
若かつた。

漢譯：在某意義上，我也是如服用鴉片的一種慢性的生活病患者。因而

---

[33]底下漢譯及頁數以《水蔭萍作品集》爲準。
[34]底下頁數以《定本西脇順三郎全集——第五卷》（東京：筑摩書房，1994 年 4 月 20 日初版第一
　刷）爲準。

為得到新的思考來培養氣力，我也會變得海盜似的。我非常愛為它而造出來的自己的精神。我恆為創造自己而接受新的思考。因之。色情性與戀愛，我總是讓它們棲息於自己的世界之外的。而我覺得賣這種思考的老人總是很新鮮，永遠年輕。頁122。

（2）人間が人間の中から生れることは単に生殖上の現象ではなく我我のその 後の生れにもなる。自分はアヘン飲み の如く、一つの慢性的生活病者である。いつも新しい思考を飲んでいないと、非常に氣力が減退する。海賊的には、 いつも新しい思考を密輸入している。また自分が製造しようとしている。美といふことは自分にとつては、いつも新しい思考といふことにすぎない。頁146。
生殖的情緒によつて直接にも間接にも女の美を説明する自分は、最早女に對して何等の價値がない。エロテイスイスムと戀愛とは我我がいつも住む 世界外にある。殆んど phallism 乃至我我の親愛なアフリカの fetish を賣る老人の夢にすぎない。頁147。

（3）牛乳色の透明なる空の中に彼女の容貌を夢みる。彼女の蕃布の色と頬の上の一つの黒いホクロは記號である。檳榔子の中に音樂を聞く。炎える頭髮から詩人は青空に放心して詩の音を聞いた。

漢譯：我在牛乳色透明的天空中夢見她的容貌。她的蕃布顏色和臉頰上的一顆黑痣就是記號。我聽見檳榔子之中有音樂。從燃燒的頭髮，詩人對著藍天出神而聽見詩的音樂。頁123。

（3）女の顔はなんだか變な氣がする。與へられた時間と場所に於て、自分の內面を象徵してくれる女の顔はいつも恐らく美と感じさせる。リツプスの感情移入說は、女にのみ少くとも適應出來ると信ずる氣がする。頁147。

透明な朝のバラ色の空のやうな鼻の上にある黒い一つの小さいホクロは記號である。頁 147。

（4）時間的に窒息することは精神の死である。これは時間的恐怖に始まる。詩人にとりて時間の缺乏は死の缺乏を要求して來る。時間の連鎖は死であり、女でもあつた。僕はこの時間に自分の肖像を見る。一つの不完全な機械の壊れかけやうとする自己の精神狀態が發見さらたとき　僕は非常に時間を戀する。僕の文學的思考はいつも時間に向つて迴轉して居る。時間的肖像への愛が常に詩人をして詩的思考を扶植すべき重大なモメントであると思つた。

漢譯：時間性地窒息就是精神的死亡。它始於時間的恐怖。對詩人來說，時間的缺乏就會要求死的缺乏。時間的連鎖就是死亡，也是女人。我在這個時間裡看見自己的肖像。當我發現一個不完全的機械行將毀壞的自己的精神狀態時，我非常愛戀時間。我的文學思考橫向時間轉動著。我認為對時間的肖像之愛，常成為詩人應該扶植詩的思考之重要的契機。頁 123。

（4）時間の肖像は女の肖像であつて、愛の肖像であつて。生殖の上の愛は動物の眼にすぎなかつた。前者の愛は後者のものに全然關係がない。あると思ふので非常な批判の混亂を招く。寧ろ後者は前者を破壊する。フロイドの學說は後者のものにのみ適用が出來る。自分の文學的思考はいつも時間の肖像に向つて迴轉していた。小說とか詩とかに對して熱心を失つていた。自分には文學的現実とは思考に過ぎなかつた。頁 150。

（5）ロマン主義はサンチマンのボヘミアニズムだ。僕は「新らしいボヘミアニズムは理智のボヘミアニズムである……」と言つた西脇順三

郎氏の言葉がうなつかれる。これは新らしい理智の散歩であつた。我
我は理智の戰慄と其の光澤を見たか。

僕は時時パイプに真青な豆の實がなつた夢を見、貝殻に雲雀が巢を造
つた夢を見た。これは理智のボヘミアンとも　言へやう。僕はパイプ
を啣えて野らに出た。雲雀の巢は貝殻ではなかつた。文學的理智はこ
の自然の中にはない。草野の中に坐つて月光酒を酌む中に文學的理智
は生れて果ない。然しながらこの想像力は理智の優れた一つの形態で
あつたことを知る。思考した思考の世界の中に隱された理智を發掘に
かかるまでである。

漢譯：浪漫主義是情緒的放縱主義。我同意西脇順三郎說過的：「新的放
縱主義即是理智的波希米亞人式的放浪……」這句話。這是新的理智的
散步。我們見過理智的戰慄及其光澤嗎？

我有時夢見煙斗裡結了深藍的豆實，夢見雲雀把巢築在貝殼裡。這可說
是理智的波希米亞人式的放浪吧。我叼著煙斗走到野地。雲雀的巢不是
貝殼。文學的理智不在這個自然之中。坐在草野上酌飲月光酒，這樣，
文學的理智是不會誕生的。然而我們知道；這種想像力是理智卓越的一
種形態。我們只得動手挖掘隱藏於思考過的思考的世界之中的理智。頁
123、124。

（5）ロマン主義はサンチマンのボヘミアニズムで、自然主義は肉體の
それで、ボオドレエルからランボオは感覺のそれである。新らしいボ
ヘミアニズムは理智のボヘミアニズムである、ルイスやコクトオなど
は理智の方である。新らしいボヘミアとしてのルイスは哲學、政治、
美術、小説といふ各方面をうるつき歩いている。我我は時時メロンに
花が咲く夢をみる程に理智のボヘミアンとなつた。想像力は理智の最

も優れた形態で、論理的な認識のみが理智でイはない。形而上學的な
理智をコウルリッヂはイマヂネノシオンといつたが、それは當時の風
習にすぎない。科學者が人工にて自然をつくることに努力することは
神に反した科學的精神からである。文學は自然をつくらうとはしない。
文學は頭の中に思考の世界をつくるに過ぎない。文學は科學的理智か
ら獨立した位置を保つことになる。新ボヘミアニズムは 20 世紀の文學
青年の中に起つて來た意識であつて新しい理智の運動である。新しい
認識でもある。そしてそれは外面的な認識ではなく、內面的な認識方
法である。內面的であるといつても生理的な心理學ではない。我我は
理智の戰慄とその光澤を求めた。頁 189。

（6）詩人では頭が牧人の笛であつたり、思考がメフイストであつたす
る。

漢譯：詩人呢，有時頭就是牧人之笛，有時思考是靡菲斯特的。頁 125。

（6）ルーテルが笛を吹くと、惡魔が躍るといふが、僕の頭は牧人の笛
にすぎない。そして思考といふ惡魔が躍るにすぎない。僕の思考は牧
人の音樂である。頁 145。

　　若再翻閱西脇順三郎所著的《シュルレアリスム文學論》（載於《定本
西脇順三郎全集・第五卷》，東京：筑摩書房，1994 年 4 月 20 日初版第一
刷）一書，當中有〈メタ豆の現實〉這樣的標題文字。那麼，〈檳榔子的音
樂〉的副標〈吃鉈豆的詩〉一詞的靈感似乎就來自於此吧。再繼續往下追
蹤的話，《檳榔子的音樂》[35]（上段文字）承襲自《シュルレアリスム文學
論》[36]（下段文字）書中部分文字如下：

---

[35]底下漢譯及頁數以《水蔭萍作品集》中爲準。
[36]底下頁數以《定本西脇順三郎全集・第五卷》中爲準。

（1）神は常に人間をイヂリ迴る。知識へのスケプテイクは神に近づく
ものと思つた。

「（7）知識のスケプテイクは神に近づく。反對に知識を信ずるものは
神を失ふ。」（頁 129）

（2）臺灣の蜥蜴はバラ色だ。彼等はつねに薔薇色の指を泳がせて真晝
の遊びをさせたい……。

漢譯：臺灣的蜥蜴是薔薇色的，牠們總想讓薔薇色的手指游泳著，讓它
們做白晝的遊戲……（頁 124）

（2）「（48）アガツオンの蜥蜴は未だ薔薇色の指である。」（頁 132）

　　另外楊熾昌文中以「神、寶石、薔薇和貝殼」當作土人世界的象徵
物，及對個別意象的重視而舉出了：「『鉈豆』擁有的感覺就是鉈豆的生
命。煙斗、頸飾、蛇、穀類、玫瑰、皮鞋、公雞、七弦琴、南瓜、無花
果……等等。」並認爲擁有這些東西的感覺即成爲這些東西的生命。他這
樣的想法似乎源自他所喜好的法國詩人考克多詩作中慣常出現的意象。佐
藤朔在專論考克多時，曾提過考克多是「雄雞和貝殼和薔薇的詩人」，又
說：

　　他首先將眾多平凡性對象的意象，像始終放在倉庫中的葡萄酒，放在他
　　的腦中。窺視一下他的收集品時，這裡種種顏色的各式各樣的形的意
　　象，例如煙斗啦、郵票啦、雄雞啦、蘆笛啦、鳩啦、吉他啦、鏡子啦這
　　些東西，確是無限的積蓄著。這樣可愛的常見物不知不覺是他悲喜感傷
　　和自然的合體。[37]

---

[37]載於春山行夫編，《詩と詩論》第 2 冊，1928 年 12 月，頁 1、18。

　　楊熾昌有可能參考了佐藤朔的這篇文章，或者某人在其他地方以這種方式介紹過考克多，總之他肯定法國詩人考克多的文學特質。

2. 楊熾昌寫作〈燃燒的頭髮――為了詩的祭典〉一文的參考素材：

　　在《風車3》（1934年3月）的「編輯雜錄」中，楊熾昌如是說：

> 我的隨筆〈燃燒的頭髮〉發表在《南報》文藝欄上，這是與〈檳榔子的音樂〉一樣以同一呼吸而寫的。拙劣的地方請多多包涵。為了讓臺灣青年文學好一點，詩人喲！為招來風暴而站起來！如蛇一般地躍進……

　　上述文字提到〈檳榔子的音樂――吃鉈豆的詩〉以及〈燃燒的頭髮――為了詩的祭典〉這兩篇詩論有著同樣的寫作風格，作過「同一呼吸」。的確如此，這兩篇無論是在意象、或是句型方面，有著同樣的特色。經過比對後，楊熾昌寫作〈燃燒的頭髮――為了詩的祭典〉一文，所使用的寫作素材，同〈檳榔子的音樂――吃鉈豆的詩〉一文一樣，參考過西脇順三郎《輪のある世界》（1933年6月，東京：第一書房出版）這本書。此外，他還參考了日本超現實主義詩人北園克衛《天の手袋》（東京：春秋書房，昭和8年7月20日發行）以及日本作家堀辰雄[38]《對超現實主義的疑問》（上）（下）（載於《臺南新報》，1930年6月15、18日）一文。上（〈燃燒的頭髮――為了詩的祭典〉[39]下（《輪のある世界》[40]文字比對如下：

　　　1.19世紀の文學は音樂的ウエールで蔽はれた稀薄性の中に生長した。

---

[38] 堀辰雄（1904年12月28日～1953年5月28日），小說家、詩人。生於東京。大學畢業論文以芥川龍之介為主題。小說創作《不器用森》、《職家族》等心理分析式作品。和川端康成、橫光利一創刊《文學》。後宿疾肺病惡化，過療養生活。六年在病牀上閱讀普魯斯特的《追憶逝水年華》然後以其方法為創作基礎，昭和8年發表《美麗的村莊》。更進而創刊季刊詩誌《四季》，言成為抒情詩人們的據點。參閱吉田精一、山本健吉、三好行雄編，《日本文學史辭典》（日本：角田書店，昭和26年2月15日），頁286。

[39] 底下漢譯及頁數以《水蔭萍作品集》中為準。

[40] 底下頁數以《定本西脇順三郎全集・第五卷》中為準。

現代 20 世紀の文學の世界は常に強烈な色彩と角度とを求めるやうになる。(頁 127)

漢譯：19 世紀的文學生長於以音樂的面紗覆蓋的稀薄性之中。現代 20 世紀的文學的世界恆常要求強烈的色彩和角度。(頁 127)

1.19 世紀の文學は音樂的に稀薄になつて終つた。20 世紀の青年は強烈な色彩と角度とを回復することに努めた。(頁 189)

2.吾吾は現實の傾斜にマサツする極光をポエジイと呼ぶ。而してポエジイはこの摩擦力の強弱に依つて色彩と角度を異にした。常に眼を閉ぢる鴨の眠りは新らしいポエジイのランプに火を點ける。ポエジイは火災を呼び、詩人はポエムを記號する……

漢譯：我們把在現實的傾斜上摩擦的極光叫做詩。(而詩是按照這個摩擦力的強弱異其色彩與角度的。) 常閉眼的番鴨的睡眠會給新的神話之燈點上火。詩呼喚火災，詩人創作詩……(頁 127、128)

2.文學の目は的科學的現實性を求めるのではない。文學で理智の戰慄といふのは科學的現實と非科學的思考とが接觸した時に生ずる光りである。現實の傾斜にすられて發した極光である。此處に我我の眼を閉ぢた鴕鳥が新しい神話をつくることになる。(頁 190)

3.私の窓の外は一面に青いトマト畑であるフオルモサの南の熱帶的な色彩と風は絕えず私の蒼ざめた額に、眼球に、唇に、熱氣を與へて吳れる。私はこの時、透明なる思考といふものを考へる。

漢譯：我的窗外是一片綠油油的蕃茄地。福爾摩沙南方熱帶的色彩和風不斷地給我蒼白之額、眼球、嘴唇以熱氣。這時候，我就思索透明的思考。它從這個福爾摩沙的亞熱帶風中吹來。我們總容易忘記含在這個思

考之風中的透明性。（頁128）

3.春になつて今一度ランボオを讀んでみた。熱帯的な色彩は僕の青ざめた額に熱を與へてくれるが時にあまりに感情的で心臓が痛くなるやうな氣がした。彼の幸福追求はルソオやエルウエシュウスを思しめた。僕は友人を捨てて一人でずつと南の方にある半島へ出來るだけ沢山の本を運んだ。この半島は僕の第二の沙漠であつた。全島が全部砂地で砂時計の中に住んでいるやうな氣がした。（頁191）

4.ここでポエジイに於て透明なる思考を使用した作品は意味に於いて不透明になる。これはあらゆる斬新なる詩人の作品に接してうなつかれることである。しかしこの事は何等悲しむべき何ものをも持たない。現代に於て吾吾は最早や作品の意味を求めることは止める。これ等の世界の持つ透明性が必然的に作品のプオルムと思考を定著すれば良いと思つた。

漢譯：在詩上使用透明的思考的作品，卻在意義上變得不透明。這是接觸一切斬新的詩人的作品就可以理解的事情。然而這件事並沒有什麼可悲歎的。在現在我們早已不求作品的意義。我們認為這些世界特有的透明性必然把作品的形式和思考落實就行了。（頁128）

4.透明な思考を使用した文學作品はその作品の意味を不透明にする。我我はもはや作品の意味を求めることを止める。意味の不透明はその思考を透明にすることを證明することがある。（頁186）

〈燃燒的頭髮——為了詩的祭典〉[41]：

為了超現實主義的一種詩論（詩的祭典之中有所謂超現實主義。我們在超現實之中透視現實），捕捉比現實還要現實的東西。那是黑手套的手。

---

[41]底下漢譯及頁數以《水蔭萍作品集》中為準。

然而我們對這個「超越現實的現實」的東西，只能通過超現實主義者的作品才能接觸。我認為這是新展開的，不，是使常在進化的藝術的見解會更進一步的關鍵。不過它使一切藝術向新方面開展的事雖然還是個疑問。但我認為，這樣的手法難道不應該做為解開藝術之謎的鑰匙嗎？

立足於現實的美，感動、恐怖等等……，我認為這些火焰極為劣勢。我認為創造一個「紅氣球」被切斷絲線，離開地面上升時的精神變化便是文學的祭典之一。結果作品落入作者的告白文學的樸素性的浪漫主義，我認為是由於「作品和現實」混雜在一起使然的。

在現代法國文學上紀德在這一點大概是個浪漫主義者，這是多數人所承認的，然而考克多、拉吉訶等的作品，詩這東西是從現實完全被切開的。（頁130）

《對超現實主義的疑問》（上）（下）：

最近，我從某雜誌上受到這種質問？超現實主義沒落了嗎？

看到這件事時，好不容易才成為去年最新流行品的超現實主義，好像已經趕不上流行了。如果超現實主義這樣的東西只因流行而延續生命的話，很容易就會沒落的，據我了解事實並非如此。然而我覺得，真的超現實主義，恐怕由二三個認真的詩人死命守護是不會錯的。所以這些詩人能完全執行超現實主義的任務吧！

那麼，這是怎麼樣的任務呢？我個人的看法是，超現實主義給我們的重大影響在於改變了我們對藝術的看法。

在此特別需要注意的是，不是改變藝術，而是改變對藝術的看法。給予某位超現實主義者波特萊爾「道德的超現實主義」這樣的名稱，不知道是否和他一樣，列寧也被稱作政治的超現實主義。

我不想指責他的獨斷，當然我也贊成他的獨斷。為何呢？所有出色的藝術家，不滿足於世間的「現實」，想要捕捉「比現實更現實的東西」，仔細看透事物，將其呈現在我們面前。「比現實更現實的東西」這確實如

此，好好地捕捉，藝術作品的價值就在這裡。所謂「越過現實的東西」，我們只有透過作品才能接觸到。這樣對我來說超現實主義對藝術的看法又進一步了，若採納為藝術的一種方法，我翻譯上無法進展。我照著超現實主義的方法，到底可創造出新的詩嗎？我懷有疑問。例如 Breton 的學說當作夢的註腳的確很有趣，然而，依其學說我不覺得創造了新的夢。我是這麼考慮超現實主義的情況，視其為藝術的新解釋的確有趣，但是透過它新的詩被創造與否是有疑問的，我無論怎樣多讀超現實主義的作品，並不覺得比其理解來得有趣。然而超現實主義一定要解開藝術的千古之謎的重大關鍵。

我相信最好的藝術製作方法是古典主義。為求這裡所謂的古典主義不受誤解，我打一個比喻：

一個汽球，一根繩子把它綁在地上，這時不會太令人感動。然而切斷繩子，那麼氣球就很優雅地升上空中，這時人們深受感動[42]。這裡有古典主義的原理。一件作品被繩子連結於現實的時候，這樣並不美，為了更加美麗，必須切斷繩子。所有的浪漫主義，從作品與現實的混合而出發。接著漸漸深入兩者的關係。其結果，作品成為作家的告白。告白的文學是最樸素的文學，苦難的人間被描寫為苦難，小鳥唱歌的時候，如何不變。它的苦痛為了打動我們，比從它的心臟被切離來得好。

安德列紀德等人，在這一點上更是浪漫主義者。他的作品有過多的告白。

而考克多和拉吉爾的作品幾乎看不到像告白文學的東西。詩從現實完完全全被切離，從中我更深受感動。

---

[42]附帶一提，佐藤朔專論考克多時曾以考克多的「輕氣球」意象來解釋他的文學作品，他說：「接著他的形式更加纖細洗練。他的詩脫去冗長的裝飾而變得簡樸。若依他的說法，所謂詩的浪費不是在他身上布滿裝飾，裝飾相反地始終是把詩挽留在地上（對象）的妨礙者。詩因此像切斷繩索從地上往高空上升的「輕氣球」般的，不光是自己的美呈現出來（後略）」。引自《詩と詩論》第二冊，頁 17～18。崛辰雄所謂的「氣球」之概念，或許也與考克多的「輕氣球」多少有一些關聯。

在此我做以下的主張：

以超現實主義作為解開詩的鑰匙，以古典主義來製造詩附錄：數日前和佐藤春夫的對話，我更加地增強的想法。

〈燃燒的頭髮——為了詩的祭典〉[43]：

水中の夜，夜……無色透明であるといふとはジアン・コクトオの聰明とスケイルである、レイモン・ラデイゲの硝子質の眼球は純白な胎兒を眠らせる。見よ！胡瓜の如き冷靜なる天才達、私は白晝の中に海風のヒビキを聞き、發狂のシステムを辿る。

漢譯：水中之夜，夜……說是無色透明的即是吉安・考克多的聰明和規模，列門・拉吉訶的玻璃質的眼球使雪白的胎兒入睡。看哪！像胡瓜冷靜透明的天使們。我在白晝中聽見海風的聲響，亦步亦趨走向發狂的系統。（頁 130、131）

溫暖な夢の中に靜かなる嵐の呼吸をする。
漢譯：在溫暖的夢中，沉靜下來的暴風雨呼吸著。（頁 131）

《天の手袋》[44]：

無色透明であるといふ事。それがジアン・コクトオの聰明とスケイルとを生む。完璧な藝術の體系といへども尚いくぶんの半透明をまぬがれる事は絕望的である。（頁 16）

Adiue！私のジアン・コクトオよ。（頁 17）

水中の夜、磨かれた純白の圓筒を通過せる。蛇の華麗な昇天。同時にテオフイル・ゴオチエの完璧な魔法の翼をもつたレイモン・ラデイクの硝子質の眼球。ジアン・デボルトは暗い。ドビユシイはシンメトリイの詩人に過ぎない？（頁 17）

---

[43]底下漢譯及頁數以《水蔭萍作品集》中為準。
[44]底下頁數以《天の手袋》中為準。

望遠鏡的の詩人よ眠れ。望遠鏡的の理髪師よ眠れ。純理哲學は雨のごとく降るものにあらず。そしてわざとらしいあの死。狂暴なる天使。純白の胎兒よ眠れ。（頁 18）

見よ。よくこの言葉を吟味し呻吟してみよ。胡瓜の如く冷靜な天才達。クリボエ・ゼイルガロよ。僕はザメンホフ善き後裔であるのだ。（頁 21）

精神の朝のノルマルな原理に向つて發狂のシステムの白晝が坐る。誰れもが、この二つの關係に於ては空想化してしまふのだ。（頁 23）

溫暖な夢の秘密。

另外梵樂希亦使用「詩的祭典」這種說法，法國詩史上他的代表性名言是：「一首詩應該是一場知性的祭典」（Un poeme doit etre une fete de l' intellect.）。（見 Daniel Leuwers. *Poetes francais des XIX et XX siecles*, p.184）。在《輪のある世界》中，西脇對這句話的理解是：

我我は特に小說とか詩とかいふことは論じなかつた。我我は寶石そのものを求めなかつた。我我は寶石の音を求めた。特に詩の方ではウアレリの說は危險だと思つた。一體このアカデミシアンの考へは最早青年が夢みないもので古いが、單にその表現に使用する思考が彼のいふ〈理智の祭禮〉であるから非常に新鮮な考へをいつているやうに聞える。とにかくウアレリのポエムはマラルメの組織に立つている[45]。

楊熾昌在此可能透過了西脇順三郎的書籍，而承襲了保羅・梵樂希的語彙及概念。

經由以上文字之間的交互比對之後，可知楊熾昌這兩篇詩論之寫作素

---

[45]引自《定本西脇順三郎全集・第五卷》，頁 187。

材來源，除了作品自己提到過參考了西脇順三郎的《歐洲文學論》以及保羅‧梵樂希（Paul Valéry）著《文學》兩本書之外，也出自於臺灣新聞媒體《臺南新報》上的簡報、日本超現實主義詩人北園克衛《天の手袋》以及日本詩人西脇順三郎《輪のある世界》、《シュルレアリスム文學論》兩部著作。

又從文字風格以及行文基調來看，楊熾昌這兩篇文學論述的文字，並非硬質的西方邏輯嚴謹的文學論述，此亦因他吸收了西脇以感性寫詩論的抒情筆法[46]，這種風格獨具的文學論述亦可當作美文來欣賞。

（二）文學觀的內涵

> 所有的文學都從風俗開始哪。像這蓮葉的黑帽子裡滴著靈感。
>
> ——西脇順三郎[47]

戰後楊熾昌在一篇回憶性文章中曾經提到：

> 筆者在 1934 年《臺南新報》文藝欄發表〈檳榔樹（筆者案：應為檳榔子）的音樂〉，同時亦在《風車》詩刊上發表〈詩的形態與詩格的手記〉（筆者案：此為副標，正標題不詳）〈燃燒的頭髮〉等一連串詩論，以上述諸篇做為現代詩的祭典，旨在敘述世界詩壇的最新動向以及現代詩的革新之道。[48]

他欲將世界詩壇的最新動向以及革新之道，介紹給臺灣文壇。當時他這幾篇詩論的內容為何？其背後所透露出來的文學觀念又是如何？當時楊

---

[46]根據杜國清的看法：「西脇順三郎的詩論讀起來像詩，充滿美感的片斷，思考的飛躍，聯想的推論，與西洋人寫的推論嚴密的詩論，大異其趣，這是因為他是以感性寫詩論。」引自杜國清譯著，《西脇順三郎的詩與詩論》（高雄：春暉出版社，1970 年 8 月初版），頁 22。

[47]轉引自楊熾昌〈檳榔子的音樂——吃鉈豆的詩〉，《水蔭萍作品集》，頁 121。

[48]楊熾昌，〈回溯〉，《水蔭萍作品集》，頁 225。

熾昌所寫的隨筆及詩論，計有：

1. 〈詩的形態與詩格的手記〉（載於 1933 年 10 月《風車詩誌》第一輯）
2. 〈檳榔子的音樂──吃鉈豆的詩〉（載於 1934 年 2 月 17 日、3 月 6 日《臺南新報》）
3. 〈燃燒的頭髮──為了詩的祭典〉（原載於《風車》第三輯，又載於 1934 年 4 月 8 日、4 月 19 日《臺南新報》文字有部份修改）
4. 〈詩論的黎明〉（載明 1934 年 11 月 19 日、25 日、12 月 22 日《臺南新報》）

　　除了隨筆〈詩的形態與詩格的手記〉一文未見，但有一篇島元鐵平所寫的短評〈風車讀後〉之外，至於其餘四篇目前則尚能夠掌握到。另外在 1934 年 3 月《風車》第三輯中楊熾昌寫有一篇〈西脇順三郎的世界──關於詩集 *AMBARVALIA*〉，陳述他對這本詩集的看法，也側面反映了他的文學觀。底下就針對這五篇詩論內文或評論以及詩集評論，分析其內容重點，再試圖從中釐清詩人創作背後的文學觀。

　　島元鐵平的短評〈風車讀後〉[49]一文當中，認為以〈詩的形態與詩格的手記〉為副標題的隨筆：

　　我覺得恰恰是失去這統一的文體的表示。

　　筆者稱為「想成為原始的土人世界」這方向上有著好意，從這樣的出發點，鞏固你的文藝的立場下去，這樣來說，確實具有一個意義吧！僅僅限於裡面的隨筆來看，你的對象的把握性頗為散漫，表象。如果要說的話，我覺得這些是思考層面的「話語」羅列。

---

[49]載於 1933 年 12 月 9 日《臺南新報》。

從「失去統一的文體」、「對象的把握性頗爲散漫」、「思考層面的話語羅列」的評語可見島元認爲隨筆不夠成熟，給予的評價相當低。不過若是以達達主義或超現實主義文學觀來看《風車》第一輯中的隨筆，恐怕相當程度地符合他們的定義。達達主義者，蔑視理性、道德與既有的美學標準，以隨意書寫取代經過設計安排的文章；法國超現實主義創始人布列東（André Breton）重視潛意識以及夢境，他爲超現實主義（Surrealism）所下的定義是：

> 超現實主義，陽性名詞：純粹的精神上自發現象，我們主張通過它，以口頭上、書寫或者透過其他任何的形式，表達思想的真實活動狀況。這種思想的照實紀錄，不得由理性進行任何控制，也在所有美學或倫理學的考慮之外。[50]

島元所謂缺乏條理、結構鬆散、支離破碎的隨筆，彷彿是靠著自動書寫技法所寫下來，不加修飾與整理的文字，也疑似隨意記下的思考文字。又從楊熾昌後來回應佐藤博對他的批評時所說：「你看到我們（水蔭、利野、林）的雜誌《風車》上，我寫著關於達達主義的筆記，發表關於超現實主義的片段·」證實他確實寫過達達主義與超現實主義的介紹或者進行過實驗，考察《風車》第三輯未見達達主義的筆記，意即這些筆記與片斷文章乃發表在《風車》第一輯或第二輯裡頭。

是故楊熾昌在《風車》第一輯與第二輯當中，應介紹過達達主義以及法國超現實主義文學觀，也進行其實驗性的文學活動。

其次〈檳榔子的音樂——吃鉈豆的詩〉一文的論述重點有：

1.認爲詩所要追求的是「意象之美」，而追求的方式是以「感覺的手法以及明徹的知性（或感性）爲儀式」，在思考上則要保持「土人的世界」，

---

[50]本段文字根據丁世中譯文修改而成。收於張秉真、黃晉凱主編，《未來主義·超現實主義》（北京：中國人民大學，1998 年 8 月第二刷），頁 262～263。

也就是保持「新的思考」。

2.「新的思考」對美有高度的要求，同時對詩也要求更美好的祭典。這需要靠新的理智方能獲得，這種理智是屬於「波希米亞人的放浪」。

3.雖然詩人對於美有著高度要求，但這種美卻不存在自然之中，乃存在於人工營造一個非自然的世界。這是運用新的理智，發揮詩人的想像力，一種人工創造出來美。譬如夢見「煙斗裡結了深藍的果實、雲雀把巢築在貝殼裡」，聽見「煙斗的音樂。貝殼之歌。青豆的響聲。咖啡的聲音。」就是這樣的一種美的世界。

4.今天的新的詩不能依循傳統的詩型，如同小說一樣也不能照著舊有的小說模式，雖然令人為難，而文學上往往是因為突破了刻板模式才進步發展開來。

5.除了突破詩型之外，就詩人來說，對語言的的感覺也很重要，但楊熾昌這裡並不是針對句型句法的感覺，也不是對抽象語彙、或者情緒語彙的敏感度，而是很具體物象，如「煙斗、頸飾、蛇、鼓類、皮鞋、公雞、七弦琴」，身邊觸手可取的小物品。

6.楊熾昌最後質疑在殖民地臺灣，尤其是在番山裡面，難道離詩的世界那麼遠嗎？

而〈燃燒的頭髮——為了詩的祭典〉一文中，對於「理智的思考」一詞的概念與〈檳榔子的音樂——吃銃豆的詩〉一文中所做的解釋相同，另外他又分析「理智的思考」與「作品中的意義與否」的關係，也提出了「超現實主義的詩論」，之後其文脈走向又繞回了「土人的世界」，認為這個世界重視的是「感覺」，到了文章結尾處，持肯定的語氣，認定福爾摩沙的詩人將在「理智的思考」中站起來。以上是本文結構介紹。至於各個概念的陳述，則介紹如下：

1.再進一步澄清「理智的思考」的特色，認為「只是要創造『頭腦中思考的世界』而已」。

2.而理智的思考也同時是「透明的思考」。雖然如此但是文學創作在意

義上卻「變得不透明」。他的意思是指作品有否承載意義已經變得不重要了，作品沒有意義並不必悲歎，甚至已經不追求作品的意義，認為這些世界特有的透明性必然把作品的形式和思考落實就行了。

3.以及臺灣特有的風土民情有助於理智的思考，他說：

> 吹著甜美的風，黃色栴檀的果實卡拉響著野地發生瞑思的火災。我們居住的臺灣尤其得天獨厚於這種詩的思考。我們產生的文學是香蕉的色彩、水牛的音樂，也是番女的戀歌。

又從跨世紀文學演變來看，有助於 20 世紀的文學要求：「19 世紀的文學成長於以音樂的面紗覆蓋的稀薄性之中。現代 20 世紀的文學恆常要求強烈的色彩和角度。這一點，臺灣是文學的溫牀」，同時「福爾摩沙南方的色彩和風不斷地吹來」當中就包含著透明的思考。

4.對超現實主義的看法，認為只有透過超現實主義者的作品才能接觸所謂的「比現實還要現實」的東西。對於這種前衛性格，他說：「會使一切藝術向新方面開展的事雖然還是個疑問。但我認為，這樣的手法難道不應該做為解開藝術之謎的鑰匙嗎？」這表示其實楊熾昌他並不是超現實主義者，他只是引介，同時對於超現實主義是否使藝術進化，他覺得可以是可以探索的領域。反應現實、再現現實的文學作品，即使是美、感動或恐怖，都不是符合其理想中的藝術世界，而傳統告白式的文學，如法國文學作家紀德的作品就是如此的作品，至於考克多以及拉吉柯的詩則是現實完全切開。

5.對於詩的構成，他認為詩人不應固守於現實界既有的意象，尚需要進一步去裁斷對象、與重新組合對象。如何地切與連認為這是詩人創作的奧祕。

6.認為前衛實驗的文學總是由年輕人帶領，「新鮮的文學祭典，總是年輕的頭髮的火災」。

　　至於發表在《風車》第 3 輯上〈西脇順三郎的世界〉一文，則是介紹
西脇順三郎 1933 年 9 月出版的詩集 *AMBARVALIA*[51]，重點如下：

　　1.這本詩集中，他看出西脇避免把思考的構成變成理論性，認爲其繪
畫性很美。

　　2.《希臘的抒情詩》中幾首發現了新的詩世界。認爲「拂去感傷主義
的覆蓋物」透露出如希臘透明又永恆的藍天，他嘲笑合理、理性的祭禮，
覺得那是屬於新古典精神。

　　3.又看到這本詩集是作爲對古希臘和羅馬的世界擁有興趣的土人世
界、又可愛又透徹的感性所構築的詩世界，而微笑著。

　　4.讀西脇的論文，總是因其「高度的純粹和波希米亞式的滿足和諷
刺」而心情愉快。

　　〈詩論的黎明〉這一篇，是他想獻給遠離了的親友和先父的靈魂之
作，其論述的幾個要點爲：

　　1.所謂的新秩序是操作 esprit 成爲 nouveau poème 的記號。他又認爲，
詩人的視覺中，有人本主義的背景，三好達治、田中多二、吉田一穗、安
西冬衛，前者穿著感傷主義的衣裳，後者帶著人本主義的帽子。此外近藤
東的寫實主義踩著鐵甲靴走在碼頭、竹中郁咬著土色煙斗吐出花草鋪中模
糊的花的氣息。

　　2.在新詩論和詩人們當中，法國詩人如 Breton、Lautreamont、Eluard、
Jean Cocteau、コル、Mallarme、スタイン[52]……等等偉大詩人的詩論推動

---

[51]楊熾昌所介紹的這本 *AMBARVALIA*，是西脇順三郎在日本發行第一本詩集，出版於 1933 年 9
月，由上半部 *Le Monde Ancien*（即古代世界，及下半部 *Le Monde Modern*（即現代世界）所構
成。他所讚許的《希臘的抒情詩》是收錄於 *Le Monde Ancien* 的組詩，計有〈カブリの牧人〉、
〈雨〉、〈菫〉、〈太陽〉、〈手〉、〈眼〉、〈冊〉、〈栗の葉〉、〈ガラス杯〉、〈カリマスの頭と
Voyage Pittoresque〉等 10 首詩。據西脇自己的說法，這組詩的誕生是因爲先前寫了一些別人看
不懂的超現實主義的詩，而應出版商願出版之厚意才臨時在《古代世界》中加入十天所寫成的看
得懂的詩，寫法大體上是寫意的，使用繪畫的表現。有趣的是，此時楊熾昌所心儀的事實上並不
是西脇超現實主義風格的作品，反是偏向繪畫式的意象派之作。參考杜國清，《西脇順三郎的詩
與詩論》（高雄：春暉出版社，1980 年 8 月 10 日初版），頁 35。
[52]除了對ゴル、スタイン兩名身分不詳，幾位法國詩人及其詩論簡介如下：

偉大的工作。法國前衛現代主義的創作精神——新精神（esprit nouveau）[53]

---

1. Andre Breton（1896～1966），超現實主義的始祖，提倡夢境的紀錄與潛意識的開發。超現實主義除了進行文學觀念的革新，也是有關於人的整體觀的重整，意圖在現實與超現實之間橋樑，達到真正的現實。超現實主義第一次宣言於 1924 年發表、第二次於 1930 年。在藝術方面，除了影響了文學，也觸及電影、戲劇等等範疇。

2. Lautreamont（1846～1870），本名 Isidore Ducasse，為領事館書記官之子，生於南美洲，雖然少年時代回到法國，但生涯不明之處很多。對現實激烈憎惡與瀆神的作品《Maldoror 之歌》讓出版者猶豫販售，直到作者死後仍未為世人所見。《Maldoror 之歌》及難解的箴言集《詩》，由超現實派詩人重新發現而讚仰不已。

3. Paul Eluard（1989～1952），本名 Eugene Grindel。中學時期罹患肺病，在療養時結識俄國出生的女子蘭，對蘭的愛成為初期詩作的主要主題。他曾參與達達主義、超現實主義，後加入共產黨，但在黨的紀律中保持自由，而不斷地以清脆的語言歌唱著愛與自由。從戰中到戰後，以從壓抑到解放及人性愛為作品主題，而持續一貫地以生生不息的感性書寫。二次大戰時和布列東絕交。他主要的作品集有《悲痛的首督》（1926 年）、《愛·詩》（1929 年）、《目前生活》（1932 年）、《詩與真話 42》（1942 年）、《與德國相遇》（1944）年、《不間斷的詩 I、II》（1946 年、1951 年）。

4. Jean Cocteau（1889～1963），出生於上流布爾喬亞家庭，自小展露詩才。與當代一流的詩人、作家、畫家、音樂家、舞蹈家交往結果，擴展了他的詩境。不僅僅寫詩，也寫《恐怖孩子們》等小說；《聲》、《雙頭鷲》等戲劇；《詩人的血》、《美女與野獸》、《存在的困難》等評論，留下各種類型的藝術作品。

5. Stephane Mallarme（1842～1898），雖然從事低微的英語教師工作，卻推動了一股持久影響力的新詩概念。做為詩風晦澀難懂的信徒，馬拉美一開始追隨著波特萊爾的步履，後來構思了一場詩人無個人性的祭壇——排除偶然與不純的要素追求絕對詩的境界。他鑄造一種曖昧不明的句法，句法中的文字以非習慣上使用而釋放出新意。在著名的「星期二」聚會，馬拉美的身旁圍繞著一群前衛以及象徵派的青年。《完整的詩》（1887 年）、《韻文與散文》（1893 年）、《胡言亂語》（1897 年），標出了他的文學路線，而《骰子一擲永不能破除僥倖》則處在最高點。《骰子一擲永不能破除僥倖》書中「爆裂式的活版印刷的安排佈局開啓了詩學的新遠景」。參考安藤元雄等編，《フランス名詩選》（東京：岩波書局，2000 年 1 月 17 日第 5 刷），頁 365～379；及 Daniel Leuwers. *Poetes francais des XIX et XX siecles*, Paris: Librairie Generale Francaise, 1987, p.163～170。

[53] 楊熾昌通常稱詩為「Poesie」（法文的「詩」之意），認為背後的創作動機是「新精神」（esprit nouveau）。「新精神」，依據 Daniel Leuwers. *Poetes francais des XiX et XX siecles*, Paris: Librairie Generale Francaise, 1987, p.95～96，一書的解釋是：

1917 年，阿保里奈爾，發表一場有關「新精神」的演講，表露一個剛剛到達的時代（第一次世界大戰）的沸騰。所有年輕的創造者渴望新穎，不再相信上個世紀的美學價值。機械論以及首次飛機的升空所引起的狂喜，讓藝術工作者想以充滿改變的方式慶祝這個現代世紀的到來。當中尤其表露出對速度的崇拜。憧憬著能夠負荷周圍變化的文學宣言四處充斥。早在 1909 年，義大利馬里內蒂在法國《費加洛報》上，宣布提倡速度跟力量的美學降臨的「未來主義」。第一次世界大戰即將來臨的訊息也鼓舞了這些「新的精神」。在戰爭的災禍發生之前，似乎這場戰爭可以將這種精神完全表達出來，因此，1913 年是這個世界文學史最富裕的一年。這場戰爭也觸發了部分藝術家的反叛運動。1916 年，在瑞士，查拉宣布「達達主義」，這個派別刻意嘲諷，同時也含有拒絕一切文學的意涵。達達，是絕對的嘲笑、挑動，試圖讓布爾喬亞的價值崩潰，四年多的時間，讓歐洲失血，構成一個很大的罪過。布列東對達達式的反叛很有感受，而當查拉人在巴黎這段期間兩人往來過從，直到戰爭結束。但是布列東後來意識到達達式的反叛應該由超現實的征服所繼承。布列東所定義的超現實主義，1924 年提出的第一次宣言中，希望是一種「思想的的征服，擺脫理性的控制，摒除道德與美學的成見」。超現實主義授與這三樣東西特權：夢、偶然以及有意識的生活與無意識的表現相通的容器。布列東和他的朋友（愛呂爾、阿拉貢），聽從會湧現出不可思議的事情的偶然相遇，以及保持無拘束的狀態以利於驚喜的揭露。

對於照明日本新詩學，貢獻卓然。

　　3.認爲由考克多（Jean Cocteau, 1889～1963）開始了拔除人本主義桎梏的詩，其詩的特色也就是和人本背離。

　　4.他以農夫栽種花苗，在花圃中整理土壤、施肥、澆灌植物比喻作詩人的創作活動，其「土塊如寶石般放射光芒，地下水有通過分光鏡的色彩」，認爲創作是愉快新鮮的工作。

　　5.詩的流派的興亡單單不過是「思考與記述方法」的發展。詩總是對美學意識的希求。而從詩的誕生到詩的滅亡……從詩的滅亡到詩的誕生……。在他的概念中，從歷史的角度來看，詩總是毫不間斷地剔舊換新，詩人不應該恐懼詩會滅亡。

　　6.他認爲在超現實主義所探索的睡眠與夢境裡，詩人依從自己精神秩序裝置詩，雖然臺灣島上的其他詩人不持有這種概念，超現實對他們是相當遙遠的世界。但是對他自己來說，是依此精神來塑造詩的背景。

　　此篇詩論中的「反人本主義」觀念，源自於西脇順三郎《歐洲文學論》一書。西脇認爲「人本主義」是 16 世紀時隨著反抗而興起的一種人的態度，亦即所謂文藝復興的態度。可是在今天 20 世紀的人本主義論述中許多有關於人的問題，是屬於 18 世紀中格外發達的社會思想乃至於人生觀，也就是盧梭的自然主義乃至於人間主義。一方面這和民主主義的思想是一致的，這也成爲浪漫主義的要素中，尊重自然、以感情爲對象的特質。基於此，浪漫主義也是從 18 世紀的人本主義而來。而 20 世紀，誕生了反對

　　超現實主義者，不停地向令人敬佩的阿保里奈爾表示敬意。在早逝前（1918 年）毫無疑問地，阿保里奈爾是所有前衛運動者的領袖。阿保里奈爾，在 1913 年《醇酒集》中，不僅解除了所有的標點符號，他也是會話詩（作家不必去尋找靈感，而是滿足於記下會話的片段，抄在紙上）的發明者，同時也是圖象詩（詩以彎彎曲曲的線條，繪畫的方式呈現）的創造者。經常往來於立體派以及畢卡索畫室的他，覺得應去實現和繪畫朋友一樣的革命。立體主義者畫布上「爆裂」的現實（人們常將之類比於破碎鏡子中所見的景物），阿保里奈爾想要將此技巧強加在他的詩裡頭。某些詩人，像 Pierre Reverdy，在那個時代也和他一樣對詩實驗有同樣的焦渴。至於以舒活地攪拌原始狀態下紀錄的感覺作品的詩人 Blaise Cendrars，他並非立體派人士，但也參與了沸沸揚揚的「新精神」。「新精神」帶來的最佳禮物是心態上激進的改變、以及對革新具有無限的興趣。而幽默及幻想細心地護送這股革新的力量。

18 世紀格外發達的人本主義的思想。這不單單是社會一般的思想，因爲在文學藝術方面有所影響，對思考文學評論的人們也是同樣的問題。20 世紀反「人本主義」的概念，即是反對「感傷主義」，重視理智的文學態度。從 20 世紀的美學方向來看，我覺得有著同一的批判，亦即反人本主義。即物主義也好、表現主義也好、超現實主義也好，進入了同樣的世界。亦即前衛的現代主義都有反感傷主義的精神[54]。楊熾昌接受了歐洲 20 世紀「反感傷主義」文學的觀念，以相當新鮮的意象、新鮮的感覺來形容他對日本文壇詩人作品的特質，例如他認爲「近藤東的寫實主義踩著鐵甲靴走在碼頭、竹中郁咬著土色煙斗吐出花草鋪中模糊的花的氣息」。

　　雖然 1930 年代日本詩壇有三股力量在運作著，一是自 1928 年由《詩與詩論》所主導的前衛現代主義，重視的是形式的變革，另一則是站在改變社會意識立場的的左翼普羅寫實主義，介於兩者之間的是中產階級強調個人自由的抒情派。其中前衛的現代主義是以吸收歐洲現代文學各流派而發展起來，包括德國的新即物主義、英美的意象派以及法國的新精神（主要是以超現實主義爲主）[55]等等。楊熾昌單單從中挑出法國詩論家們所抱持的新精神，這當中當然有著楊熾昌對法國前衛現代主義的個人偏好，不過值得注意的是由於楊熾昌相當強調實驗精神，所以他能一併接受 19 世紀末自波特萊爾以降的現代主義重要流派，即使流派彼此之間有不同的立場、手法、哲學立場，他也能包容吸收。譬如象徵主義的代表人物馬拉美與超現實主義始祖布列東，一個提倡「把詩提升到音樂的純粹境界」，所謂音樂的境界主要是指詩意的不確定性或多意性。而布列東則是訴諸潛意識，開發出繁複意象，強調視覺之美，所謂的「痙攣的美」而非象徵主義者重視的意義朦朧之美。

　　最後也再一次提出了寫詩是爲了「美的追求」，詩人發揮高度實驗精

---

[54]參考西脇順三郎，《歐洲文學》（東京：第一書房，1933 年 10 月 12 日，普及版），頁 18。
[55]參考日本近代詩論研究會，《昭和前期の詩論》（東京：丸善株式會社，昭和 49 年 1 月 20 日），頁 429。

神，不惜追求那自己也不知道的東西。

　　我們尚可以將這套文學觀細分爲底下七點來加以說明：1.對詩的本質要求——追求文學的藝術美；2.重視 20 世紀的文學潮流——具有跨世紀、世界性的視野；3.詩的靈感來由——從臺灣特有的風土民情中萃；4.詩的創作情緒——主知主義；5.詩的經營技法——實驗性質強烈；6.詩的意象捕捉——強調新鮮感覺；7.年輕詩人的優勢。

1. 對詩的本質要求——追求文學的藝術美

　　楊熾昌將詩創作視作是一種藝術美的經營，他的文學觀念當中，並沒有考慮到藝術與現實人生社會的關係。「知性的思考」不是爲了去凸顯社會的不公不義，改造社會的封建陋習，他是透過意象的安排、空間的布局、氣氛的營造，造成一種美學效果，甚至喪失了文學的意義性也並不可惜，唯一的目的是追求美。帶著手術刀去挖除社會毒瘤的不是文學，詩並不應擔負這樣的社會功能。

2. 重視 20 世紀的文學潮流——具有跨世紀、世界性的視野

　　文學隨著內在規律以及外部社會的更替而一直處於動態的變化過程。20 世紀以前西方詩學對格律相當要求，雖然產生不同的詩體，如 14 行詩體、亞力山大詩體、商籟體等等，這些詩體也須符合全韻、半韻、頭尾韻、陰陽韻等等的韻式，致使詩有著規範之下的音韻之美。但進入 20 世紀之後，詩體解放，產生了自由詩（free verse），形式解放而音韻也可自由地運用，已經不強調音樂性的表現，轉而追求如繪畫、雕刻的意象經營。西方 20 世紀的前衛詩人與其他藝術領域的人士頻繁地往來，從事文學的實驗，如阿保里奈爾、考克多學習立體派的藝術手法，布列東將精神分析學的治療方法套用於藝術創作，構成新的藝術天地。20 世紀的文學，可說是走著前衛實驗道路進行著。

　　楊熾昌並沒有直接批評當時臺灣、日本詩壇的走向，而是將視角擺在更大的世界文學視野——世界性跨世紀的時代區隔，來思考新時代文學的特質。依循著這套「西方文學史」的概念，他除了服膺之餘，也欲將之推

廣到臺灣詩壇上。雖然生長在被日本殖民的臺灣，無庸置疑地，楊熾昌有
著跨世紀、世界性的文學視野。

3. 詩的靈感來由──從臺灣特有的風土民情中萃取：

形狀宛如鯨魚，素有福爾摩沙（美麗之島）美譽的臺灣，位於東經
119 度多至 124 度多，北緯 21 度多至 25 度多，北回歸線（北緯 23 度 17
分）貫穿其中，面積約 3 萬 6 千平方公里，略小於日本九州，比比利時國
稍大，東北隔琉球與日本相對，西與中國福建廣東隔海相鄰，南則靠巴士
海峽與菲律賓銜接，是東北亞和東南亞集散的隘口。在亞洲的氣候圈而
言，位於季節風（monsoon）主宰下的濕悶地區，屬於副熱帶氣候。夏日豔
陽高照、南風吹拂之下，予人閒適、慵懶、迷醉的感受，頗具南國風情。[56]
廣闊的太平洋加深了臺灣的視野，特有的動植物，如臺灣黑熊、臺灣獼
猴、檳榔樹以及綠油油的稻苗，也凸顯出臺灣本色。島上居民來源複雜，
分爲漢族──福佬人及客家人與南島語族。南島語族有平埔族──凱達格
蘭、噶瑪蘭、道卡斯、巴則海、巴布拉、貓霧涑和安雅、邵、西拉雅、猴
喉等[57]以及高山族──泰雅、賽夏、布農、鄒、魯凱、排灣、卑南、阿美、
達悟等。楊熾昌認爲臺灣特有的風土民情裡，俯拾皆是文學靈感的來源。

4. 詩的創作情緒──主知主義：

有關觸發文學創作的情緒，歷來有兩種，一爲主知，另一爲主情。主
知主義（Intellectualism），並非由什麼流派或者樣式，這一詞彙表示的是知
性重於感情的創作態度，意即反對詩歌放縱情感，作情緒的直述告白。強
調知性的主張，最初是 19 世紀中葉以後巴那斯派提出的，該派認爲詩歌應
以理智代表狂熱，後來西方現代派詩歌理論也持同樣的觀點，並把它作爲
反浪漫主義的武器之一。如英國的休謨（T. E. Hulme 1883～1917）主張在
藝術上排拒感情的曲線，提倡嚴謹、堅硬的「幾何線條」，在文學上重視古

---

[56]李喬，《臺灣文化造型》（臺北：前衛出版社，1995 年 7 月初版 2 刷），頁 89～90。
[57]從西脇「土人世界」的概念中，楊熾昌回歸到自己土地──臺灣，發現並肯定屬南島語族的「原
　住民」，可說是間接肯定臺灣島上多元族群的特色，他並寫過以原住民爲對象的詩。

典主義甚於浪漫主義；艾略特在《傳統與個人才能》中明確地指出：「詩不是放縱情感，而是逃避情感，不是表現個性，而是逃避個性。」此外英國A. 赫序黎，法國的 P. 梵樂希等人都支持這樣的創作態度。主知的文學態度，在日本則有 1930 年出版的阿部知二《主知的文學論》爲代表，主張「所謂文學就是以知性爲方法，探求擴展於我們感情的前後左右的未知世界，給它以秩序而再現出來的」[58]。20 世紀西方前衛文學重視知性思考的結果，冷靜、諷刺、諧謔、幽默這些特質就成爲作品的風格。這是楊熾昌念茲在茲的書寫精神，他不厭其煩地一再重複著提出「知性」這個概念。

5. 詩的經營技法——實驗性質強烈

追求藝術的革命，也是有意識突破藝術既有框架的文學者的使命。楊熾昌不斷地嘗試各種不同的詩型，短詩、敘事詩、散文詩到詩小說，以及各種前衛主義如達達主義、超現實主義、象徵主義……等等，無非想要超越前人的藝術成就。沒有既定目的，無終無止，楊熾昌認爲詩人追求連自己也不知道的東西，雖然到頭來有可能一事無成，成爲詩人的悲劇，但爲了追求藝術，對詩人來說文學實驗是詩人的宿命。

6. 詩的意象捕捉——強調新鮮感覺

除了對於形式的創新，也要從現實中挖掘出新鮮感，文學有其一次性，講究創新。既有的表達模式、既有的意象，詩人會認爲陳腐不堪，極欲革新。而依靠主觀的想像力，讓新的語言排列所帶來的新的感覺，會使詩人如獲寶物一般地驚喜。土人世界中，土人以感覺探索事物，對楊熾昌而言，詩人應該向土人學習那一套感覺的方法。

7. 年輕詩人的優勢

由於創作者本身年輕，不必將沉重的過往包袱攬在身上，所以更能夠接受新的思考。同時不必擔慮失敗的後果，重來的機會也就更多。楊熾昌本著自身年輕充沛的體力與無窮的希望，對詩之美的追求，無怨無悔，即

---

[58] 參考葉笛，〈水蔭萍的 esprite nouveau 和軍靴〉，《創世紀詩刊》第 129 期（2001 年 12 月），頁 31。

使受挫也在所不惜。

三、小結

　　總的說來，《風車》第一輯、第二輯似乎進行著達達主義以及法國超現實主義的介紹與實驗，到了《風車》第三輯之後，楊熾昌文學觀念主要參雜了考克多的文學質素、崛辰雄對超現實主義的看法、梵樂希的詩觀、北園克衛部分的文學看法以及更大部分是西脇順三郎的詩論。若論其核心概念，楊熾昌可說完全承襲自西脇順三郎「新的思考」的文學精神，儼然成為西脇詩論在臺的代言人。[59]從大的文學範圍而論，確實是屬於前衛「現代主義」的文學觀。

　　按照杜國清的研究，「新的思考」是西脇順三郎詩論的核心概念。西脇順三郎，於 1922 年到 1925 年三年在英國留學，浸潤於現代主義籠罩下的英國文壇，與英國畫家、詩人交往，從而對新文藝有了新的認識；諸如龐德（Ezra Pound, 1885～1972）或艾略特那種根植於歐洲廣大文學傳統的古典詩觀，休謨等的反浪漫主義，以及意象主義、立體主義、達達主義、超現實主義的新的詩法等等。從這些影響中，追求「新的思考」，進而產生新的詩。他認為由於人類的思考方法，是「習慣的奴隸」，容易陷於機械性，為了追求「新的思考」不得不加以破壞固有的傳統思考。至於創造新思考的方法，那是以人工創出新的隱喻。冷靜地創造出新的隱喻而產生新的思考，進而創造新的詩的世界。思考的價值不在其內容，而在思考的光澤與亮度。使用繪畫的表現以記述思考，此意象主義的作品，所重視的即是思考的透明度。

　　西脇順三郎的詩觀是放浪者的詩觀，這也是根源於他對古代文學的研究。對古代人，放浪是日常的；由於人生是放浪，人才有哀愁和鄉愁。放浪的寂寞感因此成為一種詩情。

---

[59]底下關於西脇順三郎「新的思考」的思想體系，參考杜國清，《西脇順三郎的詩與詩論》（高雄：春暉出版社，1980 年 8 月 10 日初版），頁 4～5、20～21、35～36。

　　對於藝術的目的，西脇認爲在於求美。站在這一點上，他認爲詩注重的是思考的美，詩人的工作以創造出美的思考爲中心，創造出透明的光線，使人感到某種特定的審美情緒的東西，即可稱爲詩。詩的效用不在於表現某種特定思想，所以不直接納入政治、宗教、人生觀、世界觀；這些只是詩作藉以創造出美的材料。

　　基本上更確切地定位西脇順三郎的思想體系的話，應該稱他爲信奉波特萊爾的「超自然」與「反諷」的「超自然主義者」。而與法國超現實主義始祖普魯東訴諸無意識，以自動寫作法加以表現的詩觀有所不同。

　　楊熾昌「風車詩社」時期的文學觀，雖然主要是吸取西脇順三郎詩論書籍的養分，致使有些文字段落吻合度幾近百分之八十。但他並非將原有文學理論一字不漏地照搬進來，而是採擷書中部分文章段落加以拼貼組合，同時以知性態度，將詩學上概念性的詞彙：如創新、理智、重視想像力，鑲嵌入有著既抒情又新鮮的超現實意象（如「檳榔子的音樂」、「燃燒的頭髮」、「燃燒的眼球」）的文句當中，再經過消化吸收後，篩選改造，融合己意，而有了創造性的轉化，從而提出自己的文學看法以及立場。

　　十分清楚地，他的文學想像空間是立足於「臺灣」。而觸發他這種臺灣本土的思考，卻是從閱讀西脇順三郎《輪のある世界》中而來。西方的文學世界中，文學的新世界與世界觀是從文學青年而來。在英國，西脇認爲堪稱爲文學青年是現代主義派的路易士、艾略特、喬伊斯等人，在歐洲大陸則是查拉、普魯東、阿保里奈爾、考克多等人。西脇在某大陸南方（可能是法國的南部）的生活中，曾與某位文學青年一起談詩論藝，而南方的氣候、環境引發了他西方文學觀中「繪畫式的透明思考」[60]。

　　相當有趣的是，經由閱讀西脇作品，他反身自問臺灣不是也類似於環境：亞熱帶南方特有的地形氣候，西瓜、哈密瓜等農作物，檳榔、椰子等

---

[60]西脇順三郎，〈文學青年の世界〉《輪のある世界》（東京：第一書房出版，1933 年 6 月）載於《定本西脇順三郎全集——第五卷》（東京：筑摩書房，1994 年 4 月 20 日初版第一刷），頁 183～193。

樹木和樂天知足的原住民族？楊熾昌對濕熱又原始的臺灣自是有了另一番
不同的文學感受：在臺灣這樣的一個南國環境，其實不就也適合進行「新
的思考」？同時臺灣也將會是 20 世紀「新精神」文學的溫牀所在地。

　　於是在楊熾昌的筆下，西脇的「アがツオン的蜥蜴」改爲臺灣的蜥蜴、
駝鳥轉換成番鴨、窗外的麥田換成蕃茄地，吹著熱帶的風被想像是在福爾
摩沙之南的居住所在地、連西脇想像中的那位女性也小化成番女了。[61]這些
南國的風土特質（譬如番女、檳榔樹、香蕉、水牛、臺灣黑熊……等等）
成爲他的文學創作來源。而創作手法重視作者獨特想像力，以「理智」態
度對所欲處理的藝術對象（回歸臺灣特有的物種、人種、農作）巧妙地加
以裁斷、或是組合，讓意象、聲音以及色彩彼此相互交融，於是一首現代
詩就從中產生。他告訴了我們，在多采多姿的戶外大自然，清新的空氣裡
頭，最原始的生命力當中，詩的世界就會誕生，那也將是美的世界。這是
「爲藝術而藝術」，追求美的文學觀。有趣的是，學習自西脇的這套文學觀
底下，觸發文學創作的「美」的因子，僅僅需要自然原始的風土，似乎就
已經足夠。歌頌著原始之情的他，其想法也就很單純地僅止於此，並沒有
進一步扣連到人道精神、普羅意識、宗教情懷、政治立場、階級、甚至性
別差異這些議題。

　　透過上述的內文分析，我們比較清楚了解楊熾昌的「風車詩社」文學
觀之內涵。只是引進這套前衛的文學觀，除了源自於楊熾昌本身對前衛文
藝的喜好而欲「敘述世界詩壇的最新動向以及現代詩的革新之道」，事實上
與當時日本殖民當局亦有著密切的關係，在 1980 年 11 月，〈回溯〉一文
中，他說：

　　　在舉目皆非的環境下，要想有所作爲實非易事，處境之艱難實非局外人
　　　所能了解，其中尤以寫實文學爲甚，以文字來一面表達抗日情緒，雖是

---

[61]西脇原文見《輪のある世界》（東京：第一書房出版，1933 年 6 月），載於《定本西脇順三郎全集
　・第五卷》，頁 143〜247。文字比對見〈（二）文學觀的由來——寫作素材考〉。

民族意識的發揚，可是在日帝「治安維持法」，新聞紙法，言論、出版、集會、結社等臨時取締法，不穩文書臨時取締法等十餘法令之拘束下，又有誰能逃過日帝的掌力。筆者以為文學技巧的表現很多，與日人硬碰硬的正面對抗，只有更引發日人殘酷的犧牲而已，唯有以隱蔽意識的側面烘托，推敲文學的表現技巧，以其他角度的描繪方法，來透視現實社會，剖析其病態，分析人生，進而使讀者認識生活問題，應該可以稍避日人凶焰，將殖民文學以一種「隱喻」的方式寫出，相信必能開花結果。[62]

　　雖然這段話有可能是戰後政權轉換，國族認同迴異下所產生的抗日意識形態之言，不過前衛「現代主義」文學觀所重視的知性態度以及具備的諸多表現技巧，應可視為殖民地文學書寫的障眼法，而多多少少躲避掉日本殖民當局的文化打壓[63]。

　　回到 1933 年至 1935 年的臺灣文壇來看，臺籍人士所主導的文學社團，北臺灣有「臺灣文藝協會」（1934 年 7 月出刊《先發部隊》），中臺灣有「臺灣文藝聯盟」（1934 年 11 月 5 日出刊《臺灣文藝》），南臺灣則是佳里的「鹽分地帶」（1933 年 10 月成立「佳里青風會」，1935 年 5 月 6 日設立「臺灣文藝聯盟佳里支部」）以及臺南的「風車詩社」（1933 年 10 月出刊《風車》）。這幾個團體的文學觀，除了「風車詩社」著重於為藝術而藝術的文學觀之外，其他的文學社團均以文學創作反映人生、解決社會問題的寫實主義為宗。對照之下，存在於南國之南的「風車詩社」，帶著南國原始色彩以及「新精神」的前衛現代主義文學觀，顯得十分地與眾不同，想

---

[62] 楊熾昌，〈回溯〉，《水蔭萍作品集》，頁 221～230。本文原發表於《聯合報》副刊，1980 年 11 月 7 日，後收入《寶刀集》（臺北：聯合報社，1981 年 10 月）與《水蔭萍作品集》（臺南：臺南市立文化中心，1994 年）。

[63] 在楊熾昌的某些詩作中，確實有著「透視現實社會，剖析其病態，分析人生」，甚至亦有批判殖民當局、反皇民化的思想在內。詳見黃建銘，〈文章創作之表現與轉變——以詩為中心〉，《日治時期楊熾昌及其文學研究》，頁 226～368。

必爲當時臺灣文壇帶進一股新鮮的風潮！至於文壇對「風車詩社」及其文學觀的反應到底如何，這是下一節欲探討的主題。

——選自黃建銘《日治時期楊熾昌及其作品研究》

臺南：臺南市立圖書館，2005 年 12 月

永不停息的風車

訪楊熾昌先生

◎林佩芬[*]

一、文宿專訪

> 江山代有能人出，一個時代自有其特色，儘管西風東漸，中華文化的藩
> 籬顯得搖搖欲墜，然而燦爛悠久的中華文化，自黃河流域「鄂爾多斯」
> 黃土層間開花的青銅器文化，代代相傳，卓然可觀。回顧日據時期作家
> 的苦悶掙扎與光復後的開放，不勝唏噓，四十餘年筆者在文化界奔波的
> 心路歷程，如影歷歷，遄取便逝。[1]

這是民國 69 年時，楊熾昌先生為《聯合報》副刊推出《寶刀集》，所
撰寫的〈回溯〉一文中的片段；真摯的心聲道出了深刻的感受，在過去的
四十多年的歲月的磨洗，和高瞻遠矚的未來展望中，文學家的使命感沛然
充塞；最近，他在給筆者的信中更是暢論了一切：

> ……自十七、八歲時，開始對文字作業興趣高，到現在，還是志向寫東
> 西，來完成我的終身。

作家是什麼？我想是走自己人生之路的人，所以，探求人生的路中，

---

[*]專事寫作，現定居北京。
[1]楊熾昌，〈回溯〉，《寶刀集》（臺北：聯合報社，1981 年），頁 202。

產生的東西就是作品，作品屬於什麼派系，這是另一回事，只有正確地把握得住他的寫作理論的人，作品必定發揚光大；寫實主義也好，抽象主義也好，只是他們主張的思想所表現出來的表象能夠在作品中具有啓發一個時代背景、社會環境、人性的奧祕，掘出人的喜歡、哀愁、悲傷，其「熱與光」綴織成爲菁華的作品，就是表現一個作家的優異文化工作的成就。

如果以「作家」作業的人，建立自己的風格，走的路必定會很穩定的，戲劇也好，詩、小說、評論、散文、隨筆也好，任何作品所表現的思想、文學種類，能爲構成文學史的一頁。

作家必須超越派系，認真追求文字的美，就是對文學的作業，將來才能達到期望，例如一條大河一樣，曲折、波動、流速等等，各作家的處境風土，時代背景等的關聯，創作的作品顯示豐富的文字事象者，成爲永留在時代的東西……。

二、書香門第慶有餘

楊熾昌先生祖籍漳州，他的祖父楊泊淇先生在清咸同年間由漳州波濤來臺，在赤嵌（即今臺南）定居，從事華南貿易，置產頗多，在臺南縣埤子頭擁有魚塭、耕地一百三十餘甲，衣食既有餘，詩書弦歌自然不輟。

清光緒 3 年（1877 年）9 月 9 日，楊伯淇先生長子出生於臺灣府臺灣縣，俗稱鎮臺衙前的頂總爺街（即現在的崇安街，日據時代名臺南市老松町二丁目 65 番地）；名宜綠，長而號天健、痴玉，又稱蓬萊客。

楊宜綠先生自幼少即入私塾就學，好學精進，博覽群書，慨然有天下志；卻不料他 19 歲那年，中日簽訂了「馬關條約」，將臺灣割讓給日本；「宰相有權能割地，孤臣無力可回天」，痛苦憤慨之餘，楊宜綠先生遂轉圖於文學，謀寄大義於文字，期以詩文團結民心及延續我民族精神。

光緒 23 年（1897 年），楊宜綠先生年方 21 歲，卻聯合了連雅堂、陳瘦雲、李少青等十餘人重振「浪吟詩社」，以詩言志，相互切磋，藉以喚起全臺同胞的民族魂。

　　直到民前二年，楊宜綠先生因為日本政府強制徵收埠子頭一帶的土地業產，做為日軍演習地，又對日本警察的橫行極為憤懣，遂渡海赴大陸，在福州、廈門、廣東等地旅居，並任職於《全閩日報》、《粵東報》。

　　民國四年，楊宜綠先生赴日本，寄寓東京，廣交由大陸流寓日本的名人及留學生，尤其是和黨國元老胡漢民先生交往至密；胡先生曾書贈行書一幅，落款為「宜綠仁兄屬漢民」，也因此之故，楊宜綠先生返臺後的言論行動受到了日警的注意。

　　自從大陸發起五四新文學運動起，楊宜綠先生對胡適的思想便十分傾心；返臺後，他任職《全臺日報》記者及編務，所撰寫的詩文多諷刺日政，及探討社會問題，提倡新文學，這些，都為日人所忌，後轉入《臺南新報》擔任編務。

　　楊宜綠先生為人耿直爽朗，嫉惡如仇；自從家產被日人強制徵收之後，家中不似前之富裕，個性卻絲毫不改，即為日人所忌，亦大有威武不能屈之慨；閒暇常賦詩作文，通宵不疲。

　　民國 17 年，臺南州知事片山擬廢除大南門外公共墓地 19 甲，興建綜合運動場計畫，引起了民眾的不滿，輿論界起而代言，遂在報紙上大加筆誅，同時在文化協會與會友抗議日人廢除墓地的暴舉；日本政府要員受到了民眾的抗議，糾亂之時，臺籍州協議會員劉揚名等接到了匿名信，信中含有脅迫的語意，州特高警察認為這封信係出楊宜綠先生之手而予以逮捕，並以煽動市民抗議的罪嫌，下文字獄達十個月之久，直到因患心臟病，才得保釋出獄。

　　民國 23 年，這位一生在報界服務的抗日詩人因患肝病去逝，僅有一獨子，那就是楊熾昌先生。

三、童蒙初啟讀詩經

　　民前 4 年（1908 年）11 月 29 日，楊熾昌先生出生於臺南市小北仔（現立人街尾）。

書香世家的子弟不獨秉承著先天的遺傳，在後天上也自然而然的受到了優秀的文化薰陶，熾昌先生年方六歲的時候，就由楊宜綠先生在家親授《詩經》，其後又從住在東門「固園」的陳筱竹先生繼續學習漢學。

「思樂泮水，薄采其芹」，「綿蠻黃鳥，止于丘隅」，「如切如磋，如琢如磨」……《詩經》，這部中國最早的詩集成了熾昌先生的「啓蒙書」，同時也爲熾昌先生紮下了深厚的國學根柢。

八歲那年，他隨著楊宜綠先生遠赴日本，那更又是耳濡目染著鴻儒與學者的流風，浸習在文士的生活裡，不消說，小小的心靈裡已經展開了游向大世界的志向了。

九歲，他進入臺南第二公學校（即現立人國小前身）就讀，開始接受新式的教育；到了他 13 歲那年（民國九年），當時的文人總督田健次郎實施了日臺共學制度，臺籍學童開始有了與日籍學童競爭的機會，於是，他奉父命參加日本小學考試，經錄取爲六名之一，而進入竹園尋常高等小學就讀；當時的臺籍學童並不多，他在校中爲了與日籍學童競爭，便加倍的用功讀書，「爭一口氣」，贏得了優異的成績。

另一方面，他的家庭教育更是豐富了，不獨是楊宜綠先生的身教言教，甚而楊宜綠先生所結交往來的朋友，對他也不無影響；例如他在《臺南新報》編輯局所會晤的日本名作家佐藤春夫，當時佐藤春夫以報社客員的身分常在報社走動，在臺南的兩個多月中便常帶他去赤嵌樓、媽祖宮玩，非常的疼愛他，當然，也給他留下了深刻的印象。

也許，這些影響都只是間接的，或者，只能都算成是紮根的工作；但，這一切的一切，在他 15 歲以後便綻發出新芽來了。

四、十有五而志於文

15 歲那年，他考入臺南州立第二中學（五年制），在校四年時，校方創刊了《竹園》校友雜誌，他遂寫了一首新詩〈古城嘯〉投稿，入選了。這，給了少年的他很大的鼓勵，嗣後便更加的提高了寫作、投稿的興趣，

在校刊上發表了不少詩文，備受國文（日文）老師五島陽空的特別指導，寫作更勤，便經常投稿《臺南新報》的學藝欄。

　　中學畢業後，他赴日本投考九州佐賀高等學校文科丙組（法語），可惜沒有考取，於是返往東京，在銀座茶房「コロンバン」（古倫邦）與當時日本文壇新感覺派作家岩藤雪夫、龍膽寺雄等相識，暢談之下，遂成知交，乃由他們介紹到文化學院與西村伊作院長面談，考試插班入學，攻讀日本文學。

　　這一年，他 21 歲；同時，他的第一本詩集《熱帶魚》由畫家福井敬一作畫出版，深受日本詩壇的注目，而且，這時詩集的出版，對當時的臺灣文壇而言，又多了一層特殊的意義。

　　「在歷史的洪流裡，臺灣文化一直是中國文化的支流，雖然甲午戰敗，使臺灣淪為殖民地，遭受異族的統治，然而臺灣文化終究在無形中，接受中國文化主流的影響與滋潤。因此，當民國六年，中國產生新文化運動之後不久，臺灣即受到激盪而興起『臺灣新文學運動』。」自是，臺灣的新文學開始蓬勃興盛了起來，同時也受到了各種新進的文藝思潮的衝擊，各種主義的爭相匯流，而形成了多面性的文學面貌。

　　以寫實主義而言，在當時所發表的作品大約以吳希聖的〈豚〉、楊華的〈一個勞動者之死〉、呂赫若的〈牛車〉、楊逵的〈送報伕〉等等為代表作品，大都以描寫當時現實社會的真面貌，揭發社會的黑暗面，傳達鄉土真摯的親情，同情低收入的農民、工人，提倡社會改革，表露作者內心的悲憤為重要代表；而楊熾昌先生的作品卻與寫實主義大異其趣，寫出了「超現實主義」的風格。

　　「超現實主義是純粹的無意識活動，依無意識的活動而通過言語、通過文章、或其他的方法，表現內心的真實動向。同時不受理性的督促，完全遠離審美的、邏輯的煩惱所做的敘述」。而這約於 1924 年間在法國巴黎誕生的超現實主義的「東來」，魅力也襲捲了半壁的江山，當時的日本文壇便首先拜倒在它的石榴裙下，春山行夫、百田宗治、西脇順三郎等多位作

家都無不傾心；正在日本讀書的楊熾昌先生原本就曾自修法文，對法國前衛詩人考克多等人的作品十分喜愛，此刻正逢流風，自是更加的熱中，乃大力提倡「超現實主義」促成了臺灣文壇展現了另一種形式的風貌，這時《熱帶魚》，乃至熾昌先生此後的詩作，都是深具代表性的。

　　然而，熾昌先生在提倡「超現實主義」的表現形式的背面，又隱藏了什麼樣的意義呢？熾昌先生在回溯逝去的滄桑時，真有不盡的感慨：

> ……猶記當年臺北帝大（即臺灣大學）教授矢野峰人、島田謹二、工藤好美、西田正一等人對文學活動的提倡不遺餘力，引進西歐文學的趨向，並介紹傑出作品的內容，對新文學的鼓舞頗具功勞，可是他們卻隨時隨地流露出殖民意識的優越感，對臺籍作家的貶斥也格外的強烈，所以當時的臺灣作家心中都有著共同的認識──日本是「看上不看下的」……。
> ……
> 詩壇是新詩的天下，此時的新詩已由秧苗而走向茁壯的階段，可是日警不肯放過任何帶有反帝思想的作品，每當發現有所不妥，均被查禁。當時的筆者氣憤填膺，為了民族文學的一線生機，於是在《南報》（《臺南新報》）學藝欄發表過一篇文章，旨在喚醒臺籍作家對政治意識的警覺，不要輕易墜入日人的圈套，表面上，日人對臺灣文學的提倡非常熱心，骨子裡卻在觀察臺籍作家的民族意識，相信每個人都是熱愛鄉土的，難免在不知不覺之中，把情感訴諸作品中，遂予以日警以口實，連根拔除，民族命脈豈可經得起一拔再拔？在臺灣文學百花盛開的當時，筆者不客氣地向每一位文學工作人士提出質疑；發揚殖民地文學與政治意識的可行性，「新文學」的定義、目標、特色、表現技巧等等。當時，筆者認為，唯有為文學而文學，才能逃過日警的魔掌。最使筆者感慨的是，臺省同胞每每缺乏團結意識，雖然對於暴政具有同仇敵愾之心，可是流於相互排斥，臺灣俗諺說得好「臺灣人放屎混沙不溶合」，筆者以為地域

觀念也是因素之一。自延平郡王開臺以來，經過清廷短期間「自生自滅」的統治，馬關條約後，忽然淪為日本帝國主義的殖民地，臺省同胞可說沒有受過政治訓練，兼之心胸狹窄，眼睛裡容不得一粒沙子，每每相互猜忌，嫉忌排擠，只見短期間利害的結合，從無長遠的合作，遂予日警有機可乘。

……

「臺灣文學」的分裂，其主因也是出於此，文人相輕，自古而然，要想取得一時意見一致，似乎是奢想，是故一個道地的文學工作者，必須有容納他人批評的雅量，純粹為文學而文學，團結力量，把箭頭指向日人才是。豈料寫裡反之後，一些意氣用事之徒便憤然離開「臺灣文學」另起爐灶，真是親者痛仇者快的憾事，殊不知真理愈辯愈旺，唯有不斷的切磋討論，才能破除成見，一致對外，其實當時的臺灣文學已經微露曙光，理應善加培養，不使民族文學的幼苗遭到傷害才是，然而——。

舉目皆非的環境下，要想有所作為實非易事，處境之艱難實非局外人所能了解，其中尤以寫實文學為甚，以文字來正面表達抗日情緒，雖是民族意識的發揚，可是在日帝「治安維持法」、新聞紙法、言論、出版、集會，結社等臨時取締法、不穩文書臨時取締法等等十餘法令之拘束下，又有誰能逃過日帝的掌力？筆者以為文學技巧的表現方法很多，與日人硬碰硬的正面對抗，只有更引發日人殘酷的摧殘而已，唯有以隱蔽意識的側面烘托，推敲文學的表現技巧，以其他角度的描繪方法，來透視現實社會，剖析其病態，分析人生，進而使讀者認識生活問題，應該可以稍避日人凶燄將殖民文學以一種「隱喻」的方式寫出，相信必能開花結果，在中國文學史上據一席之地……。

……

有鑑於寫實主義備受日帝的摧殘，筆者只有轉移陣地，引進超現實主義。超現實主義為 1920 年出現於法國的藝術流派，主旨恰與寫實主義背道而馳，將佛洛伊德發現的人類潛意識提升到藝術上，以人類豐富的想

像力，在潛意識的世界裡，以夢幻的感應與自由聯想，掙脫現實的桎
梏……。[2]

這一番話，和這一番苦心，可也真是點破了「滿紙荒唐言，一把辛酸
淚，都云作者痴，誰解其中味？」的憂心啊！

五、七人詩社名風車

民國 22 年，熾昌先生與林蒼瑛女士結婚；同時也繼續創作新詩，在
《詩學》、《神戶詩人》等刊物上發表，並將詩稿送到臺南，託友人以石版
印刷出版詩集《樹蘭》，這是他的第二本詩集。

不幸在第二年的七月，楊宜綠先生因患肝病去逝，熾昌先生於是輟學
返臺奔喪，此後，他便長留家居照料母親，因此作品多改在《臺南新報》、
《臺灣日日新報》、《臺灣新聞》文藝欄發表，而當時《臺南新報》文藝欄
的主編為日本人紺谷淑藻郎，他對熾昌先生的作品十分激賞，不久，紺谷
淑藻郎因事離職，乃推介熾昌先生為文藝欄編輯；熾昌先生主持這項編務
之後，更是大力提倡新詩寫作，倡導超現實主義，當時，常常在《臺南新
報》文藝欄發表作品的詩人如莊培初（青陽哲）、林永修（林修二、南山
修）、林精鏐（林芳年）、何建田、李張瑞（利野蒼）、張良典（丘英二）、
戶田房子、岸麗子、高比呂美等等，蔚為一時風氣；而熾昌先生此一時期
的作品也多，大約以水蔭萍、南潤、島亞夫等筆名發表，他的詩作意氣紛
繁，風格近似唯美，而以象徵為主要的表現方式，大約也略受日本詩人西
脇順三郎、北園克衛等人的影響；同時，他也創作小說和評論，這一年，
他出版了第一部短篇小說集《貿易風》（《南報》入選作品），內收〈屍
婚〉、〈白夜〉、〈貿易風〉、〈月琴與貓〉、〈潮騷的花〉等五部作品；這年，
他 26 歲，創作力的豐富令人咋舌。

---

[2]同上註，頁 191～203。

可惜，「得之東隅，失之桑隅」的事發生了，不久，他因投考《臺灣日日新報》，經錄用後派駐臺南支社擔任採訪工作，而使得作品的產量減少。

幸好，「峰迴路轉」的事又發生了。

第二年——民國 24 年，在臺灣文學史上留下了一頁光輝的記事：「風車詩社」誕生了。

「風車」命名的由來，據熾昌先生的說明，是因素來嚮往荷蘭的風光；同時，他又在臺南的七股、北門一帶走動，看到了鹽田上一架架的風車，內心十分神往，因而，在他聯合了幾位詩友組成詩社時，便很自然而然的取名為「風車詩社」，想對臺灣詩壇鼓吹新風。

當時，參加風車詩社的詩人共有七位，除熾昌先生外，尚有林永修、李張瑞、張良典，以及日籍詩人戶田房子、岸麗子、尚梶鐵平（島元鐵平）；同時發行了《風車》詩刊，由熾昌先生主持詩刊的編務工作。

《風車》詩刊每期只發行 75 份的限定本，是一本不定期刊物，前二期只發表詩與詩論，到了第三期，作品除詩、詩論外還兼及散文和小說；這是一本 12 開大的巨型雜誌，它利用冥紙材料印刷，編排精美，別具一格；而發行的宗旨除了標明「主張主知的『現代詩』的敘情，以及詩必須超越時間、空間，思想是大地的飛躍」外，並以法國超現實主義的宣言奉為創作的圭臬。

這應該是臺灣文壇中首先接受西洋文學思潮影響的詩人了，在整個臺灣新文學運動及其發展史上說來，有著十分重要的意義，誠如詩人羊子喬所言：

蓋自臺灣新文學運動以後，新詩出現較遲，直到民國 15 年方有大量的新詩人出現，民國 23 年「臺灣文藝聯盟」成立可說全省作家的大集結，但是作品所表現的內容大都指向現實的描寫，缺乏繁複變化的寫作技巧，直到「風車詩社」的成立，始給臺灣詩壇注入了新血液，使描寫的角度拓寬了，技巧繁富了，視野擴大了；這不能不說是一大貢獻，但是在當

時他們卻不容於臺灣文壇，一直處於眾人的指責和譏評之中，今日來檢
視他們的作品和文學活動，對於他們在文學史上的價值，不能不給予新
的評估。……

《風車》詩刊雖然前後出版四期，同仁只有七位，但是它的影響力是
不容漠視的，尤其後來矯正了當時臺灣詩壇的一些弊病，開創了新詩創作
另一途徑，功不可沒。

六、筆硯長青日日新

民國 25 年，在臺北的日人西川滿，創辦了《媽祖》雜誌，熾昌先生又
成爲這份刊物執筆的健將之一，作品甚多。民國 26 年，他的第一部評論集
《洋燈的思維》出版了，內收〈檳榔子的音樂〉（《南報》）、〈燃燒的頭髮——
詩的祭典〉（《風車》第 3 輯）、〈土人的口唇〉（《南報》）、〈洋燈的思維〉
（《南報》）、〈蕃鴨的騷哭〉（《神戶詩人》）、〈南方的部屋〉（《ネスパ》）、
〈熱帶魚的噴泡〉（《詩學》）、〈妖美的神〉（《詩學》）、〈西脇順三郎之世界〉
（《風車》第三輯）、〈ジョイネアナ〉（Joyceana）（《南報》）、〈關於詩的造
型與技巧手記〉（《風車》第一輯）諸文。

幾年之中，熾昌先生的作品正如春天的花蕊般開展了起來；民國 27
年，他的小說〈薔薇的皮膚〉入選了《臺灣日日新報》小說徵文的第一
名，同年，他便出版了短篇小說集《薔薇的皮膚》，除了這篇第一名的得獎
作品外，又收入了〈花粉與口唇〉（《風車》第三輯）、〈亞片娼女〉
（《聲》）、〈彩燈的胡同〉（《聲》）、〈腐魚之愛〉（《南報》）、〈叫做「美里」
的女人〉（《聲》）、〈彩雨〉（《風車》第 2 輯）諸篇。

這段時期，可謂是熾昌先生創作的高峰了。

此後，他參加了「臺灣詩人協會」，仍然不斷的有詩作發表；而他所從
事的新聞記者的工作也使得他兼顧了報導文學的發展，他所服務的《臺灣
日日新報》派他前往「達邦」、「啦啦禹耶」、「沙美奇」等六個蕃社，採訪

山區的生活狀態，所撰的文稿也就在《臺灣日日新報》上連載。

　　然而，當日本軍部徵用他為軍報導班員時，他卻表現了中華兒女的志節與文人的風骨；他被派駐海軍特攻隊，隨後飛往西里伯島、菲島、宮古島探訪，但是，「頌戰」的報導文字他卻一字不寫。

　　光復後，他仍舊擔任記者的工作；當時的《臺灣新報》由政府接收，改寫《臺灣新生報》，社長由李萬居先生擔任，他任職其中；第二年五月，臺南市新聞記者公會成立，出任監事，12 月，出任記者公會理事。

　　民國 36 年，他受聘為《公論報》臺南分社主任，民國 38 年，出任記者公會常務理事、外勤記者聯誼會常務幹事，民國 39 年臺南記者公會理事長蘇輔德出國，遂代理公會理事長職務；由於公務的繁忙，及夫人林蒼瑛女士於民國 35 年 5 月 2 日去世，數棟房屋和幾千冊的藏書又毀於戰火，使得這一時期的作品由銳減而中止，乃竟於民國 41 年辭去「公論社」的職務，並宣布封筆，絕口不談文學。

　　次年，他籌備創立臺南扶輪社，並創辦了社刊《赤嵌》，自行擔任編輯，這才又提筆寫些散文、雜感、隨筆，間或以「山羊」的筆名發表。

　　此後，他兼以中、日文字撰寫文章，中文作品大都發表於《赤嵌》月刊；民國 57 年，他擔任臺南扶輪社社長，又擔任臺南市文獻委員會委員。

　　民國 68 年，他更以 72 歲的高齡出版了第三本詩集《燃燒的臉頰》。

　　至今，77 歲高齡的他仍然非常的「用功讀書」，也不斷的有新作發表；儘管改用中文寫作之後，寫作的進度十分緩慢，寫下每一個字都要比用日文吃力，但是，他卻有著無比的毅力，認真的完成每一字，每一句，每一文；而從他的文章中又可以看出他在創作以外的紮實的學術根底，當然，他所下的工夫不是一朝一夕的。

　　這一切，都是令人敬佩和學習的。

附註：

　　原載《文訊》第 9 期，1984 年 3 月。

　　林佩芬，基隆市人，1957 年生。專事寫作，以歷史小說爲主，著有
《努爾哈赤》等二十餘部，並有評論集《紅小記》、散文集《繁花過眼》
等。

　　此篇訪問稿，由於當時楊先生記憶時或不免有誤，事蹟繫年並非全屬
正確，編者已在〈年表初稿〉中一一考證，請參閱。

——選自呂興昌編《水蔭萍作品集》

臺南：臺南市立文化中心，1995 年 4 月

楊熾昌先生訪問紀錄

◎許雪姬*

一、記者生涯

我在昭和 4 年（1929 年）畢業於臺南一中（以前的二中），以後到日本大東文化學院專攻日本文學，這是一所三年制的學院，當我讀到二年四個月時，因父親病重，母親年紀大，家中又只有我一個男孩子，而不得不回臺灣照料。昭和 7 年（1932 年）回到臺灣後，因父親不久就過世，必須留在家中照料，就不能再回到日本繼續學業，不過這所學院的西村校長，仍然由日本寄講義錄來給我，並勸我在臺灣繼續讀。後來我寫了一篇論文，題目是〈芥川龍之介的文學〉，這一篇算是畢業論文，寫完寄出，我拿到了准予畢業的證書。在學中曾計畫與張良典（醫生，曾在大同路開設良典醫院，目前在美國）、林永修、李張瑞（關廟人，他在斗六水利局成立讀書會，是馬克思主義的信徒，後被槍斃）等人組成風車詩社。

回臺灣後，我一方面寫新詩，一方面在《臺南新報》社當副刊的編輯，這樣過了一陣子，正好《臺灣日日新報》在募集記者，這是總督府的機關報，我考上後就在那裡服務。中日戰爭爆發後，全島的新聞如《臺灣日日新報》、《興南新聞》、《臺南新報》、《東臺灣新聞》、《高雄新聞》、《臺中新聞》統一合成《臺灣新報》社，我仍任職總社社會部。

光復後，《臺灣新報》由李萬居先生接收，改為《臺灣新生報》，當時臺南分社只有三個人，一是主任張尊仁，他是岡山人，是《臺灣日日新

*中央研究院臺灣史研究所研究員兼所長。

報》時代的同事，專跑政治新聞。一是記者即我本人，我跑社會新聞等。一是通譯黃烱炘，她是臺南人，嫁一個李姓醫生，原在廣東開業，後來雙雙回到臺灣。李醫生過世後，黃烱炘因會北京話，因此進入報社，她平常較少跑新聞，而是有大人物來訪時由她當通譯。那時我們將稿件以電話或郵寄的方式傳到臺北總社，而報紙在臺北印行。

除了《臺灣新生報》外，臺南當初也有些地下工作人員，假借報社記者的身分，在臺南做情報，如提名《廈門民聲報》的葉某等，那時候的感覺是全臺南特工滿天飛，《中華日報》則是國民黨辦的報紙，是接收《臺南新報》而來。

二、臺南的二二八

如果要說二二八的原因，其實很多人都談過，但我還是可以簡約地談談。臺灣人是很高興回歸祖國，但我所感受的是，大陸來的人是以統治者的身分來的，這是二二八事件發生最大原因，他們以漢官威儀來君臨臺灣。舉個例來說，當時市政府的官員，在我看是地位相當高的官員，他們居然說日本統治臺灣 50 年，他們都沒有拿到稅金，要連 50 年來的一併追繳，這樣的看法，一直未能溝通。其次在火車站歡迎國軍，見到國軍大鑊（炒菜鍋）、火爐都擔著，引起臺灣人對祖國軍人產生了反感。簡單地說一句，可以說是三流的人要來管一流的人。臺灣受日本教育很徹底，人民多少都受些教育，水準都不低。

二二八發生當時，臺南根本沒出什麼事，很平安，只是交通斷絕、報紙停止發行而已。其後才由北部蔓延下來。我記得，我在事情發生，來回採訪時，曾看到臺南工學院的學生，占領中正路鬧區一處被美軍轟炸而半倒塌的商店二樓，他們帶著槍枝在上面，我在路上舉頭望見，乃問他們說：「你們在做什麼呢？」他們說：「國軍要開進來，我們要準備市街戰。」這種話十分幼稚。我說我讀日本中學畢業，我也受過軍事訓練，要市街戰怎可在鬧區？這一來市民的損失會不少，所以我要他們回去，如果

真的要和國軍對峙，就要有理性，不要在市街。他們聽了我的話，也就撤退沒事了。

事件當時，確實有流氓打外省人，他們趁外省帆船來泊安平港時，就抓外省人下來打，打得血流滿面，這是不對的。我一個好朋友市參議員翁金護，他為了保護外省人，就在臺南運河邊攔外省船，將外省人安置在今康樂街（日據時的新町松金樓），既安排住宿，又準備膳食。這樣的處理並沒有好報，在軍隊進來後，翁金護以監禁外省人的罪名被捕，正應了閩南語俗語說的「好心給雷親（打死）」。

在臺南市奉命成立處理委員會後，大約分成治安、糧食、宣傳等組，治安組組長是湯德章，紙的大賣商吳昌是宣傳組組長，我們認為後者實在沒有資格，就另外成立一個報導組長，由張尊仁任組長，常在議會開會。當時議會所屬的這棟樓，一樓是工會，二樓是青年團，三樓是議會，今天市議會邊的車庫就是以前的議會所在地。當時處理委員開會的主要目的是要如何杜絕北部的動亂蔓延到南部來，且考慮到警察局和監獄的槍都已被流氓拿走，武器將是個問題，應當如何阻止暴動擴大，但總是沒有商量出什麼法子來。

剛剛我說過，二二八以後沒有新聞，交通也受到阻礙。有一天，有位自臺北騎腳踏車南下臺南名叫陳漢平的人（他是臺南人，去過大陸，他的軍階是少將），他來找我，說臺北方面交待他來告訴我，這次暴動的主要成員是年輕人，要利用臺南分社的印製所出版號外，來勸導青年人不要盲動。我問他是誰交待的？他說是總編輯夏濤聲。我答應了，但我說電話不通如何能出版，但他說有消息就發，且要報導暴動的情形，於是我編了四分之一張大的報紙，一半兩張，刊頭寫著《臺灣新生報》號外，並在旁邊寫著奉命在臺南發行。那時沒有人派報，我就放在中正路鬧區大商店間，讓讀者自由拿去看。

電話通後，我經由電信局接市外電話，得知嘉義、新營的消息，我加以簡單的速記，就登在報上，我記得我得到由《臺灣新生報》嘉義分社主

任蘇憲章傳來很激烈的消息，如說憲兵隊長李士榮要殺盡嘉義人，我懷疑是不是正確，我很慎重的處理。我奉命由電話得知消息，後來卻被地下工作人員告我，說我利用電信局在蒐集情報，真是子虛烏有。

後來，臺北反映說中文版年輕人看不懂，要我編日文，我就將報紙隔成兩半，上面中文、下面日文，並在報邊聲明由這期起編日文，是奉命所編，我一共編了四號，那時二二八處理委員會成立後鬧哄哄，我沒有資料編，而且我也認為沒有用，因此就自動停止不再編了。

臺南是 3 月 11 日開始戒嚴。議會要召開小組會議，請我參加，我想既是戒嚴令已頒，自然處委會是要解散的，我一直沒有直接參加，何必開小組會議，回家睡覺吧！我正準備回家，走到二樓的青年團總部，突然見有六、七個士兵拿著槍上樓，叫我們不要動，於是來開小組會議的人全部都被押起來，要我們到樓下總工會，全部監禁。將近中午大家沒吃飯，都抱著要死要活隨他去的心理。這時哨兵開始巡來巡去，開始動手搶東西，什麼都要，連我一枚放新生報證件的袋子也被拿走，有個人掛著金錶鍊，哨兵指著要他的錶鍊，但因語言不通，他並沒有拿給軍人，軍人抽出皮帶打得他臉流血，並且用力把錶鍊搶走。這時總工會的書記要下班，他將本日收來的錢算好疊在桌子上，另外在旁邊放有他的腳踏車，車上掛皮包，軍人不由分說將錢放在皮包中，將車連皮包及錢都搶走了。軍隊換班後，我們向他們訴說東西被搶的情況，他們竟說哪有這種事，國軍不會做這種事，如果有被搶的情況，就將被搶的東西登記下來，我想最好不要登記以免後患。總之除了有些人趁亂將鑽戒塞入鞋中沒被搜去外，全被搜走了。

三、被捕後

這樣被關到黃昏，這時軍人宣布，叫到名字的人留下，其他的人可以走了，要直接回家，不能再到其他地方去，因為已在戒嚴中。我沒有被叫到名字，準備要回進學街我家。一名士兵來叫說楊熾昌，我只好回去被留置了。停了不久，軍人叫我們坐卡車，載到國民道場（在今竹篙厝，體育

場邊忠靈塔），我才知道市政府的外省兄弟都集中在這裡，有些擔柴的出來，見到我們就說你們可憐，後來我才知道，在國民道場已挖了六個洞準備埋我們。

當時那些軍人好像正在開會，我聽到裡面吵鬧聲很大，有叫楊熾昌的名字，有人說：「喂！楊仔他們在說你。」不久他們要我們上車，送我們到臺南監獄監禁。剛被關進去時，因我是叛亂罪被關在單人房，士兵的槍上刺刀，在房前巡來巡去。一個星期後我可以出來運動，見我的房前用黑牌寫白字，上寫「叛亂罪」，隔了不久，改成妨害秩序的普通罪。我自 3 月 10 日至 9 月 9 日在獄中一共是半年，其中只經一次審訊，他們問我說報導組長是你嗎？我說我不是，這時我才知道他們可能是要抓組長張尊仁，不是我。他們問我那麼是何人？我堅不吐實，因為這樣會連累他人。我們收到油印的判決書更是好笑，除了姓名、住址、職業外，判幾年處空著，內容千篇一律，也就是事實都一樣，真好笑。我保留判決書，保留了很久，但現在卻找不到，我記得當時的軍法官是郎文光。

在監獄中他們常向我們威嚇兼揩油，他們的技倆通常是唸戒嚴法，一條一條唸，一共唸了二百多條，這是暗示要送金條。我家境不好，也不想送，我氣憤地告訴他，我身上只有一條，而這一條屬於我太太，對方被我激怒，打開抽屜拿出兩把槍。我那時年少氣盛，站起來，指著我的心臟處說：「心臟在此，你要打準。」通譯見狀，小聲地對他說話，說什麼我不清楚，他才恨恨地勉強按捺下來。如我同判兩年的郭秋煌（後來曾任省議員）、吳昌都因送「禮」而被判緩刑，先行出獄，我則沒有緩刑，因此關的時日比他們要多。

四、二二八關係人

（一）**湯德章**：我個人覺得湯的死亡和侯全成有絕大的關係，侯是一個奸詐的人，在二二八初起他利用湯德章的人權保障委員會藍色白字的旗子綁在卡車邊，而他則人站在卡車演講，車的位置在議會前面的十字路，

內容極具煽動性。他看見我就要我明天把字寫大一點（意思是在報上的標題大一點），我說我不能決定。他的言論大半是說今天外省人如何如何，全說的是壞話。哪知道軍隊來戒嚴後，他的態度卻做了 180 度的改變，全向軍隊靠攏了。他舉發湯德章是日本人坂井德章，當我入獄時，侯說要來看我，意在阻止我說出他的言論。我不見他，他不是一個好人。說起湯這個人，他在日據末期因家境不好，為了增加收入，曾改用他父親的日本姓（湯之生父係日本人，母親為本省籍），比如說日據末期本島人和日本人的薪水差了六成，湯為了增加收入才改用父姓，情有可原。他的頭腦很好，而且是高等文官、司法行政兩科及格，他被憲兵隊逮捕後，就關在我的隔壁，我本來是不知道。前曾述及我被送到臺南監獄時，早、午飯都沒有吃，看守所中的林看守來問我說，你吃飽了嗎？我說沒有，他幫我拿了一碗飯用土豆炒蒜仁，香味四溢，但我卻吃不下。他告訴我湯關在我隔壁，我記得湯很能吃，就請將這飯拿給湯吃吧！我之所以知道湯食量大，因他要去日本考高等文官前，到我家借住過。

林看守依我請託將飯端給湯德章，湯說我吃飽了，他嘆了一聲說：「楊記者，你也進來了？！」他拍牆壁說：「熾昌，你在隔壁嗎？」我問他說：「你有沒有被刑求？」他說：「我在憲兵隊被刑求得很慘。他們拿木片夾我的手指，我的手指腫得不能拿筷子，只能以口就碗吃飯。」他說現在沒辦法，到軍法庭開下去時才和他拚。到 13 日湯被槍斃，因此這句話是他對我說的最後一句話。湯被處死，看守都不敢接近我們，因為軍人在監視著。

（二）莊孟侯：他是青年團的主任，總幹事則是許麗玉。當時我看情勢非常不妙，想跳樓溜掉，但議會已被包圍，不能走了。許麗玉為人很誠懇，他常舉辦圍棋比賽，於是叫人不要煩躁，反正我們也沒有做什麼事，坐下來下棋！當時青年團並沒有介入政治活動，他們只是舉辦一些體育活動，如我是當時的游泳部長，我會游泳，而且我父親是莊孟侯的好朋友，就答應替他們訓練選手。據我所知莊孟侯也被誤抓，原因不明。其實他們的目標是一中同學會的會長，當時是柯賢湖擔任。柯，人人叫他大胖（toakho）柯。爲什麼要抓一中同學會的會長？原因是處委會成立後，成員不分日夜在議會開會，一中會正位在中正路，距市參議會不遠，兼作食堂，故在該處煮飯做飯糰給開會的人吃。於是被官方認定，那是叛亂者的巢窟。

（三）沈瑞慶：他常寫些引人注意的標語壁報，諸如國軍任意開槍，有人因而喪命云云，我告訴他要查證一下，以免將來有問題，他對我說：「我什麼也不怕喔！」事件後他也被抓，判刑比我重。

（四）黃仲甫：他是我父親楊宜綠的學生，年幼時家父教過他的漢文，他後來去大陸，光復後才回來。他知道我是臺南市有名的記者，他在二二八之後來找我時才知道我被關。有次他來臺南調查這件事，向上級去要人，所以他知道我何時要出獄，我回家時他已將一封信寄到我家，他說我出獄有何困難，可打電話找他，真是有人心。

（五）韓石泉：光復初期國民黨設有市黨部，而其指導員是韓石泉，韓石泉要我入黨，我說考慮的結果，報界以不介入政黨較好，免得偏差而沒加入。

五、一些感慨

記得六十二軍入臺南後，其總部（司令部）設在二中，我是記者想去採訪，到二中校門口，卻進不去。我拿出名片交給衛兵，衛兵居然將名片倒著拿，我拿正後，衛兵又翻後面來看，仍不得要領（顯然不識字）。要來採訪之前，我曾學了幾句國語，即我是《新生報》記者要來採訪……沒有人聽懂。約莫過了二、三十分鐘，忽然有人拍我肩膀，我一看是中宣部派來的特派員葉明勳，他日語講得很好，我和他聊過後，他「抓」我進去見軍長黃濤。

黃濤的態度很好，額頭有槍傷的痕跡，留髮覆著。他送茶、送香煙，而且也準備了資料讓我們參考，這時正好吃飯，我見兵士全在草坪上吃飯，我很納悶，問葉，葉轉問黃濤，黃說在國內已經習慣，因在國內很難安心地吃完一頓飯，隨時要準備敵人的進攻。這次經驗讓我覺得北京話無

用，因此下定決心不學了。

　　政府要如何補償這些受害人呢？有的女性爲了救丈夫、父親而不惜犧牲自己，這些要如何來估量、補償？啊！往事已矣！不說也罷。

——選自《口述歷史》第 3 期，1992 年 2 月

走進歷史・還諸天地

記熾昌先二三事

◎呂興昌[*]

　　十年前，也就是 1990 年代一開始，筆者深感臺灣文學在當時的學院體制下幾乎毫無地位的處境，認爲有必要以嚴肅的態度好好思考這塊土地到底發生了什麼問題，於是義無反顧地從中國文學的研究轉向臺灣文學的探索；特別是臺灣詩史的挖掘與重構。經過大約五年不斷的文獻蒐集與田野工作，終於有了小小的初步收穫：替日治時期的超現實主義詩人楊熾昌（水蔭萍）編成了厚達四百多頁的《水蔭萍作品集》，遺憾的是，熾昌先竟於作品集出版之前六個月病逝，來不及一睹畢生心血最後的結集。如今這部詩文集業已成爲各大學中文、臺文、比較文學等系所相關領域必備的文學原典，相當程度改變、修正了過去的詩史觀念。回想那段與熾昌先生常相往還的時日，不免有幾齣或溫暖或悲慨的記憶，值得筆錄存其。

　　與熾昌先的結緣是由詩人陳千武專程南下府城引見拜謁的，當時他已高齡 85。其後我就成爲楊老家裡的常客；由於我勤於從日治時期的舊報紙中尋找他的詩作，每有發現，立即影印相贈，使他對我另眼相看，覺得尚可忘年下交，遂將平生所思所爲，全盤相告，使我得以完成他的年表初稿。楊老相當健談，語調平緩有力，記憶力極佳，即使小扣，他也常作大鳴，所以在我好幾卷的錄音帶裡，隨時可以找到他的精彩「物語」。

　　他雖然號稱超現實主義詩人，但卻是從古漢學啓蒙，由於他父親宜綠先生是臺南名士，曾與連雅堂等合組「浪吟詩社」，可謂漢詩名家，因此親

---

*成功大學臺灣文學學系兼任教授。

自督課熾昌先讀《詩經》，無奈熾昌先興趣缺缺，被逼背誦則常將小抄貼於書桌下沿，其父在發現六歲多的小楊熾昌低眉若有所窺而真相大白後，領悟了易子而教的古訓，轉請住在東門固園（即文獻耆宿黃天橫老家）的陳筱竹秀才教他漢文，結果不耐煩中國古典的小頑皮楊熾昌終以弄斷老師的老鴉片煙管，結束了漢學的因緣，從此一頭栽進日文的世界。

作為追求現代知性的詩人，熾昌先具有明澈的理性思維，但卻津津樂道童年寄居小北附近古宅的一段經驗。他說，那個黃昏，家人都在屋內，荒涼的庭院一隅，他一個人，在八角亭那邊，一個白衣白裙的女人，招手，他不自覺的移動腳步靠近；那憂愁的容顏，悲傷的眼神，好像要跟他說什麼，但他聽不到聲音，女人在那裡，移過來，又移過去，好像還歎著氣，背後是模糊下來的暮色。他回頭想大叫，屋裡的人沒有反應，再回頭，女人不見了，四周空空曠曠的，能到哪裡去？我坐在熾昌先的小客廳裡，也是夜幕低垂，壁上、廚櫃中，有一些他常說的「土人」（原住民）怪誕的雕刻，朦朧中有奇異的暗影！就這樣，我恍惚真正進入他那些不易言詮的詩裡。

他與鹽分地帶的詩人吳新榮、郭水潭都是好朋友，他常與風車詩社的同人李張瑞坐輕便車到佳里，吳新榮會熱誠招待，然後在當天日記寫下「薔薇詩人」如何如何，郭水潭甚至白紙黑字公開著文批判薔薇色的他們，但文學理念的迥異並不影響彼此的來往；到府城，鹽分的人總是樂於登門暢敘，常常大同小異、小同大異的相談甚歡；就像 1936 年年底，臺南一大票文友齊集鐵道飯店歡迎中國新文學作家郁達夫，郭、吳頗為欣賞的樣子，熾昌先卻淡淡的告訴我：名氣這麼大，臺灣頭尾到處歡迎他，又演講又座談，以為他會有新鮮的意見，結果，一個多鐘頭，怪乏味的。這也難怪，經過超現實徹底洗禮的，怎麼會在乎郁氏呢？就像他不在乎當時的現實主義一樣。他說：太貼近現實，詩就只在材料上打轉，變不出藝術的「花草」（臺語：圖樣）。他得意的提高聲音：有一位高等警察，就是專門管思想的啦，三天兩頭來我家，泡茶閒扯淡，客氣的請教我這首詩那首詩

什麼意思？恁爸知知咧，講互伊識（bat），頭毛會打結（kat），怎麼寫實？

　　戰後他繼續做新聞記者，二二八事變時被補，偵訊的軍官一臉陰沉，直指他犯了第 27 條法條：我就知道，他們中國的食錢官，要我準備 27 條黃金贖罪，我什麼罪？伊娘的，我告訴他，我只有一條啦，而且是我牽手專用的！軍官氣得跳起腳掏手槍，虧得旁邊的人擁上來勸，我才不沒血濺當場。伊娘咧，中國政府烏白來，所以我才不學那些中國話。不錯，有一次我邀請他參加一場討論臺灣文學的座談會，抵達會場時會已開始，他打開門，馬上又退回來：「怎麼會這樣，怎麼都講這款的話？我聽無啦，你入去就好，我在外面坐，等你出來，我們再另找地方開講。」是的，我知道他不是心胸狹窄的人，但歷史的創傷逼他拒作語言的跨越，這不只是他個人的問題，許多與他同輩的作家都有或長或短的相似經驗。

　　真的，他的詩如果用原來的日文誦唸，味道會更足，一位選我課的日本留學生說，先不管內容，讀他的詩，就覺得聲音美極了。日治末期女作家楊千鶴也說，楊老的詩，文字極優美，是他們那一輩最好的典範。所以，當我建議把他的詩文全面漢譯出版時，他直覺的反應是一口拒絕。不同的語言美學加上尚未痊癒的傷痕，我頗能瞭解他的不屑。然而經不起我以學術的、人情的、有理沒理的死纏活纏，他還是點了頭。我猶記得那個傍晚，楊老臨終前二天，我把編好的《水蔭萍作品集》目錄帶到他病榻前，他想過目一遍，卻虛弱的放下手，費力的點頭，迸出一句「死在眼前」，然後握住我的手：一切拜託了！那手是厚實溫柔的，與他的病情絕不相配，反有一種篤定與自信的從容，一種走進歷史、還諸天地的豁然。

　　　　　　　　　　　　　　　　——選自《聯合文學》第 188 期，2000 年 6 月

燃燒與飛躍

1930 年代臺灣的超現實詩（節錄）

◎奚密[*]

水蔭萍的詩與詩觀

> 亞麻的花在碎裂的春天皮膚上
>
> 燃成野性的狂熱
>
> ——〈比卡兒的族群〉,《水蔭萍作品集》,頁 104

　　做爲臺灣 1930 年代超現實主義的發起人和主要代表,水蔭萍（楊熾昌,1909～1994）對詩學——即針對詩之本質及其方法的思考——具有高度的自覺。文學革新往往來自對傳統（至少是當代普遍接受的傳統）和現狀的不滿。水蔭萍亦不例外。一方面,他感慨當時臺灣文壇「詩的形式和方法論的貧乏」[1],認爲「詩對秩序的調整和概念的散佚需要更高度的方法論」[2]。另一方面,他力圖超越當時詩壇遵循的典範,在揚棄了浪漫主義的濫情、象徵主義的音樂性,和寫實主義的主流之同時,提倡一種充滿知性和想像力,自由自足的詩。

　　首先,相對於當時浪漫主義的「情緒的放縱」,水蔭萍提出「新的放縱主義」:「理智的波希米亞人式的放縱」[3]。「理智」和「波希米亞」兩個意

[*]加州大學戴維斯分校東亞語言與文化系教授。

[1]水蔭萍,〈土人的嘴唇〉,《水蔭萍作品集》（臺南:臺南市立文化中心,1995 年）,頁 141。

[2]同上註,頁 142；水蔭萍,〈洋燈的思維〉,《水蔭萍作品集》,頁 163。

[3]水蔭萍,〈檳榔子的音樂——吃鉈豆的詩〉,《水蔭萍作品集》,頁 123～124。

思幾乎相反的詞所構成的悖論，正是水蔭萍詩觀之前提所在。在〈燃燒的頭髮〉一文裡，詩人說：「我有時夢見煙斗裡結了深藍的豆莢，夢見雲雀把巢築在貝殼裡」[4]。無機物的煙斗和有機性的豆莢並列，天空的雲雀和海裡的貝殼並列，表面上南轅北轍，毫不相關。煙斗與貝殼的意象，在水蔭萍的作品中，屢見不鮮，具有深意。煙斗本是法國超現實主義詩人考克多（Jean Cocteau, 1889～1963）和日本超現實主義詩人西脇順三郎（1894～1982）的註冊商標。水蔭萍的〈demi rever〉一詩裡即有「櫻質煙斗的詩神」[5]的意象：抽煙斗的詩神既呈現了西方的影響，且具詼諧的現代趣味。水蔭萍曾讚美他心儀的詩人考克多爲「卓越的詩神」[6]。此外，煙斗和詩的聯想也出現在詩人的論述中：「煙斗、頸飾和薔薇就是詩的聲音」[7]。至於貝殼，考克多的名詩將貝殼比喻爲海的耳朵：

Mon Oreille est un coquillage
Qui aime le bruit de la mer[8]
（我的耳朵是貝殼，
愛戀大海的呼嘯。）

有時水蔭萍直接模仿考克多，如〈秋歎〉中說：「我耳朵的貝殼」[9]，有時兩者並互：「耳朵傾聆貝殼的響聲」[10]，有時加以延伸：「貝殼的心臟裡有海的響聲」[11]。貝殼和煙斗一起出現在〈demi rever〉裡：「黃昏和貝殼的夕暮……／西北風敲打窗戶／從煙斗洩露的戀走向海邊去」[12]。

---

[4]同上註，頁 124。
[5]水蔭萍，〈demi rever〉，《水蔭萍作品集》，頁 99。
[6]同註 1，頁 143。
[7]水蔭萍，〈燃燒的頭髮──爲了詩的祭典〉，《水蔭萍作品集》，頁 131。
[8]Cocteau, Jean: Poésie, 1916～1923.（Paris: Literairie Gallimard, 1925），p. 259.
[9]水蔭萍，〈秋歎〉，《水蔭萍作品集》，頁 43。
[10]水蔭萍，〈燃燒的臉頰〉，《水蔭萍作品集》，頁 27。
[11]水蔭萍，〈貝殼的睡床──自東方的詩集〉，《水蔭萍作品集》，頁 93。
[12]同註 5，頁 98。

　　貝殼和煙斗在水蔭萍的作品裡都與詩的創造相關。兩者都是中空的容器：一如貝殼孕育了晶瑩的珍珠，煙斗噴出的藍煙代表詩人想像力的逸出。而貝殼和海洋，煙斗和火焰之間也有明顯的聯繫。它們共同組成水蔭萍作品的中心意象群。

　　水蔭萍最常用來形容詩，形容詩的想像力的意象，是燃燒和火焰。它們不斷出現在他的作品中，例如：「詩呼喚火災，詩人創作詩……」[13]，「燃燒的頭腦」[14]，「燃燒的臉頰」[15]，「燃燒的頭髮」[16]，「燃燒的眼球出來的火花」[17]，「年輕的頭髮的火災」[18]等等。這當然不是現實意義上的火焰，而是源自詩人內在的燃燒，燃燒的結果是一場「詩的祭典」：「從燃燒的頭髮，詩人對著藍天出神而聽見詩的音樂」[19]。1979 年重新結集早期作品時，詩人選擇以《燃燒的臉頰》為詩集命名，就是因為對他來說，詩是內在火焰燃燒的痕跡。一如詩人在後記中所說的：「我的內部永遠殘留著為透明的火焰所燒成的傷痕。」[20]

　　如果詩是火焰，是燃燒的話，它當然不僅是現實的模擬或敘述。水蔭萍宣稱：「立足於現實的美、感動、恐怖等等……我認為這些火焰極為劣勢。」[21]並引述日本詩人百田宗治的論點：「詩是從現實分離得越遠越能獲得其純粹的位置的一種形式（forme）。」[22]他甚至主張：「詩這東西是從現實完全被切開的。」[23]經過當代日本詩人的中介，水蔭萍對 1920 年代法國前衛藝術的理解是：它「否定寫實」，「把潛在意識的世界表現於夢幻」[24]。

---

[13]同註 7，頁 128。
[14]同註 3，頁 122。
[15]同註 10，頁 26。
[16]水蔭萍，〈檳榔子的音樂──吃鉈豆的詩〉，頁 123、〈燃燒的頭髮──為了詩的祭典〉，頁 127，132。
[17]同註 7，頁 129。
[18]同註 7，頁 127。
[19]同註 3，頁 123。
[20]水蔭萍，〈《燃燒的臉頰》後記〉，《水蔭萍作品集》，頁 219。
[21]同註 7，頁 130。
[22]水蔭萍，〈詩的化妝法：百田宗治著《自由詩以後》〉，《水蔭萍作品集》，頁 191。
[23]同註 7，頁 130。
[24]同註 20，頁 218。

落實在作品裡，詩人強調的是潛意識的意象化：「從無意識裡甦醒，本能的衝動先被變成鮮麗的圖形，又回歸無意識。」[25]試舉一例來闡釋他的詩觀：

> 我為了看靜物閉上眼睛……
>
> 夢中誕生的奇蹟
>
> 轉動的桃色的甘美……
>
> 春天驚慌的頭腦如夢似的……
>
> 央求著破碎的記憶。

——〈日曜日式的散步者〉，《水蔭萍作品集》，頁81

　　第一行以悖論式句型將視角投向夢幻的世界，那充滿了色彩（「桃色」）、動感（「轉動」）、味覺與嗅覺（「甘美」）的世界。它是夢的孩子。擬人化的春天和「我」平行並列，但是相對於「我」，它雖然看似夢，卻不是夢，因為它無法召喚「奇蹟」的意象，而只能吃力地捕捉破碎的現實意象。詩人以靈視世界和現實世界相對，將「我」和「春天」的位置顛倒；「我」反而成了全視全能的主體，他是「鮮麗的圖形」的創造者，而非「破碎的記憶」的撿拾者。

　　因此，詩人運用對比、悖論、通感等手法，創造充滿著張力（甚至暴力）的意象，奇異（甚至詭異）的隱喻，透過「強烈的色彩和角度」[26]，來挖掘無意義，讓沉潛其中的意義浮現。例如〈靜脈和蝴蝶〉第一行：「灰色的靜謐敲打春天的氣息」[27]，透過視覺（「灰色」）與聽覺（「敲打」）意象的交織，無聲（「靜謐」）和有聲（「敲打」）的共鳴，它傳達了一種動中有靜，靜中有動的情緒。又如下面這組出人意料的隱喻：

---

[25]同註20，頁219。
[26]同註7，頁127。
[27]水蔭萍，〈靜脈與蝴蝶〉，《水蔭萍作品集》，頁22。

花籃的果實的傷疤

呼喚夜空的星座

——〈古弦祭〉,《水蔭萍作品集》,頁 29

　　第一行呈現的是一逐步凝聚的視角:從花籃縮小到籃子裡的水果,再進而縮小到水果上的疤痕。第一行卻向外和向上地無限擴張,直指太空中的星座。平行的結構預設兩者之間某種對應的關係,可以是等同,也可以是對比。這裡,果實和星座既有等同也有對比的關係。一方面,星座和果實之間有相似之處:果皮上的疤痕,它的線與點,類似星座的排列。在此暗示下,遙遠冷清的星星彷彿被轉化為有生命的個體,和有機性的果實對應,隱然有同病相憐,互相慰藉之意。另一方面,取自枝幹的果實置身籃子裡,面對被採擷、被碰撞、被食用的命運,它們是被動而無助的。相對之下,無垠宇宙中的星座象徵著自由和超越。受創的果實向星座無聲的「呼喚」,彷彿在表達它對自由和超越的渴望。

　　我曾在他處討論過,星星是現代漢詩裡的一個重要的象徵,它同時代表了詩對現實世界的超越和詩人對詩所代表的永恆的追求。在短短兩行裡,水蔭萍提供了一個生動而豐富的例子:詩人好比那向星星呼喚,帶著傷疤的果實。這個解讀和他全部作品裡對詩人的定位是一致的。充滿了「敗北」與挫折感的詩人有著「蒼白之額」[28],他「創傷的心靈的風貌白蒼蒼的」[29],而「肉體上滿是血的創傷在發燒」[30]。

　　除了揚棄通俗意義上的現實,挖掘潛意識的超現實世界,水蔭萍也反對法國象徵主義所追求的音樂美,因為它稀釋了「詩」的密度。他認為「19 世紀的文學……以音樂的面紗覆蓋的稀薄性之中」。換言之,音樂稀釋了純詩的,也就是想像力的濃度。相對於音樂性,他主張:「20 世紀的

---

[28]同註 7,頁 128。
[29]水蔭萍,〈蒼白的歌〉,《水蔭萍作品集》,頁 45。
[30]水蔭萍,〈毀壞的城市——Tainan Qui Dort〉,《水蔭萍作品集》,頁 50。

文學恆常要求強烈的色彩和角度」[31]「20 世紀的天空裡的詩重視『思考之美』。把音樂的美帶進詩世界的重大要素的過去的詩影子越發淡化了」[32]。

詩如何在脫離了音樂美之後表現最高的密度？水蔭萍一再強調知性，即「詩的思考」[33]，在詩創作過程中的重要性。詩人認為「想像力是理智卓越的一種形態」[34]。「文學的理智不在這個自然之中」，而在於「挖掘隱藏於思考過的思考的世界之中的理智」[35]。詩之所以為詩，就因為它不是無意識的、天然的自我抒發：「海的歌海是聽不見的」[36]。換言之，在詩創作的過程中，詩人應該從「我」抽離開來，並對「我」的意識及思維活動進行觀察、描述與分析，「這種『思考的世界』就在『燃燒的頭髮』之中」[37]。詩人「思索透明的思考」[38]；即使「為思考而疲勞」也是「新鮮的疲勞」[39]。

> 從肉體和精神滑落下來的思維
>
> 越過海峽，向天空挑戰
>
> ——〈毀壞的城市〉，《水蔭萍作品集》，頁 50

水蔭萍強調的思維或知性，和潛意識不但沒有矛盾，反而是挖掘後者，體現後者的先決條件。詩人說：「我把我的耳朵貼上去／我在我身體內聽著像什麼惡魔似的東西。」[40]

---

[31] 同註 7，頁 127。
[32] 同註 7，頁 129。
[33] 同註 3，頁 123。
[34] 同註 3，頁 124。
[35] 同註 3，頁 124。
[36] 水蔭萍，〈月光和貝殼〉，《水蔭萍作品集》，頁 84。
[37] 同註 7，頁 128。
[38] 同註 7，頁 128。
[39] 同註 7，頁 129。
[40] 水蔭萍，〈日曜日式的散步者〉，《水蔭萍作品集》，頁 82。

> 擊破被密封的我的窗戶
>
> 侵入的灰色的靡菲斯特
>
> 哄笑的節奏在我的頭腦裡塗抹音符
>
> ——〈幻影〉,《水蔭萍作品集》,頁 76

　　叛逆的天使入侵原本封閉的「我」,並代之以一個惡魔的「我」:「有時思考是靡菲斯特的」[41]。

　　水蔭萍的天使是有力高超的,但是祂常常也是詭異恐怖的:

> 這南方的森林裡譏諷的天使不斷地舞蹈著,笑著我生鏽的無知……
>
> ——〈青白色鐘樓〉,《水蔭萍作品集》,頁 74
>
> 臥在牀上的女人
>
> 病了的他妻子蓋著紅亞麻布在唱
>
> 說是舞蹈著的青色天使的音樂——
>
> ——〈幻影〉,《水蔭萍作品集》,頁 76

　　傳統意義上的美醜善惡都不再成立,甚至被徹底解構。劉紀蕙對此有精闢的分析:「楊熾昌筆下的負面的、否定的、惡魔式的殘酷快感與醜陋之美,在中國與臺灣早期現代文學史中是個罕見的異端。而楊熾昌書寫的意義,便在於他以變異之姿,脫離單一化的新文學論述,而開展了新的意識層次與書寫層次」[42]。

　　劉紀蕙將詩人的「變態書寫」歸結為文學作為日本殖民地處境的「經驗意識」和「隱藏的面對死亡的恐懼」的表現[43]。我想,對死亡的恐懼不僅

---

[41] 同註 3,頁 125。

[42] 劉紀蕙,〈楊熾昌的「異常爲」書寫〉,《孤兒・女神・負面書寫:文化符號的徵狀式閱讀》(臺北:立緒文化出版公司,2000 年),頁 218。

[43] 同上註,頁 210、221。

是出於詩人的敏感，和初戀女友的自殺也有關係：詩人 19 歲時結識的女友，因父親反對，「再加上胸疾轉劇」，憤而自殺[44]。八年以後，水蔭萍寫下這首詩，〈靜脈和蝴蝶〉：

> 灰色的靜謐敲打春天的氣息
> 薔薇花落在薔薇圍裡
> 窗下有少女之戀、石英和剝製心臟的
> 憂鬱……
> 彈著風琴我眼瞼的青淚掉了下來
>
> 貝雷帽可悲的創傷
> 庭院裡蟪蛄鳴叫
> 夕暮中少女舉起浮著靜脈的手
> 療養院後的林子裡有古式縊死體
> 蝴蝶刺繡著青裳的褶裳在飛……

──〈靜脈與蝴蝶〉，《水蔭萍作品集》，頁 22

　　詩中意象充滿了暗示。春天本是薔薇初開的季節，但是在詩裡它們已凋落，預示少女的早夭。一段「少女之戀」帶來「剝製心臟」的憂鬱；後者如此強烈的意象隱射憂鬱，而非病體，是驅使她自殺更重要的原因。透過旁觀者的角度，詩人以白描的方式勾勒出一齣愛情悲劇，並表達了他的同情與哀悼。灰色寂靜的園林渲染死亡的場景，夕暮時分蟪蛄的鳴叫，益增添冷落的氣氛。其中唯一青春生命的痕跡，是蝴蝶。蝴蝶的意象在此不無歧義：那是院子裡翩然的蝴蝶呢？是裙子上繡的彩蝶呢？還是蝴蝶飛在少女飄盪的裙褶間，看起來好像裙子上的刺繡呢？也許我們無須將其鎖定在一種解讀上，因為詩中的蝴蝶，或以其真實的生命，或以其模擬的生

---

[44] 呂興昌，〈楊熾昌生平著作年表初稿〉，《水蔭萍作品集》，頁 379。

命，與自縊的少女形成動靜生死的強烈對比。

水蔭萍的作品在多大程度上反映了殖民經驗？這類詮釋的主要根據是詩人的詩句：「被忽視的殖民地的天空下暴風雪何時會起」[45]，以及他 1980 年的自述，也是評者常引用的一段話：

> 日警不肯放過任何帶有反帝思想的作品，每當發現有所不妥，均被查禁。當時的筆者氣憤填膺，為了民族文學的一線生機，於是在《南報》（《臺南新報》）學藝欄發表過一篇文章……旨在喚醒臺籍作家對政治意識的警覺，不要輕易墜入日人的圈套。……當時筆者認為，唯有為文學而文學，才能逃過日警的魔掌。……與日人硬碰硬的正面對抗，只有更引發日人殘酷的犧牲而已，唯有以隱蔽意識的側面烘托，推敲文學的表現技巧，以其他角度的描繪方法，來透視現實社會，析其病態，分析人生，進而使讀者認識生活問題，應該可以稍避日人凶焰，將殖民文學以一種「隱喻」的方式寫出……
>
> ——〈回溯〉，《水蔭萍作品集》，頁 222～224

在劉紀蕙之前，陳明台即已指出，詩人「夾在政治的隙縫中，……努力往內面世界沉潛，尋求心靈絕對自由的強烈渴望」[46]。呂興昌也認為，水蔭萍「企圖既能在帝國殖民摧殘下免遭文字之獄，又能秉持澄淨的文學質素構築具有前瞻性的新視覺」[47]。

殖民者的監控和迫害當然構成詩人不敢暢所欲言的原因之一，但是從詩人的作品和詩觀來看，那未必是最重要的動機，否則作為當時臺灣文壇主流的寫實主義就不可能存在。換言之，如果按照這樣的邏輯，逃避殖民者迫害的避難所應該是隱晦難懂的現代主義（包括超現實主義），而非寫實

---

[45] 水蔭萍，〈幻影〉，《水蔭萍作品集》，頁 77。

[46] 陳明台，〈楊熾昌・風車詩社・日本詩潮——戰前臺灣新詩現代主義的考察〉，《水蔭萍作品集》，頁 315。

[47] 呂興昌，〈詩史定位的基礎——《水蔭萍作品集》編序〉，《水蔭萍作品集》，頁 10。

主義。但是，如葉笛在討論風車詩社時所說：「1930 年代的臺灣文學的土壤是不適合這一朵移植的奇葩生根、成長的，因爲不管是詩或小說都是新寫實主義在抬頭，社會性漸爲濃厚的時代。」[48]中村義一也指出：「這一新傾向的詩風，在當時的臺灣詩壇不受歡迎，被責難爲空想、妄想的詩。」[49]正因爲寫實主義是臺灣文壇的主流，因此超現實主義才會被視爲「衒奇怪異、脫離現實，是異端之作」[50]，因此詩人才會因爲提倡超現實主義「而受到群起圍剿的痛苦境遇」[51]。

　　我想強調的是，我並不否認殖民語境所造成的巨大陰影，但是超現實主義不必也不應全然歸結爲殖民經驗下的產物，它更具有美學和文學史的獨特意義。水蔭萍對當時的臺灣詩壇極爲不滿，認爲它「沒有氣魄太不像樣」，詩論「混沌」而詩人「墮落」[52]。他對詩壇的批判和他的美學觀點是不可或分的。他認爲，真正的詩人是天生的叛逆者、獨行者，「慢性的生活病患者」[53]，不媚俗、不迎合世人的口味，甚至無法適應日常生活的慣性機械性。水蔭萍提倡的超現實主義旨在「破壞直到現在的通俗性思考」，打破「陳腐，……無聊的、迎合的討人厭之味」[54]。相反的，那些跟隨主流的詩人有的是「帶了詩人的假面具的詩人」，有的是「憧憬著詩人這個名稱的鸚鵡似的亞流之輩」[55]。

　　因此，「詩人」是對世界的一種態度，對自我的一種認識，是深刻而自覺地思考和感知之後的抉擇。而詩人的悲劇正在於：「詩人的生命越按照詩人的意志完全被控制，就越會產生悲劇，然而意識著這個悲劇而要從這個悲劇逃脫，無非就是那詩人的死亡！做詩人不幸是否就不該爲詩人？」[56]這

---

[48]同註 46，頁 351。
[49]中村義一著；陳千武譯，〈臺灣的超現實主義〉，《水蔭萍作品集》，頁 292。
[50]同註 46，頁 331。
[51]水蔭萍，〈《紙魚》後記〉，《水蔭萍作品集》，頁 253。
[52]同註 1，頁 137。
[53]同註 3，頁 122。
[54]同註 3，頁 122。
[55]同註 1，頁 138。
[56]同註 1，頁 138。

個問題的答案，我相信是肯定的。身為詩人就必須接受悲劇的命運，因為詩人特殊的思維和感覺方式，他異常——也是異常豐富——的內在世界，使他與日常生活的外在世界必然產生距離，格格不入，甚至造成決裂。雖然每個人面對世界，在不同情況下都經歷過不同程度的挫敗感，但是其來源和意義是不同的。詩人的悲劇性是忠於詩之本質的必然結果；要逃離此悲劇，除非詩人放棄詩，放棄做一個詩人。水蔭萍詩中大量的「負面的」、「否定的」、「惡魔式的」意象，皆可視為詩人個人與世界商榷對抗所採取的藝術立場與策略，它涵括了政治的層面，但不只限於此。

　　水蔭萍的詩學強調知性與感性，思考與感覺並重，兩者之間並沒有衝突。一旦跳出二元對立的框架，我們就可以理解水蔭萍對知性的強調並不意味著對感性的否定，他反對的只是濫情和感傷。1934 年，在讀了西脇順三郎和梵樂希（Paul Valéry, 1871～1945）的文論後，水蔭萍在筆記中一再提到「明徹的知性（或感性）」[57]，「感性的透徹」[58]，「敏銳優美的感性」[59]等觀念。感性和知性之間不但沒有衝突，而且都是詩的要素：「感性的纖細和迫力，聯想的飛躍成為思考的音樂，……燒了文化傳統的技法的巧妙性」[60]。

　　反寫實、反浪漫、反音樂性；重想像、重知性、重強度和密度。其最終目的是為了創造一個嶄新完滿的意義世界。「我認為詩的組織就是不完全的意義的世界走到完全的世界。這才是詩的本質。詩的永續性不可能是到達完全世界的。」[61]「現代詩的完全性就是從作詩法的適用來創造詩，非創造出一個均勻的浮雕不可。」[62]「均勻的浮雕」代表一種內在的和諧，圓融的秩序。詩人強調「詩的純粹性」，欲以「語言的躍動、敏銳的感覺、人生

---

[57]同註 3，頁 122。
[58]同註 3，頁 123。
[59]同註 1，頁 143。
[60]同註 1，頁 142。
[61]同註 7，頁 129。
[62]同註 1，頁 142。

的野性」[63]來「捕捉比現實還要現實的東西。」[64]在其短篇小說〈花粉與口唇〉裡，水蔭萍說道：「僅在一瞬間便會使凡百的生活變得新鮮的話那就是隱藏在人的生活中的一種真理的發現。」[65]一般讀者對「純詩」的最大誤解就是將它和唯美頹廢、狹隘的抒情或個人主義等同。其實，詩的純粹與否和題材、思想，甚至文字風格都沒有必然的關係。所謂「純粹」，是指詩人能達到的最大程度的詩本質之實踐。如他在〈檳榔子的音樂〉中所說的：「新的思考也是精神的波希米亞式的放浪。我們把在現實的傾斜上摩擦的極光叫做詩（而詩是按照這個摩擦力的強弱異其色彩與角度的）。」[66]

　　水蔭萍的詩觀可歸類於涵括了超現實主義的現代主義美學傳統。綜觀他對夢和潛意識世界的關注和探索，對新意象及語言的創造，對知性和感性結合的強調，在在體現了現代主義的精神。詩人以波希米亞式的游離來反抗一統取向（totalization）——不論是在美學還是政治的層面。所謂超現實，即是透過想像力的釋放，超越約定俗成、破碎異化的世界，創造出一個更真實、更自由、更完整的世界。因此，水蔭萍為現代詩的難懂提出辯解：「在詩上使用透明的思考的作品，卻在意義上變得不透明。」[67]詩的成功是否不在其主題意義，而在其語言：「語言的感覺就是詩的生命。『鉈豆』擁有的感覺就是鉈豆的生命，……擁有這些東西的感覺即成為這些東西的生命。……詩是人生之假設體的美的表現。殖民地的天空因詩而陰沉著。」[68]固然，如詩人在 1980 年〈回溯〉一文裡所說的，當年引進超現實主義「可以稍避日人凶焰」[69]，但是，從他的文論來看，這應該不是唯一，甚至不是最重要的原因。他對「新精神」，「新的詩的科學認識」[70]，對「更

---

[63]同註 20，頁 218。
[64]同註 7，頁 130。
[65]水蔭萍，〈花粉與唇〉，《水蔭萍作品集》，頁 201。
[66]同註 7，頁 127～128。
[67]同註 7，頁 128。
[68]同註 3，頁 125。
[69]楊熾昌，〈回溯〉，《水蔭萍作品集》，頁 224。
[70]水蔭萍，〈義大利花飾彩陶的花瓶——給佐藤君的信〉，《水蔭萍作品集》，頁 147。

新鮮的力量」[71]的思考和追求，應是更關鍵的考量。

——選自《臺灣文學學報》，第 11 期，2007 年 12 月

---

[71]同註 3，頁 123。

水蔭萍與超現實主義

◎陳義芝[*]

一、臺灣新詩的源起

臺灣新詩創作源於 1920 年代。1923 年 5 月 22 日，追風（本名謝春木，1902～1969）以日文寫作〈詩的模仿〉四首，發表於 1924 年 4 月 10 日《臺灣》雜誌第 5 年第 1 號，一般公認爲臺灣新詩的濫觴。[1]但也有論者指出，論時間之早，施文杞[2]應爲第一人。施文杞的詩〈送林耕餘君隨江校長渡南洋〉，寫於 1923 年 10 月 13 日，〈假面具〉寫於 1923 年 12 月 21 日，文後自署寫作日期雖晚於追風，但相繼發表於《臺灣民報》1923 年 12 月 1 日出刊的第 1 卷第 12 號、1924 年 3 月 11 日出刊的第 2 卷第 4 號。這兩個日期都早於追風〈詩的模仿〉刊登的時間。若就詩藝之深淺而論，文學史家則多推崇追風在詩史上的意義。[3]

與追風、施文杞同時期寫作新詩的名家尚有：賴和（1894～1943）、張我軍（1902～1955）、楊雲萍（1906～2000）、楊守愚（1905～1959）、楊華（1906～1936）、陳虛谷（1891～1905）、水蔭萍（本名楊熾昌，1908～1994）等。

自 1925 至 1935 年賴和從事新詩寫作約十年，之後由於日本總督府禁

---

[*]發表文章時爲《聯合報》副刊主任，現爲臺灣師範大學國文學系副教授。

[1]據向陽〈歷史論述與史料文獻的落差〉研究，此說始見於黃得時 1954 年發表的〈臺灣新文學運動概觀〉，復見於 1982 年羊子喬爲《光復前臺灣文學全集 9：亂都之戀》所寫的序〈光復前臺灣新詩論〉。

[2]施文杞生卒年不詳，鹿港人，1923 年曾就讀上海南方大學，1923 年底至 1924 年密集在《臺灣民報》發表詩、小說及對白話文、婦女問題的看法。參見楊翠、施懿琳編，《彰化縣文學發表史》（彰化：彰化縣立文化中心，1997 年），頁 153。

[3]向陽，〈歷史論述與史料文獻的落差〉，《聯合報》副刊（2004 年 6 月 30 日），E7 版。

止以中文發表新文學作品，乃又回轉到他青少年時期即鍾情的傳統詩創作上。儘管賴和也創作傳統詩，但卻不滿「舊文學家」只在青山綠水之間嘯詠、月白花香之下醉歌的心態，他屬意的詩要「能認識自我、能為自己說話、能與民眾發生關係」，他希望臺灣詩壇出現像杜甫、陸游一般的詩人。[4] 賴和的新詩也在這一詩觀主導下，反省重大的時代事件，為悲苦的群眾、不平的人生竭力呼號，朝著亦詩亦史的方向表現。1925 年描寫二林蔗農事件的〈覺悟下的犧牲〉：「弱者的哀求，／所得到的賞賜，／只是橫逆、摧殘、壓迫，／弱者的勞力，／所得到的報酬，／就是嘲笑、謫罵、詰責。」[5] 控訴他對蔗農遭欺壓剝削的悲憤；1931 年哀悼霧社事件的〈南國哀歌〉，始而思索抗暴的原因、偷生與生存的本質差異，竟而熱情地呼喊：「兄弟們！來！來！來和他們一拚！」：

　　看我們現在，比狗還輸！
　　我們婦女竟是消遣品，
　　隨他們任意侮辱蹂躪，
　　那一個兒童不天真可愛，
　　凶惡的他們忍相虐待，
　　數一數我們研究痛苦，
　　誰都會感到無限悲哀！

　　兄弟們來！
　　來！捨此一身和他一拚，
　　我們處在這樣環境，
　　只是偷生有什麼路用，

---

[4] 參見《彰化縣文學發展史》，頁 231～121，編著者施懿琳、楊翠在註釋中說明，有關賴和傳統詩（或謂漢詩）的敘述，多參考林瑞明之著作。林瑞明著有《臺灣文學與時代精神──賴和研究論集》（1993 年）及《臺灣文學的歷史考察》（1996 年）。

[5] 賴和，〈覺悟下的犧牲〉，收錄於林瑞明編，《賴和全集・新詩散文卷》（臺北：前衛出版社，2000年），頁 76～77。

眼前的幸福雖享不到，

也須為著子孫鬥爭。[6]

　　這兩首是賴和抗議精神的代表作，也是臺灣新詩初期頗受史家珍視的現實主義風格。楊華 1927 年被拘囚在臺南獄中所寫的《黑潮集》，禮讚群眾發自生命深層的叫喊，祈願血潮共鳴，能將鐵索熔解，是同一精神表現。1930 年代，陳虛谷為霧社事件而寫的：「止！止！止！／止住我們的哭聲，／敵人來了！／不要使他們聽見，／他們會愈加冷酷驕橫。」[7]以及楊守愚或表現水災肆虐一片傷心慘目的景象（〈蕩盪中的一個農村〉），或表現人力車夫在轉型社會廉價兜售勞力的悲哀（〈人力車夫的叫喊〉），或以孤苦貧窮者的立場揭發社會的無情（〈孤苦的孩子〉），也都屬同一創作風格。

　　除了現實主義抗議精神的詩作，臺灣新詩初期的抒情表現也相當值得稱道，傑出者如張我軍、楊雲萍。張我軍 1925 年的〈亂都之戀〉情景生動，語法多變化，試看該詩第七節：

火車漸行漸遠了，

蒼鬱的北京也望不見了。

呵！北京我的愛人喲，

此去萬里長途，

這途中的寂寞和辛苦，

叫我將向誰訴！[8]

　　「我的愛人」既是空間座標北京的擬人化，亦無妨為北京一特定情

[6]賴和，〈南國哀歌〉，《賴和全集・新詩散文卷》，頁 140〜141。

[7]陳虛谷，〈敵人〉，收錄於陳逸雄編，《陳虛谷作品集》（彰化：彰化縣立文化中心，1997 年），頁 103。

[8]張我軍，〈張我軍作品〉，收錄於羊子喬、陳千武主編，《光復前臺灣文學全集 9：亂都之戀》（臺北：遠景出版社，1982 年），頁 31。

人。「火車」的意象、「寂寞」的情懷，在筆觸鏡頭不斷變焦下，韻致益加深遠。楊雲萍 1924 年的〈橘子花開〉：「徘徊——／清香和月撲面來，心懷！／／真耶夢？橘子花又開，／明月團圓十二回，人何在？」[9]月雖未脫淨詞氣，但確是試探白話抒情、展現中文清雅之氣的代表作。

陳虛谷參與臺灣第二次新舊文學論戰（1926 年），除抨擊舊詩人歌功頌德，還提出新詩人應具備的要件：

> 第一、要有銳敏的直觀，第二、要有奔騰的情熱，第三、要有豐富的想像，第四、就是純真的品性。因為有了這幾件，他才會透視人性的真相，窺探自然的幽奧，明白說一句，就是會感觸普通人所感不到的。[10]

這大約可以視為當時主流的詩觀，這種強調感觸敏銳、表現豐富的詩觀，固然是創作之正途，但並無特殊性，不易開展出革命性的新貌。真正使臺灣新詩邁向現代化的領航人，是水蔭萍。

二、水蔭萍的文學環境與追求

水蔭萍為臺灣新文學第一代詩人提倡現代主義的先驅，1933 年 25 歲與李張瑞、林永修等人創組「風車詩社」推動超現實主義詩風之前，已出版日文詩集《熱帶魚》（1931 年）、《樹蘭》（1932 年），經常在日本《神戶詩人》、《詩學》、《椎の木》等詩誌發表詩作。[11]

1985 年水蔭萍結集隨筆與雜文，回顧自己越半世紀之寫作，慨歎：「雖已出版六本詩集、創作集、評論集，但除開戰後出版的《燃燒的臉

---

[9]楊雲萍，〈楊雲萍作品〉，收錄於羊子喬、陳千武主編，《光復前臺灣文學全集 9：亂都之戀》（臺北：遠景出版社，1982 年），頁 35。

[10]陳虛谷，〈駁北報的無腔笛〉，收錄於陳逸雄編，《陳虛谷作品集》（彰化：彰化縣立文化中心，1997 年），頁 517。

[11]參見《水蔭萍作品集》附錄之〈楊熾昌生平著作年表初稿〉。水蔭萍詩原以日文發表，本集為詩人學者葉笛（1931～2006）中譯。以下所引水蔭萍詩作、文章之頁碼，皆據此書。

頰》，全都燬於戰火蕩然無存。」[12]今人能夠較全面讀到水蔭萍日據時期的作品，實賴學者呂興昌的蒐尋編訂。

　　水蔭萍爲何提倡超現實主義，根據他受訪答問或自述，可歸納出三個理由：

（一）文學環境影響

　　1930 年水蔭萍留學日本，他說：

> 　　與我有關的當時日本詩壇就是辻潤、高橋新吉的達達主義，那是要破壞詩的形式，否定既成秩序的運動。在《詩與詩論》的春山行夫、安西冬衛、西脇順三郎等超現實主義系譜上開花的、在詩上打出新範疇的形象和造型的主知的現代主義詩風，可以說是以語言的躍動、敏銳的感覺、人生的野性等擁有共同性的。詩壇上襲來暴風驟雨是理所當然的。[13]

　　沒有一位作家能自外於時代風潮，當時在日本念書的水蔭萍自然是身在日本詩壇傾心超現實主義的風氣裡，他自修法文，爲的是能研讀法國前衛詩人考克多（Jean Coctau, 1889～1963）等人的作品。[14]陳明台（1947～）分析，水蔭萍留日期間，日本詩壇受到兩大詩潮支配，一是「詩與詩論」集團對超現實主義詩與詩論的實驗、引介，一是「四季」詩派在日本傳統詩精神中融合的歐洲象徵詩表現。水蔭萍等人受此背景影響，敏銳地追隨，導引來臺灣。[15]

（二）政治情勢影響

　　在一篇訪問記中[16]，水蔭萍回憶道：

---

[12]楊熾昌，〈《紙魚》後記〉，《水蔭萍作品集》，頁 251。
[13]楊熾昌，〈《燃燒的臉頰》後記〉，《水蔭萍作品集》，頁 218。
[14]林佩芬，〈永不停息的風車──訪楊熾昌先生〉，《水蔭萍作品集》，頁 270。
[15]陳明台，《臺灣文學研究論集》（臺北：文史哲出版社，1997 年），頁 43。
[16]同註 14，頁 263～279。

……猶記當年臺北帝大（即臺灣大學）教授矢野峰人、島田謹二、工藤好美、西田正一等人對文學活動的提倡不遺餘力，引進西歐文學的趨向，並介紹傑出作品的內容，對新文學的鼓舞頗具功勞，可是他們卻隨時隨地流露出殖民意識的優越感，對臺灣作家的貶斥也格外的強烈，所以當時的臺灣作家心中都有著共同的認識——日本是「看上不看下的」……。

詩壇是新詩的天下，此時的新詩已由秧苗而走向茁壯的階段，可是日警不肯放過任何帶有反帝思想的作品，每當發現有所不妥，均被查禁。當時的筆者氣憤填膺，為了民族文學的一線生機於是在《南報》（《臺南新報》）學藝欄發表過一篇文章，旨在喚醒臺籍作家對政治意識的警覺，不要輕易墜入日人的圈套。表面上，日人對臺灣文學的提倡非常熱心，骨子裡卻在觀察臺籍作家的民族意識，相信每個人都是熱愛鄉土的，難免在不知不覺之中，把情感訴諸作品中，遂予日警以口實，連根拔除，民族命脈豈可經得起一拔再拔；在臺灣文學百花盛開的當時，筆者不客氣地向每一位文學工作人士提出質疑：發揚殖民地文學與政治意識的可行性，「新文學」的定義、目標、特色、表現技巧等等。當時，筆者認為，唯有為文學而文學，才能逃過日警的魔掌。

……

在舉目皆非的環境下，要想有所作為實非易事，處境之艱難實非局外人所能了解，其中尤以寫實文學為甚，以文字來正面表達抗日情緒，雖是民族意識的發揚，可是在日帝「治安維持法」，新聞紙法，言論、集會、結社等臨時取締法，不穩文書臨時取締法等等十餘法令之拘束下，又有誰能逃過日帝的掌力？筆者以為文學技巧的表現方法很多，與日人硬碰硬的正面對抗，只有更引發日人殘酷的摧殘而已，唯有以隱蔽意識的側面烘托，推敲文學的表現技巧，以其他角度的描繪方法，來透視現實社會，剖析其病態，分析人生，進而使讀者認識生活問題，應該可以稍避日人凶燄，將殖民文學以一種「隱喻」的方式寫出，相信必能開花結

果，在中國文學史上據一席之地……。

有鑑於寫實主義備受日帝的摧殘，筆者只有轉移陣地，引進超現實主義。[17]

為了逃避思想檢肅，延續臺灣文學的生機，不得不以內心真實的挖掘替代外在現實的描寫。

（三）文學新變的自覺

在日本政府思想禁錮下，想寫出具有現實生活意識的作品既有困難，不少文人的作品成了「扼殺心靈的樣板作品」，水蔭萍深感苦悶，慨歎當時詩人戴著假面具、鸚鵡學語般、奉承墮落的極多[18]，藝術的見解能否進步、能否有新的開展，他將希望寄託在超現實主義手法上。[19]在談論日本超現實主義詩人春山行夫所寫的《喬伊斯中心的文學運動》，水蔭萍不自禁對文學的前衛創新發出讚歎：

自從喬伊斯的《尤利西斯》以其魁偉的面貌出現以來，談到新的文學，該書總是成為議論的鵠的。年輕作家而不為這本書強烈的精神所影響的差不多是沒有的。[20]

水蔭萍接受呂興昌訪談，回憶 1930 年代文學事件時，也間接表達了他的文學觀，他說：

臺灣文學最要素的是需有思想的特色和內涵，不要只是扛著抗日招牌，寫出民生疾苦的哀歌，應在文學的多面性下功夫，以純文學的角度去透

---

[17]同註 14，頁 271〜273。
[18]楊熾昌，〈土人的嘴唇〉，《水蔭萍作品集》，頁 138。
[19]楊熾昌，〈燃燒的頭髮──為了詩的祭典〉，《水蔭萍作品集》，頁 130。
[20]楊熾昌，〈JOYCEAN──《喬伊斯中心的文學運動》讀後〉，《水蔭萍作品集》，頁 152。

視人生，分析人生、剖解社會。[21]

所謂「文學的多面性」、「純文學的角度」，所指涉的正是源自世界座標的新鮮空氣。

水蔭萍為詩社取名「風車」的原因有四：1.受法國名劇場「風車」的影響，2.嚮往荷蘭風車的風情，3.臺南七股、北門一帶鹽田上常見一架架的風車，4.臺灣詩壇需要像風車一樣吹送一種新的風氣。[22]

水蔭萍雖自始至終以超現實主義臺灣詩學先驅為榮[23]，但對他所主張的超現實主義內涵，卻著墨甚少。在勾陳水蔭萍的超現實詩學前，讓我們先看看超現實主義者在法國原初的主張。

三、關於超現實主義

「超現實主義」一詞最早出現在法國詩人阿保里奈爾（Guillaume Apollinaire, 1880～1918）筆下。1917 年他在一篇介紹法國芭蕾舞劇《炫耀》的文章，提到「超―現實主義」一詞，隨後他評述自己的創作《蒂蕾西亞的乳房》為「超現實主義的戲劇」。不論是「超―現實主義」或「超現實主義」，它的意義都是：比現實主義還要現實。超現實主義倡議人之一的蘇波（Philippe Soupault, 1897～1990）曾舉阿保里奈爾的話：當人想要製造替代人行走的工具，就創造出車輪[24]，喻指車輪和兩條腿在形貌上並不相似，但作用是相似的，車輪的創造並沒有脫離行走的現實，人類的這一思想不是刻板的模仿，而是有創造性有新精神的超現實主義的思想。

1919 年 10 月至 12 月，布列東（André Breton, 1896～1966）與蘇波在《文學》雜誌連載兩人合作的第一部超現實主義作品《磁場》，正式宣告了

---

[21]呂興昌，〈詩史定位的基礎――《水蔭萍作品集》編序〉，《水蔭萍作品集》，頁 10。
[22]林佩芬，〈永不停息的風車〉，《水蔭萍作品集》，頁 275。呂興昌，〈楊熾昌生平著作年表初稿〉，《水蔭萍作品集》，頁 383～384。
[23]楊熾昌，〈殘燭的火焰〉，《水蔭萍作品集》，頁 232。
[24]老高放，《超現實主義導論》（北京：社會科學文獻出版社，1997 年），頁 7～8。

超現實主義誕生。

　　1924 年布列東發表第一篇〈超現實主義宣言〉，為主義下定義，尋找精神源流，解說超現實的創作奧祕。這是一份重要文獻，現摘錄片段[25]：

> 超現實主義奠基於一個信念：相信有一超拔的現實界（superior reality）存在著某些與現實有關聯、以往卻一直被忽略的形象，而這些形象潛伏在無所不能的夢境，或思緒無目的的戲耍中。超現實主義致力於摧毀並替代其他一切心理機制，以解決生命中的主要課題。
>
> 超現實主義，一個名詞，意指吾人在一種心理純淨狀態下所吐露的自動現象或無意識行動中，用言辭——不論是文字書寫或其他方式——來表達思緒（thought）運作實況的創作方法；此種創作以思緒為主導，不受理性（reason）掌控，也脫離美學或道德的考量。[26]

　　布列東認為許多詩人都可以稱為「超現實主義者」，從但丁（Dante Alighieri, 1265～1321）、莎士比亞（William Shakespeare, 1564～1616），到雨果（Victor M. Hugo, 1802～1885）、波特萊爾（Charles Baudelaire, 1821～1869）、韓波（Arthur Rimbaud, 1854～1891）、馬拉美（Stéphane Mallarmé, 1842～1898）……因為如果我們不稱他們為天才，就只能歸功於超現實主義的創作方法，否則你想不出這些詩人是用什麼方法寫作的。

　　超現實主義最廣為人知的藝術手法，就是自動書寫，在自動書寫時，意象會以目不暇給的速度躍出，超現實意象的特性就在隨機性（arbitrariness）。布列東以他和蘇波合作《磁場》的方法說明隨機性：

> 對談者各說各話，不尋求對話的樂趣，也不把自己的想法強加於對方。

---

[25]摘譯自美國密西根大學出版社 1972 年出版的英文本《超現實主義宣言集》（*Manifestoes of Surrealism*）。

[26]Breton, André. *Manifestoes of Surrealism,* The University of Michigan Press, 1972, pp. 25～26.

和一般對話不同之處是：雙方對談並不是為了要推演出什麼理論。所用的字、所用的意象只像是意識的跳板，讓傾聽者借力使力。我和蘇波就是這樣完成第一本純粹的超現實主義著作《磁場》的。我們兩人是互不牽涉的對談者，然後，我們把寫下的獨白裝訂起來，就是一本創作。[27]

有關自動書寫，他進一步說明：

有一個讓自己最能專注的角落坐定，備好紙筆。盡量讓自己處於一種被動或接收的精神狀態。忘掉你的天分、才氣，也忘掉別人的才氣。盡量提醒自己：文學是通向一切事情最傷感的路。快速地寫，不要有任何預定的題材，要寫得快到你完全忘記自己在寫作，且無意重讀你寫下的文字。你的第一個句子會自然出現這情況完全無法抗拒，以致在隨之而來的每一分秒，一些我們從來不曾意識到的新語句會狂喊著讓我們聽到。但是，要怎麼看待下一個句子比較困難：如果我們同意寫作本身一開始就涉及起碼的意識觀照，那麼毫無疑問的，第二個句子顯然會牽涉到我們的意識活動及其他活動。然而，這對你應該無關緊要。就某個程度而言，這其實是超現實主義最有趣也最具啟發性的地方。標點符號似乎非常必要，但它無疑會阻礙思緒的持續流動，這是事實，也是我們所關心的。只要你喜歡，你可以繼續不斷寫下去。要對你有能力無止盡地喃喃自語說下去的天性有信心。如果你犯了個無心的錯，岔神寫不下，你要毫不猶豫的即刻停筆，並且在停筆處畫一個清楚的記號。停筆之後再開始時，為了要接著一個看來不相干的字繼續創作，你得隨便寫一個字，也許就選用「我」這個字，那永遠的「我」，然後從這個字開始重新啟動超現實書寫的隨機性。[28]

---

[27]同上註，頁 35。
[28]同註 26，頁 29～30。

　　水蔭萍在書信體散文〈義大利花飾彩陶的花瓶〉中，提過他在《風車》詩刊上「寫著關於達達主義的筆記，發表關於超現實主義的片段」[29]，可惜後人能看到的材料十分有限，無從得知水蔭萍如何與 1910 年代的達達宣言、1920 年代的超現實宣言對話。水蔭萍有關現代詩學的見解，值得選摘的有下列五段：

　　我們怎麼裁斷對象、組合對象，就這樣構成詩的。這是詩人的精神秘密。在那裡詩會做暴風雨的呼吸。我認為被投擲的對象描畫的拋物線即是詩，然而我常強求其組織體的不完全。我認為詩的組織就是不完全的意義的世界走到完全的世界。這才是詩的本質。詩的永續性不可能是到達完全世界的。同時，也不可能有完全的世界……。我們在超現實之中透視現實，捕住比現實還要現實的東西。[30]

　　這首詩（按，考克多的〈金羊毛〉）的構成是以極複雜的各種語言和音響組成的，被人說：簡直是完全自由奔放，不可能翻譯的。[31]

　　1902 年 2 月，F. T. 馬里內蒂在巴黎 *Le Figaro*（《費加羅報》）上發表未來派宣言（Manifeste du futurisme）的衝擊，就是追求一切傳統藝術的破壞和戰慄的新現代美的創造之聲。這是在文學、繪畫、音樂、雕刻、舞蹈、建築等領域，在國際性的規模上追求戰鬥的藝術革命運動。

　　未來派（Futurisme）是從運動和生命力的立場來把握世界的本質，要打破調和、比例、統一等傳統美學的規範，要從古典藝術巨大遺產的魔咒束縛裡把現代藝術解放出來，否定既成的藝術理念和方法、解體修辭法、強調自由語的獨創性、叛逆古典的權威、主張藝術的學院主義的絕滅。[32]

---

[29]楊熾昌，〈義大利花飾彩陶的花瓶──給佐藤君的信〉，《水蔭萍作品集》，頁 146。
[30]同註 19，頁 128～130。
[31]楊熾昌，〈洋燈的思維〉，《水蔭萍作品集》，頁 164。
[32]楊熾昌，〈新精神和詩精神〉，《水蔭萍作品集》，頁 168。

「蝴蝶一隻渡過韃靼（按，音達達）海峽去了」這首題為〈春〉的一行詩被指為表現敏銳的智性和感覺之詩。

在日本從西歐詩人的近代詩之引進，其發展可觀，特別在大正期以降（1913 年～）、波特萊爾、韓波、魏爾崙、拉吉訶、考克多、阿保里奈爾、里爾克等被介紹過來，給予近代詩的形式和表現以深刻的感化。上田敏、永井荷風、堀口大學等的譯詩集留下的功績很大。[33]

我所主張的聯想飛躍、意識的構圖、思考的音樂性、技法巧妙的運用和微細的迫力性等，對當時的我來說，追求藝術的意欲非常激烈，認為超現實是詩飛翔的異彩花苑。[34]

上述具有現代精神的詩觀，摻雜有象徵主義、未來主義的詩法，不純然是超現實主義的。要了解水蔭萍的超現實主義特色，必須從他的詩作找尋線索，加以分析。

四、水蔭萍詩作的超現實表現

超現實主義詩人追求精神解放，不斷發表、不斷創新的能力，他們的詩並無固定命題，也無統一的風格或技巧。自動寫作和夢的研究是超現實主義者最初的探索，性欲、洞察力、精神病語言、魔術，則是延伸而產生貢獻的領域。[35]

上一節已論及，水蔭萍除醉心超現實主義思潮，亦受其他主義影響，細究他的詩，將「遙遠的／水路的煙」，形容為「向水波發誓的／淡色的戀」[36]，將「海水美麗的飛沫」，形容為「搖蕩著的漂泊的黃昏」以及「淡

---

[33]同上註，頁 171。
[34]中村義一著；陳千武譯，〈臺灣的超現實主義〉，《水蔭萍作品集》，頁 292。
[35]蕭特（Short, Robert），〈達達主義和超現實主義〉，收錄於布雷德伯里、麥克法蘭主編；胡家巒等譯，《現代主義》（上海：上海外語教育出版社，1992 年），頁 280。
[36]楊熾昌，〈煙〉，《水蔭萍作品集》，頁 33。

青的鄉愁」[37]，都可看出象徵主義「交感」（"correspondence"）的詩法。

　　真正歸屬超現實主義表現的，是打破理性概念、語言慣性的描寫。例如描寫海邊的〈傷風的唇〉前五行：

　　　　墜入白晝昏睡的水路的習性

　　　　渡著樹海的風

　　　　青樹的濃影裡假寐的少女

　　　　著彩於種族的香氣裡的臙脂花著白牙枯萎

　　　　季節在海灘嬉戲[38]

　　從「水路」到「風」到樹蔭裡的「少女」，以至於「香氣」、「白牙」、嬉戲的「季節」，無法以邏輯解讀，而必須訴諸一片白花花的想像的陽光。

　　描寫黎明的小詩：

　　　　為蒼白的驚駭

　　　　緋紅的嘴唇發出可怕的叫喊

　　　　風裝死而靜下來的清晨

　　　　我肉體上滿是血的創傷在發燒[39]

　　說緋紅的嘴唇是天邊的朝曦，猶有形象上的聯想可言，至於「可怕的叫喊」、「風裝死」，就是非理性的夢幻意識，目的在把燃燒的黎明天色連結上滿是血的、創傷的肉體形象。

　　描寫女人的小詩：

[37]楊熾昌，〈月光和貝殼〉，《水蔭萍作品集》，頁 84。
[38]楊熾昌，〈傷風的唇——有氣息的海邊〉，《水蔭萍作品集》，頁 19。
[39]楊熾超，〈毀壞的城市——Tainan Qui Dort〉，《水蔭萍作品集》，頁 50。

> 白色額頭和黑髮使紅內裙透明。她的眼眸
> 比海還深。摘取粗花，夜夜在她白色
> 指頭上寫著鵝、九頭龍或巨鯨的故事。[40]

　　全非外在客觀景象。額頭為何白色？額頭和黑髮為何能使紅內裙透明？紅內裙指的什麼？白色指頭為何要寫鵝、龍、鯨的故事？那些故事是什麼故事？這些問題都難解，但影影綽綽又不是毫無意識可言，看似任意、荒謬，其實是一現實情景的變形，是夢與現實交融的「絕對現實」（"absolute reality"）。

　　一般都認定超現實詩的意象晦澀，其實摸清它的思維與語法，其意涵在影影綽綽之間並不難尋索。迷濛的葫蘆花與無常的雨[41]，柔軟的花瓣與秋霧[42]，套著藍長袍的天使與月光[43]，水蔭萍擅將互不相干的成分結合起來，創造出想像的跨度，予讀者新的感動。〈demi rever〉（按，應作 demi-rêve）一詩，葉笛譯注「半夢之意，謂不完整的夢」，確能看出半夢半醒、表裡雙關的意象：

> 頹廢的白色液體
> 第三回的煙斗煙之後生起的思念　進入一個黑手套裡——
> 西北風敲打窗戶
> 從煙斗洩露的戀走向海邊去

　　「頹廢的白色液體」承接上一節：「肉體的思維。肉體的夢想／肉體的芭蕾舞……」之後，我們有理由解讀成體液，而如果這一讀法成立，則「煙斗」做為男性的象徵、「黑手套」做為女性的象徵，也就不算太突兀的

---

[40] 楊熾昌，〈海島詩集：女人〉，《水蔭萍作品集》，頁 88。
[41] 楊熾昌，〈彩色雨〉，《水蔭萍作品集》，頁 21。
[42] 楊熾昌，〈燃燒的臉頰〉，《水蔭萍作品集》，頁 26。
[43] 楊熾昌，〈月光奏鳴曲〉，《水蔭萍作品集》，頁 31。

解讀。

　　法國詩人艾呂雅（Paul Eluard, 1895～1952）爲何寫下那麼多頌美愛情、謳歌情欲的詩篇？原來超現實主義者認爲愛情是超現實行爲的原型，性欲是具體的表現。水蔭萍的詩也有不少女性官能描繪，但除極少數如〈海港的筆記〉[44]。歌讚年輕情欲的冒險浪動，大多呈現抑鬱不快：「我描寫一個娼婦以那在陰濕濕的港都之家拉客的女人的性的發情、周圍的背景、照明等的作用形式描寫女人濡濕的裸體、手指的觸感。」[45]這是他所謂的「醜惡之美」，反寫對私愛的憧憬、對情欲的同情，或塑造禁欲的、蒼白的、悲劇的、惡夢般睡著的女性，如〈尼姑〉、〈茉莉花〉。

　　〈尼姑〉[46]這首詩，描寫一位年輕的尼姑夜晚不耐寺庵之清寂，打開窗戶外望，窗戶是聯結紅塵的通道，夜氣黏纏如情欲湧動而又難以斷除，尼姑伸出白白的胳臂，她的眼睛受夜氣撩撥而興奮，雖然佛像端嚴、佛燈通明，但尼姑驚駭地生出了性的幻想，「虛妄的性的小道」不是真實的路，而是有象徵性的意識流，「乳房」、「眼窩」都是情欲的物象。「紅玻璃的如意燈繼續燃燒著」，紅燈不只是現實中的燈，也成了尼姑心中灼熱的火；「青銅色的鐘漾著寒冷的心」，銅鐘也不只是寺庵的鐘，而是尼姑心中那顆備覺寒冷的心。接下來，水蔭萍描寫尼姑經過一番冷熱煎熬，在失神之際，凡心又受到神性壓制，她度過了情欲的黑夜，經過「昏厥」（死的象徵）而甦醒，濛濛發香的「線香」取代了可怖的「夜氣」，正襟危坐的尼姑取代了心潮洶湧、裸臂掙扎的尼姑。神性雖戰勝了凡心，但回復神性的尼姑是哭著的，不似凡心挑動的歡悅。最後，俗名「端端」的尼姑，將她的「處女性獻給神了」。學者陳明台一方面讚美這首詩是「異色的耽美傑作」、得自「橫的移植」，一方面又說這詩「已注入堅實的抒情和思想性格」[47]，可見水蔭萍的「超現實」主義，是融合了東方精神與超現實技法的表現，不是

---

[44] 楊熾昌，〈園丁手冊——詩與散文：園丁手冊〉，《水蔭萍作品集》，頁102。
[45] 楊熾昌，〈殘燭的火焰——回憶燒掉的作品及和女性的羅曼史〉，《水蔭萍作品集》，頁240。
[46] 楊熾昌，〈尼姑〉，《水蔭萍作品集》，頁57。
[47] 楊熾昌，〈茅草花〉，《水蔭萍作品集》，頁55～56。

一成不變的師法。他成功的傳誦的作品都不是極端的超現實主義之作。

〈茉莉花〉的抒情表現也同於〈尼姑〉：

被竹林圍住的庭園中有亭子　玉碗、素英、皇炎、錢菊、白武君這些菊
花使庭園的空氣濃暖芳郁　從枇杷的葉子尺蠖垂下的金色的絲月亮皎皎
地散步於十三日之夜

丈夫一逝世　Frau J　就把頭髮剪了　白喪服裡妻子磨了指甲嘴唇飾以口紅
描了細眉
這麼姣麗的夫人對死去的丈夫不哭　她只是晚上和月亮漫步於亡夫的花
園

從房間漏出的不知是普羅米修斯的彈奏或者拿波里式的歌曲跳躍在白色
鍵盤上……
Frau J 把杜步西放在電唱機上

亭內白衣的斷髮夫人搖晃著珍珠耳飾揮動指揮棒
菊花的花瓣裡精靈在呼吸
夫人獨自潸潸然淚下　粉撲波動　沒有人知道投入丈夫棺槨中的黑髮

不哭的夫人遭受各種誤會　為要和丈夫之死的悲哀搏鬥　畫了眉而紅唇
豔麗
那悲苦是誰也不知道的

夫人仰起臉
長睫毛上有淡影
蒼白的唇上沒有口紅　戴在耳邊髮上的茉莉花把白色清香拖向夜之中[48]

---

[48]楊熾昌，〈茉莉花〉，《水蔭萍作品集》，頁 59～60。

　　這首詩寫一女子死了丈夫，因不哭而遭人誤解，沒有人知道她真實的悲哀。據譯者葉笛（1931～2006）所作譯注，Frau 是德語妻子、戀人、夫人之意。至於 J，或指茉莉花（jasmine）。若問詩的超現實性在哪裡？必須回想布列東在宣言中所說的「自動書寫」的方法，然後我們才能體會，超現實自動書寫，仍然離不開意象。超現實主義的意象與象徵主義的意象之不同在於，超現實的意象是心智（mind）的唯一的指標，它是先於心智出現的，心智被這些意象說服，一步步服膺這些意象、屈從這些意象；心智在這些意象中顯得自由靈活、天地寬廣，心智在這些意象中似乎曖昧、有歧義，其實更為透澈清晰。[49]竹林圍住的庭園可以看作是 Frau J 的外表，亭子是她的心，玉碗、素英、皇炎、錢菊、白武君這些菊花都是 Frau J 心中哀悼的意象，一簇簇塞滿她的心。尺蠖的金絲和皎皎的月光，是襯映庭園外在的景象，Frau J 真實的內心世界見諸詩的第五節，「亭內白衣的斷髮夫人搖晃著珍珠耳飾揮動指揮棒」，這是心潮洶湧的景象，「菊花的花瓣裡精靈在呼吸」更強化了內心波動之情。「亭子」、「菊花」、「尺蠖」、「月光」、「紅唇」、「畫眉」、「精靈」這些意象想必是詩人冥思狀態以目不暇給速度出現的，它們同時並陳於一種哀傷的情境中，並不是邏輯思維一個牽引出另一個。超現實意象的價值常在於不同的、陌生的實象互相碰撞出的火花，實象與實象之間有很大的差距，但因碰撞而有令人意想不到的驚喜。這些意象不是實景的聯想，是內心的虛構，〈茉莉花〉前五節都是超現實活動下的想像描繪，是詩人的同情；真實的 Frau J 究竟如何？請看詩的最後一節，她一身素淨，綿延於夜色中的是白色茉莉花的相思。

　　葉笛談日據時代臺灣詩壇的超現實主義運動，也曾以水蔭萍的〈青白色鐘樓〉為例：

　　　晨

---

[49]Breton, André. *Manifestoes of Surrealism,* The University of Michigan Press, 1972, p. 37.

一九三三年的陽光
我邊啃著麵包
邊向南方的街道走去……

白的胸部
吸取新時代的她在著婦女服的現實上，敲撞拂曉的鐘……

毛氈上的腳、腳在「死」裡舞蹈著，琳子的白衣服對面什麼也看不見

風中閃耀著椰樹的葉尖
風中飛來紙屑

發亮的柏油路上動著一點蔭影，他的耳膜裡洄漩著鐘聲青色的音波……

無篷的卡車的爆音
真忙吶

這南方的森林裡譏諷的天使不斷地舞蹈著，笑著我生鏽的無知……

誰站在朦朧的鐘樓……
賣春婦因寒冷死去……
清脆得發紫的音波……

鋼骨演奏的光和疲勞的響聲
冷峭的晨早的響聲
心靈的響聲……

　　第三節「吸取新時代的她在著婦女服的現實上」這一句費解，整首詩
光影、色彩、音響一一出現，似夢非夢、似真非真，想要理解十分枉然，

但其中確有生和死、動與靜、疑惑、不安、迷惘與超現實的形象交織。[50]

　　〈青白色鐘樓〉體現超現實主義者「偶然遇合」（"coincidence"，同時發生或同時存在）的中心思考，這首詩每一節都是一個特殊時刻的突發事件或奇想。羅傑・夏塔克（Roger Shattuck）評估超現實主義，即強調「偶然遇合」，他說，超現實主義者被絕對的好奇心與脾氣所驅策，拋開一切，只認定特殊時刻是唯一的、真正的「現實」，足以表述一切事件中的隨機性和背後隱藏的次序，而這就是「超現實」。[51]

　　超現實主義從達達主義演進而成，但不像達達主義那麼嘻嘻哈哈的強調破壞性，超現實主義者對荒謬、不公是心存悲憫加以批判的，水蔭萍雖然寫過達達主義的筆記，但其前衛表現不走達達主義的路，在勾勒「福爾摩沙島影」的一組詩，第一首〈停車場〉就可見出與達達主義者主題精神完全不同：

　　　　這裡是人的集散地
　　　　在鐵路橋下哭泣的女人隱藏著胎兒……
　　　　被污辱的女人喲！
　　　　鐵路橋的鐵板不會掉下來嗎……[52]

　　這種對弱勢者的悲憫精神，可以聯繫到 1950 年代寫作〈深淵〉的瘂弦（1932～），形成現代主義詩人描寫苦難、人性異化的風格特徵。

五、小結

　　超現實主義始於 1920 年代的法國，在安德列・布列東長時期領導以及

---

[50]葉笛，〈日據時代臺灣詩壇的超現實主義運動──以風車詩社核心人物楊熾昌的詩運動為軸〉，《水蔭萍作品集》，頁 357。

[51]Shattuck, Roger. "Introduction", *The History of Surrealism*, The Belknap Press of Harvard University Press, 2000, p. 20.

[52]楊熾昌，〈福爾摩沙島影：停車場〉，《水蔭萍作品集》，頁 78。

各藝術層面菁英強力發展下，首先成功地移植到比利時，隨後傳布至捷克、南斯拉夫、荷蘭、美國、日本及南美洲，可以說變成了一個世界性的現象。[53]水蔭萍的超現實理論就是運用日文從日本習得的。

我們看水蔭萍的詩未必吻合超現實詩觀，原因是超現實主義並沒有一種共通認定的書寫格式，布列東與艾呂雅合寫〈詩注〉（"Notes On Poetry", 1929）表明：「在弄不清用的是哪種音調的語言、文字、比喻、念頭變化的狀況下寫作，是件多麼令人自豪的事；不去預想一件作品時間長短的結構，也不預設它結尾的情況；不問『爲何』，也不問『如何』。」[54]超現實主義詩人拒絕爲溝通而犧牲內心幻象之真實，因此他們的詩不免流於晦澀，但在晦澀的背後仍有一股吸引人一探究竟的新體驗，不像達達主義詩作那麼渾沌而非理性。

真正用自動書寫、隨機結合、夢境紀實、偏執心態寫下而未加修飾的作品，早已因其內容單調、題材曖昧而消失無蹤了。存在主義大師沙特（Jean-Paul Sartre, 1905～1980）在〈何謂文學？〉一文曾指出超現實主義詩人的兩難困境：既要任憑自發性，做一個謙卑的筆錄者，又要熱切維護創作者的個性、社會責任。[55]儘管這一矛盾是超現實主義者必須接受批判的矛盾，儘管不斷地有人加以批判，但不容否認它是 20 世紀前半葉最富詩意的運動，其詩學精粹早已滲透至下半葉其他現代詩學主張中，影響一整個世紀。

臺灣現代詩創作得力於超現實主義啓發極深，水蔭萍短時間的倡議雖未獲巨大影響，但做爲先驅的歷史意義十分珍貴。跨越 1940 年代至 1950 年代中期以後，超現實主義技法經《現代詩》、《創世紀》等詩刊宣揚而獲得熱烈的學習，成爲臺灣詩人現代化改造的重要鑰匙之一。至於超現實主

---

[53]同註 35，頁 279。

[54]Breton, André & Éluard, Paul. "Notes On Poetry", *The History of Surrealism*, The Belknap Press of Harvard University Press, 2000. p. 274.

[55]蕭特（Short, Robert），〈何謂文學？〉，收錄於布雷德伯里、麥克法蘭主編；胡家巒等譯，《現代主義》（上海：上海外語教育出版社，1992 年），頁 28。

義的前身達達主義，則要等到 1995 年，由夏宇（1956～）玩心大發地放了一把《摩擦・無以名狀》的煙火，才算添加了一筆，沒有留下空白。[56]

——選自陳義芝《聲納：臺灣現代主義詩學流變》
臺北：九歌出版社，2006 年 3 月

---

[56] 見陳義芝，〈夏宇的達達實驗〉，《聲納：臺灣現代主義詩學流變》（臺北：九歌出版社，2006年），頁 197～208。

楊熾昌・風車詩社・日本詩潮

戰前臺灣新詩現代主義的考察

◎陳明台[*]

一、

　　相類似於韓國和日本的狀況，臺灣的新詩，可以說從開始就具備有接受「橫的移植」──亦即外來詩潮影響──的宿命。臺灣新詩的出發，乃是基於對沒落的古典漢詩之反動志向，而其力圖達成新形式、新內容的要求，自然地，必須透過新技法、新精神的洗禮和變革。臺灣新詩發展初期，張我軍努力引進中國五四運動期間受西方影響的新詩潮，楊雲萍翻譯過泰戈爾的詩，以及報紙、雜誌具有介紹島外浪漫、抒情詩的高度興致，即可見一斑。但，臺灣新詩真正地導入和接受現代主義的時期，卻遲至且有待 1930 年代「風車詩社」的結成。這固然是由於戰前臺灣新詩的主流，寫實主義的發達，造成現代主義多少受到忽視的結果，但也有必須等待成熟的時期到來的因素。1930 年代的臺灣文學界之氣氛，諸如文學活動（包括文學雜誌的刊行）的活潑化，文學作家進軍世界文壇的強烈企圖心，臺灣文壇熱切地想接受世界前衛文藝的變革心情等等，所謂戰前成熟期的文學環境，才是關鍵的所在。也因此，風車詩社的詩人群，居於一種明顯地，和同時代既存的寫實主流──鹽分地帶詩人群，對照性的地位之存在，其對於現代主義的堅持和實踐，特別具有歷史的意礒。其做為既有對抗本地傳統的文學流向的誘因，亦有敏感地把握同時代主流文學之精神與

[*]發表文章時爲淡江大學日本語文學系副教授，現已退休。

思潮，和世界詩、詩潮同步並行的誘因，風車詩社詩人所抱持的鮮烈的文學前衛意識，詩作中所顯示的對現代主義精神的理解與掌握，當然足以作爲考察戰前臺灣新詩在進行「橫的移植」實驗過程中的典範。

　　文學的變革，通常是具有發端、開始的意味——新奇的、先驅的、前衛的東西的發端——經由此種發端而發現新的可能性。詩的變革亦是相同，經由一時期、一時代的發端，提出作品，孕生新的傾向，形成新的價值。而導致此一發端，亦即接受新興詩潮的方式，其模樣大抵有順應（adaption）、併存（pluralism）、反撥（reaction）、習合（syncretism）的差別。就詩人個人言，則從僅止於模倣、影響，消極的接受容納的姿勢，到吸收、融會、創造，積極的主動的姿勢，也有所差異。風車詩社的場合，由於當時臺灣詩壇具有等同於日本詩壇的性格之一面，順應、習合的可能性極大，可說毫無問題，因此在試行詩作、實驗的過程中，實也含有不少創造的契機。而前述的，與本地詩壇主流鹽分地帶詩人、寫實主義詩風併存，乃至遭遇同時代不少文壇人士的批評、反撥[1]，引發新詩論戰，更可見出臺灣新詩現代主義形成與發展過程中，產生阻力的一面。以詩人個人的立場而言，則風車詩社的詩人，雖然共通地，顯示了受到同時代日本、世界新興詩潮的洗禮，其各取所需的滋養，形成的風格卻各自不同，終於能呈示出多樣化、多采的風貌。基於上述雙重的變革性格，對風車詩社的詩和詩人，其變革的志向、變革精神的把握與理解，顯示的成果，乃至其在整個戰前臺灣新詩史位置的考察，當然極具意義。

　　本論文意圖從風車詩社的集團傾向，以及參與詩人的個人風格，來考察戰前臺灣新詩接納現代主義背景——特別是其和日本新興前衛詩、詩潮的相互關連，以呈現臺灣新詩史上，初次導入現代主義之際，順應、習合的方式，並透過對其關鍵性的主導詩人楊熾昌（水蔭萍）的「詩與詩論」（詩と詩論）之分析，探討戰前臺灣現代主義新詩的模樣、輪廓，來凸顯

---

[1] 當時風車的詩風曾引起爭論，發生數次詩論戰。參見羊子喬著，《蓬萊文章臺灣詩》（臺北：遠景出版社，1983 年），頁 44。

戰前臺灣現代主義新詩的諸特質，並探尋其可能的歷史定位。

二、

　　要理解戰前臺灣新詩壇，初次接納現代主義的相關諸問題，首先必須理解的是當時臺灣所介在整個文學環境與狀況，也即是當時具有那些導入現代主義的成熟條件或時代動因？以風車詩社為例，主要的問題、大前提則是風車同人當時所感受的文學氣氛，所掌握的文學訊息，他們對於世界文學的看法和認識、認同的方向（即現代主義的內容的認識），和執意於導入、接納現代主義的動因。依照林佩芬編〈楊熾昌年譜〉所記：

　　民國 24 年（1935 年），27 歲，與張良典、李張瑞、林永修等人合組風車詩社，並發刊詩誌《風車》。[2]

　　其實，此一同人的組合，早已透過前一年楊熾昌就任《臺南新報》文藝版編輯，在報上發表作品，作為相互交流的契機。但更值得注意的卻是，這些主要同人均有過留學日本的級，可確知的年代大抵在 1929 年～1935 年之間（如楊熾昌在 1929 年赴日，1931 進入大東文化學院，林永修在 1935 年進入慶應大學就讀）。不只是敏感的文學青年時期在日本度過，深深受到日本當時文學環境的薰陶，沉浸其中，而且有其參與同時代日本國內前衛詩誌活動的經驗，發表詩作的文學歷程（楊熾昌加入百田宗治主持的《椎の木》、北園克衛主持的《詩學》、及《神戶詩人》等發表作品，和新感覺派作家也有往來。林永修則曾在慶應大學校刊《三田文學》發表作品）。他們必然十分熟知當時日本文壇所追求的前衛文藝的傾向，也能透過日本文壇的動向觀察、理解、認識當時世界文學的主流，特別是詩的主流方向與內涵。這一得自外在的、開放的文學環境與文學認知，帶給風車

---

[2] 林佩芬，〈楊熾昌先生年譜〉，《文訊》第 9 期（1984 年 3 月），頁 414。

詩社同人巨人的共鳴，比起一直居於臺灣島內的作品，更使他們具備有奔向前衛性文學的靈敏嗅覺和先決、充分的條件。

更進一步、來看看 1929 年～1935 年間，他們所沉浸的當時日本的文學環境，領先的文學主流傾向，則可以歸納出風車詩社追求的詩風和傾向，理解他們對世界文學流行趨向的認知和認識。在歐美於 1909～1925 年吹起的現代主義，各色各樣的新興詩潮流派，包括了未來主義、表現主義、意象派、達達主義、超現實主義、新即物主義等等，多數不只具有尋求新的文學、詩表現技法的更新和超越之要求，還高舉實踐新的詩精神（espirt nouveau）的理想。而在日本則要遲至 1919 年才有真正前衛詩的實驗試作出現（即山村暮鳥的〈風景〉一詩）[3]，其後對於未來主義、象徵主義、立體主義、達達主義、表現主義、意象主義，在大正期間不遺餘力的加以介紹，至遲在大正 10 年～15 年間已成為流行的風潮，當代文學的主流，顯示了初步的成果。因此，進入昭和初期，才有呈示日本新詩現代主義初步的完成，集結了摩登、前衛詩人群的「詩與詩論」集團和他們推動的追求新的詩精神的運動。「詩與詩論」活躍的時間，正是昭和 3 年到 6 年（1926 年～1931 年）重要的成員有春山行夫、安西冬衛、北川冬彥、西脇順三郎、北園克衛、瀧口修造、村野四郎等人。「詩與詩論」集團，基於其具有集結當時主要的前衛詩人，含各流各派大融合的混雜性格，雖以主知主義來統一其詩觀，事實上分為三大傾向，即形式主義方向、超現實主義的方向和新即物主義的方向。而其最大的成果則顯示在超現實主義詩與詩論的實踐、實驗及引介。昭和 6 年，「詩與詩論」以內部的詩觀分歧，宣告解散，主要的成員卻依然各自實踐其個人的現代主義追求，堅持不斷。而承續「詩與詩論」之後，管領昭和 10 年代（所謂昭和詩的第二期）現代主義主流詩風的，則是昭和 9 年成立的「四季」詩派。四季詩派所追求的方向，一言以蔽之即：「日本傳統精神和歐洲象徵詩精神的交叉點。」主要的

---

[3] 〈風景〉採形式主義，重複一行詩句的手法。關於日本前衛詩運動始末，可參見筆者所著《詩と論研究——昭和初期日本前衛詩運動の考察》（臺北：笠詩社，1990 年 6 月）。

同人有三好達治、丸山薰、中原中也、立原道造等，他們的詩風具「宇宙志向」的形而上色彩，溫和的中產階級氣氛，善於透過虛構的形式，以自然物象為媒介來追求美，達成純粹的表現。可以說，在昭和初期先後相繼興起，此兩大詩潮支配了昭和 10 年代日本詩的走向，亦即風車詩社主要成員先後滯留日本的時期，相當地左右了他們步入文學成熟階段（從青春到成熟）的文學品味、文學認知，也由於沉浸在此種文學主流思潮中，他們敏感地，洞察世界文學的最新動向而邁開大步追隨。因此，以整體的角度來看，風車詩社透過對昭和初期日本新興前衛詩、詩潮的吸收、實踐試作、捲起新風潮的熱切心情，乃是成為導入臺灣最初的現代主義新詩流向的一大背景，殆無疑義。如後述，基於風車詩人各自的偏好，攝取的方向、重點自亦各有偏頗，然而，諸多現代主義的流派中，似隱約可見超現實主義（即「詩與詩論」集團致力的方向）和象徵主義（即「四季」派致力的方向），成為他們詩人全體著力的方向，影響最深。

　　日本和世界的文學狀況，如果是培養「風車」詩人提倡現代主義詩、詩潮的外在大環境的話，當時臺灣內部的文學環境，亦即促成風車詩人大力鼓吹、導入新的詩精神（espirt nouveau）的內容動因，亦值得探討。文學變革的形成和催生，大多有其反逆內部既成文壇、文學走向低迷不振的基因，由此產生求新求變，標新立異的要求，或有其反逆無法忍耐的，當時文學精神庸俗化的強烈願望。正如日本「詩與詩論」集團在昭和初期成立，是為突破大正中期以降當代詩壇的荒廢現狀，標舉前衛詩風，用以糾正占有當時詩壇主導地位的主情詩派和民眾詩派的詩流於空洞、散漫的現象，開拓新的詩紀元。「風車」詩人在其文學、詩變革志向中，也包含了詩人的自覺意識和使命感，自不庸贅言。

　　……當今的新文學，思想陳腐，思考通俗，表現的只是滿腹感嘆，饒舌的文字，內容空洞，希望再加強……
　　……今日島上的詩人需要有敏感的觸鬚，感覺世間的事物，對於歷史的

體認最重要。

如果感覺不深入，就像野獸的思想湧現出來一樣。[4]

此種帶有批判和省察的心情，內含有對當時臺灣詩壇既成現狀的不滿，自然是促發他們提倡新的詩精神，企圖刷新詩壇的一個重要、內在的動因。除此之外，比較特殊的卻是他們對自身時代狀況的顧慮，意識到被殖民統治下的現實，才產生的臺灣詩人的苦悶與曲折心境。

> ……在臺灣文學百花盛開的當時，筆者不客氣地向每一位文學工作人士提出質疑；發揚殖民地文學與政治意識的可行性，新文學的定義、目標、特色表現技巧等等。當時筆者認為，唯有為文學而文學，才能逃過日警的魔掌……[5]
> ……我體認文學寫作的技巧方法很多，寫實主義必然引發日人殘酷的文字獄，因而引進法國正在發展的超現實主義手法來隱蔽……[6]

上述風車詩社的主導詩人楊熾昌的感言，也許可以顯出戰前臺灣前衛運動發展過程中一種內含的困境，所謂「為文學而文學，才能逃過日警的魔掌」「引進法國正在發展的超現實主義手法來隱蔽」的說法，令人感受得到，當時受到政治壓迫的文學者沉重的喘息，借文學的暗喻逃脫政治的陰影，企圖飛翔在自由自在的心靈、精神世界，那也正是詩人抵抗現實，面對自我真實十分無奈的方法，「在潛意識的世界裡，以夢幻的感應與自由連想，掙脫現實的桎梏……」[7]

引入現代主義密閉的美學，放棄注視外界的寫實，赤裸裸表現的方法，也正是詩人回歸自身，容許、獲得可以無限制地擴大「內面表現世

---

[4] 參見〈楊熾昌訪問記〉，《臺灣文藝》第 102 號（1986 年 9 月），頁 113～115。
[5] 同註 2
[6] 同註 2。
[7] 同註 2。

界」的一種方式。基於此種尋求詩人內面自由的動機，正足以見出夾在政治的隙縫中，戰前臺灣現代主義詩人努力往內面世界沉潛，尋求心靈絕對自由的強烈渴望。比之前述的，對於外在詩壇發生變革的志向，此一動機（背景）實在是更充滿了對應於自我精神、內在變革的志向。

三、

上節已大略地論究了風車詩社成立的外在和內在諸條件，風車詩社詩人執意追求、提倡新詩現代主義的個人、時代背景，風車詩社詩人透過日本前衛文學的體認，可能掌握、理解當代世界前衛詩、詩潮訊息的理由和前提。接下來，擬從風車詩社詩人的詩觀、作品（文本）來考察其提倡、導入、容納現代主義過程中的諸問題。特別置重點於風車詩社詩人受到日本新興前衛詩潮、詩影響的實際狀況，以及戰前臺灣現代主義新詩可能呈示的獨特風貌的探究兩個重點上。

首先，透過風車詩社的主導詩人楊熾昌，其詩論和詩，來探討其與日本新興前衛詩、詩潮之關聯。

前面已述及楊熾昌曾在 1929 年（民國 18 年、昭和 4 年）赴日本留學，而在 1934 年（民國 23 年、昭和 9 年）才返臺。其文學青年，為期五年的日本體驗——諸如結識代表當時日本前衛文學新感覺派的作家龍膽寺雄、岩藤雪夫等人，參加前衛詩誌《椎の木》、《神戶詩人》、《詩學》活動並發表作品。還有，對當時日本成為主流的新興前衛文學的深刻認知，透過日本對世界文學——特別是超現實主義——的理解和認識等等，對其後來的文學、詩人生涯當然有著巨大、決定性的影響。他曾對自己文學觀、詩觀的養成和日本前衛文學的關連，作過如下的回憶與說明。

> ……當時，我關係的日本詩壇是辻潤，高橋新吉的達達主義，破壞了詩的形式，否定了既成的秩序的運動。《詩と詩論》的春山行夫、安西冬衛、西脇順三郎等打出了在超現實主義系譜上開花的詩，賦與新的意象和形

式，一種主知的現代主義詩風，是在語言的躍動，尖銳的感覺，人生的
野性味等方面，可以說有共通性。這種暴風吹襲了詩壇是自然的現象。[8]

從此段自述，我們已略可得知，楊熾昌對同時代日本新興前衛詩、詩
人的理解，也顯示了他對現代主義共感共鳴的文學品味。在此特別作一說
明，其中提起的詩人高橋新吉，乃是大正 31 年（1927 年）出版《達達主
義者新吉的詩》，1920 年代大力提倡、實踐日本前衛詩運動的先驅者。對
於他，著名的詩人佐藤春夫曾作過如下的批評：「……高橋的藝術和生活乃
是對不徹底的庸俗幸福以及學究式的藝術形態徹底的挑戰與反抗，……他
具有顯著而鮮烈的個性。」[9]

至於三位《詩與詩論》的代表詩人，春山行夫是《詩與詩論》的主
編，主知主義的提倡、實踐者，他的形式主義詩的試作曾在當時的詩壇投
下巨大波紋，他對西歐現代主義的深入研究，如後述，對楊氏也引起極大
的啓蒙作用。西脇順三郎，則是當時日本導入西方超現實主義的大師，本
身更是卓越的超現實主義理論家，詩作者。他的詩對楊氏而言，也可見出
具有明顯的影響。安西冬衛，早期是短詩運動的提倡者，經歷各式各樣前
衛詩的實驗試作，是當時最具現代主義摩登色彩的詩人，他的詩表現了強
烈的幻想性，善用異質的意象，具暗鬱的官能感覺。相較之下，我們也不
難發現，楊氏詩作的某些特色，和安西的作品傾向十分接近。僅憑上列楊
氏的自述，來對照他所提起的日本前衛詩人的風格，已可推測楊氏的文學
養成過程，是通過了達達主義以降，各種現代主義流派的理解，有相當堅
實、正確的修練和把握。爲了更進一步的確認楊氏文學形成所背負的日本
背景和日本影響，筆者擬透過他遺留的若干重要文學論著爲線索，來加以
印證、說明。

楊熾昌在 1930 年代，「風車」現代主義詩運動的高潮期，曾寫下幾篇

---

[8]楊熾昌著；陳千武譯，〈《燃燒的臉頰》後記〉，《笠》詩刊第 149 期（1978 年 2 月），頁 132。
[9]參見筆者譯註《日本抒情詩選》（臺北：笠詩社，1977 年），頁 91。

精彩的文學、詩論，依時間順序是：〈土人の口唇〉（1934 年 3 月）、〈ジョ
イスアナ——ジエム・ジョイスの文学運動〉（1936 年 3 月）、〈エスプリ
・ヌボオと詩精神〉（1936 年 5 月）、〈孤独の詩人・ジャン・コクトオ〉
（1937 年 11 月）。就中最能顯示出他對日本前衛文學、詩、詩潮的見解的
當推〈エスプリ・ヌボオと詩精神＝新精神和詩精神〉，在這篇論文，他詳
細地說明了 20 世紀文學追求的新精神，溯及西方現代主義諸流派的源起，
而對日本的新興前衛、現代詩潮更有追本溯源的論述，其中的一段：

> ……春山（行夫）氏的詩論裡所云「自由詩因是詩而死滅，是由於其非
> 散文所致」，詩人說他是在追求自己也判然未明的東西的人，此決非詩人
> 的恥辱。[10]

　　配合他文中對《詩與詩論》的肯定，也再度證明了他對春山文學的共
鳴，《詩與詩論》傾向的理解與認識。最能顯示他對西方現代主義之理解的
一篇則是〈ジョイスアナ——ジエム・ジョイスの文学運動＝喬伊斯
（JamesJoyce）的文學運動〉，文中他以喬伊斯的代表作 *Ulysses* 展開論述，
再三的提起日本的相關研究的重要性。

> ……為了解喬，春山行夫的巨著《以喬為中心的文學運動》，乃是研究他
> 極好的必備書籍。內容龐大此一著作乃是理解喬的關鍵，輝煌的大
> 作。……讀了此書，首先浮現在腦海的是西脇順三郎教授的大作《歐洲
> 的文學》……可以說，再沒有比此書（指春山的喬論）那樣地詳論歐洲
> 新精神的著作，看起來，十分類似於西脇教授的批評態度。[11]

　　事實上，春山、西脇諸氏，亦即前面所述及的《詩與詩論》主要的同

---

[10]楊熾昌，〈詩精神和新精神〉，《紙の魚》（臺南：河童書房，1985 年），頁 249～257。
[11]同上註，頁 241～248。

人，對西歐現代主義文學導入，多數基於自身學習、吸收西方文學表現技法的需要，經過慎重的選擇，而採取有系統、深入的介紹。如喬伊斯即曾在「詩與詩論」集團的代表文學刊物《文學》上作過特集，刊載了 17 篇相關的論述、研究文章，可以推測楊氏經由類似的途徑，獲得現代主義文學的相關訊息，也因此對現代主義能有較爲深入的了解。大抵上，通過對上列論著的檢證，足以發現楊氏對日本新興前衛詩、詩人的傾心和偏好。而顯然地，透過日本文壇作爲媒介，他有可能間接地，吸收了西方多采多樣、新興現代主義文學的精神，對大正以降，日本大力引介過的，諸如波特萊爾、藍波、阿保里奈爾、考克多、魏爾倫、里爾克等現代主義大師的文學，應該都十分地熟知。奠定下他日後在臺灣，提倡、引介現代主義，並以身力行、實踐創作之雄厚基石。

　　楊熾昌經由自身實踐，及他所主導的風車詩社的提倡，所引入的現代主義具備的內涵，我們可以透過他的文學論、詩論來加以把握。比如說前所述及，他的〈新精神和詩精神〉一文，除了對西方、日本的新興前衛、現代主義詩、詩潮作一系統地鳥瞰外，也多處提示了他的文學觀：

　　……這一群人，立基於新的詩精神的美學觀是，同歸於內在的形而上學，從自身內部喚醒美的基準，而且是以影響「其他」的想像力來表出。[12]

　　此一往內部沉潛的美學觀，也可發現楊氏會傾心於純粹詩、著重在表現內面深層的前衛文學之精神基盤。楊氏文學論的精神，則在其超現實主義詩論，他對超現實主義的理解，略如他所述：

　　超現實主義是純粹的無意識活動，依無意識的活動而通過語言、通過文

---

[12]同註 10，頁 254。

章，或其他的方法，表現內心的真實動向，同時，不受理性的督促，完
全遠離審美的、邏輯的煩惱所作的敘述。[13]

而風車詩社成立的主旨則是：

主張主知的現代敘情，以及詩必須超越時間、空間，思想是大地的飛
躍……。[14]

都可見出相當明快、清晰的論點，所謂「內心真實動向、思想、敘
情」的強調，顯然地，他所欲追求的詩、表現並非無意識的、空洞的，僅
只止於表層或技法而已。無寧是企圖假借技法來創造高度的藝術詩。

在楊氏為數不多的詩論中，我們也可看出其和日本前衛詩論的淵源：

……情懷這一語言，我認為廣涉及知、情、意以及感覺的各範圍。人要
進入創作的世界，就有必要這種情懷的調和，不涉過情懷的大河就無法
達到。[15]

此一觀點對比於西脇順三郎的詩論實有異曲同工之妙：

……人的感情的力調和自身，恰如氣象般地運動。……人的感情流動採
取調和的形態，在其規範中美感是主要之物。調和固有的感情傾向人將
現實變形為詩。[16]

---

[13]同註 2，頁 298～300。
[14]同註 1，頁 44。
[15]同註 8。
[16]西脇順三郎的詩論〈PROFANUS〉引文，收錄於村野四郎、木下常太郎編，《現代の詩論》（東京：宝文館，1954 年 11 月），頁 81。

楊氏的詩觀還有，諸如：

在懷疑不服之中，詩人會踏步前進，新的文學會破壞迄今存在的通俗思
考，會創造出對其修正的思考。

詩的才能，基於詩的純粹性，必須成為生動的知性表現。詩持有的一種
表現即感性、魄力，連想的飛躍成為思考的音樂，必須持有燃燒文化傳
統的巧妙技法。[17]

　　從這些論點，也叮看出他和「詩與詩論」詩人所提倡的主知精神、純
粹詩的觀點有一脈相通的地方。

　　楊熾昌的詩論導入了前衛的、追求新的詩精神的觀點，殆無疑義。可
惜的是，多屬偏向於新興藝術、文學的一般論點，看不到他有系統深入的
超現實主義詩論。但在當時臺灣的詩壇，應已屬難能可貴，且不免被視為
異端，引起批判和爭論。不管如何，他輾轉自日本引進的前衛詩觀點，終
究能為當時的詩壇注入新風。風車的詩人群，正是大力地推廣、支持這一
新的詩精神的先鋒。他們的詩作大都具有實踐現代主義意圖，從模倣、受
影響慢慢確立自身的風格，此一歷程，似乎也是一般開風氣之先的文學、
詩運動倡導者必經之路。而居於風車詩社主導者的楊熾昌，他的詩作實
踐，在當時被視為一種實驗或異端，一方面顯得格格不入，一方面必也顯
示了新鮮的魅力，可以推想而知。實際上，楊氏的前衛現代主義詩作中，
也有看得出受到日本前衛詩影響的所在。如：

　　酒歌裡的
　　月亮了
　　土器的音響和土人的

---

[17]楊熾昌，〈土人之唇〉，《紙の魚》（臺南：河童書房，1985 年），頁 258～262。

嘴唇

含有 poésie 的

誕生

在這 bohemian 式的早晨

被翻覆的寶石一般的早晨

有誰在門口

和某人低聲細語

那是

神的誕生的日子

　　首段的楊氏的詩作〈土人之唇〉，次段的西脇順三郎的名作〈天氣〉，主題雖不太相同，其句法顯然相當地類似，在表現的方式上頗有異曲同工之妙。

由於蒼白的驚愕

真紅的嘴唇喊出恐怖的聲音

風假裝死著

安靜的早上

我的肉體滿是血

受傷而發燒了

我遲到了

世上的鐘聲響完之後

我才到達

我早已受傷了⋯⋯

　　首段是楊氏的詩作〈明夜〉，次段是菱山修三的詩作〈黎明〉，不難看出其在表現上，詩感受上的近似所在。

　　　　秋霧以柔軟的花卉擁抱街燈

　　　　憎恨和悔疚

　　　　都在流動的微光裏

　　　　讓臉頰因高度的孤獨而燃燒

　　　　秋霧以柔軟的花卉擁抱街燈

　　　　比憎恨比悔疚還接近

　　　　落葉流瀉

　　　　在手和手之間

　　　　臉頰如同芒穗般光亮

　　首段是楊氏的詩作〈燃燒的臉頰〉中的一節，次段則是北園克衛的詩作〈行人道〉全篇的引用，不管在用句，行數，意象上，兩首詩都顯示了十分的雷同，比諸前面兩首詩的近似關係，是實驗創作過程中的「影響現象」，這一首應是屬於一種「模倣的現象」。當然，也可以將其視是爲，移植過程中所進行的實驗，無可避免的現象。避開上面所列舉的少數具備模倣、影響傾向的作品不談，楊熾昌的重要詩作都可算是相當的成功，他不只擁有高度的表現技法，能巧妙的操作語言，呈示繁複的意象，塑造豐富多彩的詩世界，而且十分能發揮詩人敏銳的感性和知性，深入內層精神世界，自由創造、想像和飛翔，以異質而鮮烈的敘情性，鑄造出迷人的詩氣氛。楊熾昌作詩的本領即在於他能融合超現實的切斷、聯結的技法和象徵主義的官能感覺，表現饒富魅力的情念和幻想的詩境——亦即深入內心深奧的潛意識世界去表現。如〈尼姑〉一首即是最佳的例子。

　　　　年輕的尼姑　端端把窗打開

夜氣執拗的襲來　　端端伸出白的手臂

擁抱胸部在可怕的夜氣裡　　神壇的偶像

還那麼嚴肅的笑著　　端端的眼神跟著夜色更冷徹

影子靜下來了

燈盞燃燒一個晚上

在夜的秩序裡　　吃驚的端端　　走過性的後路

我的乳房　　為什麼不像別的女人那麼美　　在我的眼窩裡

為什麼只映著被遺忘的色彩而已

紅色 GRASS 的如意燈繼續在燃燒　　青銅色的鐘　　漂浮著冰冷的 ESPRIT

尼姑庵的正廳　　像停車場　　那麼冷靜

在紅彩的影裡　　神像搖動了

韋陀的劍閃光亮著　　十八羅漢騎上神虎

端端以合掌的姿勢　　失神而倒下去

跟著黎明的鐘聲　　端端站起來　　線香和香薪的煙

濛濛湧上　　端端坐著　　哭了

唸經的聲音傳來一陣子

阿母呵　　阿母呵

端端把年輕尼姑的處女性　　獻給了神

　　這首詩，以蘊藏在女人內心深處的欲情（情念）為表現的主題，透過虛實相互交錯的場面（如尼姑的現實，幻想交錯描寫）來表露，詩中運用了象徵、意識流（切斷、聯結）的技法與媒介物象（如劍、羅漢、鐘、乳房、燈），構織出訴諸感官（色、香感覺）的多彩世界（如夜色、白的手、線香、紅衫、冰冷），明與暗、靜與動的對比，抑制和解放（如冷徹、嚴肅的笑、失神的情態）的照應均十分成功。楊氏在詩中呈示了東方的（結尾

回歸抑壓，獻給神），可堪哀憐、庶民的女人像，超越表現技法的次元，已注入堅實的抒情和思想性格。確實是一首異色的耽美傑作。在此詩中，我們既看到作者爐火純青的、得自「橫的移植」的詩法，也可發現作者企圖掘出「內心的寫實動向」、「抒情」和「思想」「超越時空」等要素，完全吻合了作者自己要求的（如本論文第三節所述）詩理念。

四、

　　如同楊熾昌的詩與詩論，可以顯影風車詩社在導入現代主義之際，順應和習合的過程、模樣、問題點，風車詩社其他同人的作品、以「個的」存在來看，由於各有特色，自亦可作為研究的對象，只是，風車詩社是一個少數人的集合體，面臨的問題大抵相差不多，前面也提及，他們均具備了共同移植日本文學經驗的背景，以此作為基盤去接納，或各取所需、各有所宗，進一步發展出濃烈的現代主義傾向，並試行創作。底下，擬透過若干作品的比較、分析、略加探討。

　　楊熾昌的場合，其詩論可資參考，同時其作品呈示出，接受過多樣多種的詩潮、技法洗練、善加融合的痕跡，就中以超現實主義和象徵主義影響最大。而其他同人的詩作略見不同之處，則在風格比較單一。但，似乎也顯示出同樣交錯綜合的影響痕跡。偏向則輕重稍有差異。以筆者私見，楊氏的根據，核心為超現實主義，其他同人則以象徵主義為依歸。林永修的詩正是典型。

　　〈出航〉
　　在忘卻海裡漂流的老酒和女色香
　　船長凝視的藍海白鷗飛翔著

　　〈在高原〉
　　黃蝶翩翩飛過小徑

小徑延長經過白樺林

〈黃昏〉
我的瞳光
在黃昏味裡如夜光蟲發亮了一陣子

丸山薰〈燈歌者〉
在我看不見的
暗闇遠遠的地方
凝視著的海鷗在鳴叫著

立原道造〈小談詩〉
兵士持著旗
驢馬搔響著鈴
我的傷

立原道造〈風吟唱之歌〉
持續著憤怒
向著美麗的枝椏伸出手

　　從上面羅列的詩句，共通地，可以感受到充滿自然的景色、風物的畫面，流瀉著哀愁和感傷的氣氛，正是日本「四季」派詩的特色。前面業已提及，詩人林永修留日期間，正值四季派成立的第二年（1935 年），必然留下深刻的印象。四季詩人善於「寄物陳思」，借物來寄託內面的情緒（如孤獨感、喪失感），採用收斂「物」和「形體」的映像來呈示「美與純粹」，嗜好捕捉追憶情緒，運用象徵主義的感覺（如彩色、香味、聽覺）美學，表現「一種精神氣氛」。林永修的〈海邊〉就是其中成功的傑作：「藍色海風穿過肉體的拱門／甘美的潮香靜寂地沾濡了我乳白的夢／白貝殼的透明思念／砂丘孕育過少年的幻想／抱著秋風的憂鬱」短短的小品形式，

自然風物的呈現，思念、回憶的情緒，散發著淡淡的詩的芳香。

張良典、李張瑞的作品也顯示濃郁之象徵和抒情的性格。但是，張氏的詩帶有強烈的感傷情緒，李氏的語言則比較具陽剛美，如「關上窗／我從宇宙的音響昇華／頭腦悲哀的遊戲／白煙　紫的白……（〈肉體喪失〉）」特別是，他有些詩，能成功地把臺灣的風土融入其中，更顯出了獨特的風貌和意義。

謝在雜草叢生的防波堤土的陽光
無從發洩的無聊　就是虎頭埤的夢啊

非本意要反逆虎頭山傳說的太公望們
無空閒　卻空閒出來的散步者肩上扛著鐵鍬　經過那邊的姑娘的謎呢？

水流之間偶爾聽到爭水吵架　而雨仍不下
農夫們想不出辦法集體去看水位在下降

從村子裡　13歲就被賣出去的女孩子
有一天　被遊客逼來泛舟　便不知不覺地流淚而脂粉褪落　被男人取笑

百合花盛開的時候　用面巾掩著臉
戴笠的女孩　要陶醉芳香的閒暇也沒有　卻被都市反覆無常的娘子們亂摘而散落

這首詩中，同樣地採用了寄託物象，呈現自然風物的方式，卻以臺灣鄉里的景象為背景、沒有形而上的思考，充滿了生活感情的表現，比之四季派的象徵詩風和氣氛，大為不同。他的詩作〈這個家〉：「……在院子的柚樹下追憶已死了／這個家的傳統疊積著……長衫的姑娘就連明朗的額也暗淡下來……」也呈示了同樣的鄉土情懷。可見出詩技法和民俗精神的融合。

綜合來考察，風車詩人的作品，是屬於華麗、講究技法、表現的詩，多數帶有形而上的思維，具繁複的意象，多彩的幻想和想像，善用超現實或象徵的手法，來構織甜美、耽美的世界，饒富魅力。他們以日本爲媒介導入西方的現代主義詩風，在當時被視爲玄奇怪異、脫離現實，是異端之作。以今日的角度來看，卻依然能維持其濃郁、芳香的詩味和詩質，保留高度的藝術性及純粹性，相當經得起時間的考驗，可以說是耐人尋味的詩。

五、

以楊熾昌爲主導的，風車詩社的詩人，首次爲臺灣新詩壇引進摩登的現代主義詩風，通過實際的創作，他們居於開風氣的先驅者地位，是不會動搖，也無法忽視和否定的。風車詩社的詩和詩人，在其同時代和戰後，都未受到應有的評價與肯定，特別是戰後，甚至一時忘懷了他們的存在，不免令人感到遺憾。令日，對於風車詩社的詩和詩人，作一歷史定位之際，筆者私見以爲，至少必須考慮以下兩點：

1.風車詩社的評價問題。

風車詩社的詩和詩人，破天荒地，首度爲臺灣新詩壇導入現代主義前衛詩與詩論，擴大臺灣詩、詩人的國際視野，也喚起臺灣詩人對詩表現形式的重視，他們的創作實驗更提供了示範，貢獻良多。但是，也有其界限，首先是，他們無法全盤地吸收西方新興詩潮的精義，如前所述，偏向於超現實主義和象徵主義，對於理論和創作的引介，也極其片斷，難以系統化，更不能匯集成爲雄厚的文學遺產，對後繼者的啓蒙，因而十分有限。其次，由於當時參與者人數不多，時間不長，代表刊物的發行數量極少，又無法持續（甚至已散失），僅能止於小人數的集結，沒有太多的開展，自然難以形成文學運動，擴大其影響力。

2.風車詩社在其後臺灣新詩史上的定位和意義。

風車詩社在戰後，由於整個文學史產生了斷層現象，又基於上述本身

存在的界限，對戰後詩人並未直接有所影響。但，進入 1980 年代，本土化的浪潮高揚之際，也重新受到肯定，饒具精神意義。而以其作為考察臺灣新詩變革、「橫的移植」的典範，則其經歷的順應與習合（如前面論及，風車詩社的集團和個人對前衛文學導入、引介、實踐相關諸問題）、併存與反撥（如同時代的排斥、不同詩風的並立、評價諸問題）等接納方式，樹立了頗多的理則（詩史演變的法則？）值得一提。戰後臺灣新詩的現代主義推展運動，已有另外一番氣象。接受現代主義的各個層面也好，理論和實際創作也好，既深且廣，較諸戰前的「風車」，可謂遠遠超越。舉其大者，如林亨泰氏主導的「現代派運動」，創世紀詩社主導的「超現實主義」、「純粹詩運動」，笠詩社更進一步主導「新即物主義、新現實主義、新表現主義」運動，乃至綜合性地、全盤地，對前衛文學加以引介和發揚，企圖消融、納入本土文學血脈中。但是，顯然地，在移植過程中，依然遭遇到諸多共通的問題，如作品從導入、介紹、模倣、影響到獨創的問題。基於時代、政治的動因帶來詩人的精神苦悶等等。[18]可見風車詩社「橫的移植」的模式之確立，仍有其詩史的、長遠存在的意義。

——選自陳明台《強韌的精神——臺灣文學研究論集》
高雄：春暉出版社，2005 年 5 月

---

[18]比如：主導職後「現代派」現代主義運動的林亨泰氏，對自身發起「現代派」的內部動因，曾作過如下的說明：「當時臺灣詩人所渴望的是，能容許他們擁有充分自由性表現的自由，詩人不約而同地尋求能提供他們更自由天空的文藝詩潮，這是自然的趨勢。這就是現代派運動的近因」。可見引入現代主義的內在動因，包含時代、政治的因素。如本論文第二節所指出，風車詩社的主導者楊熾昌氏也有過同樣的說明。前後具共通點。林氏的說明參見林亨泰《見者之言》（彰化：彰化縣立文化中心，1982 年），頁 242。

從「主知」探看楊熾昌的現代主義風貌

◎林巾力*

一、現代主義的脈絡

臺灣詩壇中首度打出以「現代主義」為旗幟所揭竿而起的文學運動，一般而言是始於 1956 年由紀弦與九位籌備委員所發起的現代派運動。這個有組織、有主義的運動帶起臺灣詩壇在創作與理論上空前熱絡的景象，不但改變了漢語詩的方向，掀起了影響後來文壇甚鉅的多次論戰，同時也間接帶動了超現實主義風潮。不過，比起這一波現代派運動早 20 年的 1930 年代，臺灣便已有楊熾昌為首所集結的「風車詩社」，為臺灣「敘述世界詩壇的最新動向以及現代詩的革新之道」[1]。風車詩社成員在日本當時所盛極一時的現代主義風潮的啟發下，將之引介到臺灣，並且留下相當可觀的成績。風車詩社，尤其是發起人楊熾昌先生，其所懷抱「與世界潮流同步」的意識與文學熱情，不能說是沒有藉以縮小與世界潮流中心（歐美最前衛的藝術思潮）的距離來扭轉臺灣後進性與邊緣（政治、地理、以及文學藝術上）處境的意圖。而隨後 1940 年代「跨越語言的一代」的「銀鈴會」團體，其對於時代性與社會性的關懷，以及基於「生活的現實主義」[2]的文學傾向雖與「風車詩社」截然不同，但「銀鈴會」的成員也因語言之「便」（在後來的華文創作上，其語言的背景固然是一大障礙，但在閱讀、吸

---

*發表文章時為興國管理學院應用日文系專任講師，現為興國管理學院應用日文系助理教授。
[1]楊熾昌，〈回溯〉，《水蔭萍作品集》（臺南：臺南市立文化中心，1995 年），頁 225。
[2]林亨泰主編，《臺灣詩史「銀鈴會」論文集》（彰化：磺溪文化協會，1995 年），頁 20。

收、以及思想與視野的擴展上，其跨越的語言背景毋寧是一大武器），而與風車詩社的成員一樣，可以透過「日本」這扇窗口，來一探來自世界的「異彩花苑」。因此，銀鈴會的文學立場，除了「立足鄉土」之外，更還能有著「放眼世界」的宏觀。他們透過日文的翻譯，介紹了現代主義的各家流派如象徵主義、未來派、達達、新即物、超現實主義等文章，而這些背景，相信也是使得詩人們在跨過語言的障礙後還能夠保持創作上的豐饒多樣以及詩觀的先進性的重要養分來源之一。因此，儘管「風車詩社」與「銀鈴會」甚至是更後來的「笠詩社」並無直接的傳承關係，但同樣是在「日本影響」以及「現代主義」的脈落下，這些活躍於戰前與戰後的詩人們在這個意義上，可以說是有著相當大程度的貫通性。不過，「現代主義」畢竟是一個由外引進的概念，因此在探討楊熾昌及其詩作的現代主義風格之前，有必要先釐清現代主義從西方而至日本的脈絡。

實際上，所謂的「現代主義」（"Modernism"）原本就是一個相當難以界定的文化現象，其在「時代設定」與「概念規定」上往往因論者的觀點不同而大有歧異，再加上，文學藝術上的「現代主義」常與文化社會上的「現代性」（"modernity"）概念有所混淆，因此更增加範圍釐清與設定的困難。但一般而言，文學藝術上的「現代主義」其所發生的社會背景，是來自對於工業革命之後由布爾喬亞市民社會所形成之都市文化（現代化）的共鳴與反動，而從中產生之繁複錯綜的意識便是現代主義文學藝術活動的根源所在。因而，循此界定，廣義的「現代主義」是將 19 世紀中葉以後、特別是將波特萊爾的都市文學視為開端。如 Malcolm Bradbury 的定義是認為：「現代主義乃意味著對於都市化社會的想像力回應，而波特萊爾在創造非現實的都市以及新感覺之想像力的必要性方面，曾經有過可觀的陳述」[3]。但由於都市化（現代化）在 19 世紀末期時因科技的大幅躍進而有了長足的進展，改變人類生活型態更鉅，因此各種新興文學藝術的活動也愈加

---

[3]參考 Malcolm Bradbury and James McFarlane: *Modernism*; Penguin Books, 1986 的日譯本。橋本雄一郎譯，《モダニズム》（東京：鳳書房，1990 年）。

頻繁並且多樣化。於是有不少學者如 Mélanges Décaudin 等則有縮小範圍，而將發起於 20 世紀初由阿保里奈爾（Guillaume Apollinaire）等人所積極推展的 L'esprit nouveau（新精神）和以反抗傳統爲首要目標的前衛文藝運動視爲「現代主義」的開端。[4]但無論廣義或狹義的界定，在「現代主義」概念底下的流派或集團，都未必擁有相同的意識形態或固定的創作姿態。實際上，在「現代主義」這個名稱之下所包含的是一群紛然雜陳而又相互關聯的文學藝術運動的總集。

在日本方面，有關波特萊爾的象徵詩派，一直要到 1905 年才有初步的介紹[5]。而當時的譯詩仍是以文言文的方式呈現，而隨後所興起的日本象徵主義風潮亦不脫浪漫與抒情的傳統，因此並沒有在當時的日本詩壇上造成變革性的影響。只是，日本所謂的「現代主義」（モダニズム）並不包括象徵詩派的引介在內，而是專指 1920 年前後對於西方的前衛文學藝術運動所相應而起的共鳴與仿效。而當時就在文壇的積極引介與實踐之下，形成了一股熱鬧滾滾的現代主義風潮。各派均有追隨者，並組織同仁雜誌大量介紹西方最前衛的思潮（如表現主義、立體主義、未來主義、意象派、達達派……等等），同時也累積了相當可觀的詩論與實驗作品。而正是由於「現代主義」所帶來的刺激與改革，使得日本詩得以從「近代詩」轉型而爲「現代詩」。

但畢竟由於這股風潮是做爲「橫的移植」而引進，與「發源地」歐美所不同的是，日本現代主義少了形成這股風潮的思想背景與歷史的演化，並且，與文學傳統的對決姿態也和西方大有不同，所以，其關注的焦點往往就落在「以新的語言來創出新時代感覺」的語言表現形式之上了。因此，由於「土壤與氣候」的差異，日本現代主義的發展方向與美學策略逐漸與西方的「主流」脈落有了或多或少的差距。所以，在同樣的主義主張

---

[4]參考 Malcolm Bradbury and James McFarlane 著；橋本雄一郎譯，《モダニズム研究》，頁 22。
[5]日本最早有關波特萊爾的日譯詩是 1905 年上田敏的《海潮音》，譯有《惡之華》的〈信天翁〉以下五首。

的標籤下，日本的詩人或詩論家對於詩的思考與作品的呈現，也與歐美有所出入。例如在「現代主義」中占有最重要位置的「超現實主義」方面，誠如葉笛所述：

> 西脇、春山，瀧口、北園、上田等人的詩的確顯現著超現實主義的詩風格，只是西脇的大多數人自始至終僅僅把超現實主義認為是別出心裁的新美學，缺乏歐洲誕生超現實主義的根本精神的內在因素。例如西脇順三郎雖然出版了《超現實主義文學論》、《超現實主義詩論》，但卻從未曾說過自己是個超現實主義者。[6]

西脇順三郎將超現實主義引介到日本，並以他為中心進而擴大出一個超現實主義的文學版圖。儘管他是日本超現實主義詩運動的原點，但值得注意的是，西脇對於超現實主義一直都不盡然完全贊同，其自身的詩作嚴格上來說，也不能算是「超現實」的。西脇在他的第一本日文詩集的戰後改版本《アむばるおりあ》（1947 年）中稱：「當前的超現實主義藝術只不過是生命被破壞的廢墟、昏厥的夢中世界罷了。」西脇順三郎認為西方的超現實主義是浪漫主義偏激狂熱的遺緒，並對其神祕主義的傾向也顯得相當不予苟同。西脇自稱是「知性的波希米亞人」、「腦髓的詩人」等等，他在詩作上強調以譏誚與反諷來保持知性的和諧。晚年詩作更加深了（早期所沒有的）「無」與「大空」的思想色彩，並致力於融合西方的知性與東方的圓融於詩中。這與西方超現實主義近乎精神分裂式的探索、對決、與格鬥根本是大不相同的。實際上，日本學者本身也在戰後重新界定了日本的超現實主義運動，如鶴岡善九在其書中提到了「日本並沒有純粹的超現實主義，而這個說法在詩史上也早已成為定論」的說法[7]。

---

[6]葉笛，〈日據時代臺灣詩壇的超現實主義運動〉，收錄於《水蔭萍作品集》，頁 346。

[7]「つまり果たしわが国に超現実主義の詩が存在しただろうかということだ。私見たよればほとんどわが国には純粋なシュルレアリスムの詩はなかつたと断定てきる。もちろんこの疑問はある意味では定説化ちれてきているのが新しい詩史的常識であって、いまさらとりたてていうど

　　除了超現實主義主義之外，後來的學者也將日本現代主義放在比較的架構下來重新檢視詩人與詩作品，同時也紛紛指出與西方現代主義之間確實存在著相當大的差異性。不過，姑且不論日本超現實主義究竟能不能算是「純粹的」的超現實主義，然而就更廣義的「現代主義」精神來說，其本身原就是一個內容涵蓋甚廣、定義歧異的概念，即使在西方文化圈內，也往往因地方與歷史背景的不同而呈現出相異的風貌。但重要的是，「現代主義者」（"modernist"）們，其對於自身之立足於變革先端的自覺意識，與過去傳統的既成價值觀展開對峙、決裂，進而尋求新的可能表現形式、建構新時代的這一點上，卻是放諸四海皆準的。而無疑的，在日本的現代主義詩人，以及臺灣 1930、1940 甚至是 1950、1960 年代的現代主義詩人之中，都存在著這種「立足於變革先端的意識」，並在詩作上展開一連串的探索與試驗的前鋒精神。而不管成功與否，其對後來文學的刺激與影響，都是無法加以忽略的事實。

二、「主知」問題的提起

　　而由於臺灣曾為日本殖民地的政治事實，使得早期臺灣詩人所引介、並做為詩創作與理論基礎的，是經過了「日本化」的現代主義，換句話說，就是綜合了歐美發源地的主義主張，以及來自於日本風土、詩人個人氣質與理解方式、甚至是（不可避免地）結合了傳統美學的日式現代主義。而這些曾經接受過日本文藝思潮影響的臺灣詩人在許多的文學論述當中，也往往沿用了同是漢語文化圈的日文漢字來表達其對於詩的看法，而後起的論述也就依樣地加以引用或進行意義解釋的再擴大。例如，為許多日治時代以及「跨越語言的一代」的詩人或作家用來描述寫作風格的詞彙當中，「主知」可以說是一個經常出現卻指涉曖昧的典型。楊熾昌先生論及自身所受之日本文學思潮的影響時說：

のことではないのかもしれない」，《日本超現實主義詩論》（東京：思潮社，1970 年），頁 13。

> 與我有關的當時詩壇就是辻潤、高橋新吉的達達主義，那是要破壞詩的
> 形式，否定既成秩序的運動。在《詩與詩論》的春山行夫、安西冬衛、
> 西脇順三郎等超現實主義系譜開花的、在詩上打出新範疇的形象的和造
> 型的主知的現代主義詩風……。[8]
> 過去之詩作品的功過姑且不論，經由《風車》四期的超現實主義系譜在
> 臺灣成為主知主義，新即物主義的水源地帶，終於變成神話的定論。[9]

　　除了楊熾昌之外，現代派運動發起之初的 1950 年代，「主知」問題亦
是紀弦與覃子豪之間論戰的重點之一。而素來有「主知的現代主義者」之
稱的林亨泰，也在許多的論述中提到「主知」的說法。如《現代詩》季刊
第 21 期中便收錄有一篇〈談主知與抒情〉的文章，此文源自寫給紀弦的書
信內容摘錄，後來做為「代社論」為季刊所引用，因此，應可視之做為現
代派六大信條之第四條的「知性之強調」的定義與解釋：

> ……換句話說，我們所真正歡迎的詩就是其「抒情」的分量要在 40% 以
> 下，而這就是所謂「主知主義的詩」。[10]

　　另外，洛夫所屬之《創世紀》，於 1959 年後改走「世界性、超現實
性、獨創性以及純粹性」超現實主義路線，而洛夫後來也曾針對此一改良
式的超現實主義進行詮釋，他認為，「這種詩是意識的也是潛意識的，是感
性的也是知性的，是現實的也是超現實的」，由此可見「主情主知」問題亦
是洛夫在詩藝中關注的焦點。他曾藉簡政珍的評論文章抒發自己的看法：

> 詩壇素有主情主知之辯，簡政珍則獨排眾議，執其兩端用其中，認為詩

---

[8] 楊熾昌，〈《燃燒的臉頰》後記〉，《水蔭萍作品集》，頁 218。
[9] 楊熾昌，〈《紙魚》後記〉，《水蔭萍作品集》，頁 253。
[10] 見《現代詩》第 21 期（1958 年 3 月），收錄於林亨泰著，《找尋現代詩的原點》（彰化：彰化縣立
　　文化中心，1994 年）。

絕不宜濫情，但也不是哲學概念，而是一種意象思維。[11]

而在學者方面的論述上也不乏「主知」此一詞彙的沿用：

……當我們正視 1950、1960 年代的超現實風潮時，我們發現……臺灣現
代派超現實風潮實際上受日本超現實運動中西脇順三郎以及《詩與詩
論》的主知美學與批判精神影響甚深……。[12]

接續了楊熾昌所堅信的「主知主義」、「新即物主義」的，是在這個晦暗
階段中由一群中學生組於 1942 年的「銀鈴會」。[13]

在這些論述之中，「主知」大抵是用來描述詩人的寫作風格、團體的集
體傾向或所奉行的主義主張。但是我們不禁要問，在楊熾昌那裡的「主
知」之實質內涵是否可以做為林亨泰「主知主義的詩」的解釋？而洛夫所
指涉之「主知」的哲學概念又是什麼？就表面的意義上來看，或許可以將
「主知」籠統地解釋為「與抒情對立的知性態度」。而一般在使用「主知」
一詞時，也的確如葉笛所說：「主知主義的稱呼，並非有流派或什麼樣式，
這一詞語所表示的是知性重於感情的創作態度，尤其在近代的反浪漫主義
潮流中經常提到這一詞語。」[14]儘管如此，我認為，就如日本現代主義的
「主知主義」思想有其脈絡可循，而接受「主知」概念並將之「本土化」
的臺灣詩人勢必也有他們對於「主知」的看法與主張。我認為「主知」問
題之不可忽視，是因為「主知」的觀念或態度牽涉到詩人對於「詩是什麼」
「詩如何構成」的核心問題。並且，如果「主知」在許多的臺灣詩人那裡
同時也隱含或彰顯了反對傳統中的浪漫與抒情成分的話，那麼，論者也必

---

[11]洛夫，〈簡政珍詩學小探〉，《創世紀》第 108 期（1996 年 10 月），頁 72。
[12]劉紀蕙，〈前衛的推離與淨化〉，收錄於《書寫臺灣》（臺北：麥田出版公司，2000 年）。
[13]林淇瀁，〈長廊與地圖：臺灣新詩風潮溯源與鳥瞰〉（1999 年），彰化師範大學「第四屆現代詩學研討會」。
[14]葉笛，〈水蔭萍的 esprite nouveau 和軍靴〉，《創世紀》第 129 期（2001 年 12 月），頁 28～34。

須進一步追究詩人們的反傳統反抒情的理論主張與具體實踐又是什麼？

　　如果我們將「主知」還原成「主知主義（しゅちしゅぎ）」→ Intellectualism 的話，那麼，所連結的可能方向無非是→重知性的、理智主義→在心理學上的「主知」是「以知的作用爲最根本的要素，而用以說明情意作用」；在倫理學上的「主知」是蘇格拉底而至斯賓諾沙此一脈絡的「知識爲道德行爲之唯一標準」的主張；在形而上學的「主知」是指柏拉圖以至黑格爾系統的「現實之究竟原理爲理性」之說；在認識論上是「現實必須是經由理性而非感覺或經驗而得到掌握」；在美學上則是主張「美的價值乃決定於藝術品內容的知性要素」等等。[15]

　　儘管「主知主義」在不同領域中有其相異的系譜，但基本的連結方向顯然都與西方的超現實主義脈絡背道而馳。法國安德魯・布列東（André Breton）所主張的超現實主義，其思想的哲學根據乃是基於：「對於前所未有之聯想形式的、更優越的現實，以及對於夢的全能、思考的非實用性活動的信賴上」[16]，而爲達其目的，便藉以自動寫作等方式來尋索人自身的內部、直探潛意識的來源，換句話說，就是探索被壓抑的各種本能與欲望的「超現實領域」。因此，自動寫作並不是透過理性，也非經由語言的深思熟慮來創作，而是一種自發的寫作方式。超現實主義所關心的主要對象是對於夢、潛意識以及理性思考形成之前的深層心靈探索，因此，可以說是一種帶有「反知」與「神祕主義」色彩的主張。這種主張不僅可見於法國超現實主義，而廣義的現代主義各流派縱使紛繁歧異，無法以一概全，但其在思想的淵源上也是有著尼采、柏格森、佛洛伊德、容格等「反理性主義」的強大思想背景。然而，綜觀臺灣詩人不管是在超現實主義或更廣義的現代主義旗幟下，幾乎是不約而同地打出「主知」的口號。換言之，當西方強烈質疑「理性」的霸權時，臺灣詩人卻找到了「主知」做爲文學的

---

[15]參考：山崎正一、市川浩編，《現代哲学事典》（東京：講壇社，1993 年）。粟田賢三、古在由重編，《岩波哲学小辭典》（東京：岩波書店，1979 年）。

[16]André Breton 著；森本和夫譯，〈シュールレアリスム宣言〉，《シュールレアリスム宣言集》（東京：現代思潮社，1989 年）。

出發點。因此，我認為，同樣是在「超現實主義」或「現代主義」的標籤
之下，臺灣詩人所主張的主義內容也已無法完全從西方的觀點來理解，同
樣的，我們也無法以西方現代主義的發生背景為指標來探討臺灣的現代主
義。因此有必要進一步爬梳這些主義主張從西方到日本而至臺灣的來龍去
脈，以及臺灣在接受外來的主義主張時考慮了什麼樣的歷史情境、文化與
社會背景，或是融入了如何的思考方式或創作手段等等問題。如此，我們
才有可能更貼近詩人們對於詩的中心議題，諸如「傳統／現代」、「抒情／
知性」、「現實／超現實」的辯證思考，並進一步掌握詩人在創作上的精
髓、營造與追求。否則，論者容易傾向只將重點放在其詩作是否反映了
「外在的現實」而忽略了「內在現實」風景的豐富性、以及詩人對於內／
外現實的交融與相互滲透的過程。

三、「主知」的「超現實主義」

　　如前所述，日本在 1920 年代之前便以極小的時差開始引進歐美的前衛
藝術風潮，並積極地展開實驗性的詩作。若從詩運動的軌跡來看的話，大
致上可將 1920 年代前半期視為「前衛詩」的時期，而後半則是由季刊詩誌
《詩與詩論》（《詩と詩論》，1928～1931 年，共 14 冊）所積極倡導的「新
精神」（日本 L'esprit nouveau）時期。而《詩與詩論》之稀薄的社會性、以
及專只強調以「主知」、「理性」的觀點來思考詩的問題等主張，不但是與
1920 年代前半時期最大的不同點，同時也是與法國 L'esprit nouveau、達
達、超現實主義等運動的決定性差異之處。由於超現實主義是做為一種新
興思潮，由歐美（主要是法國）連同當代幾種多到不可勝數的最「先端」
的文藝思潮而引進日本，然而做為一種「橫的移植」，因此同時也意味了與
形成此一潮流的土壤的切斷，以及不可避免地帶有與其他文學流派或主張
混雜的性格。而值得注意的是，楊熾昌在留日的 1930～1931 年間，也正好
是日本現代主義邁入「新精神」後期的多元融會時期。

　　法國超現實主義在文學上有其承續象徵主義之反對自然主義與寫實主

義的源流，透過夢與潛意識的探尋來恢復想像力的地位，並藉由與既成之藝術形式的對決來建構自主的藝術空間。而在整個的社會與思想上，則有對於以工具理性為中心所促成的工業急速發展、資本主義的進展與其所帶來的矛盾、階級的對立，以及在第一次世界大戰後跌落谷底的對於理性主義的懷疑為背景。而當時的日本未必不存在類似於西方社會的危機意識，日本明治維新以來的富國強兵政策，在經過了中日、日俄以及第一次世界大戰之後，確立了亞洲大陸這個龐大的市場，也促成了壟斷性資本主義的發達，並在日益高度的機械化之下，加速了人的異化與自主性的喪失。再加上 1923 年發生的關東大震災，幾乎是將老舊的東京市街夷為平地。而社會主義者的強權與對於朝鮮人的虐殺事件，也在在使得文學工作者處於不安、虛無與絕望的境地。於是在如此的背景之下，部分的詩人與作家便開始藉著西方的新觀念與新手法，試圖由表現方法上的變革來探尋、反映內部的精神危機。

　　但是，在面對既成體制或舊有傳統時，日本詩人們並沒有像西方現代主義者一樣，赤裸裸地挖掘出曾經孕育過自己的資本主義社會及其意識形態，或從「過去」取得活力的泉源的同時亦將之徹底粉碎，進而建立新的主體性的強勢作為。所以，日本的現代主義者少了明確的現代自我意識，對於「現實」也沒有全力拚搏的姿態。只是，日本詩歌的抒情傳統、以及語言的表現形式便成了詩人們所欲顛覆的首要對象。尤其是推動日本現代主義的大本營《詩與詩論》，便是集結了除普羅詩派以外的眾多年輕詩人與詩論家於一堂，他們在這本刊物上留下了為數可觀的實驗性詩作。《詩與詩論》雖然是集合了眾家不同風格的大鎔爐，但其在「主知」的新詩方法論上的追求，卻是步調一致，理念相同的。

　　「主知」的具體內涵或許因人而異，但是在《詩與詩論》的主編春山行夫那裡，所謂的「主知」是透過對於語言的操作來達成意象的純粹性，以知性的秩序來捕捉內心的風景，並藉以杜絕陷於感傷式的吟詠。換句話說，「主知」是做為一種詩作的方法，企圖透過對於語言有意識、有計畫性

的「知性操作」來到達變革的目的。春山的詩論受到阿部知二的主知文學論相當大的影響，他也經常引用馬克‧雅各（Max Jacob）的話來做為自己的寫作理念：「一篇好的作品是建立在作者觀念中的完全主知之上的」，而他在詩論上也經常提到：「吾人應追求秩序的藝術勝於事實的藝術。」而他自詡《詩與詩論》是日本史上（包括詩歌）第一個將「主知」概念引進文學的嘗試。他對於「主知」如此不遺餘力的大聲疾呼，正也是來自於日本傳統抒情、感傷主義的強大背景，若要衝決這因循的傳統，恐怕是不得不採取強烈手段而與傳統斷絕的。此外，「主知」將新的表現形式的創造稱為poésie（新詩法），所以《詩與詩論》在這個意義上，其實也就是提供當時日本詩壇新的詩型與方法論的實驗場域。然而，也正因為春山過分地將重點放在「主知」與 poésie 的概念上，而將他自己導向形式主義的道路。

　　反觀受到日本《詩與詩論》一派深刻影響的臺灣詩人楊熾昌，其在詩作當中並沒有出現類似像春山行夫一樣的形式主義或具象詩的實驗作品，雖然他以「超現實主義」為文學訴求的重點，卻也不曾鼓吹自動寫作、釋夢或自由聯想的技法。若以收錄在《水蔭萍作品集》的作品為參考基準的話，可以看出楊熾昌在書寫的風格上有隨時間而變化的傾向。尤其在「風車詩社」活動期間（1933 年 3 月～1934 年 3 月）所發表的作品，明顯地具有較強烈的實驗性風格，不但在語言上具有較大的破壞性，並且在意象上也是比較新鮮而猛烈的。如 1933 年 3 月的作品〈日曜日式的散步者〉：

　　　　我為了看靜物閉上眼睛……
　　　　夢中誕生的奇蹟
　　　　轉動的桃色的甘美……
　　　　春天驚慌的頭腦如夢似地——
　　　　央求著破碎的記憶。
　　　　青色輕氣球
　　　　我不斷地散步在漂浮的蔭涼下。

這傻楞楞的風景⋯⋯
愉快的人呵呵笑著煞像愉快似的
他們在哄笑所造成的虹形空間裡拖著罪惡經過。

而我總是走著
這丘崗上滿溢著輕氣球的影子，我默然走著⋯⋯
如果一出聲，這精神的世界就會喚醒另外的世界！

一顆椰子讓城鎮隱約在樹木的葉子間
不會畫畫的我走著聆聽空間的聲音⋯⋯
我把我的耳朵貼上去
我在我身體內聽著像什麼惡魔似的東西⋯⋯

地上沒背負著吧！
說夜一降臨附近的果園樹，被殺的女人就會帶著被脫的襪子笑⋯⋯
散步在白色凍了的影子裡⋯⋯

要告別的時間
砂上有風越過——明亮的樹影
我將他叫做有刺激性的幸福⋯⋯

　　這首詩很難以現實做為對應來理解，事實上，將語言與現實之間的對應鏈加以扯斷應該是詩人的意圖所在，因此，若是想要在詩中找出任何與現實的對應指涉恐怕也只是枉然。但儘管如此，這篇詩作的「超現實領域的描寫」企圖卻是相當明顯的。就在第一句的詩行中，詩人便明白揭示：「我為了看靜物閉上眼睛」。這句話與現實上「看」→「睜開眼睛」的對應是矛盾的，但詩人在這裡是預告讀者，他將「閉上眼睛」來捕捉心象的內容，記錄在不受外在現實世界的滲入下腦中所產生的各種幻覺和感受。於

是，詩人「驚慌的頭腦」努力地「央求著破碎的記憶」，試圖在夢幻的領域中找出詩的「奇蹟」。因此，第一段的內容「導讀」意味相當明顯，而姑且不論這篇詩作是否真的是以自動寫作等方式來紀錄，詩人對於超現實或夢幻領域的書寫意圖卻是無庸置疑的。

接著下來在詩中所出現的是一個接著一個、不斷移動的心象風景，而捕捉風景的詩人在心象中化作一位「散步者」。這位散步者所邂逅的第一個影像是「輕氣球」，他在「丘崗上滿溢著輕氣球」的「涼蔭下」走著，途中遭遇了許多超乎現實的場景：「哄笑所造成的虹形空間」、「讓城鎮隱約在樹木的葉子間」的椰子、「白色凍了的影子」、「帶著被脫的襪子笑」的女人……但是，所有的這些，亦如「散步者」自己所提示的，是存在於「精神世界」之中的。所以「散步者」必須小心翼翼，否則便會「喚醒」另外一個非屬精神的物質世界。而對散步者而言，這個精神世界是輕得像氣球、遍布陰影、「傻愣愣」、一個不小心就可能像刺穿的輕氣球一般消失無形的地方。但是在詩的最後，當要「告別」這段散步的旅程時，「散步者」留下了一句「有刺激性的幸福」來做為整個旅程的觀感判斷。

〈日曜日式的散步者〉中不斷出現的奇詭、超乎現實的意象，不禁令人聯想到西方超現實主義者們所常用的寫作技法，他們除了自動寫作之外，也曾於 1920～1923 年之間頻繁地進行了催眠的實驗。他們常常是一群人在黑暗之中，或坐或躺，然後任憑腦中的意象或幻覺奔馳，在半睡半清醒間任由潛意識的推動，想到什麼就說什麼，然後將之記錄下來。而從中產生的形象，根據參與者之一的阿拉貢（Louis Aragon）所說的：「我們無法指揮這些形象，反過來要受他們的支配和駕馭。」（《夢幻之潮》）而楊熾昌的這首詩，除了「夢境尋索」的導讀意味相當濃厚之外，那個在心象風景中不斷散步著的「我」也是一個具有高度一貫性的主體。詩中的「我」並沒有在奇詭的意象中消失、變形或與任何「他」者碰撞或衝突，「我」從頭到尾都不斷地走著、「日曜日式」地「玩著」。並且，這個「我」明顯地是一個帶有「意志」的主體：「我不斷地散步在……」、「我總是走著」、「我

默然走著……」、「我走著聆聽……」、「我把我的耳朵……」、「我在我身體
內……」、「我將它叫做……」等等。所以，儘管詩中的某些片段所呈現的
是超乎日常現實的邏輯，但是，透過這個一貫的中心主體的感官、作爲與
意志，全篇詩作在意象上仍然是形成首尾一貫的關係。因此，儘管這首詩
是對於夢境或幻覺的描寫，但在方法上，卻仍然可見其高度的主體意識與
「知性」的語言操作軌跡。

　　布列東在〈第一次超現實主義宣言〉（1924 年）當中提出自動寫作的
概念，做爲文學革命的嶄新表現手法。而這個方法所強調的是把寫作交由
精神的自動性來主導。當然，這是打破了歷來文學作品必須在主題、形
式、技巧或修辭等等的制約下來進行寫作的方法。超現實的寫作方式是要
讓精神在不受控制的狀態下，擺脫邏輯、文法的束縛，無視語言與現實的
對應，令語言和語言、句子和句子在任意、偶然的組合下創造出意想不
到、令人驚訝的文學世界。這種異質語言的結合手法，在更早的波特萊爾
或柯立芝（Samuel Taylor Coleridge）那裡已有類似的運用，但是對西方超
現實主義而言，浪漫主義或象徵主義詩人所強調的以隱喻或暗指的手法是
無法有效地創出意象的。布列東反對「藉由意識的努力來建構完美的作
品」，而所謂的詩的美感應是在自動寫作方法下所產生的意象碰撞。而且，
「不能說『思想抓住了』兩種存在著的現實之『關係』。……兩個名詞在某
種程度上是偶然的相互接近了，於是從中迸發出一種奇特的光芒，即形象
的光芒。」（〈第一次超現實主義宣言〉，1924 年），因此，只有令風馬牛不
相及的語群湊在一起，才能迸發出意象的火花。而法國超現實主義詩人的
「意象自由聯想」或「意象並置」（"juxtaposition of images"）手法比起象
徵主義詩人「將語意相差甚遠的語句組合在一起」的方式，可以說是更加
強烈、恣意狂放。而語群的組合再也不若象徵主義一般尚且保留了「一條
虛像的連鎖」（馬拉梅，《詩的危機》）關係，「語言和語言之間的相映襯托
效果」也不再是超現實主義者所追求的語言美學。作者任由語群的席捲、
入侵而產生變形、轉化，詩人的理性意志自作品中退出，令語言文字來主

導意象，作品形成一種開放的結構而令讀者參與詮釋的完成。

日本的「超現實主義教父」西脇順三郎終其一生都主張並具體實踐了他的「主知語言觀」，亦即，「無甚關聯的事物的連結」（遠いものの連結）、「相反事物的結合」（相反すろものの結合）的詩作手法。西脇往往是因爲這個詩作手法上的堅持而被認爲是超現實主義者，然而，他的「主知語言觀」系譜是源自培根《學問的進步》（"*Advancement of Learning*", Francis Bacon, 1605 年）中所提及的「將距離越遠的自然結合在一起，或將距離相近的自然予以分離，即是想像力的發源」。此外，西脇更是受到來自波特萊爾直接的影響，也就是將「超自然」與「反語、嘲諷」視爲文學的兩種基本特質，因此他始終自稱「超自然主義詩人」而非「超現實主義詩人」。因此，西脇雖然強調意想不到的語言結合或意象的碰撞，但是他更相信，也一再強調：「詩不是夢，而是完全有意識的心象連結」[17]。而這是西脇與西方超現實主義打從一開始就不一樣的地方，同時也是將日本超現實主義帶向另一個方向，也就是「主知詩」方向的重要關鍵。他認爲，詩既是有意識之下的產物，那麼，心智作用便扮演了非常重要的角色。西脇向來反對藉由藥物或酒來表現幻覺、夢境或潛意識，對他而言，文字藝術是透過「冷眼」直視的現實，是誕生於知性光輝的、由理性作用而產生的想像力的產物。西脇主知的文學觀大大地影響了日本的超現實主義思想，同時也是日本「主知超現實主義」的始作俑者之一。當然，西脇的文學觀追根究柢，還是必須植基於對「知性可以駕馭語言」的信任之上的。

四、「主知」的語言問題

楊熾昌在述及自身的超現實主義時明確地表示：「我把超現實主義從日本移植到臺灣」[18]，因此，其「影響系譜」的來源無庸置疑。另一方面，若

---

[17] 「詩は夢でない。全然有意識の心像の連結である」，見西脇順三郎，《超現実主義詩論》（東京：厚生閣書店，1929 年）。
[18] 同註 9。

從實際的詩作來考察，楊熾昌儘管在作品中出現了許多與現實邏輯不相對應的描寫，但卻不至於將意義從語言之中完全抹殺的程度。因此，「主知」並沒有像春山行夫「以書寫不具任何意義的詩，來實驗 poésie 的純粹性」，然其對於西脇順三郎的「主知語言觀」的詩作手法卻有著相當程度的共鳴與實踐。楊熾昌早期作品中，出現頗為頻繁的「風馬牛不相及」的語言結合，如〈月光和貝殼〉（1934 年 1 月）中片段詩句：「我的影子叩敲著屍體／女人的心臟是諧調於 13 海里的黑潮之貝殼的鼾聲」、「投射在你背上的影子就像布農族的冥想。／而你還把長統襪遺忘在鄉下車站。」〈demi rever〉（1934 年 3 月）的「流在蒼白額上的夢的花粉。風的白色緞帶／孤獨的空氣不穩」等等。這些語言和語言的意外碰撞，給詩帶來一種新鮮、激烈、神祕而富躍動感的形象。楊熾昌對於語言文字的看法曾如此表示：「其實文字只是一種表達思想的工具而已。」[19]

這段話主要是表達詩人當時使用日語創作的不得不然，但是在這裡仍然可以看得出來，詩人的「語言文字工具說」基本上還是認為，語言文字是可以被思想或知性所操作而達成文學的目的。語言既是做為思想的工具，當然還是必須在知性的作用下來發揮其功能。當然，這與布列東所認為的「思想的速度並不高於文字的表達速度」的觀念在基本是歧異的。而楊熾昌在詩藝之中有關語言與思想的辨證關係上，由如下的敘述可以更進一步地看出來。

> 我們怎麼裁斷對象、組合對象，就這樣構成詩的。這是詩人的精神祕密。在那裡詩會做暴風雨的呼吸，我認為被投擲的對象描繪的拋物線即是詩，然而我強求其組織的不完全。我認為詩的組織就是不完全的意義的世界走到完全的世界。[20]

---

[19]同註 1，頁 224。
[20]楊熾昌，〈燃燒的頭髮〉，《水蔭萍作品集》，頁 129。

　　我認為這段文字可以說是楊熾昌對於「詩是什麼？」的思考核心，同時也是他所認為的詩人之內在精神所在。這段文字裡的「對象」意指語言所對應的「自然」或「現實」。對他而言，其所關心的第一個層次的問題並不是那個被投擲的物體本身，而是那個物體被投擲時所畫下的拋物線的過程。而這個「被投擲的對象描寫的拋物線」，換句話說，就是「創造出詩的思考」，而這樣的思考本身才是「詩的對象」，同時也是「詩的內在事實」。因此，詩人所關切的，便是如何投擲那個物體，亦即，「怎麼裁斷對象，組合對象」的「創造思考」的問題。如「在哄笑所造成的虹形空間裡」在現實的對應上是莫名其妙的，但是，這組語言的運用造成了「組織體的不完全」，亦即語言與事實對應的不完全，因此，從語言意義之鏈與現實對應之間所存在的「不完全」的這道缺口中，便迸流興發出想像力的泉源。楊熾昌對於「想像力」的理論雖然著墨不多，然而，「主知」既是做為語言的操作手段，其究竟的目的乃是在於「想像力」的喚起。而「想像力」的復權，也才是令詩從「不完全」而走向「完全的世界」的「詩人的精神祕密」。楊熾昌在詩的變革上既不使用自動寫作等「非理性」或「自發性」的方法，因此，便必須以「主知」的思考，透過語言上的操作造成新的顫慄、意想不到的意象組合，而帶來想像力的飛翔。

　　若以「風車詩社」活動結束的 1934 年 3 月做為寫作風格上的分界，我們會發現從這個時期以後，楊熾昌對於較極端或混亂意象的語言操作有越來越收斂的傾向。並且，格式上亦趨於工整，首尾呼應的意象營造、語言和語言之間的意義或意象的作用關係亦有著相當大程度的保留。如書寫於 1935 年 3 月的〈靜脈和蝴蝶〉，可說是在意象上經營得相當完整的作品：

> 灰色的靜謐敲打春天的氣息
> 薔薇花落在薔薇園裡
> 窗下有少女之戀、石英和剝製心臟的
> 憂鬱……

　　彈著風琴我眼瞼的青淚掉了下來

　　貝雷帽可悲的創傷
　　庭園裡螳蜩鳴叫
　　夕暮中少女舉起浮著靜脈的手
　　療養院後的林子裡有古式縊死體
　　蝴蝶刺繡著青裳的褶襞在飛

　　這首詩在整體意象上的型塑雖然完整，但是在意義的對應上仍有許多
晦澀難懂的地方。詩人在詩中使用了幾組包含著對立概念或意象的詞語，
如：「灰色／春天」、「靜謐／敲打」、「少女之戀／石英／剝製心臟」、「螳蜩
鳴叫／浮著靜脈的手」、「古式縊死體／褶襞在飛」。首先，「靜謐」與「敲
打」這兩個詞語在意義與現實的對應上是呈現矛盾的關係，但詩人將之並
列在一起，雖然造成邏輯上的矛盾，卻也隱約帶出了一種詭譎、不安的前
兆。薔薇花的落下則預告了生命的消逝，於是，「少女之戀」這個應該是與
「春天」與「薔薇」呼應的意象卻結合了具有堅硬屬性的「石英」，以及與
代表生命被剝奪的、無生命血色的「剝製心臟」標本。在石英與心臟標本
這兩個屬物的意象之後再與帶有情緒性質的「憂鬱」相連結，而此時的
「憂鬱」一詞在如此的操作之下，造成其所喚起的情緒無所指涉，因而削
減了原本具有的感傷性質。但接著下來的「風琴」與「青淚」在意象上是
可以連貫的，風琴所喚起的聲音屬性結合了青淚在色彩上的透明青亮，交
織出一首藍寶石般的晶瑩輓歌。
　　而「貝雷帽」與「可悲的創傷」的連結是唐突的，將這兩組毫不相干
的物體與概念並置一起，令主體的「貝雷帽」與「可悲的創傷」在現實中
的對應關係接連不上，如此就產生了硬是將悲情的概念或所喚起的悲傷情
緒從語言中抽離出來的效果。於是，在螳蜩鳴聲嘈雜的紛亂之中，也在其
所烘托出的一片生命的躍動之中，一具已然了無生命、化作「靜物」的

「浮著靜脈」的「縊死體」在詩中浮現，這裡對死亡的描寫是「物化」而非傷詠的，所以也更增加了某種驚悚不安的感覺。詩作的最後，似乎有將「蝴蝶」與「刺繡著青裳」倒置而語法邏輯的意圖，但在這裡並不影響意象的營造，不管是蝴蝶在飛，或是衣裳在飛，其所烘托出來的動態形象，都是指向與「靜態的死亡」呈現一個鮮明的對比。

楊熾昌有意識地運用了語言與意象的「裁斷」與「組合」手法來構成詩的世界，一方面藉由這種語言操作所帶來的「意外性」烘托出鮮明的意象，而另一方面，則是將之做為避免落入抒情感傷的「絕緣體」來發揮，我認為，這正是詩人「主知」的精髓所在。

所以，我們若將楊熾昌所說的：「詩是從現實分離得越遠，越能獲得其純粹的位置的一種嘗試」[21]從他的思想脈絡上切割下來，很容易被解釋成為「逃避現實」。但是，在楊熾昌那裡，所謂的「詩」與「現實」的距離關係，指的應該是將現實意義上分離得越遠的語言組合在一起，越是能衝擊出詩的想像空間。詩人認為，在整個臺灣當時詩壇的大環境下，既然無法讓人有效地臨摹外在的現實，那麼，何不以「隱喻」的方式寫出？藉語言去引發、撞擊出一個新的詩世界，以隱喻烘托出另一層次的現實。

> 臺灣的文學就是由於圍繞著那一點分裂才變得進步的嗎？在政治的立場以前的事物當中，要鬥爭的事不是才更重要嗎？[22]

對楊熾昌而言，在臺灣當時乃是日本殖民地的大環境事實之中，在「日帝治安維持法」與「寫實主義備受日帝的摧殘」下，與其書寫「不著邊際……與生活意識相差甚遠」的「樣板作品」[23]，倒不如沉潛於詩的思考，尋求另一種更為本質的變革的可能性。因此，「在政治立場以前的事

---

[21] 楊熾昌，〈詩的化妝法──百田宗治著《自由詩以後》〉，《水蔭萍作品集》，頁191。
[22] 楊熾昌，〈臺灣的文學喲 要拋棄政治的立場──河崎寬康君的批判〉，《水蔭萍作品集》，頁118。
[23] 楊熾昌，〈回溯〉，《水蔭萍作品集》，頁227。

物」，換句話說，就是對於詩「應如何思考」問題上的鬥爭，如何掙脫傳統的桎梏、文學的陳腔濫調，如何透過心智的運作而以語言重組嶄新的文學世界，是他身為詩人的最大課題。

五、「現實／超現實」「主知／抒情」的雙邊對話

儘管如此，楊熾昌並不是離開了「臺灣」這個大前提而來建構詩的世界的。相反的，他也尋求將「臺灣」做為激發詩人想像力的可能性，以現代的語言來重新發現、建構臺灣的意象：

> 我們居住的臺灣尤其得天獨厚於這種詩的思考。我們產生的文學是香蕉的色彩、水牛的音樂，也是蕃女的戀歌。19 世紀的文學生長於以音樂的面紗覆蓋的稀薄性之中，現代 20 世紀的文學恆常要求強烈的色彩和角度。這一點，臺灣是文學的溫牀，詩人也在透明的幔幕中工作。我想牧童的笑和蕃女的情欲會使詩的世界快樂的。[24]

這應該可視為是詩人試圖將這種思考「本土化」的嘗試，因此臺灣也可以是詩人創作上的「詩的現實」。而散文詩的實踐之作：「太陽完全使島嶼明亮，香蕉的聲響與水牛之歌和海風和濤聲從窗戶進來夢見仙人掌之夢，映照於銀沙之星在西瓜背上私語著光輪的囁囁，福爾摩沙的乞丐們彈月琴唱著人間的黃昏，渴望銀幣和銅幣。」[25]的意象則完全是非常臺灣的。詩人並沒有以情緒性的方式詠歎臺灣的美麗或悲情，卻以不合邏輯的語言秩序巧妙地建構出臺灣風物與生活片段的現實。在這首詩當中，熱帶的島嶼風情化作各種趣意盎然的聲響，而太陽、星辰、與乞丐的渴望在福爾摩沙的天空下閃閃發光。

而另外一篇寫於較早時期、超現實色彩也相對較濃厚的作品〈幻影〉

---

[24]同註 20，頁 127。
[25]同註 20，頁 131。

（1933 年 2 月），是一篇不容我們忽視的殖民情境書寫作品：

A.

擊破被密封的我的窗戶

侵入的灰色的靡菲斯特

哄笑的節奏在我的頭腦裡塗抹音符

B.

臥在牀上的女人

病了的他妻子蓋著紅亞麻布在唱

說是舞蹈著的青色天使的音樂——

C.

墮落下來的可怕的夜的氣息

被忽視的殖民地的天空下暴風雨何時會起……

是消失於冷笑中凶惡的幻象……

　　詩題雖是「幻影」，但意象卻是非常清晰、迫近而又力道十足的。A 段詩中「擊破」、「侵入」、「塗抹」隱含的是使人無力招架的暴力；被擊破的「窗戶」與「哄笑的節奏」則帶出刺耳、尖銳的音響形象。B 段詩中「紅亞麻布」與「青色天使」的鮮豔色彩與前段的「灰色的靡菲斯特」形成兩極的對照關係，但是斑斕色彩的背後卻是瘋狂與病態的幻覺呈現。C 段中飄搖、黑暗、充滿不確定感的情緒則與「被忽視的殖民地」的意象相結合，交織出一幅幾乎是可以由肉體感官感覺得到的殖民統治下的精神危機構圖。

　　〈燃燒的頭髮〉裡的散文詩，呈現的是在自然風物中熠熠生輝的臺灣形象，而〈幻影〉則是殖民情境下隱隱流動著錯亂、不安、充滿暗夜氣息

的臺灣。這正是楊熾昌自身所謂之「以隱蔽意識的側面烘托」[26]的「隱喻」書寫方式，由此可知，臺灣的風貌與命運，畢竟都還是詩人所關照的對象。雖然楊熾昌大部分的詩作是以自然風物的寫景寫意成分居多，但是我們仍然可以在作品的片段中發覺詩人隱隱透露出的危機意識。在個人方面，年輕女友的自殺，與大環境下臺灣的殖民事實，是詩人所遇過的精神危機，而這些危機也時而化作各種不同的意象在詩中出現。

　　因此，儘管楊熾昌以「裁斷」、「組合」、「相反事物的對照」等方式來建構「超現實」的寫作方法，但他在「外在的現實」並不是完全疏離的。只不過，這外在的現實經過了詩人的意識運作、透過了語言的「主知」操作之後而重新被賦予生命和形象，在詩中政治，在想像力的暴風雨中呼吸。如前所述，〈靜脈和蝴蝶〉不僅在意象的構圖上是完整而清晰的，並且也不排除與楊熾昌個人的「生活現實」有所對應的可能。「主知」在〈殘燭的火焰〉中提及曾與某位患有「胸疾」（應為心臟疾病）的日本女性相戀，但此位女性卻「在 19 歲的秋天自殺了」[27]。

　　而同樣是有關自殺者的描寫，在翌年〔1936 年〕還有一首〈蒼白的歌〉，可與〈靜脈與蝴蝶〉做為對應來比較：

老了的天空裡
沒有月亮的回憶被空白的花埋沒
我底詩在季節風中一片片
溶化下去
窗下，遍片地蟋蟀在哭泣
創傷的心靈的風貌白蒼蒼的
在黃昏彈奏的風琴
儘是飄散無蹤的詩……

[26]同註 23，頁 224。
[27]見楊熾昌，〈殘燭的火焰——回憶燒掉的作品和女性的羅曼史〉，《水蔭萍作品集》，頁 234。

蝴蝶飄揚

在攫怖於自殺者的白眼而飄散的病葉的

音樂之中

我將患上風景的傷風

　　楊熾昌在中、後期的作品中，有著較前期更爲明顯的抒情性。這首詩在語言操作與意象的關聯上都是很順理成章、沒有太多驚奇的。「老了」「天空」在時空概念上的對應、「蟋蟀在哭泣」與「創傷的心靈」的哀傷情緒、「白蒼蒼」和「飄散無蹤」所暗指的蒼白無常性等等，通篇詩作並沒有出現語言和語言、或語言與現實對應上的衝突或顫慄。比起前作，這首〈蒼白的歌〉在「組織體」上並沒有太大的「不完全」，同時也的確是比較蒼白而抒情的。因此在詩的最後，詩人有點唐突地以嘲諷的口吻說出：「我將患上風景的傷風」。而這突如其來的一句倒是小有將感傷抒情翻轉過來的意圖，詩在「季節風中一片片／溶化下去」，而詩人也在這樣的書寫情境中患上了「傷風」。這或許可視爲是楊熾昌在抒情感傷之餘而又不忘小小詼諧一番的「主知」態度吧！

六、楊熾昌的象徵主義美學

　　當時年輕的霸氣是在企圖前衛的藝術性中，得以舒緩地伸展率直的抒情的，從散文詩中故事的幻影重疊的形象和暗喻，帶著愉悅的音響，煞像披靡於什麼涼風的夢似地搖曳著，我一閉上眼就在眼瞼底下感到明亮的水在搖蕩，從無意識裡初醒，本能的衝動先被變成鮮麗的圖形，又回歸無意識。[28]

---

[28]同註 8，頁 219。

　　這段文字可以說是楊熾昌在詩作方法上的一個重要宣示，「主知」在文中提到了「無意識」等詞語，指的應該就是超現實領域的書寫，但更值得注意的是「率直的抒情」、「幻影重疊的形象」、「暗喻」、「愉悅的音響」等等要素，其實也應當是包含了象徵主義在內的表現美學。而類似的內容也可見於致日本友人中村義一的書信之中：

> 我所主張的聯想飛躍、意識的構圖、思考的音樂性，技法巧妙的運用和
> 微細的迫力性等等，對當時的我來說，追求藝術的意欲非常激烈，認為
> 超現實是詩飛翔的異采花苑。[29]

　　這段描述令人聯想起波特萊爾在《巴黎的憂鬱》序文中所提到的：「在那野心勃勃的日子裡，我們之中誰不夢想一種散文詩的奇蹟？沒有節律，沒有韻腳，卻充滿音樂性；柔軟的，同時也是時斷時續的，它適合靈魂的抒情的躍動，夢想的波動起伏，以及意識的飛躍……」[30]。比起超現實主義的「不知道語言、動詞、比較、思想和語調的變化是何物，也不去構思作品的時間結構及其結局，不問半句為什麼寫和怎樣寫……」[31]，楊熾昌所強調的「意識的構圖」、「音樂性」與「技法巧妙地運用」可以說是與法國超現實主義有著相當大的距離，但毋寧是更接近象徵主義的。而眾所周知，法國象徵主義詩人藉由暗示、或透過某些象徵來喚起人的直覺與感受，並以語言所喚起的意象或意象群來烘托出「直接的語言所難以表達的現實」。此外，將詩與音樂性結合也是象徵主義詩人所追求的境界，尤其是到了後期的馬拉梅，更是排除了波特萊爾的情感與感覺等要素，而強調了純粹的知性與音樂性構成。其實，若一一檢視楊熾昌的實際詩作，除了超現實主義的風格之中，我們還可以窺見屬於象徵派的詩風與特色貫穿其間。

---

[29]中村義一，〈臺灣的超現實主義〉，《水蔭萍作品集》，頁292。
[30]根據粟津則雄著，《ランボオとボードレール》，頁48所翻譯。
[31]引自柳鳴九主編，《未來主義　超現實主義　魔幻寫實主義》。程曉嵐著，〈超現實主義評述〉，頁142中對於納多《超現實主義文獻》頁271的引述。

　　然而楊熾昌並未宣稱自己是象徵主義詩人，其原因或許就如林亨泰在〈《現代詩季刊》與現代主義〉一文中所提到的：「至於象徵主義，在日據時代的臺灣不可能有人會提倡此類主張的，因爲自從受到上田敏名譯詩集《海潮音》的影響，象徵主義早已成爲日本詩壇的主流，……所以，日據時代的臺灣可能會有人提倡超現實也不會看到會有人主張象徵派的，其主要原因即在此。」[32]而楊熾昌在引進當時最爲前衛的超現實主義的同時，其本身在詩作的實踐上，例如詩語言的操作以及題材的呈現（頹廢風格、惡魔主義或耽美傾向）上等等，也明顯有著波特萊爾等象徵主義詩人的蹤跡。而書寫於 1935 年的〈秋之海〉，是一篇充滿著顏色、形象與海畔風情的作品：

　　　　海溶化的綠寶石上
　　　　海鷗羽音裡載著詩

　　　　飛上我的心之窗
　　　　但青色的百葉窗再也不開
　　　　手帕的一角刺繡的文字
　　　　環爬我回憶之緣的螃蟹

　　　　在海上划線的船的水路
　　　　秋天將無聊的空間染成彩色
　　　　午後，我垂釣的線上
　　　　釣上徒勞的時間

　　這是一首有著動畫般效果的詩作，當中運用了許多場景的跳躍和剪接，從「海→綠寶石→海鷗→心之窗→百葉窗→文字→螃蟹→船→水路→

---

[32]林亨泰，《找尋現代詩的原點》，頁 249。

彩色的空間→垂釣的線→徒勞的時間」，每一個場景之後緊接著幻化出另一個場景，而每個場景之間都是環環相扣，一氣呵成。儘管每個詩行都可以當作獨立的場景來看，詩行與詩行之間也未必有意義或邏輯上的連貫，但是語言的組合卻是一致指向主題「秋之海」的統一意象，換句話說，語言和語言都是朝著主題呈「向心」的方向來運動。在這裡，我們可以看到作者站在那個「向心」的中心位置所對於語言的細心經營。

在向心運動的過程中，〈秋之海〉的語言同時也呈現出相互繼起的對應關係：「海」對應「綠寶石」，「羽音」對應「詩」，「手帕」對應「回憶」，「文字」對應「螃蟹」，「垂釣的線」對應「徒勞的時間」等等，透過這些對應之鏈，逐步喚起讀者的直覺、感受與共鳴。這樣的手法在波特萊爾著名的詩篇〈萬物照應〉（"Correspondances"）中有過經典性的闡釋，波氏認為自然是一個可以不斷類比的系統，語言的指涉可以擴張，形成言外之意的延伸。因此透過象徵的有效運作，以及感覺的聯想作用，詩人可以達到一種神祕的統一境界。而詩人所扮演的角色彷若是預言家或靈媒，透過語言及其類比關係的宇宙漩渦，喚起五感的交融（synesthesia），去趨近那更為本質的存在。當然，話說回來，這種對於語言的信任（儘管象徵主義詩人不認同寫實主義之語言可以反映外在現實的可能性），到底還是必須有著對於知性與自我意識的信賴與自負為背景的。

而象徵主義詩人所經常使用的時空疊錯、虛實交融，感官作用一觸即發的意象營造等等的詩作手法，也在楊熾昌的作品中頻繁出現：

　　風擴伸發狂的無數的手
　　追求著緋紅的香味
　　火似的颶風
　　在遙遠的火焰裡投向月亮的箭
　　消失成一條火

　　　　　　　　　　　　——〈月的死相〉第一段，頁111

　　燭臺的窗裡看得見的

　　夜底祕密是

　　花、果實、寶石、爬蟲類……

　　啊飄落在死相上的甲蟲翅膀的聲音

——〈月的死相〉第五段，頁 112

　　比起同時期的臺灣詩人，楊熾昌無論是在詩語言的豐富性，以及意象的型塑、變形、置換上可以說是已然煉成了「語言的煉金師」的大師級功力。如第一詩段中無形無色無味的「風」，是如此巧妙而又自在地幻化成為「手」、「緋紅的香味」、「颶風」、「投向月亮的箭」甚至是碎裂燃燒成為一道「灰」燼；而「發狂的」、「緋紅的」、以及「火焰」所營造出來的逼真也是令人歎為「觀」止。而在另一段的詩當中，短短的文字，便足以教讀者充分感受到「夜」的色澤、味道與聲響，以及其所喚起的「死亡」意象。

　　除了技巧之外，我們也可以在詩作當中找到楊熾昌對於「耽美」、「頹廢」等題材的偏好，其中，「少女」、「死亡」、「海」、「孤獨」、「蒼白」、「馨香」和「敗北」等意象更是頻繁地在詩作中出現，而這些意象也與波特萊爾所經常表現的主題頗有神似[33]。波特萊爾文學上的「現代性」，是交錯在「主知」熱烈地追求屬於當代的美感，以及執意於逃離布爾喬亞的凡俗日常之間的，透過娼妓、撒旦、乞丐、老婦的描繪，他達成了從市民社會的倦怠中逃脫的渴望，也完成了現代美學的構圖。波特萊爾提出美的相對性概念：「所謂現代性，是一時的、變動不居的、偶然的，而這些特性是構成藝術的一半；另外的一半，則是恆久不變的」[34]。波特萊爾是第一個將「現代性」納入藝術論述的文學家，他並清楚地將「現代性」界定為流動的、變幻無常的當下每個時點。因此，這流動易逝、帶有「流行」（"mode"）要

---

[33]例如莫渝在《法國十九世紀詩選》將波特萊爾作品中所經常表現的主題分為「憂鬱」、「愛情與縱慾」、「馨香」、「巴黎」、「宗教與撒旦」、「死」、「女人」等七項。

[34]譯自《モダニズム研究》對於《ボードレール全集》VI 頁 138 的引述。

素的特點，也預告了「現代」美學必須是求新的、不斷追求獨創性的，而且是與過去斷絕的。

而在楊熾昌那裡，其耽美與頹廢風格追求[35]的顯性目的，是為了建立新的美學可能，以及開拓文學的新領域。對楊熾昌而言，「美」的概念再也不是傳統上與「真」或「善」的連結，無所謂的「永恆」或「崇高」，也不再是附屬於道德或人生的某些目的而存在。他曾說：「於娼婦的世界，瞬間的行為是精神上清豔的有心體：美不是皮相的，存在於其深處的纖細性，會在某時間出現。」[36]對他而言，「美」可以說是主體在超越事物物象、超越現實的地點所抓住的某個「心靈上的感動片刻」，亦即所謂之「美的片刻」，也是十分接近波特萊爾所謂之構成現代美感的要素。這種對於美的看法與追求，相信在當時的臺灣是非常前衛而大膽的。當然，隱藏在這種嶄新美學底下的，也是一種「惡魔」主義式的反抗精神：既是向舊有的社會道德（這裡也應包括了殖民統治者所認為的良民道德在內）提出質疑，同時也是與文學傳統的「良風美俗」與「美感形式」展開挑戰。

然而，楊熾昌在「頹廢」、「耽美」等風格上的傾斜，主要是為了要尋求、建構屬於現代的美學自主性，但他所藉以達成的方式，仍然是透過有意識的自覺性方法來構成詩的完美之境：

> 現代詩的完美性就是從詩作法的是用來創造詩，非創造出一個均勻的浮雕不可。所謂詩的才能就是於其詩的純粹性上，非用最生動的知性之表現不可。
>
> ——〈土人的嘴唇〉，頁142

梵樂希（Paul Valéry）曾在他「純粹詩」的演講中一再強調：「詩絕對

---

[35] 楊熾昌有關「耽美」與「頹廢」看法與當時所不被認同的情形於〈殘燭的火焰——回憶燒掉的作品和女性的羅曼史〉，《水蔭萍作品集》，頁231～246 中多有闡述。
[36] 楊熾昌，〈殘燭的火焰——回憶燒掉的作品和女性的羅曼史〉，《水蔭萍作品集》，頁240。

必須具有主知的構成」。也就是以精巧的布局、深思熟慮的隱喻，來塑造詩的純粹性。這也意味著，詩人的意志、知性仍是主導詩作的靈魂。梵樂希認為：「沒有技巧，就沒有天才」，而在某個程度上，這也是楊熾昌對於主知主張的最佳寫照。布列東在早期對於梵樂希的主張有著相當大的共鳴，但兩人的立場在「主知」的觀點上畢竟是南轅北轍的，而這正也是超現實主義與後期象徵主義在理念上的分歧點。梵氏致力於在知性的基礎上雕琢詩的完美與純粹，而超現實主義者卻認為「詩的完美性，無非是一種怠惰」。從這一點來看，楊熾昌的「主知」系譜，其實沒有西方超現實主義的淵源，而無論在精神上或部分的技巧上，卻是比較接近象徵主義詩人的。

七、結語

西方現代主義的發生背景與都市息息相關，在都市化（現代化）的過程中，伴隨而來的是生活上與意識上的巨大變化，而這種變化反映在紛然眾多的文學藝術派別之中的，既有對於現代工具理性持樂觀態度的，如阿保里奈爾與未來主義的馬里內蒂之對於機械與技術的崇拜、對於速度的歡呼；也有在急遽變化的現代都會中深刻體驗了自我的分裂、理性主體的不連貫性與社會連帶感的喪失，於是有超現實主義的潛意識探索、喬伊斯的意識流以及卡夫卡的變形與疏離主題等等。

而臺灣的「現代主義」雖是移植自外來的文學思潮，但是做為一種文藝革新上的啓發與養分，因此不免配合了本土社會背景的意識形態而融會揉合了更為廣泛的現代主義要素，如眾詩人對於「主知」的強調使是一個明顯例子。如前所述，「主知」在文學上誠然有其錯綜的系譜，但是，「主知」的概念在亞洲如日本、臺灣甚至中國都能夠得到廣泛的認同，除了是針對過往詩歌美學上的感性、感物傳統的反動之外，相信更是與彼時的亞洲國家在工具理性上仍落後西方有一大段距離的事實有關。而當時社會上一般所謂之「現代化」概念，無非是與自由、民主、科學，以及自我的覺醒、理性的追求緊密相連的。尤其是當時已淪為殖民或半殖民地區的臺灣

和中國，對於理性或知性的追求與讚揚遠遠大過於對其所可能帶來之毒害而產生的懷疑。

　　因此，在楊熾昌那裡的「主知」不但是做爲「現代」標竿的一種態度，更是一種藝術的構成手段。儘管楊熾昌是被冠以「超現實主義詩人」，但細究其作品，我們其實是可以看出紛然多樣的各種風貌。其在作品的呈現上，有初期較爲濃厚的前衛、實驗性風格，也有中後期轉向趨於統一、整然、首尾一貫的詩作。在作品的構成上，有象徵主義的技法，也有超現實主義的企圖；既有主知的語言操作痕跡，司場盛宴。

參考書目：

・楊熾昌著；葉笛譯；呂興昌編，《水蔭萍作品集》，臺南：臺南市立文化中心，1995年。

・林亨泰主編，《臺灣詩史「銀鈴會」論文集》，彰化：磺溪文化學會，1995年。

・林亨泰，《找尋現代詩的原點》，彰化：彰化縣立文化中心，1994年。

・山崎正一、市川浩編，《現代哲學事典》，東京：講談社，1993年。

・粟田賢三、古在由貴重編，《岩波哲學小辭典》，東京：岩波書店，1979年。

・長谷川泉、高橋新太郎編，《文芸用語　基礎知識》，東京：至文堂，1976年。

・Malcolm Bradbury and James McFarlane; Penguin Books 1986（橋本雄一譯，《モダニズム》I、II，東京：鳳書房，1990年）。

・濱田明，《モダニズム研究》，東京：モダニズム研究會，1994年。

・原子朗編，《近代詩現代詩必攜》，東京：學燈社，1988年。

・中野嘉一，《モダニズム詩の時代》，東京：東京文館出版，1986年。

・佐藤朔，《モダニズム今昔》，東京：小沢書店，1987年。

・鶴岡善九，《日本超現實主義詩論》，東京：思潮社，1970年。

・陳明台，《「詩と詩論」研究》，臺北：笠詩社，1980年。

・Andre Breton 著；森本和夫譯，《シユールレアリスム宣言集》，東京：現代思潮社，

1989 年。

・Yves Duplessis 著；稻田三吉譯，《シユールレアリスム》，東京：白水社，1988 年。

・柳鳴久主編，《未來主義超現實主義　魔幻寫實主義》，臺北：淑馨出版社，1990
年。

・西脇順三郎，《西脇順三郎詩選集》，東京：思潮社，1972 年。

・Henri Peyre 著；堀田鄉弘、岡川友久共譯，《象徵主義文學》，東京：白水社，1983
年。

・窪田般彌編，《現代フランス詩論》，東京：思潮社，1976 年。

・粟津則雄著，《ランボオとボードレール》，東京：第三文明社，1975 年。

・平井啓之，《ランボオからサルトルへ》，東京：講談社，1989 年。

・上田保，《象徵主義の文學と現代》，橫濱：上田シズエ，1977 年。

・謬塞、波特萊爾等著；莫渝編譯，《法國十九世紀詩選》，臺北：志文出版社，1978
年。

・劉紀蕙、周英雄編，《書寫臺灣》，臺北：麥田出版社，2000 年。

・葉笛，〈水蔭萍的 esprite nouveau 和軍靴〉，《創世紀詩雜誌》第 129 期，2001 年
12 月。

——選自《府城文學獎得獎作品專輯》
臺南：臺南市立圖書館，2002 年 12 月

水蔭萍作品中的頹廢意識與臺灣意象

◎徐秀慧*

> 所有的文學都從風俗開始哪。像這蓮葉的黑帽子裡滴著靈感……
>
> ——西脇順三郎

一、前言

　　翻開日據時期的臺灣文學史，在以反帝、反封建爲主要課題的抗議文學傳統中，乍現 1933 年水蔭萍（本名楊熾昌）創辦的風車詩社，以前衛之姿提倡超現實主義詩風，無疑教人驚歎：「臺灣這麼早就能產生超現實主義的前衛藝術嗎？」但若不孤立地看這「橫的移植」的新詩實驗的出現，驚喜於它的「前衛性」與「世界性」；而是進一步探討它興起的原因及其創作意識，並分析它與日本、西歐超現實主義的差異，將發現它仍印刻著殖民地文學的烙印。

　　目前有關水蔭萍的研究，在羊子喬、陳明台、葉笛、呂興昌的文章中，[1]初步闡明了水蔭萍提倡的超現實主義詩風與日本新詩運動的關係，並且對水蔭萍引進了與世界同步的前衛藝術，開拓新詩在形式與思想上的變革，給予相當的肯定。劉紀蕙則著眼於殖民主義下水蔭萍個人主義書寫的必要性，她對水蔭萍的評價是：在臺灣 1930 年代的文學場域中，對照強調

*發表文章時爲彰化師範大學國文學系助理教授，現爲彰化師範大學國文學系副教授。

[1]羊子喬，〈移植的花朵〉，《蓬萊文章臺灣詩》（臺北：遠景出版社，1983 年），頁 39～57。陳明台，〈楊熾昌・風車詩社・日本詩潮——戰前臺灣新詩現代主義的考察〉與葉笛，〈日據時代臺灣詩壇的超現實主義運動〉，以及呂興昌，〈《水蔭萍作品集》編序〉，皆收錄在楊熾昌著；呂興昌編訂，《水蔭萍作品集》（臺南：臺南市立文化中心編印，1995 年）。

大眾、鄉土以及反殖民立場的文學主流，水蔭萍以「非主流」的現代主義文學異軍突起，一方面抗拒了民族主義、社會主義召喚大眾化、集體性的組織化的運作，另一方面也以文字實踐對殖民主義的抗拒。同時，水蔭萍在作品中自覺地呈現臺灣風土色彩，展現了被殖民處境的「本土意義」。[2]

　　在這些評價立場以外，筆者想試著從社會關係的角度，討論水蔭萍作品中反映的殖民地菁英意識形態，提供另外一種觀看水蔭萍的視角。筆者討論的焦點在於：1.儘管水蔭萍的現實主義在反帝、反殖民爲主流的日據期文學中，無可諱言地具有異質的風采；但我們看待這個非主流的前衛藝術，不能只闡述它的特殊性，還應該探究它發生的原因；那麼我們將發現不像它的源頭──西方的現代主義──是叛逆資本文明體制的產物，反而與日本帝國資本主義的殖民體制有密不可分的關係。2.分析水蔭萍「去政治化」的文學思想與文學表現。水蔭萍作品中雖然羅列了一些臺灣風土的意象，卻是以一種「異鄉人」的視角，在藝術的象牙塔裡幻想著「鄉土臺灣」，內容是無根而抽象的，缺乏與社會現實聯繫的基礎，難以凸顯其「本土意義」的自主性，也無從抵拒殖民主義。這種「異鄉情調」的鄉土觀，甚至有淪爲殖民主義的一部分之虞；進入戰爭期以後，殖民統治階層所提倡的「外地文學」論，以及《民俗臺灣》的編輯理念，就是從「異鄉情調」的邏輯發展出來的鄉土藝術，可說是這種傾向最好的例證。

二、日本殖民體制下的頹廢文學

　　從 1920 年代開始，臺灣新文學的開展由一批從事文化啓蒙運動的知識分子所帶動。這批知識分子往往受過漢文教育，例如；賴和、楊守愚、陳虛谷、楊雲萍等，他們都能用中文創作。繼他們之後的另一批知識分子，例如：楊逵、呂赫若、王詩琅、王白淵、吳新榮等，在漢文書房教育漸趨沒落時，他們主要受日文教育成長，但由於受到民族自決、社會主義等等

---

[2] 劉紀蕙，〈變異之惡的必要：楊熾昌的「異常爲」書寫〉，《孤兒・女神・負面書寫》（臺北：立緒文化出版公司，2000 年），頁 190～223。

世界性政治思潮的影響，依舊參與了殖民地的抗爭運動這兩批知識分子，從 1920 年代就開始陸續在社會、文化層面進行反殖民體制的運動。進入 1930 年代，因爲日本軍國主義的抬頭，政治、社會與文化運動及受到全面的整肅與壓制。情勢所迫，他們無法實際參與政治性公共領域的社會建設，但仍然集中在文學陣地聯結勢力，希望藉此繼續追求民主、自由及改革社會的理想。

　　同時，也是在 1930 年代中葉，逐漸出現另一種知識分子的形象，例如：龍瑛宗、翁鬧、吳天賞、巫永福等等，當然，風車詩社的水蔭萍、林永修等也是屬於這一類型。他們雖然同樣受日式教育成長，但是相較於前一類社會改革型的知識分子，他們更多的受到現代主義文藝思潮的洗禮。他們登上文壇時，已經是在社會運動遭到大整肅之後，他們希望藉文藝創作提昇臺灣文化水平，期望躋身於日本文壇，企圖擺脫殖民者對臺灣文化水平低落的歧視。施淑曾在〈日據時代臺灣小說中頹廢意識的起源〉、〈感覺世界〉兩篇論文裡[3]，詳論了這一類型的作家。她分析他們和殖民體制的關係，並深入探討他們走向現代主義頹廢藝術的社會背景。施淑指出，其中決定性因素是殖民地早熟的資本主義經濟社會結構，再加上這些受殖民教育成長、留學日本的知識菁英，因傾慕殖民主國的現代化，懷抱著特殊的（日本、臺灣）雙鄉意識。這類作家的頹廢意識反映在他們作品中的知識分子形象上，他們：

　　留學日本或從日本歸來，對日本懷有濃厚的鄉愁，不能適應臺灣農村及市鎮生活，厭惡傳統也厭惡資產階級的功利氣味，在自己心裡築起愛情的、藝術的、知識的堡壘。[4]

[3]施淑，〈感覺世界〉、〈日據時代臺灣小說中頹廢意識的起源〉兩文，收入《兩岸文學論集》（臺北：新地出版社，1997 年），頁 84～120。
[4]同上註，頁 115。

　　而水蔭萍顯然契合於這類知識分子的身世面貌。受到施淑上述兩篇論文的啓發，本文即以雙鄉意識爲立論基礎，探討水蔭萍作品之頹廢意識的起源，並進一步探討「鄉土臺灣」在水蔭萍作品中的意義。

　　1930 年，水蔭萍參加佐賀高校法文科入學考試落敗以後，在東京放浪三個月，頻繁出入喫茶店。就是在這裡，水蔭萍結識了日本新感覺派作家龍膽寺雄、岩藤雪夫，並經由他們的介紹，到大東文化學院攻讀日本文學。在 1984 年的回憶文章中，水蔭萍還「追憶似水年華」地提起東京的喫茶店：「在那裡喝茶，聽音樂，以好奇的眼光繼續看著聚集於喫茶店（即現在的咖啡店）的文人們在暢談的姿影」。詩人水蔭萍認爲這是「產生新的生活，產生新的語言和樣式的地方」，在那裡「感受到雄辯的微妙而又複雜的詩的情緒或生命躍動」、「室內不論照明和家具和空間，在色彩，幾何學式的都非常讓人尖銳地滿足近代人嗜好的店鋪」。水蔭萍甚至認爲光是從「透明之家」這樣的店名，就可以找到「滿足近代精神的希望」。[5]日本帝國資本主義現代化的生活情調，浮現在東京的喫茶店裡，類似西方文藝沙龍——文人聚集，雄辯著現代藝術的氣氛，無疑讓水蔭萍感受到與世界同步的時代新氣象。這樣的文化氣息對來自殖民地南臺灣的水蔭萍而言，就是「新生活」的開始，就是「現代化」的表徵，東京雖然不是推動現代藝術浪潮的聖地：巴黎，但也去之不遠了。從水蔭萍這些回憶文字，對於「新」生活、「新」語言的揭幕，可知他從東京現代都會生活體認到的現代精神，其實是出於對資本主義發展的都市文明的憧憬。

　　呂正惠在分析「皇民化」（日本化）與「現代化」的糾葛時，舉 1950年代白色恐怖的犧牲者葉盛吉爲例，指出葉盛吉曾回憶第一次到日本遊覽時，嚮往京都、奈良的名勝古蹟，與東京、大阪的繁華，於歸途的航船上，每一回想，流連之情，油然而生，滿足了 17 歲的好奇心。[6]日後由於

---

[5]見楊熾昌，〈殘燭的火焰〉，《水蔭萍作品集》（臺南：臺南市立文化中心，1995 年），頁 231～246。以下水蔭萍作品皆出自本書，直接標明篇名與頁數，不另作註。
[6]楊威理著；陳映真譯，《雙鄉記》（臺北：人間出版社，1995 年），頁 35～36。

長期在日本讀書的異鄉經驗，與戰爭末期的閱歷，葉盛吉才逐漸反省「皇民化」的問題，克服了對日本「現代化」的傾慕。呂正惠指出日據期臺灣知識分子鮮少有機會到更先進的歐美留學，唯一可選擇的中國大陸又不及日本（特別是東京）現代化，當日本成為他們最主要的「留學」場所時：

> 日本就「壟斷」了臺灣知識分子的「現代化」視野，使他們在無法比較的情形下，不知不覺地就把日本當成最現代化的國家，從而把「現代化」與「日本化」相混而論。[7]

他們尤其嚮往東京，把東京視為現代生活的楷模。留學東京的臺灣菁英分子對日本現代化的嚮往之情，產生了雙鄉意識，臨回臺之際，對殖民宗主國現代文明懷著鄉愁的心理。

這樣的雙鄉意識在當時的小說裡都可以輕易找到鮮明的例子，王昶雄〈奔流〉的小說開頭，因父親逝世才被迫返臺開業的診所醫生，難耐鄉間無聊、單調的生活，常以寂寞心情回憶起離開生活十年的東京，難捨的也是首善之區繁華的現代生活。[8]翁鬧的〈殘雪〉裡，留學東京的主人公「我」，因醉心於演劇事業，不惜放棄高等文官考試，當他徘徊在選擇返臺替被逼婚的女友解圍，還是去尋找被強迫回北海道鄉下的日本女友時，他突然興起的念頭是：

> 北海道和臺灣，究竟那個地方遠？他記得地圖上北海道比較近，但他發覺在內心這兩個地方都同樣遠。[9]

---

[7]呂正惠，〈皇民化與現代化的糾葛〉，《殖民地的傷痕——臺灣文學問題》（臺北：人間出版社，2002 年），頁 36。

[8]詳見呂正惠的分析，同上註，頁 34～35。

[9]翁鬧，〈殘雪〉，收入鍾肇政、葉石濤主編，《光復前臺灣文學全集 6：送報伕》（臺北：遠景出版社，1997 年），頁 347。

　　同樣的困境出現在巫永福的小說〈首與體〉裡，東京留學生希望繼續過著流連於劇院、音樂廳、咖啡屋的生活，而不願返鄉成婚，將此矛盾形容的「首與體」的對立：他想留在東京，他的家卻要他的「體」。[10]

　　雙鄉意識源於這些知識菁英只看到日本殖民主國現代化的「進步面」，但更重要的因素是他們回到臺灣就必須面對淪爲被支配者的現實。在一個正常的社會，這些知識菁英本來可以成爲支配階級，但是在殖民體制下，卻被排除在支配階級之外，如果不走上革命的路途，在無力可施、找不到出路的情況下，知識分子往往遁入虛無，成爲「社會的邊際人」，同時對自我的身分認同問題產生了混淆。施淑引用「少數文學」的概念，指出：

　　　這與 1930 年代逐漸成熟的日文寫作一道出現的人物形象，顯現出來的正
　　　是 弱 勢 族 群 和 殖 民 地 人 民 的 心 靈 的 、 物 質 的 流 離 失 所
　　　（deterritorialization）的狀態。[11]

　　殖民地臺灣的知識菁英被排除於統治者地之外，無法主動參與改造社會，也由於對外在世界的無能爲力而走向「感覺世界」的虛無道路。根據施淑分析，1930 年代這些走向「感覺世界」的另類藝術裡，貫串其中的主題絕大部分是戀愛和婚姻。[12]

　　水蔭萍的作品裡，同樣也以沉溺情愛欲望來表現知識分子虛無的傾向。現實生活中，他也自認爲虛無感與情感挫折是相加相乘的，在體驗過兩次愛戀日本女子失敗的經驗之後，他的虛無感更加深沉。一次是留學日本前，由於女方父親反對，19 歲的女友今井民子因胸疾（可能是指肺病）

---

[10]〈殘雪〉與〈首與體〉分析，參考施淑，〈日據時代臺灣小說中頹廢意識的起源〉，《兩岸文學論集》（臺北：新地出版社，1997 年），頁 117～120。

[11]施淑：「根據德勒茲（G. Deleuze）和瓜塔理（F. Guattari）的看法，少數文學並不是以社會中的少數人的語言所寫，而是指運用那不屬於自己的多數人的語言文字來創作的文學，這樣的作品，除了根本上帶有政治意義和集體價值外，它最重要的特徵在於文字表現和意識上的失去歸屬（deterritorialization）。」〈日據時代臺灣小說中頹廢意識的起源〉，《兩岸文學論集》，頁 101。

[12]同上註，頁 115。

加劇而自殺。水蔭萍曾說失去這位知己，「心靈的空虛越發沉重，成為虛無
主義者一直到最後都脫不開這個虛無。」另一次是留學日本時，女友木崎
美知對來自臺灣之「南」的異鄉人水蔭萍，因好奇產生好感，卻因家庭事
故，訣別水蔭萍，赴北海道的天主教會苦修[13]。這兩次戀情，都令水蔭萍意
識到自己的出身——殖民地臺灣人的身分——註定為戀情增加了變數，埋
下不幸的結局。

　　從東京回到臺灣的水蔭萍，觸目所見的殖民地黑暗的現實、日本警察
嚴密的思想控制，以及文壇主流現實主義「陳腐的」文學思想，詩人終日
徘徊於「從藝妲到娼婦之街、貧民窟等，常為醜齪的美所誘引」。水蔭萍夫
子自道的評論說，在〈花粉與唇〉這篇小說裡，他寫的「完全是對『酒與
女人』心理潛在意識的一種試探，著重於心理的變化與唯美印象的結
合。」[14]這篇小說與現實主義小說的確大異其趣，和現實主義小說著眼於反
階級、反殖民的人道關懷不同，水蔭萍突破道德的尺戒，大膽地暴露知識
分子如何藉由酒精和娼妓逃脫現實的挫敗感：

　　痛苦的現實和女人的影子一起在跳舞。真實的花變成非酒的幻影的艷麗
　　的花，但我的戀愛與文學，結局都是開過而凋零的花的現實了。[15]

期望在無聊的日常生活之外，能尋得短暫戀情的刺激與新鮮感：

　　把妻子拋在家裡，推開 Bar Pantheon 的門扉的我的心只是渴望著過新鮮
　　的戀之瞬間罷了。把一切反省暫時夾在我的文學書之間，我想在不著邊
　　際的虛無和沒有反撥力的液體一樣溶解起來。這時我的意志像原生動物
　　一樣地分裂了。煙斗的聲音和爵士的體臭，在裡面尋求特別新鮮的精神

---

[13]楊熾昌，〈殘燭的火焰〉，《水蔭萍作品集》，頁 231～246。
[14]楊熾昌，〈回溯〉，《水蔭萍作品集》，頁 226。
[15]楊熾昌，〈花粉與唇〉，《水蔭萍作品集》，頁 197。

之洗滌劑，我是毫無罪惡感的。[16]

如此探索著知識分子敗北的心理，實踐著酒神戴奧尼修斯精神，藉此重回原始的生命力：

> 要把文學上的態度表現於一夜的行為……毫無因緣的女人跳進來，一時，不，僅在一瞬間便會使凡百的生活變得新鮮的話，那就是隱藏在人的生活的一種真理的發現。[17]

一宿醒來，「意識到強大的敗北」，卻因「拾起落在床上的一支髮夾，感到濃烈的粉末的香味時，不知怎地我對這個敗北感到清爽的東西」。將知識分子的敗北感透過酒精和女人，所產生的一連串的微妙心理變化加以細節描繪，掌握了象徵主義的美學特徵：

> 把人們的視線從只注重描寫外部物質世界引向著重通過象徵物象，挖掘微妙的內心世界，並賦予抽象觀念以有聲有色的物質形式。[18]

水蔭萍嚮往西方現代主義所強調的個人主義精神，著重探索人性的心理層面，強調一次大戰後未來派以降的藝術家所謂的內面寫實與內面自由。水蔭萍高舉「為自己而藝術」的旗幟，解釋這種「內面寫實」藝術精神是：「基於新的詩精神的審美觀，歸根結底就是內在的形上學，所謂美的標準就是從自己內部喚醒」[19]。這種對內面寫實的追求，在水蔭萍看來，除了「毫無罪惡感」的頹廢之美，他更有興趣發展偏執狂與病態心理，他讚

---

[16]同上註，頁 198。
[17]同註 15，頁 201
[18]〈象徵主義〉詞條，收入廖星橋主編，《外國現代派文學藝術辭典》（湖南：湖南教育出版社，1991 年 10 月第一版），頁 729。
[19]楊熾昌，〈新精神與詩精神〉，《水蔭萍作品集》，頁 170。

賞芥川龍之介的「知性」與「死亡」兩極映照的美學，以及川端康成作品
違逆倫常的「醜惡之美」。他認為芥川龍之芥與川端康成的作品，就是以陰
翳的「醜惡之美」為中心：

> 清艷、餘情、枯淡、妖美排起來一看，幽玄的理念幅度雖廣，但把支撐
> 著作品的軸目為微暗、陰翳的話，那軸就會那樣直接連上「醜惡的美」
> 的。也許微暗是天生可說是殘酷的冷酷之眼產生的吧。[20]

水蔭萍有篇小說〈薔薇的皮膚〉已亡佚，據他自述內容並自我評價：

> 喀血的肺病患者的血流在女護士空白的和服和肌膚上，在血腥中男女間
> 的性的歡愉……是以這種現代人神經症的異常為作品，試著追求男女之
> 間愛的妖異之光的。[21]

挖掘現代人的精神病徵裡幽暗、陰翳、惡魔的面向，將情欲與死亡、
性愛與血腥的意象結合在一起，展現「愛欲與死亡」的美學追求。

從上面的例子可以看到水蔭萍的作品還有一個特色是貼近日本近代文
學的傳統，水蔭萍雖然被歐洲現代主義的藝術理論所吸引，但從他的文學
素材到文學風格，尤其是受到芥川與川端的影響[22]，在在說明他更貼近於日
本近代文學的傳統。這樣的寫作手法可舉〈靜脈與蝴蝶〉中描寫少女的自
殺為例：

> 夕暮中少女舉起浮著靜脈的手
> 療養院後的林子裡有古式縊死體

---

[20]楊熾昌，〈殘燭的火焰〉，《水蔭萍作品集》，頁 239。
[21]同上註，頁 241
[22]水蔭萍在大東文化學院專攻日本文學的學位論文，研究的對象正是芥川龍之介。

蝴蝶刺繡著青裳的褶襞在飛……[23]

透過畫面的跳接，略去情節的聯繫，以病態而神祕、蒼白而唯美的氣息描寫青春的死亡，作品洋溢著東洋文學細膩、纖柔的美學風格。

從思想層次來看，西方現代藝術流派在第一次世界大戰前後風起雲湧，除了持續反映 19 世紀資產階級崛起後，病態社會的「惡之華」，主要是對科學理性帶動的資本文明竟導致毀滅性的世界大戰，感到不安與不確定性，而以「非理性」的思維對資本文明提出質疑與批判。在殖民地成長的水蔭萍自己曾說過他從中學時期偏愛世紀末頹靡、破壞的文學思想，而這樣的文學啓蒙主要來自閱讀芥川龍之介與川端康成的作品。他說：「我認爲或許芥川和川端的無情之眼融入我的孤獨性，而背負所謂達達式之孤影的虛無主義浸透於一種作品的內容吧。」[24]相較而言，歐洲虛無主義的傳統，達達主義以降的藝術家，往往付諸行動，由宣言誓詞爲號召，從事社會性的文學運動，鼓吹破除傳統道德力量，反對資本文明體制，進而達到鬆動既成社會秩序的目的。[25]水蔭萍在殖民地的同化教育下，透過文學閱讀，藉由創作變態、蒼白的畸戀小說，體認虛無與孤獨，明顯缺乏介入現實的批判精神與行動力，充其量只是一種精神上消極的頹廢。

水蔭萍從日本移植現代主義，爲自己「被殖民者」無出路的處境找尋精神上的出路，顯然忽略了現代主義除了形式的創新，更主要的核心思想在於呈現社會體制與人性的矛盾。水蔭萍醉心於形式與美學意境的創新，切斷了與社會的聯繫，無法將創新的形式與文學內容有機地融合，僅以莫名的歇斯底里、疏離、病態的意象，「象徵性」地表現殖民地知識分子對現實的無力感，因此在他的作品中看不到「具體的」社會問題。

---

[23]楊熾昌，〈靜脈與蝴蝶〉，《水蔭萍作品集》，頁 22。
[24]楊熾昌，〈殘燭的火焰〉，《水蔭萍作品集》，頁 233。
[25]關於西歐超現實主義運動可參看柳鳴九主編，《未來主義・超現實主義・魔幻寫實主義》（臺北：淑馨出版社，1990 年）。何欣，《現代歐美文學概述──二次大戰至六〇年代》（上）（臺北：書林出版公司，1996 年）。

三、去政治化的超現實主義與異鄉情調化的臺灣鄉土

　　上一節闡述了水蔭萍的頹廢文學與殖民體制的關係，這一節我們要探討的是水蔭萍「去政治化」的文學思想，以及將臺灣鄉土異鄉情調化的文學表現。

　　水蔭萍在 1930 年代的詩論中，介紹了百田宗治以後日本的新詩運動，例如：評介高橋新吉的達達主義，以及春山行夫、安西冬衛、西脇順三郎倡導的超現實主義。從這裡我們可以知道，水蔭萍是如何透過日本接受西方現代主義的文藝思潮。同時，我們也可藉此分析水蔭萍和日本現代主義者的關係及其差異所在。

　　我們將水蔭萍與日本超現實主義的始祖西脇順三郎比較一下，就可以發現水蔭萍在面對西方現代主義時所表現的主體性，相對而言薄弱得多。千葉宣一在〈西脇順三郎與超現實主義〉中，對西脇順三郎評價是：

> 西脇留學體驗的最大意義，是使他面對歐洲文學家和藝術家，毫無殖民的自卑感，他能做為唯一的日本詩人，總以國際的標準、保持一種對待自己的藝術矜持。[26]

　　千葉宣一還指出西脇在《超現實主義文學論》一書中：

> 對所謂戈爾或勃魯東的超現實主義，都看不到祖述任何啟蒙式的解說，毋寧說它洋溢著一種自負，即把他們的詩論也當作只不過是自己的詩世界的一部分而已。[27]

　　葉笛也曾比較日本超現實主義與法國布列東（Breton）的超現實主義

---

[26]千葉宣一，〈西脇順三郎與超現實主義〉，千葉宣一著，葉渭渠編選，《日本現代主義的比較文學論》（北京：中國社會科學出版社，1997 年 12 月初版），頁 161。
[27]同上註，頁 164。

的差異，他說：

> 西脇是立足於他對西歐精神和文學的豐富而獨特的超自然主義的，他不
> 像勃魯東他們要以夢的創造調和奇異的（grotesque）令人驚愕的世界，以
> 實現他們的美學，而是要以主知的力量來建築自我的美學。西脇的作品
> 中，東洋的「無」的思維和哀愁越來越濃厚，複雜而又微妙，開創了日
> 本現代詩人未曾有過的獨自世界。[28]

　　但是水蔭萍的情況則大不相同，目前所發現水蔭萍 1930 年代的詩論，
沒有深入區分西歐與日本超現實主義的論點，陳明台先生曾指出楊熾昌的
詩論：「多屬偏向於新興藝術、文學的一般論點，看不到他有系統深入超現
實主義詩論」。[29]要等到 1980 年左右日據時代文學尋根熱時，水蔭萍在接受
訪談、或回溯過往文學歷程的場合，才對日本與西歐的超現實主義理論談
論得較爲深入。他還修改舊作，對西方現代文藝理論加以補充說明，最顯
著的例子是〈JOYCEAN——《喬伊斯中心的文學運動》讀後〉這篇評論，
比較 1936 年《臺南新報》版和 1985 年《紙魚》版的差異，就可以看到後
者增加了許多西方現代文藝精神的解說。[30]

　　由此可以進一步考察水蔭萍的身分認同與他的文藝創作的關係。在
《臺南新報》版的〈JOYCEAN——《喬伊斯中心的文學運動》讀後〉一
文，水蔭萍相信：作者春山行夫是以「離開日本人的立場」來寫《喬伊斯
中心的文學運動》這本書，「再也沒有一本書比這本書以歐洲精神來寫」。
水蔭萍認爲春山行夫的態度和西脇順三郎教授寫作《歐洲文學》時的態度
是一樣的，他對此加以推崇，以爲這是學習外國文學的最佳捷徑，他說：

---

[28]葉笛，〈日據時代臺灣詩壇的超現實主義運動〉，《水蔭萍作品集》，頁 345。
[29]陳明台，〈楊熾昌·風車詩社·日本詩潮——戰前臺灣新詩現代主義的考察〉，《水蔭萍作品集》，
　頁 318。
[30]呂興昌編輯水蔭萍的〈JOYCEAN——《喬伊斯中心的文學運動》讀後〉一文時，以細明體和標
　楷體標出文字增損，並加編註予以說明。《水蔭萍作品集》，頁 151～158。

> 如果堅持日本人的立場，而要從那立場來看外國文學的話，可以說對外
> 國文學研究恐怕是極為有害的。[31]

事實上，正如千葉宣一所指出的，明治維新後躋身帝國行列的日本知識菁英西脇順三郎在面對西方強勢文化時，企圖立足於日本，「毫無殖民的自卑感」。相反的，水蔭萍這種要拋棄「日本人」的立場以學習外國文學的態度，恐怕是只有原籍臺灣、被殖民的弱勢族群，才可能表現出來的。水蔭萍留學日本時原本打算以法國文學為第一志願，因未通過入學考試而改攻讀日本文學，可見他長期傾慕歐洲前衛藝術。為了學習歐洲文學的「新精神」，而離開「日本人」的立場，其實是將學習歐洲精神當作是趕上世界文化水準，因此，他才把學習的對象——春山行夫和西脇順三郎——認為是「離開日本人的立場」。但他仿效的對象又是日本人，他對現代主義的體認顯然有「雙重的殖民性」的問題。

筆者以為從水蔭萍提倡超現實主義的動機最能說明此一問題。水蔭萍創立風車詩社，提倡超現實主義的動機有兩點，首先是強調形式的創新，為臺灣詩壇「吹送一種新的風氣」[32]，突破「新文學」運動以來現實主義的藩籬。水蔭萍因此對楊逵因理念不合離開《臺灣文藝》，另行創辦《臺灣新文學》，認為是「同夥鬩牆的結果」，對其標榜「新文學」運動，意圖建立所謂殖民地文學，提出反詰：「在臺灣建設得了殖民地文學嗎？」並認為該雜誌所刊登的作品都是些陳腐、無聊之作，稱不上是「新文學」。[33]

其次，他呼籲，為了逃過重重思想檢查，維繫文學命脈，「唯有為文學而文學，才能逃過日警的魔掌。」[34]他曾撰文，批評《臺灣新文學》第 1 卷第 2 號上河崎寬康的文章，認為「關於『政治的意義』有意見的人是要叫人說出來之前，自己該先說的吧」。水蔭萍請河崎寬康先說出自己的政治意

[31]楊熾昌，〈JOYCENAN——《喬伊斯中心的文學運動》讀後〉，《水蔭萍作品集》，頁 154。
[32]呂興昌，〈史詩定位的基礎——《水蔭萍作品集》編序〉，《水蔭萍作品集》，頁 11。
[33]楊熾昌，〈土人的嘴唇〉，水蔭萍作品集，頁 136～137
[34]林佩芬，〈永不停息的風車——訪楊熾昌先生〉，《水蔭萍作品集》，頁 271。

見，因爲「殖民地文學中的政治立場是個嚴重的大問題」，而不要誤導臺灣文人「再分裂和被迫清算」。[35]可見水蔭萍並非完全沒有政治意識，但爲了逃避日警的思想檢查，不願意在殖民體制下，以現實主義的方式直接表達不滿，只有刻意遠離政治、遠離現實。由於刻意「去政治化」，就必須以失去自己的歷史與傳統爲代價，逃逸到「感覺世界」中。[36]雖然他在作品中沒有直接呼應「國」策[37]，但是卻在無意間迎合了殖民體制教化的目的，這其實也是一種「思想上的殖民化」；他在「拋棄政治的立場」的同時，事實上也放棄了文學主體性。

　　因爲思想上的殖民化，使水蔭萍這一代跟日文寫作一道成熟起來的知識精英，在喪失了自己的母語後，又與本土大眾的現實生活疏離，在心靈、物質雙重流離失所的狀態下，轉向傾慕外國前衛藝術之「革新」與「進步」，以此爲精神的寄託，爲自己築起藝術的堡壘。透過日本接受西方達達主義以降前衛藝術的水蔭萍，其作品風格至少揉和了三種流浪風格：1.新感覺派東洋風的纖細感傷，追求刹那間的美感與官能上的享受；2.象徵主義「賦予抽象的觀念以有聲有色的物質形式」[38]的美學；3.超現實主義聯想的飛躍、夢境的拼貼。但是，在這些思潮裡，水蔭萍顯然特別傾慕「超

---

[35]楊熾昌，〈臺灣的文學喲，要拋棄政治的立場〉，《水蔭萍作品集》，頁118。

[36]施淑總結日據期帶有菁英性質的文藝界系譜時，說道：「隨著三〇年代後臺灣的現代化和都市的發展，戰爭毀滅性的威脅，以及政治的瘋狂高壓和恐怖，在逐漸遠離農業大地，在逐漸遠離、以至於全然忘卻自己的母語的情境裡，原本自外、而且事實上被排除在支配性地位之外的臺灣菁英分子，只有朝深化的方向發展，他們在行動上的自外，只有轉爲內在的自我流放。在失去了自己的歷史和傳統的殖民地式的社會現實基礎上，現實上已經一無所有的臺灣菁英分子，只有像失去了自己的人在宗教上尋求自我感覺一樣，以不論左派或右派的烏托邦爲思想材料，在幻想中經歷他們的未來。」施淑，〈臺灣的憂鬱——論陳映真早期的小說及其藝術〉，《兩岸文學論集》，頁156。

[37]從呂興昌整理水蔭萍的年表中，我們得知早在1943年就因戰時國策、皇民化文學的實施而停止創作的水蔭萍，在1945年以記者身分被調《臺灣新報》總社軍事部，派往海軍特攻隊基地工作，後飛往西里伯島、菲島、宮古島採訪，但歌頌「聖戰」的文字卻一字不寫。遠離政治的態度始終一貫，自然絕非是謳歌戰爭之徒。這一點可看出水蔭萍更傾向的是法國布列東與共產黨分裂以後的超現實主義路線。關於法國超現實主義與共產黨先合後分的發展，見王齊建〈超現實主義的理論基礎〉中「政治革命的理論基礎」，收入柳鳴九主編《未來主義　超現實主義　魔幻現實主義》，頁221～228。

[38]同註18。

現實主義」流派的詩觀與理論，企圖高舉超現實主義的旗幟以突破傳統寫實文學的藩籬。這是因為此一流派反戰、追求精神自由、強調想像世界與夢幻的真實性，對水蔭萍而言，最能迴避日本殖民體制的思想檢查。不過，走向幻象國度、感覺世界的水蔭萍，逃得過思想檢查，卻逃不過內在的恐懼。

　　水蔭萍的作品中，經常瀰漫著死亡與暴力的意象，並且還把這些意象和他的創作處境聯繫在一起。試舉兩首為例，在〈幻影〉組詩中，水蔭萍首先描寫創作的狀態：

> 擊破被密封的我的窗戶
> 侵入灰色的靡菲斯特
> 哄笑的節奏在我的頭腦裡塗抹音符

　　繼之以可怕的夜象徵籠罩在殖民地天空的風暴：

> 墮落下來的可怕的夜的氣息
> 被忽視的殖民地的天空下暴風雪何時會起……
> 是消失於冷笑中凶惡的幻象……[39]

　　暴力威脅下的恐懼感就藉著「哄笑的節奏」宣洩出口。同樣的創作意識也投影在〈毀壞的城市——Tainan Qui Dort〉組詩中；以法文副標題：「臺南已睡著了」（葉笛譯），暗指繁華的臺南古城已進入歷史的黑暗期。第一段「黎明」：

> 為蒼白的驚駭
> 緋紅的嘴唇發出可怕的叫喊

---

[39]楊熾昌，〈幻影〉，《水蔭萍作品集》，頁 77。

　　風裝死靜下來的清晨
　　我肉體上滿是血的創作在發燒

　　開頭兩句以感官經驗的錯置，描寫黎明並非是迎接的晨曦，天空的破曉被擬人化，像人體徒剩的一個器官：一個血紅、吶喊的唇形，以此形容殖民地的天空充滿了風雨欲來、驚懼的氣氛，而詩人置身其中創作，則如同「血的創傷在發燒」。第二段「生活的表態」：

　　太陽向群樹的樹梢吹著氣息
　　夜裡飛翔的月亮享受著不眠
　　從肉體和精神滑落下來的思維
　　越過海峽，向天空挑戰，在蒼白的
　　的夜風中向青春的墓碑
　　飛去

　　詩人避開太陽（殖民者的象徵）在月夜裡思維、創作，他雖然以飛躍昂揚的姿態控訴殖民地的生活，卻也不過如同飛蛾撲火般燃燒青春的生命。第三段「祭歌」：描述祭典輓歌已然響起在「灰色腦漿夢著痴呆國度的空地」。第四段「毀壞的城市」，描寫著殖民地的挫敗經驗：

　　簽名在敗北的地表的人們
　　吹著口哨，空洞的貝殼
　　唱著古老的歷史、土地、住家和
　　樹木，都愛馨香的暝想
　　秋蝶飛揚的夕暮喲！
　　對於唱船歌的芝姬
　　故鄉的哀歎是蒼白的

　　簽名在殖民地敗北的人們徒剩貝殼般空洞的軀殼，喪失生命力，暝想著古老歷史的光輝，發出對原鄉的哀歎。由此看來，殖民地的處境被以淒美、浪漫的藝術感性來加以經營，除了表現知識分子對現實的無力之外，多少表現了知識分子內在的恐懼感。

　　除了經營死亡與暴力的頹廢美學之外，水蔭萍詩中另一值得注意的地方就是與臺灣風土有關的「本土意象」。劉紀蕙舉水蔭萍的詩中經常出現「椰子國」、「古老的森林」、「划獨木舟的島民嚼著檳榔」、「海峽的潮流」等南國景象，說：「楊熾昌雖然以日文創作，但是他的文字中充滿臺灣的風土色彩與自覺」。[40]臺灣海島與風物的描寫在水蔭萍作品中的確隨手可掇。但是，這些亞熱帶的風情，只是做為靜態的風景呈現，甚至是以異鄉人的眼光，賦予浪漫的想像。水蔭萍在詩論〈檳榔子的音樂――吃鉈豆的詩〉中，將詩的創作比喻為土人的思考；在〈燃燒的頭髮――為了詩的祭典〉中，一再提到福爾摩沙特有的風物意象，如番女的戀歌、牧童、水牛、貝殼、海，認為是創作的根源。兩篇文章都不斷地強調詩是「土人的笑」、是「理智的波希米亞人的放浪……」，並引用西脇順三郎的話置於文前：「所有的文學都從風俗開始哪。像這蓮葉的黑帽子裡滴著靈感……」。由此可見劉紀蕙所指稱的水蔭萍的「文字中充滿臺灣風土色彩與自覺」，是因為水蔭萍推崇具有人類學背景的西脇順三郎，將詩和原始、野蠻的生命力結合在一起的創作精神。詩人水蔭萍在藝術象牙塔裡浪漫地想像土著與自然界的生命力，將鄉土賦予野蠻、原始的生命力，以此做為抵制內在恐懼的根據。但在筆者看來，這畢竟是空想的生命力，因此這遠離群眾與社會的臺灣風物描寫，卻是充滿了「異鄉情調」的臺灣鄉土。

　　另外，1930 年代頹廢文學經常描寫蒼白知識分子的精神困境與心理變異，如龍瑛宗的杜南遠系列之作，翁鬧的〈天亮前的戀愛故事〉，水蔭萍的〈花粉與唇〉等，施淑評價這頹廢的另類文學時，指出：

---

[40]劉紀蕙，〈變異之惡的必要：楊熾昌的異常為書寫〉，《孤兒・女神・負面書寫》，頁 197。

這些以叛逆者和流亡者的姿態出現的知識青年，他們用以抗拒新、舊體
制和價值標準的，幾乎沒有例外的是屬於個人主義的主觀的、抽象的訴
求，而使這一切成為可能、成為事實的是都市，或者做為都市化身的日
本。因此在這些小說中，有關臺灣、有關故鄉，都不是鄉愁所在，而是
黑暗、混亂、殘酷的象徵。[41]

　　儘管這些作家也不乏描寫鄉土題材的作品，如龍瑛宗的〈白色山脈〉、
翁鬧的〈憨伯仔〉、〈羅漢腳〉、〈可憐的阿蕊婆〉，水蔭萍的〈無花果――童
話式的鄉村詩〉等，乍看之下頗具「本土意識」。但是他們所描寫的對象，
不是身體殘缺的小人物，就是染上陰鬱色調的鄉土故事。「鄉土臺灣」瀰漫
著黑暗、腐敗氣息，同時被抽象化為純藝術的美學經營。
　　水蔭萍的例子是最典型的，試看在〈無花果――童話式的鄉村詩〉
裡：滂沱大雨過後，在煙雨迷濛一片祥和的村野裡：

桃樹和龍眼樹接到雨滴都從深沉的倦怠醒來
鴨子追逐著水在叫
竹籔和蜜柑園飄漾著美妙的表現

　　以鄉土生機盎然的背景象徵新生命誕生。然而在這背景下，卻是一個
「駭人」的故事：「可怕的緊張到疾激的肉體疲憊」的產婦雪霏小姐，「用
手掌搗住哭泣的嬰兒的嘴」，只因這新生命是她與長工堯水私情的結晶，從
開始就是不被祝福的；而且，新生命誕生的同時，畏罪的父親堯水「投身
埤圳」。水蔭萍用童話式天真生動的語言，以新生／死亡極端強烈反差的對
比效果，控訴著封建父權社會對自由戀愛的壓制。
　　水蔭萍運用豐富的意象，表現封建道德力量對情欲的壓制，還有另外

---

[41]施淑，〈日據時代臺灣小說中頹廢意識的起源〉，《兩岸文學論集》，頁 116。

兩首故事詩，〈茉莉花〉裡：

> 不哭的夫人遭受各種誤會
> 為要和丈夫之死的悲哀搏鬥
> 畫了眉而紅唇豔麗
> 那悲苦是誰也不知道的[42]

〈尼姑〉裡，情竇初開的尼姑端端在佛像前產生騷動的情欲幻象：

> 在夜的秩序中驚駭的端端走向虛妄的性的小道。我底乳房何以不像別的
> 女人一樣美呢。……
> 韋陀的劍閃了光。十八羅漢跨上神虎。端端雙手合十，昏厥而倒
> 下。……端端將年輕的尼姑的處女性獻給神了。[43]

　　水蔭萍作品主題不斷再現被壓抑、禁錮的生命激情，以新生／死亡、愛欲／禁欲兩極端的意象相互映照，表現外在壓力對生命力的扭曲。這些故事詩是水蔭萍最具體指出社會關係的作品，但他批判的矛頭都不是指向殖民體制，而是舊社會的道德力量、鄉土、傳統、宗教是殘酷、黑暗勢力的根源，水蔭萍以旁觀者的眼光加以凝視、加以變形，而創造了他的「藝術性」。

　　從以上兩類作品「南國意象」和「殘酷的鄉土傳統」可以看出，無論是原始、野蠻的生命力也好，殘酷的道德壓制也好，「鄉土臺灣」，並非是水蔭萍現實或精神的歸宿，只不過是做為藝術的象牙塔裡美感經營的對象罷了。

---

[42]楊熾昌，〈茉莉花〉，《水蔭萍作品集》，頁60。
[43]楊熾昌，〈尼姑〉，《水蔭萍作品集》，頁57。

四、結語

　　隨著 1937 年侵華戰爭的開打，臺灣進入戰時軍國體制，外在的生活現實充斥著死亡的威脅，猶如詩人筆下陰鬱、殘酷的暴力世界；「皇民化」運動的展開，逼迫作者「文學奉公」，無所遁逃於天地之間的詩人水蔭萍，終於在 1943 年執筆，連藉由書寫尋求內在暴力的發洩口都不可得。日後水蔭萍以記者的身分跨越戰前到戰後，接觸了臺灣社會現實。二二八事件時，以「替匪徒蒐集情報」的罪名被捕，出獄後繼續服務於記者界，1950 年代白色恐怖時代，因友人李張瑞被槍決，終於辭去報社工作。一生遭逢兩次高壓政治的禁錮，逐漸告別文壇，也被文壇遺忘；1979 年，才被羊子喬、黃武忠從塵封已久的日據時期文學史中挖掘出來，回歸作家的身分，重新出版詩集。

　　綜觀水蔭萍的一生，正如他在 1979 年重新自行出版《燃燒的臉頰》時的序詩〈自畫像〉所述：

　　　在毀壞
　　　臺南是風化的城市
　　　和平的早晨
　　　面對那幽冥的世界
　　　今天也在生命的閃爍裡
　　　人走著。

　　　狄俄尼索斯笑著！
　　　喝酒
　　　我埋身破爛裡

　　背負深沉虛無感的水蔭萍，立足於個人主義的文學創作，到了 72 歲，

整理一生心血的結晶，對自己的剪影卻依舊是「喝酒／我埋身破爛裡」。[44]
即便親身經歷的第二度政治風暴的高壓已經鬆動，「在和平的早晨」，對寄
居一輩子的「臺南」，在詩人的眼中依舊是「風化」、「毀壞」的城市。當我
們諦視水蔭萍這位「活在自己土地上的異鄉人」，不禁令我們深思：政治與
現代文明到底帶給個人以至於人類什麼樣的災難？只要壓制異己的體制存
在一天，個人是否真能自外於這一切？

——選自《國文學誌》第 11 期，2005 年 12 月

---

[44]水蔭萍生平，參見呂興昌，〈楊熾昌生平著作年表初稿〉，《水蔭萍作品集》，頁 375～429。

水蔭萍的 esprit nouveau 和軍靴

◎葉笛[*]

一、邂逅

　　大概是 1990 年前後，我在東京池袋站前的書店芳林堂的第七樓高野舊書店——每當經過那裡，總要走進去站個把鐘頭的——發見了一本長 37 公分、寬 30.5 公分，有精美書盒的《臺灣心の美》寫真集，定價三萬圓，我摸了摸、翻一翻，讀了該書的山岡莊八……日本小說家的序文〈給美的建議〉以及楊熾昌的〈心の美〉序文。我不知道楊熾昌爲誰人。看作者簡介寫著：1908 年生，大東文化學院退學，《臺灣日日新報》[1]記者，戰後爲《新生報》記者、《公證報》分局長。1968 年以降爲自由記者。

　　我把兩篇序文又看了一次，覺得楊熾昌以日文寫的序文與小說家山崗莊八比起來，毫無遜色。從楊熾昌的序文的開頭：

> 說是土器的一個碎片比萬卷書會說歷史，從叫「宋硐」的安平出土的壺裡往古的懷念，要求向臺灣的風土對談，會誘人微笑。[2]

　　從這一小段端莊風格瀟灑的文章，我心忖著：楊熾昌一定是個詩人或小說家，而且是個對歷史、對美極端敏感的人。他這篇序文魅住了我，而更令我覺得有緣的是他留學的大東文化學院竟是我就讀的大學之前身。這

---

[*]葉笛（1931～2006）詩人、作家、評論家、翻譯工作者、教育工作者。本名葉寄民。臺南人。發表文章時爲成功大學駐校作家。
[1]日據時代，臺灣總督府在臺灣辦的報紙。
[2]楊熾昌，〈心の美〉，《臺灣心の美》，頁9。

些問題和書中的寫真在我的腦海中盤旋了約一個星期後，我又到七樓的高野古書堂去摸那本書。認識我的老闆看我愛不釋手的模樣，微笑著對我說：「葉先生要的話，算你一個不能再便宜的價錢；一萬五！因為只有這一本。」就這樣，這本書伴我從居住將近三十年的日本回到臺灣。

回到臺灣，清大呂興昌兄說要我翻譯府城的前輩詩人水蔭萍的日文詩。我這才懍然於冥冥中命運的安排──倏然，想起林瑞明兄送我一本說是從舊書店挖出來的日文詩集《燃燒的臉頰》，正是水蔭萍限定出版 75 本中的第 74 本，而這些是 1995 年元月中旬的事情。

1994 年 9 月 5 日，呂興昌兄引介陳昌明兄和我去探訪楊熾昌，他已臥病多月，卻不知胃癌復發。這是我第一次拜訪詩人水蔭萍，他有著詩人清澄的瞳仁閃亮的一雙大眼睛。

9 月 13 日，我又和呂興昌、陳昌明二兄到新樓醫院探水蔭萍的病，並贈送他我的詩集《火和海》，我看見死神已經在撫摸詩人的額頭了。9 月 27 日，下午一時，詩人撒手西歸了。想起來，雖然我不相信命運，卻覺得這是命運的「巧遇」，只是一直到現在殊覺可惜的是；只謀一面，而未能有機會進一步做心靈的交流。我擱下一切工作，趕譯詩人的詩、散文、論文，於 1995 年 4 月由臺南市文化中心出版了《水蔭萍作品集》。

上面說的是我與詩人水蔭萍的邂逅。

二、請看這個人

「文如其人」，如果我們不懷疑這句話的真實性，那麼，要了解一個文人的文章，先去了解其為人，是一條捷徑吧？

楊熾昌（水蔭萍）在 87 年的有生之日留下的，有詩集《熱帶魚》（1930 年）、《樹蘭》（1932 年）、《燃燒的臉頰》（1979 年），小說集《貿易風》（1932 年）、《薔薇的皮膚》（1938 年），評論集《洋燈的思維》（1937 年），隨筆《紙魚》（1985 年）等，冊數並不多，但僅以現在能看得到的作品，徵諸當前的文藝界，其文學之新、之美、之醇，可以說讓人刮目相

看，確實是「硜硜自守，寵辱無驚」[3]，終生廝守文學的。這一點，從上面
提到的〈心の美〉序文亦可窺見一斑。

　　水蔭萍對詩的見解、執著，從未改變，其詩的理念，可以從〈土人的
嘴唇〉[4]清楚地看出來，現在引用一些做爲參考：

　　在酒歌裡天亮

　　土器的音響和土人的嘴唇裡

　　開著詩的花

　　極為波希米亞人的早晨──於紅頭嶼

　　酒歌のうちに夜があける

　　土器の音響と土人の口唇には

　　ポェイジの花がさき

　　極めてボヘミアン的な朝である

　　──紅頭嶼にて

　　詩的形式和方法論的貧困，詩論的混亂和詩人的墮落，詩壇這樣沒有氣

　　魄，將詩趕進這樣世界的詩人本身有自覺嗎？

　　詩不為報人和小說家所理解，決非詩壇的不名譽。

　　詩人擁有的年輕及其努力，決非顯得愚不可及的。

　　有詩人的悲劇這一句話。

　　它說明著詩人的生命越按照詩人的意志完全被控制，就越會產生悲劇。

　　然而意識著這種悲劇而要從這個悲劇逃脫，無非就是那詩人的死亡。

　　做詩人不幸，是否就不該為詩人？……

　　詩人走在懷疑和不服之中。新的文學將破壞一直到現在的懷疑和不服之

---

[3]引自楊熾昌次子楊蒼嵐，〈寫在《水蔭萍作品集》出版之前〉，葉笛譯；呂興昌編訂，《水蔭萍作品
　集》（臺南：臺南市立文化中心，1995 年），頁 1～3。
[4]楊熾昌，〈土人的嘴唇〉。後由葉笛翻譯，收錄於呂興昌編訂《水蔭萍作品集》，頁 141～144。原
　本收錄於隨筆集《紙魚》中。

中。新的文學將破壞一直到現在的通俗的思考，會創造出修正它的思考吧。

現代詩的完美性就是從詩法的適用來創造詩，非創造出一個均勻的浮雕不可。

所謂詩的才能就是於其詩的純粹性上，非最生動的知性的表現不可。

詩特有的一種表現就是感性的纖細和魄力，聯想的飛躍成為思考的音樂，而該擁有燃燒了文化傳統的技法的巧妙性。

對於僅只滿足於少女的感傷的嗟歎、告白的單彩，或文字細節的模仿者們來說，新的詩人擁有的韻味是永遠不可理解的吧。

有一種事實，那就是對形式的細心造成形象的過濾不純，而會造成被象徵的對象的把握變得焦點不對。

如果詩對於秩序的調整和概念的散逸需要更高度的方法論，詩的風格將在異色的花園裡成為典雅的詩飛翔的吧。（以下從略）

　　之所以不憚麻煩引用這一大段，就是 1936 年寫的這篇詩論，在今天讀起來，依然理論清晰、新穎，富於寫詩的暗示和啓發性。

　　〈土人的嘴唇〉這篇文章的背景有下面幾點影響：

　　第一是超現實主義（Surrealism）：1917 年法國詩人阿保里奈爾（Guillaume Apollinaire, 1880～1918）在書信中使用過的這一詞語，又於翌年《蒂雷西亞的乳房》一劇作中做爲副標題的「超現實主義的戲劇」爲其濫觴。繼而有布列東（André Breton, 1896～1966）於第一次大戰後，從達達主義脫胎爲藝術革新運動。其理念爲拒絕倫理的、審美的既成觀念，把潛在意識，夢、幻覺靠自動記述表現於非現實的形式中。除了佛洛伊德的影響之外，它淵源於奈瓦爾（Gerard de Nerval, 1808～1855）、波特萊爾、藍波。布列東的三次〈超現實主義宣言〉[5]與其機關雜誌與社會革命接近，

---

[5]共有 1924、1930、1942 年的三次宣言。

而有阿拉貢等人加入共產主義。當時日本也於同時介紹進來，有西脇順三郎、北園克衛、北川冬彥等人受其思潮的洗禮。留學日本的水蔭萍在詩的理論方面，不難想像當然也接受其影響。

第二是對主知主義（Intellectualism）認同。主知主義的稱呼，並非有流派或者什麼樣式，這一詞語所表示的是知性重於感情的創作態度，尤其在近代的反浪漫主義潮流中經常提到這一詞語。英國的休謨（T. E. Hulme, 1883～1917）主張在藝術上排拒感情的曲線，提倡嚴謹、堅硬的「幾何的線條」，在文學上重視古典主義甚於浪漫主義，T. S. 艾略特，A. 赫胥黎，法國的 P. 梵樂希等人都是強烈的主張主知主義者。艾略特繼承休謨的理論觀念，提倡摒棄個性，就傳統。主知主義在日本，1930 年有阿部知二於其《主知的文學論》一書中主張：「所謂文學就是以知性爲方法，探求擴展於我們感情的前後左右的未知世界，給它以秩序而再現出來的。」

上面兩種歐洲的文學思潮傳入日本，再由留日學文學的臺灣作家或詩人，或當時在臺灣的日本作家出現於文壇，並不是一件稀奇的事情。水蔭萍把這兩種文學思潮以感性的散文詩一般而非硬質的理論文字提出來，在當時可以說充分表出其爲詩人敏銳的眼光、感性與獨特的方法，值得擊節稱歎。

第三點是 1930 年代臺灣在文化上、政治上的反封建、反殖民的運動與當時的日本一樣被強力鎮壓，幾近乎窒息以死。而臺灣新文學自 1920 年代中葉發軔現實主義文學傳統，意識形態的表現濃烈，致使文學、藝術在美學上的追求有著被漠視或作品在表現上呈現粗糙的現象。有鑑於此，詩人水蔭萍才在 1935 年 6 月結合林永修（林修二）、李張瑞（利野蒼）、張良典（丘英二）、岸麗子、戶田房子、尙梶鐵平（島元鐵平）六名同志組成「風車」（Le Moulin）豎起超現實主義旗幟。其實在 1934 年，水蔭萍擔任《臺南新報》文藝欄主編時，就與上述的「風車詩社」同仁以及林精鏐、莊培初、何建田、高橋比呂美等詩人們倡導 esprit nouveau（新精神）來創作文藝作品，而逐漸讓超現實的主張凸顯出來。其目的不外：1.給臺灣文壇注

入「新精神」的新的創作方法，讓文學更具美學上的表現，提升文學能達到更高的境界。2.他認為「文學技巧的表現方法很多，與日人硬碰硬的正面對抗，只有更引發日人殘酷的犧牲而已，唯有以隱蔽意識的側面烘托，推敲文學的表現技巧，以其他角度的描寫方法，來透視現實社會，剖析其病態，分析人生，進而使讀者認識生活問題，應該可以稍避日人凶燄……。」[6]可見楊熾昌提倡超現實主義對其理解的共鳴之外，還有出自認識現實的臺灣歷史情緒，欲藉以避免日本殖民當局監視的耳目，可以說，也是一種「障眼法」，從這點看，他並不是個不顧前後左右，只管衝向「風車」的唐吉訶德。

三、哀愁的翅膀

水蔭萍創作的詩，並沒有全部收錄於《熱帶魚》、《樹蘭》、《燃燒的臉頰》三本詩集之中，從筆者翻譯的《水蔭萍作品集》中，有《燃燒的臉頰》32 首之外，還有呂興昌挖掘蒐集出來的 37 首詩。可以想像仍有散佚的詩，因為他也在日本詩壇上的《詩學》、《椎の木》、《神戶詩人》等發表詩作，不過假以時日，也許會有對水蔭萍及臺灣現代詩有興趣的年輕的朋友再挖掘詩人被埋沒在「詩間」的遺憾裡的一些詩，我如此期待著。

現在讓我們再探索詩人的翅膀吧。

以為永恆的才有價值的
人，就信賴石頭
築造墓石吧。即使短命
也有如花一樣
完美無瑕的……

---

[6]楊熾昌，〈回溯〉，《寶刀集——光復前臺灣作家作品集》（臺北：聯合報社，1981 年），頁 195～196。

在水族館裡太陽的光線
就是綠色的麥穗
詩人在唱
貓的憂鬱

永遠なものに價值があると
思う人間は、石を信賴して
墓石をつくれ。短命なもの
でも、花のように完全なも
のもある

水族館で太陽の光線は
青い麥の穗だ

詩人が歌う
貓のメランリイ

　　這首沒有標題的詩是收在 1979 年 11 月出版的詩集《燃燒的臉頰》末
的〈後記〉裡的。註明著「1979 年 5 月於春雨迷離的茅舍」,是詩人 72 歲
時的作品。

　　這首詩是古稀的詩人凝視生命、人間,尋覓永恆與如花之美的價值,
以及詩人本相的沉思,凝結著十分之七世紀生活的真實與虛幻,讚賞短暫
之美留駐於永恆,陽光變成綠色麥穗的人生虛幻之「憂鬱」。詩人想要築造
的是墓石嗎?令人思索不已,回味無窮⋯⋯。水蔭萍詩的方法論,追求的
美學蘊含於這首詩中。我對詩人水蔭萍感到的魅力即在於此。

　　對於人間的「現實」背後隱藏著什麼?詩人犀利探索的眼光攫住一事
實的現象內裡的隱祕加以剖視,這一點是相當佛洛伊德的。讓我們來看
〈古弦祭〉一詩:

LA MER[7]

花籃的果實的傷疤

呼喚夜空的星座

已黃昏的風的氣息

被邀的花之日，尼姑嘭嘭地

撥弄古弦，大洋的月亮

戴上波希米亞的綿帽……

愛燃燒在祭堂上，尼姑像白蠟

一樣吟誦祭詞

凝視滿是傷的歌底幻影裡

祭堂的壁畫，冬薔薇之影

尼姑的生日是柘榴的花和花……

〈古弦祭〉

LA MER

花籠の果實のスカ──ルは

夜空の星座をょんだ

黃昏れた風の匂い

招れた花の日に、尼僧はホンホンと

古弦を鳴らし、大洋の月は

ボヘミヤの棉帽子をかぶつた

愛は祭堂に燃え、尼僧は白蠟の

ように祭詞をよんだ

傷だらけの唄の幻に祭堂の壁畫を

見つめ、冬ばらの影

---

[7]法語，大海之意。

尼僧の生誕日は拓榴の花と花

——1936 年 3 月

神、人和愛，遍體鱗傷的歌的幻影，冬薔薇之影，所以這些嘭嘭的古弦的旋律裡交織祭詞，尼姑的「存在」介在「神」和「愛」之間所顯示的是什麼？沒有懷疑，人便沒有追尋「真實的動機和勇氣」。詩人是多麼好奇！我很想了解「果實的傷疤」和「星座」的對語，因為那裡面存在著詩的本質。

有一首〈毀壞的城市〉其副標題是「Tainan Qui Dort」。Qui Dort 是法語：已睡著，意思是「臺南這個城市已睡著」。它是由〈黎明〉、〈生活的表態〉、〈祭歌〉、〈毀壞的城市〉等四首構成的組詩。現在把〈毀壞的城市〉抄錄如下：

簽名在敗北的地表上的人們
吹著口哨，空洞的貝殼
唱著古老的歷史，土地、住家和
樹木，都是馨香的瞑想，
秋蝶飛揚的夕暮喲！
對於唱船歌的芝姬[8]
故鄉的哀歎是蒼白的

〈壞れた街〉
敗北の地表に署名する人人は
口笛を吹き、空ろな貝殼は
古い歷史を歌い、土も、家も
樹も、アロマの瞑想を愛し、

---

[8]日本京都的俚語，芝姬意為私娼，在江戶稱為夜鶯。

秋蝶のあがる夕べょ！

バルカロ——ラを唄う芝姫に

故里の愁歎は青い

—— 1936 年 5 月

　　走過 1936 年時代的臺南老街的人，大概都會明白「空洞的貝殼　唱著古老的歷史」等一連串形象，形似超現實，抒寫的卻是詩人的故鄉——府城當時的人們、古蹟、「芝姬」討生活的蒼白之悲哀……。從超現實的詩的形象裡建構現實的形象，這是了解水蔭萍的詩的重要方法之一。

　　再看一首〈茉莉花〉：

被竹林圍住的庭園中有亭子　玉碗、素英、皇炎、錢菊、白武君，這些

菊花使庭園的空氣濃暖芳郁　從枇杷的葉子尺蠖垂下金色的絲

月亮皎皎地散步於十三日之夜

丈夫一逝世 Frau[9] J 就把頭髮剪短了

白喪服裡妻子磨了指甲　嘴唇飾以口紅

描了細眉

這麼姣麗的夫人對死去的丈夫不哭

她只是晚上和月亮漫步於亡夫的花園

從房間漏出的不知是普羅米修斯的彈奏或

者拿波里式的歌曲跳躍在白色鍵盤上……

Frau J 把杜步西[10]放在電唱機上

亭內白衣短髮的夫人搖晃著珍珠耳飾揮動

---

[9] Frau 是德語妻子、戀人、夫人之意。

[10] 杜步西（Claude Achille Debussy, 1862～1918），法國印象主義作曲家，以《牧神的午後前奏曲》、《夜想曲》著名。

指揮棒
菊花的花瓣裡精靈在呼吸

夫人獨自潸潸然淚下　粉撲波動
沒有人知道投入丈夫棺槨中的黑髮

不哭的夫人遭受各種誤會　為要和丈夫之死的悲苦搏鬥
畫了眉而紅唇豔麗
那悲苦是誰也不知道的

夫人仰起臉
長睫毛上有淡影
蒼白的唇上沒有口紅　帶在耳邊髮上的
茉莉花把白色清香拖向夜之中

〈茉莉花〉
竹林に圍まれ苑の中に亭があつた　玉碗、素英、皇炎、白武君、これ
らの菊花が空氣を濃暖に香らせた　枇杷の葉から尺取虫が金色の絲を
垂れた

皎皎と月は十三日の夜を散步した

夫が亡くなるとフラウ J は斷髮にした　白い喪服のうちに奧さんは爪
をみがいた　　口唇はリージュで飾つた　細い眉が引かれた

こんな美しい夫人は死んだ夫に對して泣かなかつた彼女はただ夜を月
と亡夫の花苑を步いた

部屋から洩れるはブロメセウスの彈奏だつたか　またはナボリ風の歌
曲が白い鍵盤の上をはねた……。

フラウはドビツシイをビクトロラにかけた
亭の内に白い断髪の夫人が真珠の耳飾りをふりながらタクトをとつた
菊花の葩には精霊の呼吸がした

さめざめと夫人は一人で泣いた　バッフは波うつた
夫の棺の中に投げ入れた黒髪を誰も知らないのだ

泣かない夫人は色色の誤解をうけた　亡夫の死の悲しみと鬪うために
眉はひかれ紅い唇は艶けた
その悲苦は誰も知らなかつた

夫人は顔をあげた
長い睫毛には淡い影があつた
蒼さめた唇に紅がなかつた　耳の脇の髪につけた茉莉花は白い清香を
夜の中にひいた

――1934 年 12 月

　　水蔭萍時常把 Conte 形式的手法應用在詩創作中，比如在詩集《燃燒
的臉頰》中，就有〈尼姑〉、〈無花果〉和上面這首。法國的 Conte 是常拿
來表現輕妙的極短篇故事以及富於諷刺和詼諧的短劇。詩人水蔭萍也鍾愛
這些形式，似乎受到阿保里奈爾和考克多的影響。採取這一手法寫的詩，
多爲對人間事象的懷疑和諷刺，其凝聚、緊湊的、暗示的形象的輻射力，
比洋洋灑灑幾千行的長詩，予人以有力而深刻的強烈印象，也常能引人沉
思……。

　　詩人水蔭萍的詩的歷程，在日據時代創造力最旺盛，其所呼籲的 esprit
nouveau 在日本的軍靴下，殘喘，不絕如縷，而在 1947 年的「二二八」之
後，「不但患上政治冷感症，甚且痛下『封筆』之決心」[11]，是以細審詩人

---

[11] 同註 3，頁 2。

走過來的軌跡，我們便不難理解爲什麼──

　　詩人在唱
　　貓的憂鬱

這種現實裡的「超現實」之歌了。

──2001 年 10 月 10 日·凌晨·府城

──選自葉笛，《臺灣早期現代詩人論》
高雄：春暉出版社，2003 年 10 月

變異之惡的必要

楊熾昌的「異常爲」書寫

◎劉紀蕙*

　　討論中國 1930 年代的文學場域如何「以有機之整體化工程」，組織、導引與規範欲望的投注與壓抑之後，我要將討論的重點轉移到臺灣 1930 年代文學場域中的整體化工程，此工程之下的妄想秩序以及對照之下楊熾昌的「異常爲」書寫所呈現的「本土意義」。

臺灣 1930 年代文學場域的整體化工程與妄想秩序

　　我們已經注意到，中國 1930 年代的文學場域呈現高度組織化，與依附國家論述象徵系統的伊底帕斯症候群。反觀臺灣，在日本軍事企圖日益明顯之際，1930 年代的臺灣文學場域亦面對同樣的組織化壓力。如同中國現代主義文學在文學史中的「脆弱」地位，臺灣現代主義文學歷經 1930 年代、1970 年代與 1990 年代鄉土文學論戰以及本土化運動，亦是短暫而脆弱的[1]。周毅曾經指出，中國新文學進入了 1930 年代，「跳過了作爲先鋒力量的個體意志，進入了歷史的『合理性』發展」，而穆時英作品中的「頹廢」則是對歷史「合理進化」的懷疑[2]。本文雖同意此說法，卻要進一步，不只是「頹廢」，而更因爲「變態」，現代主義作家才得以逃逸於組織化的

---

*發表文章時爲輔仁大學比較文學研究所所長，現爲交通大學社會與文化研究所教授兼所長。

[1] 1930 年代黃石輝在《伍人報》展開的鄉土文學論戰，1970 年代關傑明、言曦、尉天驄等人先後對現代派的抨擊以及日後發展出來的鄉土文學論戰，1990 年代解嚴後本土勢力興起而再度引發的建國論述，皆可以見到此鄉土文學與本土化運動之下，臺灣現代主義所處的「脆弱」地位。

[2] 周毅，〈浮光掠影罥孤魂——析三十年代作家穆時英〉，《中國現代文學研究叢刊》第 3 期（1989年），頁 140～149。

運作。

　　楊熾昌的詩與小說被當時鹽分地帶寫實主義陣營批評爲「耽美」、「頹廢美」、「醜惡之美」、「殘酷之美」、「惡魔的作品」[3]。楊熾昌之所以不見容於當時的文壇，是因爲當時臺灣文學場域正發起第二波的新文學運動。新文學運動陣營激烈反對作家在形式上的遊戲：「盲目的發洩一些藝術的製作慾，而始終於身邊雜記，甚至墮落於挑情的、感傷的、遊戲的、低調的文學行動」[4]。楊熾昌的寫作，正是新文學陣營批判的這種「挑情的、感傷的、遊戲的、低調的」，甚至變態的負面創作。因此，我們看到同樣是1930 年代的臺灣文化場域，楊熾昌所代表的現代主義文學，所面對的，也是因政治局勢與組織化運作，而導引臺灣作家的欲力一致投答於以民族主義爲關注的新文學運動。[5]如同施淑所指出，1930 年代的臺灣文學運動所朝向的是「本格化」（真正的，正式的）的發展，先後以《伍人報》、《明日》、《洪水》、《赤道》、《先發部隊》、《南音》、《臺灣文藝》、《臺灣新文學》、《福爾摩沙》等社會主義立場明顯的刊物爲發言機關，強調大眾、鄉土以及反殖民立場。[6]

　　根據《先發部隊》的文字，新文學運動的「再出發」正是由於臺灣新文學的發展行程「碰壁」了。第二波臺灣新文學便 1932 年成立於臺北的臺灣文藝協會所推動的。臺灣文藝協會於 1932 年發行《先發部隊》，第一期的主題是「臺灣新文學出路的探討」。《先發部隊》在 1934 年 7 月 15 日發

[3]見楊熾昌，〈殘燭的火焰〉，呂興昌編，《水蔭萍作品集》（臺南：臺南市立文化中心，1995 年），頁 240～242。有關當時其他與西川滿相從甚近的作家筆下的頹廢與耽美傾向，可以參考施淑的兩篇文章：〈感覺世界──1930 年代臺灣另類小說〉、〈日據時代臺灣小說中頹廢意識的起源〉。
[4]見《先發部隊》1934 年卷頭言。
[5]1920 年在東京創刊的《臺灣青年》以及後來的《臺灣》、《臺灣民報》，都是臺灣新文學紮根的刊物。1925 年臺灣文化協會成立，1927 年《臺灣民報》獲准在臺灣發行。1931 年《臺灣民報》改爲《臺灣新民報》，臺灣新文學進入葉石濤所謂的「成熟期」。1932 年，中文雜誌《南音》、《福爾摩沙》創刊，同年臺北的文學愛好者組織臺灣文藝協會，並發行《先發部隊》。1934 年 5 月，在臺中市召開全臺文藝大會，決定組織臺灣文藝聯盟，並編列《臺灣文藝》月刊。1935 年 12 月，楊逵與葉陶另外發行《臺灣新文學》，出刊 15 期，直到 1937 年 6 月被禁載中文才停刊。
[6]可以參考施淑在〈文協分裂與 1930 年代初臺灣文藝思想的分化〉、〈書齋、城市與鄉村──日據時代的左翼文學運動及小說中的左翼知識分子〉中，對於當時文協以及左翼陣營等背景的討論；也可以參考陳芳明的〈臺灣左翼文學的發展背景〉。

表的宣言，更是清楚呈現前衛與先鋒（the Avant-Garde）的軍事性格以及其組織化的企圖：「從散漫而集約，由自然發生期的行動而之本格的（正式的）建設的一步前進，必是自然演進的行程。」[7]1934 年《先發部隊》宣言中指出，《先發部隊》的出發與約束新的發展，原因是「臺灣新文學所碰壁以教給我們轉向的示唆」[8]；同期的卷頭言也明指，他們所不滿的，是例如《南音》與《曉鐘》等「後退於自己完成期」，流於「人工的、遊戲的，而多消失了文學其物的情熱」；這些著重於形式實驗的作品「盲目的發洩一些藝術的製作慾，而始終於身邊雜記，甚至墮落於挑情的，感傷的、遊戲的、低調的文學行動」，正是「臺灣新文學的自掘墓穴」[9]。

　　我們可以清楚看到，當臺灣新文學發展到了文字與形式較爲成熟的階段，立即面臨內部的自我檢討與約束。張深切於 1935 年在《臺灣文藝》發表的〈對臺灣新文學路線的一提案〉，提醒作家不要流於「偏袒的、機械的、觀念的、狹義的」階級道德主義，以免文學「陷於千篇一律」的格式，成爲「制服的藝術家」，也是因爲當時臺灣新文學作家普遍受到日本普羅文學影響，而過分強調階級的道德主義所致[10]。

　　由此可見，建設新世界的進步態度以及擁抱廣大民眾的階級意識，已經成爲當時的臺灣新文學創作的衡量標準。這種發展，自然有其歷史脈絡。臺灣新文學的崛起，從最初便經五四運動的啓發而包含改進臺灣社會、啓發民智、追上中國或是世界文壇的步調等等目的。1920 年在東京發行《臺灣青年》創刊號的卷頭辭，強調要藉此刊物喚醒臺灣的青年，面對世界各地的文化的運動：「國際聯盟」、「民族自決」、「男女同權」、「勞資協調」等等[11]。推動臺灣新文學最力的早期健將張我軍也在 1924 年前後連續

---

[7]李南衡主編，《日據下臺灣新文學明集 5：文獻資料選集》（臺北：明潭出版社，1979 年），頁 141

[8]《先發部隊》宣言〉，《日據下臺灣新文學明集 5：文獻資料選集》，頁 141。

[9]張深切，〈對臺灣新文學路線的一提案〉，《日據下臺灣新文學明集 5：文藝資料選集》，頁 150～151。

[10]同上註，頁 183。

[11]〈《臺灣青年》創刊號的卷頭辭〉，原載於《臺灣青年》創刊號（1920 年 7 月 16 日）；中譯文原載於《臺灣民報》第 67 號（1925 年 8 月 26 日）；收錄於《日據下臺灣新文學明集 5：文獻資料選

幾篇文章中，反覆提醒臺灣青年應抱持「改造社會的念頭」[12]；提醒臺灣文學界人士世界文學的現代化與一致化，而臺灣的文學不能持續「打鼾酣睡」而永被棄於世界的文壇之外。」[13]

　　1920 年《臺灣青年》創刊號的卷頭辭寫道：為了臺灣「文化的落伍」，必須要有「自新自強」的志氣。因此，「我敬愛的青年同胞！一同起來，一同進行罷！」[14]致力於臺灣新文學運動的張我軍於 1924 年致臺灣青年的信中，也寫道：「要坐而待斃，不若死於改造運動的戰場……出來奮鬥，不斷地勇進，才有達到目的的一日！」[15]同樣的，1934 年《先發部隊》的幾首序詩，也流露出強大的戰鬥意志與建設的決心：

> 出發了，先發部隊！
> 在這樣緊張與光明的氛圍裡出發了。
> 沖天的意氣，
> 不撓的精神，
> 一貫的步驟，
> 前進！
> 前進！
> ……
> 為躍進而躍進的先發部隊，
> 為開發新世界而蹶起的先發部隊，越發的血肉奔騰，而等待著大家
> 的後隊出動了。
> 莫遲疑，
> 別徬徨，

　　集》，頁 1～2。
[12]張我軍，〈致臺灣青年的一封信〉，《日據下臺灣新文學明集 5：文獻資料選集》，頁 57。
[13]一郎（張我軍），〈糟糕的臺灣文學界〉，《日據下臺灣新文學明集 5：文獻資料選集》，頁 64。
[14]〈《臺灣青年》創刊號的卷頭辭〉，《日據下臺灣新文學明集 5：文獻資料選集》，頁 1～2。
[15]同註 12，頁 56。

來！

趕快齊集於同一戰線，

把海洋凝固，

把大山遷移，

動起手來！

直待！

實現我們待望的新世界。

——《文獻資料選集》，頁 146～147

　　我們清楚看到，文字背後浮現策動此強大欲望的機關，以及此邁進不容任何遲疑停頓的嚴厲。對於新世界的渴求有效地組織了眾人的強大欲望，鞏固團結的意志，甚至以身體血肉的奔騰，驅動前進的動力，朝向新世界而邁進。集體欲望透過身體的歇斯底里症狀，以肉身化的「血肉奔騰」，呈顯個人對於「新世界」與「新秩序」的妄想式的服膺。

楊熾昌的現代主義與新精神

　　在這種集體妄想式的驅力之下，能夠產生什麼樣的文學呢？上海 1930 年代所處的「半殖民」文化場域，與臺灣所處的殖民文化場域，是相似卻截然不同的。上海的「半殖民」多元文化場域雖然不同陣營之論戰處處交鋒，卻沒有強制的沉默。反觀臺灣 1930 年代的文壇，同樣在 1930 年代日本攻占東三省而牽連臺灣局勢緊張的政治情勢，以及隨之而起強烈的臺灣人民族自覺意識之下，有雙重的檢查制度，以及雙重的沉默壓力。楊熾昌於 1933 年創立了臺灣第一個現代主義文學的詩社「風車詩社」，也開展了中國與臺灣早期現代文學中罕見的壓抑與沉默之下血腥與虐待狂式的美感衝動。這種壓抑之下流露的暴力美感與隱藏的恐懼，要在 1950、1960 年代臺灣文學、1980 年代大陸新時期文學，或是臺灣後現代暴力書寫中，才見到相似的文本痕跡。

　　楊熾昌 1908 年出生於臺南州。1930 年到 1931 年間在大東文化學院攻讀日本文學，並於 1931 年出版具有超現實風格的日文詩集《熱帶魚》。1933 年，楊熾昌在臺南集合李張瑞、林永修、張良典等七人組成「風車詩社」，推動超現實主義詩風。楊熾昌之所以創立非寫實主義路線的「風車詩社」，據他所言，就是因爲「臺灣詩壇已經走投無路」，而要爲臺灣詩壇「吹送一種新的風氣」。[16]楊熾昌連續發表一系列的前衛詩論，討論「新精神」（"esprit nouveau"），「介紹世界詩壇的新的動向以及現代詩的革新之道」[17]，造成臺灣文壇「甚大的震撼力」，而使得他自己「一時之間，似乎成爲眾矢之的」[18]。1933 年到 1938 年間，楊熾昌主要發表的作品包括詩作、小說、文獻評論以及介紹日本現代文學、世界現代文學，展開了臺灣第一波現代主義文學。[19]

　　楊熾昌雖然以日文創作，但是他的文字中充滿臺灣的風土色彩與自覺：例如〈海島詩集〉（1934 年）中的「椰子國」、「古老的森林」、「划獨木舟的島民嚼著檳榔」、「海峽的潮流」的南國景象；〈毀壞的城市〉（1936 年）所描寫的沉睡中的臺南古城；〈福爾摩沙島影〉（1933 年）中所呈現的臺灣島上女人的處境。此外，他的詩論也一再凸顯臺灣的南國特性：「我們

----

[16]根據林佩芬 1984 年在《文訊》刊登的訪談稿，楊熾昌說明自己素來嚮往荷蘭風光，而臺南七股、北門地區的鹽田架設的風車亦讓他神往，而將詩社取名「風車詩社」，想「對臺灣詩壇鼓吹新風」，見林佩芬，〈永不停息的風車——訪楊熾昌先生〉，《文訊》第 9 期（1984 年 3 月），頁 275。

[17]楊熾昌早年對於現代文學的興趣，起自於芥川龍之介的作品；留日期間，曾經與日本新感覺派作家岩藤雪夫與龍膽寺雄相識，暢談文學。留日時，楊熾昌原本打算報考法國現代文學，後來失敗，才轉讀日本現代文學。1931 年出版日文詩集《熱帶魚》，1933 年創立「風車詩社」，推動超現實主義詩風，成員有李張瑞、林永修、張良典、戶田房子、岸麗子、島元鐵平（尙梶鐵平）等人。

[18]楊熾昌，〈回溯〉，《水蔭萍作品集》，頁 225～226。

[19]楊熾昌主要的詩集有《熱帶魚》、《樹蘭》、《燃燒的臉頰》，小說集《貿易風》、《薔薇的皮膚》，詩評〈燃燒的頭髮：爲了詩的祭典〉（1934 年）、〈西脇順三郎的世界〉（1934 年）、〈檳榔子的音樂〉（1934 年）、〈土人的嘴唇〉（1936 年）、〈《喬伊斯中心的文學運動》讀後〉（1936 年）、〈臺灣的文學喲，要拋棄政治的立場！〉（1936 年）、〈洋燈的思維〉（1936 年）、〈新精神與詩精神〉（1936 年）、〈詩的的化妝法：百田宗治氏著《自由詩之後》讀後〉（1937 年）、〈孤獨的詩人吉安・科克多〉（1937 年），後收錄於《紙魚》；上述詩文皆收錄於呂興昌編訂的《水蔭萍作品集》（1995 年），是楊熾昌半個世紀以來的作品首次以較爲完整的面貌見世。本文所引用文字皆出自此作品集。

產生的文學是香蕉的色彩，水牛的音樂，也是番女的戀歌。……福爾摩沙南方熱帶的色彩和風不斷地給我蒼白之額、眼球、嘴唇以熱氣。」[20]「我聽見檳榔子之中有音樂。從燃燒的頭髮，詩人對著藍天出神而聽見詩的音樂。」[21]因此，若要將他排除於臺灣文學之外，是不可思議的。

楊熾昌自稱「詩人走在懷疑和不服之中……用功到死的瞬間」[22]，而他的現代主義性格與至死方休的「懷疑和不服」就在他對於臺灣新文學運動中寫實陣營的批評，尤其他是與所謂「臺灣新文學」的臺灣鹽分地帶寫實主義之主流詩人的對立。他直接質疑：「《臺灣新文學》雜誌上出現的作品有值得上這個新文學的存在嗎？」他認為在 1930 年代的臺灣，「新文學這個詞是不能使用的」，因為 1935 年脫離臺灣文藝聯盟而另外成立「臺灣新文學社」的楊逵，以及其出版的《臺灣新文學》，「思考毫無新意」，完全沒有企圖破壞「直到現在的通俗性思考」，沒有「創造修正它的思考」，反而都是「陳腐的」、「無聊的、迎合的討人厭之味」的作品。[23]他清楚指出「新文學運動」陣營以寫實主義、反帝以及階級對抗為標榜的「殖民地文學」，其實是一種形式的「制服化」思考。他並指楊逵等人是「意氣用事之徒」，「文人相輕」，因為「無法容納他人批評」，才離開「臺灣文學」。[24]《臺灣新文學》除楊逵外，編輯委員尚包括賴和、楊守愚、吳新榮、郭水潭、王登山、賴明弘、賴慶、葉榮鐘等，主要採現實主義原則，有濃厚的左翼社會主義傾向。對於這些主流作家，楊熾昌直言，他們的問題便是迎合時人的口味與意識形態，以致思考毫無新意。

他反對「新文學運動」的另一理由則是他反對臺灣新文學社建設「所謂殖民地文學」的運動目的。楊熾昌清楚知道在臺灣以寫實主義「建設殖民地文學」是有問題的，而殖民地文學中的政治立場則更是不可企求的

[20]楊熾昌，〈燃燒的頭髮——為了詩的祭典〉，《水蔭萍作品集》，頁 127～128。
[21]楊熾昌，〈檳榔子的音樂——吃鉈豆的詩〉，《水蔭萍作品集》，頁 123。
[22]楊熾昌，〈土人的嘴唇〉，《水蔭萍作品集》，頁 138。
[23]同上註，頁 136～137。
[24]同註 18，頁 223。

「嚴重的大問題」[25]。「殖民地文學」是楊逵離開臺灣文藝聯盟，另組臺灣新文學社的基本立場。楊逵一生投入工農運動，反對議會運動，1927 年文化協會的分裂，亦是基於此立場的對立。觀楊逵主要作品，莫不都是強調資產階級對於無產階級的剝削，主張同時採取工農運動以及殖民地的民族運動。[26]楊熾昌卻認爲臺灣的文學要「拋棄政治的立場」。他質問堅持必須宣布明確政治立場的人是否要和「真實生活訣別」，或者要持續「再分裂和被迫清算和調整」[27]？至於當時《臺灣新文學》所謂的立場，楊熾昌認爲只是「在那種模稜兩可之中，讓人信以爲是政治的，其實卻不是政治的，也不是什麼的立場」，他甚至進一步責問：「如你以爲《新文學》有立場，河崎君，你就看《新文學》3 月號吧。如說有立場，其立場就是再分裂和被迫清算和調整的立場。」[28]事後回溯，楊熾昌也指出，「以文字來正面表達抗日情緒，雖是民族意識的發揚，可是在日帝『治安維持法』，新聞紙法，言論、出版、集會、結社等臨時取締法，不穩文書臨時取締法等等十餘法令之拘束下……假設要在不牴觸法令下從事寫實主義的作品，便成爲一種不著邊際的產品，與現實的生活意識相去甚遠」，而成爲「樣板作品」[29]。

楊熾昌在 1936 年〈新精神和詩精神〉一文中，便曾舉日本有關白樺派的論爭爲例，指出社會寫實主義或是自然主義者的藝術表現「停滯在強烈的主觀表現而缺乏表現技巧」，在文學史上是有其極限的[30]。在該文中，楊熾昌介紹西方現代主義運動自未來派宣言、達達主義、超現實主義、新即物主義等在日本引起的現代主義運動與現代詩運動，以說明他所期待的「新精神」與「詩精神」。從此文可以看出楊熾昌深受西歐以及日本現代主義運動與超現實主義的影響，尤其是法國的阿保里奈爾（Guillaume

---

[25]楊熾昌，〈臺灣的文學喲，要拋棄政治的立場〉，《水蔭萍作品集》，頁 118
[26]有關楊逵的政治立場、反對運動生涯與文學創作，可以參考陳芳明的〈楊逵的反殖民精神〉。
[27]同註 25。
[28]同上註。
[29]楊熾昌，〈回溯〉，《水蔭萍作品集》，頁 224～227。
[30]楊熾昌，〈新精神與詩精神〉，《水蔭萍作品集》，頁 167～168。

Apollinaire）、考克多（Jean Cocteau），與日本的春山行夫與西脇順三郎更是受到楊熾昌的熱愛。[31]

　　楊熾昌非常推崇春山行夫與西脇順三郎在《詩與詩論》（詩と詩論）中所發展的討論，以及他們所介紹的西歐文學，他認為人們如果要接受新的文學，必須要「把至今成為先入為主觀念在萌芽的東西收起來」，並參考西脇順三郎撰寫《歐洲文學》與春山行夫撰寫《喬伊斯中心的文學運動》之例，學習這兩位作者除了使用「歐洲精神」之外，並且「離開日本人的立場」，才有可能理解並尊重外國文學的「獨創性」[32]。使用「歐洲精神」與「離開日本人的立場」是離開固定身分政治的一個前提，唯有解開寫實身分，才有可能在文學之中突破，而開啟此文化的新精神。

　　有關詩的「新精神」及詩與寫實之間的差異，楊熾昌在他的詩論中段討論。在他介紹日本自由詩革命者百田宗治《自由詩之後》一文中，楊熾昌藉由法國梵樂希（Paul Valéry）的理論說明近代詩的「精神的新秩序」：

> 從文學上除去一切種類的偶像和現實的幻影，並將「真實」的語言與「創造」的語言之間可能產生的疑義等除掉的就是詩（梵樂希）。……詩是從現實分離得越遠，越能獲得其純粹的位置的一種形式。[33]

　　楊熾昌強調詩必須與現實分離得越遠，越能得其純粹的形式，這便是春山行夫、西脇順三郎、安西多衛、北川冬彥、北園克衛、村野四郎等現代主義詩人在《詩與詩論》展開的新詩精神運動所強調的，也是楊熾昌以超現實主義為基礎創立的「風車詩社」的基本態度。

---

[31] 《詩與詩論》以春山行夫、西脇順三郎、安西多衛、北川冬彥、北園克衛、村野四郎等人為代表，以超現實主義為旗幟，企圖銜接後來被超現實主義者納入陣營的法國梵樂希的詩論，以及阿保里奈爾與考克多等前衛詩人。《詩與詩論》的活躍期間約為昭和 3 年～6 年（1928 年～1931 年），但是影響延續整個昭和 10 年的階段，直到大戰開始方止。

[32] 〈《喬伊斯中心的文學運動》讀後〉，頁 155

[33] 百田宗治，〈詩作法〉。見楊熾昌〈詩的化妝法──百田宗治著《自由詩以後》〉，《水蔭萍作品集》，頁 190～191。

　　楊熾昌的詩論在在呈現他認爲現實必須經過處理才能夠成爲詩的堅持：「一個對象不能就那樣成爲詩，這就像青豆就是青豆」[34]。而對於超現實主義與寫實主義的差異，他指出：寫實主義的作品立足於現實，「落入作者的告白文學的樸素性的浪漫主義」，是由於「作品和現實混雜在一起」的緣故，而此類作品的「火焰」極爲「劣勢」；至於超現實主義的文學，例如考克多與拉吉訶（Raymond Radiguet）等的作品，「從現實完全被切開的」，而使我們「在超現實中透視現實，捕住比現實還要現實的東西」[35]。

　　「燃燒的頭髮」一詞，便可以說明楊熾昌之超現實主義與現代主義性的核心精神。在〈檳榔子的音樂〉一文中，他寫道：「我非常喜歡在燃燒的頭腦中，跑向詩的祭禮，摸索野蠻人似的嗅覺和感覺。在詩的這一範疇裡會召喚危險的暴風雨這件事，也是做爲詩人血淋淋的喜悅。……從燃燒的頭髮，詩人對著藍天出神而聽見詩的音樂。」[36]而在〈燃燒的頭髮——爲了詩的祭典〉一文中，他繼續發展：

　　　　牧童的笑和蕃女的情慾會使詩的世界快樂的。原野的火災也會成為詩人
　　　　的火災。新鮮的文學祭典總是年輕的頭髮的火災。新的思考也是精神的
　　　　波西米亞式的放浪。我們把在現實的傾斜上摩擦的極光叫做詩。[37]

　　透過「燃燒的頭髮」，楊熾昌將原始的感覺，波希米亞式的放浪、透明的思考與詩的世界銜接：「我思索透明的思考，……文字的意義上變得不透明。……這種思考的世界就在『燃燒的頭髮』中，這個思考的世界終於成爲文學的。文學作品只是要創造頭腦中思考的世界而已。」[38]

　　楊熾昌燃燒式的思考與跳躍的意象在他的詩作中俯拾即是：例如寫於

---

[34]同註20，頁138～139。
[35]同註20，頁130。
[36]同註20，頁122～123。
[37]同註20，頁127～128。
[38]同註20，頁128。

1936 年的〈毀壞的城市——Tainan Qui Dort〉：

祭祀的樂器
眾星的素描加上花之舞的歌
灰色腦漿夢著癡呆國度的空地
濡濕於彩虹般的光脈
……

或是 1934 年的〈demi rever〉：

黎明從強烈的暴風雪吸取七月的天光
音樂和繪畫和詩的潮音有天使的跫音

音樂裡的我的理想是畢卡索的吉他之音樂

黃昏和貝殼的夕暮
畢卡索，十字架的畫家。肉體的思維。肉體的夢想
肉體的芭蕾舞

頹廢的白色液體
第三回的煙斗煙之後升起的思考進入一個黑手套裡——
西北風敲打窗戶
從煙斗洩露的戀走向海邊去

2.
留在蒼白額上的夢的花粉。風的白色緞帶
孤獨的空氣不穩
陽光掉落的夢

在枯木天使的音樂裡，綠色意象開始飄浪。鳥類。魚介。獸。樹、
水、砂也成雨。……

〈毀壞的城市〉中的驚駭與吶喊會令人想起孟克的畫，而臺南的古城
的沉睡與癡呆，亦如孟克畫中的封閉世界。〈demi rever〉中流動跳躍的意
象更令人想起克利（Paul Klee）或是米羅畫中飛揚的物體。具體呈現飛舞
的意念。楊熾昌詩作中的意象便是「肉體的思維。肉體的夢想／肉體的芭
蕾舞」！

楊熾昌曾以「感性的纖細和迫力」、「聯想的飛躍」、「思考的音樂」、
「燃燒了文化傳統的技法」、「意識的構成」幾個辭彙呈現他對考克多、中
村千尾的稱讚；於 1987 年間與中村義一的通信，楊熾昌亦以類似的文字描
述自己 1930 年代的詩作與詩論：「我所主張的聯想飛躍、意識的構圖、思
考的音樂性、技法巧妙的運用和微細的迫力性等，對當時的我來說，追求
藝術的意欲非常激烈，認爲超現實是詩飛翔的異彩花苑。」[39]從以上列舉幾
首詩例來看，楊熾昌的詩作的確具有除了上述超現實詩風的特質；除此之
外，我們也看到他的詩作還兼有他用以描繪日本超現實畫家福井敬一的畫
的特質——「鬼氣逼人」、「淒厲之氣」與「戰慄」[40]。楊熾昌指出福井敬一
的特殊技巧是一種 Nagative 的處理，「能表現出意識的背部」以及「魔性之
美」[41]。楊熾昌於 1933 年請福井敬一替他的處女詩集《熱帶魚》作插畫，
1985 年又請他替《紙魚》作插畫，可見楊熾昌對福井敬一的畫的高度評
價，以及他的詩風與福井敬一畫風的相近之處。

殖民處境的負面書寫：平靜愉悅麻木之下的屍骸、腐敗與血腥

從楊熾昌的詩與小說中，我們看到，對於楊熾昌而言，殖民處境其實

---

[39]中村義一，〈臺灣的超現實主義〉，《水蔭萍作品集》，頁 292。
[40]楊熾昌，〈洋燈的思維〉，《水蔭萍作品集》，頁 161。
[41]楊熾昌，〈《紙魚》後記〉，《水蔭萍作品集》，頁 251～252。

是不能迴避的，但是，現實卻是不能正面注視、正面描寫的。因此，楊熾昌不直接寫被殖民者的政治抗拒，而以負面書寫來寫其「創傷經驗」，並以文字來實踐其抗拒。他不能也不願意如同《先發部隊》所號召而朝向眾人一致的目標邁進。他只能「散步」，像是一個懶散的「浪遊者」（"flaneur"），甚至是閉上眼睛散步。〈日曜日式的散步者〉一詩似乎是他的詩學自白。他會為了「看靜物」而「閉上眼睛」，讓風景隨著「破碎的記憶」如夢一般展現。散步在夢中的風景，他看到：

> 愉快的人呵笑著煞像愉快似的
>
> 他們在哄笑所造成的虹形空間裡拖著罪惡經過
>
> ……
>
> 不會畫畫的我走著，聆聽空間的聲音……
>
> 我把我的耳朵貼上去
>
> 我在我身體內聽著像什麼惡魔似的東西
>
> ——〈日曜日式的散步者〉，1933 年

這個體內的「惡魔」，讓他在、「灰色腦漿」、「痴呆國度」、「愉快的人」與「哄笑」的輕鬆之中看到「罪惡」，看到「兇惡的幻象」。

> 擊破被密封的我的窗戶
>
> 侵入的灰色的靡菲斯特
>
> 哄笑的節奏在我的頭腦裡塗抹音符
>
> ……
>
> 墮落下來的可怕的夜的氣息
>
> 被忽視的殖民地的天空下暴風雪何時會起……
>
> 是消失於冷笑中兇惡的幻象……
>
> ——〈幻影〉，1933 年

在日常生活的進行中，詩人所看到的，是「殖民地的天空下」隨時會
起的暴風雪與兇惡幻象，是眾人不自覺而愉快地犯下的罪惡，是「灰色腦
漿夢著痴呆國度的空地」[42]。行走在臺南市的街道上，詩人會在「鐘聲青色
的音波」、「清脆得發紫的音波」與「無蓬的卡車的爆音」不同聲響中，看
到「賣春婦因寒冷死去」[43]。在後期〈自畫像〉（1979 年）中，詩人也以
「毀壞」、「風化的城市」、「和平的早晨」、「幽冥世界」、「生命的閃爍」來
描寫臺南市，而詩人自己則被「埋身破爛裡」。

我們很清楚的看到，楊熾昌對於「新」文學或是「新精神」的理解，
是深受日本超現實詩人與詩學理論家西脇順三郎在〈詩學〉中所討論的
「新的關係」的影響。無論是馬拉美所謂的「謎」（"enigma"），或是布列
東（Andre Breton）所說的「驚愕之美」（"beauty of wonder"），或是西脇順
三郎所說的「腦髓中合理的中樞遭到掠奪」的興奮[44]，都含有相反元素在詩
中結合而產生的「新的關係」，足以向既定概念提出顛覆性的挑戰。楊熾昌
的「新的關係」最明顯的呈現方式，自然是藉由不相關聯的意象之非理性
並置。在這些分子化而斷裂的意象並陳之間，我們看到理性的撤退，以及
文本控制的鬆綁。他在〈demi rever〉一詩中便呈現出這種意識與理性的撤
退狀態：

黎明從強烈的暴風雪吸取七月的天光

音樂和繪畫和詩的潮音有天使的跫音

音樂裡的我的理想是畢卡索的吉他之音樂

黃昏和貝殼的夕暮

畢卡索，十字架的畫家。肉體的思維。肉體的夢想

---

[42]楊熾昌，〈毀壞的城市〉，《水蔭萍作品集》，頁 51。

[43]楊熾昌，〈青白色鐘樓〉，《水蔭萍作品集》，頁 74。

[44]西脇順三郎，〈詩學〉，杜國清譯著《西脇順三郎的詩與詩學》（高雄：春暉出版社，1980 年），頁
　7。

肉體的芭蕾舞

……

2.

留在蒼白額上的花粉。風的白色緞帶

孤獨的空氣不穩

陽光掉落的夢

在枯木天使的音樂裡，綠色意象開始飄浪。鳥類。魚介。

獸。樹、水、砂也成雨。……

　　這種以暴力而非理性的方式結合相異的經驗意識，在楊熾昌的詩中最
常出現的方式，是腐敗與妖美結合。或者我們可以說，平靜愉悅與腐敗挫
折的並置，美麗之下的凋萎與死亡，靜止生活下的創傷，是楊熾昌詩中的
基調，也是他所感受到的處境──身處殖民地的「臺南市」。在寫沉睡中的
臺南市一詩〈毀壞的城市〉中，楊熾昌清楚地呈現這種創傷錯愕的心境：

為蒼白的驚駭

緋紅的嘴唇發出可怕的叫喊

風裝死而靜下來的清晨

我肉體上滿是血的創傷在發燒

　　因此，我們在楊熾昌的詩作中，時常看到死亡圖象的固執重現。而這
種創傷之後的沉默，在 1939 年所寫的有關死亡的詩中，更為明顯：

淫靡的薔薇花

有髮香的花之化石

有髮香的雪花石膏

> 燭臺的窗裡看得見的
> 夜底祕密是
> 花、果實、寶石、爬蟲類……
> 啊飄落在死相上的甲蟲翅膀的聲音
>
> 敗北的風裡
> 屍骸舞踴的祭典正酣
>
> ——〈月的死相——女碑銘第二章〉，1939 年

當殖民地處境進入了不可抗拒的戰爭場景，我們更時常看到楊熾昌詩作中對於死亡的耽溺。於是，〈月的死相〉一詩凸顯死亡與生命無情地並置，甚至是死亡與妖美的並置：我們不僅看到沉寂安靜的死亡圖象，也看到墓園中「淫靡的薔薇花」；不僅看到石膏與化石，也聞到石膏化石中的髮香；不僅看到風中枝葉枯萎的屍骸飛舞，也看到死亡之中花、果實、寶石與爬蟲的生命跡象。

「蝴蝶」，這凝聚美麗與驚駭死亡對立效果的環節，便時常在楊熾昌詩中出現。早在 1935 年的〈靜脈與蝴蝶〉中，我們看到蝴蝶飛舞在以古老的方式自殺的少女屍體上：

> 夕暮中少女舉起浮著靜脈的手
> 療養院後的林子裡有古式縊死體
> 蝴蝶刺繡著青裳的褶襞在飛……

蝴蝶也飛舞在臺南這敗北而毀壞的城市的夕陽之中，而眾人的生存銘刻在「敗北的地表」，只能如同沒有生命而空洞的貝殼，吹著口哨：

> 簽名在敗北的地表的人們

吹著口哨，空洞的貝殼

唱著古老的歷史、土地、住家和

樹木，都愛馨香的瞑想

秋蝶飛揚的夕暮喲！

對於唱船歌的芝姬〔私娼〕

故鄉的哀嘆是蒼白的

　　　　　　　——〈毀壞的城市——Tainan Qui Dort〉，1936 年

1939 年的蝴蝶也飄揚在自殺者的死亡意念中：

懼怖於自殺者的白眼而飄散的病葉的

音樂之中

　　　　　　　——〈蒼白的歌〉，1939 年

　　同年發表的〈蝴蝶的思考〉（女碑銘第一章）一詩中，我們更看到蝴蝶
飛舞在墓穴中桃燈晃動的陰影下，而蝴蝶的紫色觸角似乎已然探知死亡的
祕密以及生的虛飾。

　　……

「桃燈」的陰翳裡展開紫色的觸角

蝴蝶發白地噴湧而上

祕密的夢

透過深邃的光層

探索故事的虛飾

匍匐的蝴蝶們

妖變之夜

> 是血彩的思考嗎
> 變成背叛季節的女人之碑文
> 像翅粉一樣數不盡──

　　身處殖民地，他面對整體化的強制規範，面對表面化的平靜與愉悅，面對戰爭，卻無力改變，剩下的只有挫敗感，沉默與壓抑下的暴力與死亡腐敗的固執想像，以及這種固執想像之下所隱藏的恐懼。

　　因此，我們必須指出，在楊熾昌作品中的「新的關係」，或是如同波哲與尼采所強調的語言體系的崩毀與字的獨立而開展的斷裂處，絕對不僅是「驚愕之美」的展現，而是一種「負面的意識」，是殖民處境的負面呈現。

　　楊熾昌指出為他作插畫的福井敬一的特殊技巧是一種負面處理。他自己也說，當他寫〈花粉與口唇〉這篇小說時，他所嘗試的是「對酒與女人心理潛在意識的一種試探，著重於心理的變化與唯美印象的結合。」[45]其實，從楊熾昌的作品來看，除了「意識的背部」與「心理的變化」之外，我們也發現他文字中發展出傾向殘酷、血腥、死亡、異常、魔性、妖美等字彙。在〈殘燭的火焰〉一文中，我們可以清楚看到楊熾昌如何談論「意識的背部」。

　　楊熾昌提及西元 1937 年發表的〈薔薇的皮膚〉一文時，他認為自己在描寫肺病患者所咳出的血流在女護士雪白的和服與皮膚上，呈現了「血腥中男女間的性的歡悅」：

> 我嘗試把男人自己所吐出的血流在女人身上，以自己的手指撫摸著，以及女人閉著眼睛把臉埋在男人的胸懷裡，像赤裸裸的皮膚上染滿血的怪獸一樣陶醉在愛的美。

> ──〈殘燭的火焰〉，頁 243

---

[45]同註 29，頁 236。

這種「焦點對準女人的皮膚」的作品所流露的「奇異之戀」與「殘酷性」，是楊熾昌所說的追求男女之間愛的「妖異之光」，被人評為「頹廢之美」與「惡魔的作品」的「現代人神經症的異常為作品」[46]。

從 1933 年〈青白色的鐘樓〉、〈毀壞的城市〉，到 1937 年大戰開始後寫的〈薔薇的皮膚〉，到 1939 年的〈月之死相〉，我們注意到，這種負面書寫從書寫殖民地無法抗拒的沉默、蒼白、灰色腦漿，逐漸轉變為書寫殖民處境進入戰爭場域更為無可逃遁的死亡、暴力與血腥的現實。

文化監禁場域下恐懼的發洩口

楊熾昌以抗拒「系統化」以及「組織化」的「變異」姿態寫作，使臺灣現代文學中首次呈現以「神經症的異常為」以及殘酷醜惡之美為元素的作品。[47]

若不是他堅持以分子化的變異，拒絕進入新文學陣營的組織化機器，拒絕身分認同被固定化，他便不可能拓展出早期臺灣文學中罕見的深入意識「異常為」之境，無法通過文字正視醜陋殘酷之美，而進入象徵系統的邊緣地帶。

楊熾昌指出，「清豔、餘情、枯淡、妖美」幾個理念所貫穿的軸線轉向「微暗、陰翳」，便會直接連上「醜惡的美」，而這種「微暗」的轉向是基於「殘酷的冷酷之眼」所造成。[48]這種「冷酷之眼」是「體會到深有所感者」對待死亡與對待人生的觀看：「無情地暴露它，要直逼人性本質的冷酷無情」。[49]

注視著流淌著鮮血的肌膚而感受到的快感，耽戀於死亡之中的腐敗與妖美，聆聽體內惡魔的訊息，都是以變異泛轉的方式，逃離伊底帕斯組織化的生命欲望。進入了伊底帕斯的組織化，便會隨著欲望的路徑，追求系

---

[46]楊熾昌，〈殘燭的火焰〉，《水蔭萍作品集》，頁 241～242。
[47]同上註，頁 242。
[48]同註 46，頁 239。
[49]同註 46，頁 242。

統內的絕對標準與一致化的對象。性別身分、國族認同、黨派立場、抽象道德標準都成爲架構欲望的基礎。在此穩固的基礎之上,明確的「主體」隨之產生,朝向超我的認同機制也隨之產生。超我要求「我」拋棄所有原初母體的殘渣,如同將體內不潔之雜質嘔吐排除,以便完成淨化與系統化的運作。

楊熾昌筆下的負面的、否定的、惡魔式的殘酷快感與醜陋之美,在中國與臺灣早期現代文學史中是個罕見的異端。而楊熾昌書寫的意義,便在於他以變異之姿,脫離單一化的新文學論述,而開展了新的意識層次與書寫層次。由此脈絡觀之,他作品中從 1933 年到 1939 年持續出現的「妓女」主題,例如〈園丁手冊——海港的筆記〉(1935 年),則是側面地呈現了臺灣的被殖民處境與「妓女」意識。

> 森林的巴克斯酒神載著年輕人的靈魂,油布床上奏著港色的輪巴,少女做著朱色的呼吸賣愛。年輕人求著桃紅的彩色於一杯酒裡。
> ……
> 旗後的山在暗黑中把女人吸起又吐出而叫著。渡海港的駁船上少女總是以紅色長衫招著海港的春天。水手和色慾……酒色的冒險,以年輕人的熱情迎接了年輕人的體力……
> 貨船和女人使海港像波浪一樣浮動。她的愛就是貨船。她就是貨船的情人。海港們在夜的風貌口擴展觸手緊擁著時代的波濤。

在楊熾昌其他的詩作中,例如〈青白色的鐘樓〉(1933 年)、〈花粉和嘴唇〉(1934 年)、〈毀壞的城市〉(1936 年)、〈悲調的月夜——給霓虹之女 T.T〉(1938 年)、〈薔薇〉(1939 年)、〈花海〉(1938 年)、〈不歸的夢〉(1939 年)等,妓女與性愛的主題頻繁地浮現於字裡行間。而他從 1933 年到 1937 年,戰爭逐步進入殘酷的真實之境,楊熾昌的書寫也一步一步走入變異與血腥的美感之中。我們可以理解,1937 年〈薔薇的皮膚〉中的血

腥與虐待狂式的美感衝動，正是身處殖民地的臺灣人面對強固而不可迴避的戰爭局勢時，唯一可以採取的變異文字策略。

楊熾昌以「肉體的思維。肉體的夢想／肉體的芭蕾舞」以及「燃燒的頭髮」將我們帶到符號的物質性以及精神的邊緣。從楊熾昌對於轉換文化身分、跳出民族立場的建議，以及要求詩必須遠離現實，詩必須是經過處理的現實，字義的不透明性，拓展意識底層的呈現，再加上他超現實風格的跳躍燃燒意象、鬼魅染血而妖美的氣氛，我們自然了解爲何他會一再被鹽分地帶寫實主義陣營批評爲「耽美」、「頹廢美」、「醜惡之美」、「殘酷之美」、「惡魔的作品」[50]；我們也了解楊熾昌的現代主義詩論與「神經症的異常爲作品」[51]與他對「傳統」提出的挑戰，爲何會給予臺灣文壇「甚大的震撼力」，而使得他自己「一時之間，似乎成爲眾矢之的」[52]，使得《風車》詩誌僅維持四輯便被迫中止；我們更了解爲何他不被明潭出版社與前衛出版社列爲「臺灣」新文學。

巴岱爾（Georges Bataille）曾經在《情慾之淚水》（*The Tears of Eroticism*）一書中指出：色情與暴力帶來同等的快感，也都正是內在隱藏的恐懼的發洩口。因此，對於極端痛苦的強迫性幻想以及痙攣式的暴力與色情的書寫，都是爲了要對抗內在壓抑的面對死亡的恐怖。[53]巴岱爾所討論的是薩德（Marquis de Sade）與戈雅（Goya）經歷法國革命以及西班牙內亂的殘暴，而被囚禁後的藝術創作特質。我認爲，這種對於被囚禁而帶來的沈默與壓抑，無論是監獄，或是身體，或是制度、意識形態與文化監禁場域，正可以說明楊熾昌的變態書寫中隱藏的面對死亡的恐懼。這種文化

---

[50]同註 46，頁 240～242。

[51]同註 46，頁 242。

[52]同註 29，頁 226

[53]巴岱爾曾經在《情慾之淚水》一書中討論薩德與戈雅對於暴力與色情的處理中指出：薩德親眼見到法國革命暴徒的殘暴殺戮，薩德被監禁 30 年之間，便以書寫色情與暴力來對抗內在壓抑的恐懼。戈雅也經歷西班牙內亂的殘酷過程，而戈雅被毆打成聾，他所被囚禁 36 年的是沒有聽覺的囚籠。對於極端痛苦的強迫性幻想，以及痙攣式的暴力近乎色情所帶來的衝動與快感，色情與暴力正是恐懼的發洩口。見 Bataille, Georges. *The Tears of Eros*. Trans Peter Connor. San Francisco: City Lights Books, 1989. pp. 132～133.

場域的監禁，比起薩德的 30 年囚禁，也是五十步與百步之別。許多其他類似的沉默暴力的書寫，例如臺灣 1950、1960 年代的現代主義文學，或是中國 1980 年代的先鋒派文學，亦可以從同樣的角度來理解。

——選自劉紀蕙《孤兒‧女神‧負面書寫——文化符號的徵狀式閱讀》
臺北：立緒文化公司，2000 年

詩史定位的基礎
《水蔭萍作品集》編序

◎呂興昌[*]

　　文學綿延成史，歷史需得見證；這本熾昌先生的《水蔭萍作品集》，如實地見證了比半個世紀還早之前的臺灣詩史。通過它，我們終於比較能清楚地勾勒出1930年代臺灣超現實主義詩潮萌芽生發的概況。

　　1930年代，臺灣反帝反封建的社會、政治運動，在殖民當局強力的彈壓檢束下，紛紛淪於解散的悲運，然而深富左翼色彩的文學創作卻應運勃興，負起進一步文化鬥爭的責任，見證了同一時期世界性的社會主義思潮席捲人心的事實。1930年代的前半期，臺灣作家在1920年代文學運動的基礎上，邁開大步，從鄉土文學、臺灣話文的論戰中建立起紮實的現實主義傳統，成為葉石濤所謂的「成熟期」；不過也正如葉氏的分析，這些採取現實主義手法，以反映臺灣農村疲憊、各階層民眾生活困境為主的作品，由於社會性觀點頗強，太重視農工與殖民和封建地主等統治結構搏鬥的現實，被現實狀態所綑綁，未能拓展作品的深度與廣度，也忽略藝術性和美學性的探求，使作品有時淪為粗糙的意識形態之發洩。有鑒於此，部分作家，尤其是詩人，相當不能滿足這種文學現狀，於是先有1931年的王白淵出版了《荊棘之道》，以敏銳的藝術反省與美學觀照，創造出令日本左翼文壇視為典範的詩作來。接著到了1933年，以楊熾昌為核心的「風車詩社」創立，發刊了強調「超現實主義」的《風車》詩誌，企圖既能在帝國殖民摧殘下免遭文字之獄，又能秉持澄淨的文學質素構築具有前瞻性的新視

[*]成功大學臺灣文學學系兼任教授。

野。楊氏曾在一次訪談中回憶 1935 年楊逵離開《臺灣文藝》，另行發刊《臺灣新文學》之事，認為這是臺灣文學界的分裂，他說：

> 臺灣文學最要緊的是需有思想的特色和內涵，不要只是扛著抗日招牌，寫出民生疾苦的哀歌，應在文學的多面性下功夫，以純文學的角度去透視人生、分析人性、剖解社會。

印證另一次訪談所表示的：

> 詩社取名「風車」有兩個原因，一是受法國名劇場同名的「風車」的影響，二是臺灣詩壇已走投無路，需要像風車一樣吹送一種新的風氣。

楊氏希望開創臺灣詩史的新紀元是至為明顯的。

從當時的文壇反應看來，楊氏此一「吹送新風氣」的前衛態度，並未引起太多的重視，只被視為一種異質的存在，甚至原先有意避免政治干擾的初衷，也因為情治單位「看不懂」他的詩，而有特務前來「刺探」是否詩中另有隱情。然而從 1990 年代回顧臺灣新詩發展的整個歷程，楊熾昌所推動的此一小型「現代詩運動」極具意義。

首先，正如現實主義文學的發展，在臺灣有其不得不然的歷史條件和社會現實，同樣的，超現實主義也有其因勢利導水到渠成的時空背景；其次，此一運動完全是與世界性的前衛藝術同步進行，從而凸顯臺灣文學除了部分來自中國座標的啓發外，更大部分源自世界座標的影響；第三，它擴大、深化臺灣新詩的美學經驗；最後，它平實但鐵案如山地點出紀弦等一向的詩史謬見，使我們清楚地了解臺灣的現代詩運動並非起於 1950 年代臺北的「現代詩社」，而是 1930 年代臺南的「風車詩社」。

如此重要的詩人，其作品與生平事蹟卻一直未在國內獲得較完整的整理；1970 年代末，黃武忠、羊子喬陸續挖掘楊熾昌舊作，請陳千武進行翻

譯，而黃、羊二氏則從事評論的工作。到了 1980 年代初，楊氏又在鍾肇政
主持的《民眾日報》副刊與瘂弦主編的《聯合報》副刊發表回憶性的文
章，（後者還收入該報出版的《寶刀集》），其文學生涯才慢慢爲人所知，其
詩史的地位也漸獲世人的肯定。1989 年 2 月，陳千武漢譯《水蔭萍詩集‧
燃燒的臉頰》在《笠詩刊》第 149 期刊出後，楊氏詩作的整體風貌，終於
比較全面地展現在國人的面前。

　　然而這些作品只占楊氏戰前所有創作不到一半的份量，想要一窺全
豹，尤其是除了詩作之外，有關超現實新詩的種種理論或觀念陳述，仍有
待進一步的蒐求與整理。

　　1990 年代一開始，筆者有感於臺灣文學在學院中幾乎毫無地位此一事
實，認爲有必要以嚴肅的態度重新思考這塊土地到底發生了什麼，於是義
無反顧地從中國文學的研究領域裡轉進到臺灣文學的探索，尤其是臺灣詩
史的挖掘與建構。五年來，筆者不斷在文獻資料的蒐集與田野調查的工作
上迭有所獲，就中，楊熾昌的 case 更是令人鼓舞雀躍的經驗。1992 年 3 月
6 日，承跨越語言一代的詩人桓夫先生親自南下臺南，帶我前往拜謁楊
老，我才赫然發現這位心儀已有相當時日的老詩人，竟然就住在離我家不
到五分鐘摩托車程的「厝邊」，於是接下來的日子我便經常單獨前往訪問並
進行錄音記錄，我開始從半個世紀以前等等舊報紙與雜誌中尋找楊老自己
尚未結集於《燃燒的臉頰》裡的其他作品，每有所獲，立刻影印一份送到
楊府。兩三年下來，居然「出土」了比他手頭所輯資料還多的作品，以致
有一次我陪楊千鶴女士拜訪他時，他開心地對楊女士說，除《燃燒的臉
頰》與《紙魚》外，他又可以出另一本詩文集了，邊說邊指著筆者道：「這
都是呂教授挖出來的。」這時，一老一小，直是莫逆於心其樂何似啊！

　　不錯，我是費相當多的時間與精力從事挖掘的工作，也準備將楊老的
生平資料作完整的記錄，甚至也已進行了數次的錄音「存證」，然而，由於
其他前輩詩人的資料不斷出土，我可以不誇張的說，從臺灣頭跑到臺灣尾
隨時在追蹤這些資料，以致中斷了與楊老的訪談，我當時想，住在「灶

腳」的楊老，比較容易「處理」，比較「不急」；有一次見面，我抱歉地表示「生理（生意）做得有較大」，一時分身乏術，無法持續與他聯繫，他竟然說：「慢慢來嘛，不要緊啦，」，然後笑呵呵地補一句：「你是驚我 khiau 去（翹掉）是不是？安啦，我還勇咧啦！」，就這樣，我忙著追楊華、追郭水潭、追吳新榮、追莊培初、追王白淵、追王登山、追黃石輝……就是覺得楊老最可以放心慢慢來，因為他雖然胃部開過刀，但早已恢復得不異常人，與他走在一起，甚至可用「一馬當先」、「健步如飛」來形容他的「勇健」，哪裡曉得我當時是多麼不可饒恕的大意啊。

真正驚覺大錯鑄成業已無法挽回是去年（1994 年）9 月 5 日的事。由於臺南市文化中心決定出版「南臺灣文學──臺南市作家作品集」，楊老成為不作第二人想的首要人選，而中心方面希望找一位同屬府城的作家來加以漢譯，使楊老的作品集更具特色，於是甫自日本大學退休返臺的詩人葉笛也馬上成為最佳人選，就這樣，我興沖沖的在這一天約了葉笛以及作品集編選委員之一的成大陳昌明教授，前往楊府拜訪，準備商談出版事宜，殊不知楊老竟已臥病在床，無法起身了，我這才猛然想起已經有好幾個月未和楊老聯絡。

然後我才知道，楊老上次胃部手術後化驗，證明已有惡性腫瘤的存在，但家屬不敢告訴楊老夫婦實情，楊老自然也就不疑有他了。當時，我真是錐心的懊悔啊，如果我有先見式的敏銳，說不定我會放下其他的工作，日以繼夜先完成楊老這部分的整理……

9 月 25 日傍晚，那正是楊老臨終前二天，我把編好的《水蔭萍作品集》目錄帶到他病榻前，他虛弱的過目一遍，頻頻點頭，然後費力的迸出一句「死在眼前」，最後緊緊握住我的手說：「一切拜託你了。」那手是厚實溫柔的，與他的病情絕不相配，反有一種篤定與自信的從容，一種走進歷史、還諸天地的豁然。

回想這兩年多來楊老忘年的垂顧，我唯一的報答之道也只有編好這本作品集一途了。而最使我驚喜，也最足告慰楊老在天之靈的是，就在作品

集一校的過程中，當我與他的三公子皓文君一齊整理遺稿時，竟在一個不起眼的角落裡，發現了連楊老都以爲早已不存人間的《風車》詩誌第 2 輯原刊本，其中甚至還有一篇短篇小說呢！如今這些資料均已補入作品集中，而我一直以爲無法編成的〈楊熾昌生平著作年表初稿〉，最後終也勉強完成，衷心希望楊老不要太過責怪我的粗疏才好。

編在這本集子裡的作品，無論詩、小說、評論，均是楊老戰前的嘔心之作，戰後數量甚多的隨筆則暫予割愛，但有關戰前文學活動的回憶性文字，由於極具史料價值，都盡量收錄。筆者殷切期盼，既然楊老幾乎所有戰前作品均已出土結集，那麼接下來更重要的課題便是：請大家親近楊熾昌、研究水蔭萍，使楊老在臺灣詩史的重要性，真正獲得如實的定位。

最後，感謝文化中心陳主任「識寶」願意出版這國寶級的作品，也感謝楊老家人所提供的一切協助，更感謝漢譯大功勞者詩人葉笛亦師亦友的牽教，那種不計三更半夜隨時笑嘻嘻地與我共同校訂譯文的寬待，使我永難忘懷象徵著福爾摩沙心靈的長者風範。

——選自呂興昌編《水蔭萍作品集》
臺南：臺南市立文化中心，1995 年

輯五◎
研究評論資料目錄

作家生平、作品評論專書與學位論文

專書

1. 黃建銘　　日治時期楊熾昌及其文學研究　臺南　臺南市立圖書館　2005 年 12 月　456 頁

本書爲碩士論文出版，係針對日治時期首創現代主義詩社「風車詩社」的作家楊熾昌之生平及其文學，作歷史性的綜合考察，從事的是作家論研究。本論文重新調查臺灣及日本兩地楊熾昌與風車詩社相關資料，以增補《水蔭萍作品集》收錄作品及年表之不足及勘誤，對臺灣「現代主義」有更清晰的呈現及探討日治時期文化人與時代互動關係之研究。全文共 6 章：1.序論；2.成爲作家之前的楊熾昌（1918—1931.冬）；3.作家形成期之第一階段：臺南新報時期（1932—1935.12）；4.作家形成期之第二階段：臺灣日日新報時期（1935.12—1945.8.15）；5.文學創作之表現與轉變——以詩爲中心；6.結論。正文後附錄〈作家生平年表補編〉、〈相關年表〉、〈相關史料對譯稿〉。

學位論文

2. 黃建銘　　日治時期楊熾昌及其文學研究　成功大學歷史學系　碩士論文　林瑞明教授指導　2002 年 7 月　201 頁

本論文係針對日治時期首創現代主義詩社「風車詩社」的作家楊熾昌之生平及其文學，作歷史性的綜合考察，從事的是作家論研究。本論文重新調查臺灣及日本兩地楊熾昌與風車詩社相關資料，以增補《水蔭萍作品集》收錄作品及年表之不足及勘誤，對臺灣「現代主義」有更清晰的呈現及探討日治時期文化人與時代互動關係之研究。全文共 6 章：1.序論；2.成爲作家之前的楊熾昌（1918—1931.冬）；3.作家形成期之第一階段：臺南新報時期（1932—1935.12）；4.作家形成期之第二階段：臺灣日日新報時期（1935.12—1945.8.15）；5.文學創作之表現與轉變——以詩爲中心；6.結論。正文後附錄〈作家生平年表補編〉、〈相關年表〉、〈相關史料對譯稿〉。

作家生平資料篇目

自述

3. 楊熾昌　　回溯——一個時代的終焉　聯合報　1980 年 11 月 7 日　8 版

4. 楊熾昌　　回溯　寶刀集——光復前臺灣作家作品集　臺北　聯合報社　1981

年 10 月　頁 189—203

5. 楊熾昌著；鄭清文譯　夢的追想——孤獨與哀傷的羅曼史　聯合文學　第 12
期　1985 年 10 月　頁 118—121

6. 楊熾昌　《燃燒的臉頰》後記　笠　第 149 期　1989 年 2 月 15 日　頁 132—
133

他述

7. 黃武忠　楊熾昌——引進超現實主義的詩人　聯合報　1979 年 7 月 5 日　12
版

8. 黃武忠　引進超現實主義的詩人——楊熾昌　日據時代臺灣新文學作家小傳
臺北　時報文化出版公司　1980 年 8 月　頁 90—92

9. 蕭　蕭　楊熾昌　現代詩入門　臺北　故鄉出版社　1982 年 8 月　頁 65—66

10. 〔文訊雜誌〕　文苑短波——楊熾昌北上訪友　文訊雜誌　第 9 期　1984 年
3 月　頁 4

11. 黃武忠　書生本色的楊熾昌　臺灣作家印象記　臺北　眾文圖書公司　1984
年 5 月　頁 37—41

12. 羊子喬　超現實主義的倡導者——楊熾昌　自立晚報　1986 年 8 月 9 日　10
版

13. 羊子喬　超現實主義的倡導者——楊熾昌　神秘的觸鬚　臺北　臺笠出版社
1996 年 6 月　頁 180—183

14. 羊子喬　超現實主義的倡導者——楊熾昌　神秘的觸鬚　臺南　臺南縣立文
化中心　1998 年 12 月　頁 180—183

15. 中村義一著；陳千武譯　臺灣的超現實主義〔楊熾昌部分〕　笠　第 145 期
1988 年 6 月　頁 101—103

16. 中村義一著；陳千武譯　臺灣的超現實主義〔楊熾昌部分〕　水蔭萍作品集
臺南　臺南市立文化中心　1995 年 4 月　頁 289—293

17. 中村義一著；陳千武譯　再論臺灣的超現實主義〔楊熾昌部分〕　笠　第
145 期　1988 年 6 月　頁 103—107

18. 中村義一著；陳千武譯　再論臺灣的超現實主義〔楊熾昌部分〕　水蔭萍作

品集　臺南　臺南市立文化中心　1995 年 4 月　頁 295—300

19. 中村義一著；陳千武譯　　臺灣的超現實主義及其他〔楊熾昌部分〕　笠　第
　　145 期　1988 年 6 月　頁 107—109

20. 中村義一著；陳千武譯　　臺灣的超現實主義及其他〔楊熾昌部分〕　水蔭萍
　　作品集　臺南　臺南市立文化中心　1995 年 4 月　頁 301—305

21. 朱雙一　　楊熾昌與風車詩社　臺灣文學史（上）　福州　海峽文藝出版社
　　1991 年 6 月　頁 538—548

22. 許振江　　銀髮閃爍著智慧——記楊熾昌　中華日報　1992 年 10 月 3 日　11
　　版

23. 許振江　　銀髮閃爍著智慧——記楊熾昌　風範：文壇前輩素描　臺北　正中
　　書局　1996 年 10 月　頁 68—71

24. 莊永明　　燃燒的臉頰　臺灣紀事——臺灣歷史上的今天（下）　臺北　時報
　　文化出版公司　1993 年 4 月　頁 994—995

25. 羊子喬　　一聲脫口即碎的嘆息——悼前輩詩人水蔭萍　聯合報　1994 年 10
　　月 11 日　37 版

26. 陳千武　　哀悼詩人楊熾昌先生　臺灣時報　1994 年 10 月 15 日　22 版

27. 〔笠〕　　悼詩人水蔭萍先生　笠　第 185 期　1995 年 2 月 15 日　頁 135—
　　136

28. 〔鄉城生活雜誌〕　　從超現實「風車」中捕捉楊熾昌的內心世界　鄉城生活
　　雜誌　第 14 期　1995 年 3 月　頁 47—49

29. 楊蒼嵐　　寫在《水蔭萍作品集》出版以前　水蔭萍作品集　臺南　臺南市立
　　文化中心　1995 年 4 月　頁 1—3

30. 楊蒼嵐　　春鶯囀啼的早晨——懷念父親楊熾昌先生　水蔭萍作品集　臺南
　　臺南市立文化中心　1995 年 4 月　頁 363—372

31. 楊蒼嵐　　春鶯囀啼的早晨——懷念父親楊熾昌先生（上、下）　聯合報
　　1995 年 5 月 25—26 日　37 版

32. 葉　笛　　義不容辭・情何以堪——《水蔭萍作品集》譯序　水蔭萍作品集
　　臺南　臺南市立文化中心　1995 年 4 月　頁 5—7

33. 葉　笛　義不容辭，情何以堪——《水蔭萍作品集》譯序　葉笛全集・評論
卷三　臺南　國家臺灣文學館籌備處　2007 年 5 月　頁 253—255

34. 葉　笛　義不容辭，情何以堪——《水蔭萍作品集》譯序　葉笛全集・翻譯
卷二　臺南　國家臺灣文學館籌備處　2007 年 5 月　頁 3—5

35. 呂興昌　出土　臺灣新聞報　1995 年 7 月 14 日　19 版

36. 李宗慈　他們是一本本好書〔楊熾昌部分〕　風範：文壇前輩素描　臺北
正中書局　1996 年 10 月　頁 182—187

37. 彭瑞金　水蔭萍——臺灣現代詩的先驅　臺灣文學步道　高雄　高雄縣立文
化中心　1998 年 7 月　頁 116—119

38. 彭瑞金　水蔭萍——臺灣現代詩的先驅　臺灣新聞報　1998 年 10 月 5 日
13 版

39. 彭瑞金　水蔭萍——臺灣現代詩的先驅　臺灣文學 50 家　臺北　玉山社出
版公司　2005 年 7 月　頁 193—198

40. 彭瑞金　世紀末的回顧與省思——三百五十年來臺灣文學在南方——超現實
主義爲文學找出口〔楊熾昌部分〕　臺灣新聞報　1999 年 12 月 10
日　13 版

41. 呂興昌　走進歷史還諸天地——記熾昌先二三事　聯合文學　第 188 期
2000 年 6 月　頁 43—44

42. 尹子玉　日據時期留日臺籍作家——楊熾昌　文訊雜誌　第 179 期　2000 年
9 月　頁 30—37

43. 林政華　日據時代臺灣超現實主義現代詩的先驅——楊熾昌　臺灣新聞報
2002 年 10 月 3 日　9 版

44. 林政華　日據時代臺灣超現實主義現代詩的先驅——楊熾昌　臺灣古今文學
名家　桃園　開南管理學院通識教育中心　2003 年 3 月　頁 33

45. 趙勳達　楊逵「惡意分化臺灣文藝聯盟」的罪名成立嗎？〔楊熾昌部分〕
《臺灣新文學》（1935—1937）的定位及其抵殖民精神研究　成功
大學臺灣文學系　碩士論文　林瑞明教授指導　2003 年 4 月　頁 7
—13

46. 王景山　　楊熾昌　臺港澳暨海外華文作家辭典　北京　人民文學出版社
　　2003 年 7 月　頁 704—705

47. 陳千武　　詩人楊熾昌　陳千武全集‧詩思隨筆集　臺中　臺中市立文化局
　　2003 年 8 月　頁 21—24

48.〔吳東晟，陳昱成，王浩翔主編〕　　水蔭萍　織錦入春闈：現代詩精選讀本
　　臺中　京城文化公司　2005 年 8 月　頁 1

49. 落　蒂　　楊熾昌超現實　臺灣時報　2006 年 9 月 11 日　15 版

50.〔封德屏主編〕　　楊熾昌　2007 臺灣作家作品目錄　臺南　國立臺灣文學館
　　2008 年 7 月　頁 1113

51. 莊曉明　　風車詩社同人的文學型塑——風車詩社同人的生平——永不停息的
　　風車：楊熾昌　日治時期鹽分地帶詩人群和風車詩社詩風之比較研
　　究　國立臺北教育大學臺灣文化研究所　碩士論文　林淇瀁教授指
　　導　2008 年 12 月　頁 170—174

52. 古繼堂　　臺灣現代派文藝思潮的顯影〔楊熾昌部分〕　臺灣新文學理論批評
　　史　臺北　秀威資訊科技公司　2009 年 3 月　頁 80—81

53. 川賴千春　　日治時期臺灣藏書票的發展〔楊熾昌部分〕　文學臺灣　第 70
　　期　2009 年 4 月　頁 58

訪談、對談

54. 王　玲　　文壇上的業餘園丁——訪楊熾昌老先生　文運與文心——訪文藝先
　　進作家　臺北　中央月刊社　1982 年 2 月　頁 35—37

55. 王　玲　　文壇上的業餘園丁——訪楊熾昌老先生　中央月刊　第 14 卷第 7
　　期　1982 年 5 月　頁 84—86

56. 林佩芬　　永不停息的風車——訪楊熾昌先生[1]　文訊雜誌　第 9 期　1984 年
　　3 月　頁 403—420

57. 林佩芬　　永不停息的風車——日據下提倡超現實主義的楊熾昌先生　筆墨長
　　青——十六位文壇耆宿　臺北　文訊雜誌社　1989 年 4 月　頁 136

---

[1]本文為整理訪問楊熾昌稿件而成，對其生平與文學活動敘述詳盡，正文後有〈楊熾昌先生年
　譜〉。本文後改篇名為〈永不停息的風車——日據下提倡超現實主義的楊熾昌先生〉。

作品評論篇目

綜論

2 期　1988 年 5 月　頁 47—54

71. 古繼堂　　　臺灣早期現代派詩人群〔楊熾昌部分〕　臺灣新詩發展史　臺北　文史哲出版社　1989 年 7 月　頁 50—52

72. 朱雙一　　　日據時期的臺灣新詩〔楊熾昌部分〕　臺灣新文學概觀（下）　福建　鷺江出版社　1991 年 6 月　頁 93—95

73. 陳明台　　　楊熾昌・風車詩社・日本詩潮——戰前臺灣新詩現代主義的考察2　賴和及其同時代的作家：日據時期臺灣文學國際學術會議論文　新竹　清華大學中文系主辦　1994 年 11 月 25—27 日　19 頁

74. 陳明台　　　楊熾昌、風車詩社和日本詩潮——戰前臺灣新詩現代主義的考察（上、下）　自立晚報　1994 年 12 月 15—16 日　19 版

75. 陳明台　　　楊熾昌・風車詩社・日本詩潮——戰前臺灣新詩現代主義的考察　水蔭萍作品集　臺南　臺南市立文化中心　1995 年 4 月　頁 307—336

76. 陳明台著；松浦恆雄譯　楊熾昌・風車詩社・日本詩潮——戰前台湾におけるモダニズム詩について　よみがえる台湾文学——日本統治期の作家と作品　東京　東方書店　1995 年 10 月　頁 469—494

77. 陳明台　　　楊熾昌、風車詩社和日本詩潮——戰前臺灣新詩現代主義的考察　臺灣文學研究論集　臺北　文史哲出版社　1997 年 4 月　頁 39—63

78. 陳明台　　　Modernist Poetry in Prewar Taiwan: Yang Ch'ih—ch'ang, the Feng—Ch'e（Le Moulin）　Poetry Society , and Japanese Poetic Trends（楊熾昌、風車詩社和日本詩潮——戰前臺灣新詩現代主義之考察）　Taiwan Literature: English Translation Series　第 2 期　1997 年 12 月　頁 93—118

79. 陳明台　　　楊熾昌・風車詩社・日本詩潮——戰前臺灣新詩現代主義的考察　強韌的精神——臺灣文學研究論集　高雄　春暉出版社　2005 年 5

---

[2]本文透過楊熾昌之詩作，論述臺灣新詩的發展情況和臺灣新詩受外來詩潮的關係，以及對後來新詩的影響。本文後由松浦恆雄日譯爲〈楊熾昌・風車詩社・日本詩潮——戰前臺灣におけるモダニズム詩ついて〉。

月　頁 3—29

80. 葉　笛　日據時代臺灣詩壇的超現實主義運動——以風車詩社核心人物楊熾
昌的運動爲軸3　臺灣文學巡禮　臺南　臺南市立文化中心　1995
年 4 月　頁 39—62

81. 葉　笛　日據時代臺灣詩壇的超現實主義運動——以風車詩社核心人物楊熾
昌的詩運動爲軸　水蔭萍作品集　臺南　臺南市立文化中心　1995
年 4 月　頁 337—361

82. 葉　笛　日據時代臺灣詩壇的超現實主義運動——風車詩社的詩運動〔楊熾
昌部分〕　臺灣現代詩史論：臺灣現代詩史研討會實錄　臺北　文
訊雜誌社　1996 年 3 月　頁 21—34

83. 葉　笛　日據時代臺灣詩壇的超現實主義運動——以風車詩社核心人物楊熾
昌的運動爲軸　葉笛全集・評論卷一　臺南　臺灣國家文學館籌備
處　2007 年 5 月　頁 452—475

84. 呂興昌　詩史定位的基礎——《水蔭萍作品集》編序　水蔭萍作品集　臺南
臺南市立文化中心　1995 年 4 月　頁 9—15

85. 呂興昌　詩史定位的基礎——《水蔭萍作品集》編序　臺灣詩人研究論文集
臺南　臺南市立文化中心　1995 年 4 月　頁 217—223

86. 陳千武　臺灣現代詩的前驅〔楊熾昌部分〕　水蔭萍作品集　臺南　臺南市
立文化中心　1995 年 4 月　頁 287—288

87. 陳千武　臺灣現代詩的先驅〔楊熾昌部分〕　詩文學散論　臺中　臺中市立
文化中心　1997 年 5 月　頁 117—131

88. 洪曉惠　楊熾昌文學運動及其詩作　清華大學中國文學系 84 學年度研究生
論文研討會　新竹　清華大學中國文學系　1995 年 11 月 25 日

89. 林淇瀁　長廊與地圖：臺灣新詩風潮的溯源與鳥瞰——暗晦的長廊：日治時
期新詩發展溯源〔楊熾昌部分〕　中外文學　第 28 卷第 1 期
1999 年 6 月　頁 76—78

---

3 本文略論超現實主義在日本文壇的影響，探究楊熾昌於臺灣詩壇提倡超現實主義的理念、組成
「風車詩社」的心路歷程及其創作活動。本文後改篇名爲〈日據時代臺灣詩壇的超現實主義運
動——風車詩社的詩運動〉。

90. 林淇瀁　　長廊與地圖：臺灣新詩風潮的溯源與鳥瞰——暗晦的長廊：日治時
　　　　　　　期新詩發展溯源〔楊熾昌部分〕　長廊與地圖：臺灣新詩風潮簡史
　　　　　　　臺北　向陽工房　2002 年 10 月 17 日　頁 29—33

91. 林淇瀁　　長廊與地圖：臺灣新詩風潮的溯源與鳥瞰——暗晦的長廊：日治時
　　　　　　　期新詩發展溯源〔楊熾昌部分〕　臺灣現代詩經緯　臺北　聯合文
　　　　　　　學出版社　2001 年 6 月　頁 18—19

92. 陳芳明　　寫實文學與批判精神的抬頭〔楊熾昌部分〕　聯合文學　第 185 期
　　　　　　　2000 年 3 月　頁 148—149

93. 劉紀蕙　　前衛的推離與進化——論林亨泰與楊熾昌的前衛詩論及其被遮蓋的
　　　　　　　際遇　書寫臺灣：文學史、後殖民與後現代4　臺北　麥田出版公
　　　　　　　司　2000 年 4 月　頁 141—167

94. 劉紀蕙　　變異之惡的必要——楊熾昌的「異常爲」書寫　孤兒‧女神‧負面
　　　　　　　書寫——文化符號的徵狀式閱讀　臺北　立緒文化出版公司　2000
　　　　　　　年 5 月　頁 190—223

95. 劉紀蕙　　變異之惡的必要——楊熾昌的「異常爲」書寫　中華現代文學大系
　　　　　　　（貳）臺灣‧一九八九—二〇〇三評論卷（二）　臺北　九歌出版
　　　　　　　社　2003 年 10 月　頁 869—896

96. 莫　渝　　蝴蝶與秋天——水蔭萍詩藝初探　北縣文化　第 66 期　2000 年 9
　　　　　　　月　頁 112—123

97. 莫　渝　　蝴蝶與秋天——水蔭萍詩藝初探　臺灣新詩筆記　臺北　桂冠圖書
　　　　　　　公司　2000 年 11 月　頁 141—163

98. 羊子喬　　戰前的臺灣新詩〔楊熾昌部分〕　國文天地　第 185 期　2000 年
　　　　　　　10 月　頁 21—22

99. 葉　笛　　水蔭萍的 esprite nouveau 和軍靴5　創世紀　第 129 期　2001 年 12

4本文藉由林亨泰與楊熾昌等人的前衛詩論與詩作，回溯 20 世紀前半葉臺灣現代運動與新詩的發
　展。全文共 4 小節：1.推離前衛的必要！；2.從「銀鈴會」到「現代派」的前衛銜接以及文學史
　的詮釋；3.楊熾昌的前衛性格以及與「新文學運動」之間的矛盾；4.排斥與遮蓋之下。
5本文綜述楊熾昌創作概況、創作理念與詩作，標題"esprite nouveau"意爲「新精神」。全文共 3 小
　節：1.邂逅；2.請看看這個人；3.哀愁的翅膀。

月　頁28—34

100. 葉　笛　　水蔭萍的 esprit enouveau 和軍靴　臺灣早期現代詩人論　高雄　春
　　　　　　　暉出版社　2003 年 10 月　頁 191—212

101. 葉　笛　　水蔭萍的 esprit enouveau 和軍靴　葉笛全集・評論卷一　臺南　臺
　　　　　　　灣國家文學館籌備處　2007 年 5 月　頁 190—209

102. 白　靈　　站在詩人的肩膀上〔楊熾昌部分〕　臺灣現代文學教程：新詩讀
　　　　　　　本　臺北　二魚文化公司　2002 年 8 月　頁 25—28

103. 丁旭輝　　唯美而苦悶——淺談水蔭萍　左岸詩話　臺北　爾雅出版社
　　　　　　　2002 年 11 月　頁 59—66

104. 林巾力　　從「主知」探看楊熾昌的現代主義風貌6　府城文學獎得獎作品專
　　　　　　　輯　臺南　臺南市立圖書館　2002 年 12 月　頁 507—550

105. 丁旭輝　　艱澀外衣下的清晰意象——論水蔭萍、洛夫的超現實詩與北島的
　　　　　　　朦朧詩7　笠　第 233 期　2003 年 2 月　頁 83—130

106. 黃建銘　　時代、作家與文壇活動——以日治時期楊熾昌及其文學為中心
　　　　　　　臺灣歷史學會會訊　第 16 期　2003 年 5 月　頁 53—72

107. 楊雅惠　　詩畫互動的異境——從王白淵、水蔭萍詩看日治時期臺灣新詩美
　　　　　　　學與文化象徵的拓展8　臺灣詩學學刊　第 1 期　2003 年 5 月　頁
　　　　　　　27—84

108. 陳沛淇　　日治時期文學中風格與語言的問題——困頓與轉折：「文學本格」
　　　　　　　的反思與延變——楊熾昌「為文學而文學」論　日治時期新詩之
　　　　　　　現代性符號探尋　南華大學文學研究所　碩士論文　陳明柔教授

6本文透過耙梳現代主義從西方傳至日本的脈絡，探討楊熾昌及其不同階段詩作的現代主義風格。
　全文共 6 小節：1.現代主義的脈絡；2.「主知」問題的提起；3.「主知」的「超現實主義」；4.
　「主知」的語言問題；5.「現實／超現實」「主知／抒情」的雙邊對話；6.楊熾昌的象徵主義美
　學。

7本文以超現實主義時期與朦朧詩等特定時空背景下的水蔭萍、洛夫、北島為觀察對象，探討他們
　以深淺不一的超現實手法與艱澀的詩語言，對現代詩的發展做出貢獻。全文共 5 小節：1.前言；2.
　生存困境下自覺的語言策略；3.心靈城堡的迷霧與路標；4.語言的革命與詩路的開拓；5.結語。

8本文從王白淵及水蔭萍詩作中的逸離現實風格，探討他們對於日治時期臺灣新詩美學與文化象徵
　的拓展。全文共 6 小節：1.薔薇詩人或文化先覺？；2.詩畫互動中的文化塑型；3.荊棘的道路；4.
　燃燒的頭髮——為了詩的祭典；5.由定靜、流動到溶化、離散：詩畫視域交流中的時空原型；6.
　殖民地上光影。

　　　　　　　　指導　2003 年 6 月　頁 58—61

109. 陳沛淇　　日本語新詩之形式探討——「主知」的形式,「超現實」的表現——論楊熾昌詩作的形式思維　日治時期新詩之現代性符號探尋　南華大學文學研究所　碩士論文　陳明柔教授指導　2003 年 6 月　頁 124—132

110. 蕭　蕭　　楊熾昌:超現實主義的魅惑性美學　臺灣新詩美學　臺北　爾雅出版社　2004 年 2 月　頁 326—355

111. 陳美美　　臺灣三〇年代現代主義文學的萌芽——超現實主義詩派〔楊熾昌部分〕　臺灣現代主義文學的萌芽與再起　佛光人文社會學院文學研究所　碩士論文　馬森教授指導　2004 年 6 月　頁 46—54

112. 奚　密　　「在現實的傾斜上摩擦的極光」:論臺灣早期的超現實詩學〔楊熾昌部分〕9　正典的生成:臺灣文學國際研討會　臺北　中央研究院中國文哲研究所,哥倫比亞蔣經國基金會中國文化及制度史研究中心主辦　2004 年 7 月 15—17 日　頁 129—142

113. 劉紀蕙　　進步、頹廢與社會體:臺灣 30 年代頹廢意識的可見與不可見——從新文化運動、《南音》到楊熾昌　2004 年臺灣文學國際研討會:臺灣文學正典的形成　法國　中研院中國文哲研究所,法國波爾多第三大學主辦　2004 年 11 月 2—4 日

114. 陳義芝　　水蔭萍與超現實主義　臺灣現代主義詩學流變　高雄師範大學國文學系　博士論文　張子良教授指導　2004 年　頁 11—26

115. 陳義芝　　水蔭萍與超現實主義　聲納:臺灣現代主義詩學流變　臺北　九歌出版社　2006 年 3 月　頁 21—40

116. 古添洪　　臺灣現代詩的「外來影響」面向——歐美現代詩潮的接受／挪用／與本土化〔楊熾昌部分〕　不廢中西萬古流:中西抒情詩類及影響研究　臺北　臺灣學生書局　2005 年 4 月　頁 281—284

---

9 本文對水蔭萍、林修二兩位詩人的作品和詩觀進行分析解讀,將其兩位作品與同代中國大陸新詩、臺灣 1950、1960 年代的超現實詩加以比對,探討水蔭萍與林修二在文學藝術上的前延性與在文學史上的特殊意義。全文共 4 小節:1.水蔭萍的詩與詩觀;2.林修二的詩與詩觀;3.與同代和後起現代主義的參照;4.結論。

117. 〔向陽主編〕　詩的想像‧臺灣的想像〔楊熾昌部分〕　臺灣現代文選新
　　　詩卷　臺北　三民書局　2005 年 6 月　頁 8—9

118. 劉紀蕙　臺灣三〇年代頹廢意識的可見與不可見：重探進步意識與陰翳觀
　　　看〔楊熾昌部分〕10　中外文學　第 34 卷第 3 期　2005 年 8 月
　　　頁 127—141

119. 王德威　邂逅現代〔楊熾昌部分〕　臺灣：從文學看歷史　臺北　麥田出
　　　版公司　2005 年 9 月　頁 130

120. 徐秀慧　水蔭萍作品中的頹廢意識與臺灣意象11　國文學誌　第 11 期
　　　2005 年 12 月　頁 1—20

121. 錢弘捷　彩色意象與摩登語言構圖的孤獨意識——閱讀水蔭萍的詩　第二
　　　十八屆鳳凰樹文學獎　臺南　成功大學中文系　〔未註錄出版年
　　　月〕　頁 495—507

122. 陳明台　從橫的移植論臺灣現代詩的成立與展開——其與日本詩潮關聯的
　　　考察——楊熾昌和「風車詩社」　文學臺灣　第 68 期　2007 年 7
　　　月　頁 101—107

123. 奚　密　燃燒與飛躍——一九三〇年代臺灣的超現實詩——水蔭萍的詩與
　　　詩觀12　臺灣文學學報　第 11 期　2007 年 12 月　頁 75—87

124. 謝佳琳　美麗的頹廢與哀愁——論水蔭萍詩中的風塵女子13　笠　第 265
　　　期　2008 年 6 月　頁 97—109

125. 陳建忠　殖民現代性的魅惑——三〇年代以降現代主義與皇民文學湧現—
　　　—都市文學、現代主義與文學新感覺〔楊熾昌部分〕　文學　臺
　　　灣：11 位新銳臺灣文學研究者帶你認識臺灣文學　臺南　國立臺

10本文以臺灣三〇年代新文學運動、《南音》與楊熾昌爲論述對象，探討此時期文化論中的「頹廢
意識」與現代性論述如何交織辨證。全文共 5 小節；1.前言；2.三〇年代頹廢意識與進步論；3.
頹廢意識與陰翳美學；4.陰翳觀看 vs.熱帶想像；5.陰翳的觀看。

11本文從社會關係的角度，討論作品中反映的殖民地精英意識形態。全文共 4 小節：1.前言；2.日
本殖民體制下的頹廢文學；3.去政治化的超現實主義與異鄉情調化的臺灣鄉土；4.結語。

12本文探討 1930 年代詩人楊熾昌與林修二的創作脈絡與跨文化語境，並以分析 1930～1940 年代大
陸詩人的超現實表現來凸顯兩位臺灣詩人在文學史上的獨特意義。

13本文以楊熾昌詩作中風塵女子爲對象，將出現人物歸納爲「蒼白的頹廢」與「熱切的悲哀」兩
類，從中探討楊熾昌對入詩女子的見解與情感。全文共 4 小節：1.前言；2.蒼白的頹廢；3.熱烈
的哀愁；4.結語。

　　　　　　　　灣文學館　　2008 年 9 月　　頁 72—73

126. 莊曉明　　　風車詩社同人的文學型塑——風車詩社同人的詩作特色——突破
　　　　　　　　傳統文學框架的詩人：楊熾昌　　日治時期鹽分地帶詩人群和風車
　　　　　　　　詩社詩風之比較研究　　國立臺北教育大學臺灣文化研究所　　碩士
　　　　　　　　論文　　林淇瀁教授指導　　2008 年 12 月　　頁 177—197

127. 王燁，王佑江　　臺灣創世紀詩社的超現實主義詩觀14　　華文文學　　2009 年
　　　　　　　　第 2 期　　2009 年 4 月　　頁 28—34

128. 錢林森　　　法國現代主義詩潮的引進與臺灣新詩運動的勃興15　　南通大學學
　　　　　　　　報　　2009 年第 6 期　　2009 年 12 月　　頁 66

129. 林巾力　　　主知、現實、超現實：超現實主義在戰前臺灣的實踐〔楊熾昌部
　　　　　　　　分〕16　　臺灣文學學報　　第 15 期　　2009 年 12 月　　頁 83—86，92
　　　　　　　　—100

分論

◆單部作品

詩

《燃燒的臉頰》

130. 林芳年　　　楊熾昌的詩與人：燃紅的臉頰　　民眾日報　　1980 年 10 月 27 日
　　　　　　　　12 版

131. 林芳年　　　燃紅的臉頰——楊熾昌的詩與人　　林芳年選集　　臺北　　中華日報
　　　　　　　　社　　1983 年 12 月　　頁 369—372

132. 林芳年　　　燃紅的臉頰——楊熾昌的詩與人　　水蔭萍作品集　　臺南　　臺南市
　　　　　　　　立文化中心　　1995 年 4 月　　頁 257—262

14本文以創世紀詩社藉西方超現實主義詩學的借鑑和重鑄，嘗試實現臺灣詩歌的現代化為研究核
　心。並對 1935 年率先提倡超現實主義的楊熾昌、張良典、李張瑞、林永修等「風車詩社」詩人
　進行研究。全文共 2 小節：1.潛意識世界的探索；2.夢與死亡的自由。

15本本文研究 20 世紀臺灣詩人和法國現代主義詩潮接觸的歷史，並針對首次在臺提倡法國超現實
　主義的楊熾昌與其成立「風車詩社」進行研究。

16本文以風車詩社的楊熾昌為觀察的出發點，進而比較超現實主義理論從法國、日本而至臺灣的傳
　播與變異過程，最後以龍瑛宗的超現實詩做為分析對象，探討超現實主義如何在分裂的文化認同
　中成為自我的表達能量。全文共 5 小節：1.前言；2.超現實主義的傳播；3.楊熾昌的「主知超現
　實」；4.龍瑛宗的超現實異境；5.結語

133. 陳千武　　《燃燒的臉頰》——水蔭萍詩集　笠　第 149 期　1989 年 2 月　頁 118—133

134. 余玉琦　　詩人在唱・貓的憂鬱——水蔭萍《燃燒的臉頰》　印刻文學生活誌　第 9 期　2004 年 5 月　頁 215

◆單篇作品

135. 羊子喬　　光復前臺灣新詩論〔〈燃燒的臉頰〉部分〕　臺灣文藝　第 71 期　1981 年 3 月　頁 258—259

136. 陳千武　　日據時代臺灣新詩的特色〔〈燃燒的臉頰〉部分〕　臺灣香港暨海外華文文學論文選（四）　福州　海峽文藝出版社　1990 年 9 月　頁 216—217

137. 〔吳東晟，陳昱成，王浩翔主編〕　　〈燃燒的臉頰〉導讀賞析　織錦入春闈：現代詩精選讀本　臺中　京城文化公司　2005 年 8 月　頁 4—7

138. 向　陽　　〈燃燒的臉頰〉作品導讀　青少年臺灣文庫 2——新詩讀本 1：春天在我的血管裡歌唱　臺北　國立編譯館　2008 年 12 月　頁 39

139. 陳千武　　〈茉莉花〉印象——讀楊熾昌的詩　民眾日報　1995 年 5 月 20 日　23 版

140. 陳千武　　楊熾昌的詩・〈茉莉花〉賞析　詩的啟示　南投　南投縣立文化中心　1997 年 5 月　頁 69—73

141. 〔張默，蕭蕭主編〕　　〈茉莉花〉鑑評　新詩三百首（1917—1995）（上）　臺北　九歌出版社　1995 年 9 月　頁 290—292

142. 蕭　蕭　　臺灣散文詩美學（上）〔〈茉莉花〉部分〕　臺灣詩學季刊　第 20 期　1997 年 9 月　頁 133—134

143. 陳千武　　臺灣的新詩精神〔〈茉莉花〉部分〕　臺灣文學評論　第 1 卷第 1 期　2001 年 7 月　頁 98—99

144. 莫　渝　　作品賞讀〈尼姑〉[17]　閱讀臺灣散文詩　苗栗　苗栗縣立文化中心　1997 年 12 月　頁 134—135

---

[17] 本文後改篇名為〈臺灣散文詩選讀七家——水蔭萍〈尼姑〉〉。

145. 莫　渝　　臺灣散文詩選讀七家——水蔭萍〈尼姑〉　笠　第 203 期　1998
　　　　　　　年 2 月　頁 197—200

146. 奚　密　　臺灣新疆域——《二十世紀臺灣詩選》導論〔〈尼姑〉部分〕
　　　　　　　二十世紀臺灣詩選　臺北　麥田出版公司　2001 年 8 月　頁 43

147. 向　陽　　〈尼姑〉賞析　臺灣現代文選・新詩卷　臺北　三民書局　2005
　　　　　　　年 6 月　頁 16—17

148. 林淇瀁　　三種語言交響的詩篇——現代臺灣新詩——日治時期臺灣新詩發
　　　　　　　展〔〈尼姑〉部分〕　文學@臺灣：11 位新銳臺灣文學研究者帶
　　　　　　　你認識臺灣文學　臺南　國立臺灣文學館　2008 年 9 月　頁 112
　　　　　　　—114

149. 阮美慧　　回溯臺灣新詩的兩個球根：五〇年代詩壇實況——戰後新詩傳統
　　　　　　　的雙重「斷裂」〔〈黎明〉部分〕　臺灣精神的回歸：六、七〇
　　　　　　　年代臺灣現代詩風的轉折　成功大學中國文學系　博士論文　呂
　　　　　　　興昌教授指導　2002 年 6 月　頁 24

150. 〔吳東晟，陳昱成，王浩翔主編〕　　〈靜脈與蝴蝶〉導讀賞析　織錦入春
　　　　　　　闈：現代詩精選讀本　臺中　京城文化公司　2005 年 8 月　頁 2
　　　　　　　—4

151. 羊子喬　　〈福爾摩沙島影〉作品賞析　閱讀文學地景・新詩卷　臺北　行
　　　　　　　政院文建會　2008 年 4 月　頁 272

◆多篇作品

152. 〔林瑞明選編〕　　〈燃燒的面頰〉、〈毀壞的城市〉賞析　國民文選・現代
　　　　　　　詩卷 1　臺北　玉山社出版公司　2005 年 2 月　頁 112

國家圖書館出版品預行編目資料

臺灣現當代作家研究資料彙編. 5, 楊熾昌 / 林淇瀁
編選. -- 初版. -- 臺南市：臺灣文學館, 2011.03
面； 公分.

ISBN 978-986-02-7255-0（平裝）

1.楊熾昌 2.傳記 3.文學評論

863.4   100003441

【臺灣現當代作家研究資料彙編】05

楊熾昌

發 行 人／　李瑞騰
指導單位／　行政院文化建設委員會
出版單位／　國立台灣文學館
　　　　　　地址／70041 台南市中西區中正路 1 號
　　　　　　電話／06-2217201　　　　　傳真／06-2218952
　　　　　　網址／www.nmtl.gov.tw　　電子信箱／pba@nmtl.gov.tw

總 策 畫／　封德屏
顧　　問／　林淇瀁　張恆豪　許俊雅　陳信元　陳建忠　陳義芝　須文蔚　應鳳凰
工作小組／　王雅嫺　杜秀卿　林端貝　周宣吟　張桓瑋
　　　　　　黃子倫　黃秉婷　詹宇霈　羅巧琳
編　　選／　林淇瀁
責任編輯／　黃秉婷
校　　對／　王雅嫺　林肇豐　周宣吟　詹宇霈　趙慶華　蘇峰楠
計畫團隊／　財團法人台灣文學發展基金會
美術設計／　翁國鈞・不倒翁視覺創意
印　　刷／　松霖彩色印刷事業有限公司

著作財產權人／國立台灣文學館
本書保留所有權利。欲利用本書全部或部分內容者，須徵求著作財產權人同意或書面授
權。請洽國立台灣文學館研典組（電話：06-2217201）

經銷展售／　國家書店松江門市（02-25180207）
　　　　　　國立台灣文學館—雪芙瑞文學咖啡坊（06-2214632）
　　　　　　五南文化廣場（04-22260330）
　　　　　　文建會員工消費合作社（02-23434168）
　　　　　　南天書局（02-23620190）　　　唐山出版社（02-23633072）
　　　　　　府城舊冊店（06-2763093）　　　台灣的店（02-23625799）
　　　　　　啓發文化（02-29586713）　　　三民書局（02-23617511）

初版一刷／2011 年 3 月
定　　價／新臺幣 300 元整　全套新臺幣 5500 元整
GPN／ 1010000396（單本）
　　　 1010000407（套）
ISBN／978-986-02-7255-0（單本）
　　　 978-986-02-7266-6（套）